MADELEINE WICKHAM

Fiesta zu viert

Buch

Nichts wünscht sich Chloe Harding, siebenunddreißig Jahre alt und Mutter von zwei heranwachsenden Söhnen so sehr wie einen Tapetenwechsel. Als selbstständige Schneiderin in einem Londoner Vorort kann sie das Wort Brautkleid nicht mehr hören, geschweige denn eines nähen. Zudem kriselt es in der Beziehung mit ihrem langjährigen Lebensgefährten Philip Murray, da dessen Gedanken nur noch um seine Arbeit kreisen. Um Abstand zu gewinnen, nehmen die beiden deshalb dankbar das Angebot von Chloes wohlhabendem Freund Gerard an, der ihnen eine Woche in seiner luxuriösen Villa in Spanien schenkt. Auch der erfolgreiche, aber restlos überarbeitete Londoner Geschäftsmann Hugh Stratton startet mit seiner Frau Amanda, den beiden kleinen Kindern und dem australischen Kindermädchen Jenna für eine Woche nach Spanien. Schon lange hatte ihn sein alter Schulfreund Gerard in sein Feriendomizil dorthin eingeladen. Bei ihrer Ankunft müssen die beiden Familien jedoch entsetzt feststellen, dass Gerard die Villa genau für diese Woche doppelt vergeben hat. Keine der beiden Familien will und kann das Feld räumen, und so arrangiert man sich mit Ach und Krach. Für Chloe und Hugh ist diese Situation fast unerträglich, denn vor mehr als fünfzehn Jahren waren die beiden ein leidenschaftliches Liebespaar. Niemand weiß davon – angeblich. Und anscheinend rostet alte Liebe wirklich nicht – oder doch? Als ihr alter Freund Gerard eine weitere unangenehme Überraschung aus dem Ärmel zieht, wird es für alle erst richtig turbulent …

Autorin

Madeleine Wickham, in London geboren und aufgewachsen, arbeitete noch als Finanz-Journalistin, als sie ihren ersten Roman »Die Tennisparty« veröffentlichte – mit überaus großem, auch internationalem Erfolg. Ein Erfolg, den die Autorin zuletzt in Deutschland mit ihrem Roman »Cocktails für drei« wiederholte. Madeleine Wickham lebt mit ihrer Familie in der Grafschaft Surrey.

Madeleine Wickham im Goldmann Taschenbuch:

Die Heiratsschwindlerin. Roman (44149)
Cocktails für drei. Roman (45042)

Madeleine
Wickham

Fiesta zu viert

Roman

Aus dem Englischen
von Inez Meyer

GOLDMANN

Die Originalausgabe erschien 2001
unter dem Titel »Sleeping Arrangements«
bei Black Swan Books, Transworld Publishers,
a division of The Random House Group Ltd, London.

Umwelthinweis:
Alle bedruckten Materialien dieses Taschenbuches
sind chlorfrei und umweltschonend.

Der Goldmann Verlag ist ein Unternehmen
der Verlagsgruppe Random House.

Deutsche Erstveröffentlichung Januar 2003

Umschlaggestaltung: Design Team München
Umschlagfoto: Zefa/Masterarchive
Satz: Uhl + Massopust, Aalen
Druck: Elsnerdruck, Berlin
Verlagsnummer: 45043
Redaktion: Petra Zimmermann
MD · Herstellung: Sebastian Strohmaier
Made in Germany
ISBN 3-442-45043-8
www.goldmann-verlag.de

1 3 5 7 9 10 8 6 4 2

Für meine Eltern,
in Liebe

1

Die gleißende, durch das Fenster eindringende Sonne ähnelte einem blendend weißen Ball und verwandelte Chloes winziges Wohnzimmer in einen Backofen. Während sich Chloe erneut Bethany Bridges zuwandte, spürte sie eine Schweißperle unter ihrem Baumwollkleid, die sich wie ein kleiner Käfer einen Weg ihren Rücken hinunterbahnte. Sie steckte die feste weiße Seide mit einer Nadel fest und spannte das Material eng um Bethanys Körper. Besorgt hielt das Mädchen die Luft an.

Zum Arbeiten war es zu heiß, dachte Chloe, trat einen Schritt zurück und strich sich eine blonde Haarsträhne aus dem Gesicht. Und um in einem stickigen Zimmer ein angespanntes, übergewichtiges Mädchen in ein Hochzeitskleid zu quetschen, das ihr um mindestens zwei Nummern zu eng war, war es ganz bestimmt zu heiß. Zum x-ten Mal blickte sie erwartungsvoll auf die Uhr. Gleich war es so weit. In wenigen Minuten würde das Taxi vorfahren und dieser Tortur ein Ende bereiten. Ihr Urlaub würde offiziell beginnen. Vor lauter Erwartung war ihr fast schwindelig, sie wollte unbedingt von hier fort. Zwar war es nur für eine Woche, doch eine Woche reichte schon aus. Eine Woche musste ganz einfach reichen.

Weit weg, dachte sie und schloss für eine Sekunde die Augen. *Weg von allem.* Ihr Verlangen danach war beängstigend heftig.

»So.« Sie öffnete blinzelnd die Augen. Für einen kurzen

Moment war sie nicht bei der Sache, sondern spürte nur Hitze und Erschöpfung. Gestern hatte sie bis zwei Uhr nachts drei Brautjungferkleider fertig gestellt – ein Auftrag in allerletzter Minute. Das Muster der geschmacklos bedruckten rosa Seide, die die Braut selbst ausgewählt hatte, tanzte noch vor ihren Augen, und ihre Finger schmerzten von den Druckstellen der Nadeln.

»So«, wiederholte sie bemüht sachlich und professionell. Ihr Blick wanderte über Bethanys verschwitzte Haut, die aus dem Hochzeitskleid wie ein zu hoch aufgegangener Teig hervorquoll. Innerlich zog sie eine Grimasse, während sie sich liebenswürdig Bethanys Mutter zuwandte, die schmollend auf dem schmalen Sofa saß. »Das ist alles, was ich aus dem Schnitt noch herausholen kann. Das Kleid ist leider nach wie vor etwas eng… Wie fühlen Sie sich, Bethany?«

Beide Frauen wandten sich Bethany zu, deren Gesicht sich tiefrot verfärbt hatte.

»Ich bekomme keine Luft«, japste sie. »Meine Rippen…«

»Das wird schon gehen«, fuhr Mrs. Bridges dazwischen und musterte sie mit zusammengezogenen Brauen. »Du wirst Diät leben müssen, Bethany.«

»Mir ist schlecht«, hauchte Bethany. »Ehrlich, ich bekomme keine Luft.«

Verzweifelt keuchte sie Chloe an, die ihrerseits Mrs. Bridges diplomatisch zulächelte.

»Ich weiß, wie sehr Ihnen und Ihrer Familie an diesem Kleid liegt. Aber wenn es für Bethany halt nun mal zu eng…«

»Es ist nicht zu eng!«, schnitt ihr Mrs. Bridges das Wort ab. »Sie ist zu dick! Als ich das Kleid getragen habe, war ich fünf Jahre älter als sie. Und ich versichere Ihnen, es saß um die Hüften ganz locker!«

Unwillkürlich landete Chloes Blick auf Bethanys Hüften, die sich wenig ansehnlich wie ein üppiger weicher Pudding gefährlich gegen die Nähte des Kleides pressten.

»Um meine Hüften jedenfalls sitzt es nicht locker«, klagte Bethany. »Es sieht einfach scheußlich aus, finden Sie nicht?«

»Aber nicht doch!«, widersprach Chloe sofort. »Es sieht kein bisschen scheußlich aus. Sie wirken darin lediglich …« Sie räusperte sich. »Lediglich die Ärmel erscheinen mir etwas unbequem zu sein … vielleicht auch die Taille …«

Ein Geräusch an der Tür unterbrach sie.

»Mum!« Sam steckte den Kopf zur Tür rein. »Mum, das Taxi ist da. Und ich steh kurz vor dem Siedepunkt.« Er wischte sich ostentativ mit seinem T-Shirt den Schweiß von der Stirn und zeigte dabei seinen sonnengebräunten, mageren Brustkorb.

»Jetzt schon?« Chloe schaute auf die Uhr. »Sagst du Dad Bescheid?«

»Mach ich.« Sams Blick klebte an Bethanys jämmerlich eingezwängter Figur – und ein schalkhaftes Lächeln breitete sich auf dem Gesicht des Sechzehnjährigen aus.

»Vielen Dank, Sam«, beeilte sich Chloe einzuwerfen, ehe er irgendetwas Peinliches äußern konnte. »Geh und informiere Dad, dass das Taxi da ist. Und kümmere dich um Nat.«

Als die Tür hinter ihm ins Schloss fiel, atmete sie aus.

»Leider muss ich jetzt wirklich los«, verkündete sie beschwingt. »Könnten wir es für heute hierbei belassen? Wenn Sie wirklich an diesem Kleid festhalten wollen …«

»Es wird ihr passen«, unterbrach sie Mrs. Bridges mit einem drohenden Unterton. »Sie wird sich etwas anstrengen müssen. Man kann nun mal nicht alles gleichzeitig haben!« Mit einer abrupten Bewegung wandte sie sich Bethany zu. »Man kann nicht Tag für Tag Schokoladentorte in sich hineinstopfen und gleichzeitig in Größe achtunddreißig passen!«

»Manche Leute können das«, jammerte Bethany. »Kirsten Davis isst, wonach auch immer ihr der Sinn steht, und sie trägt Größe vierunddreißig.«

»Sie hat eben Glück gehabt«, gab Mrs. Bridges zurück. »Die meisten von uns sind nicht derart gesegnet. Wir müssen uns entscheiden und ein wenig *Selbstdisziplin* an den Tag legen. Man muss ab und an auch zu einem *Opfer* bereit sein. Da stimmen Sie mir doch zu, Chloe?«

»Nun«, erwiderte Chloe ausweichend. »Da ist etwas dran. Aber wie ich bereits vorhin erklärte, verreise ich heute. Das Taxi, das uns zum Flughafen Gatwick bringen wird, ist gerade vorgefahren. Wenn wir vielleicht …«

»Du willst doch an deinem Hochzeitstag nicht wie ein fettes Ferkel aussehen!«, rief Mrs. Bridges aus. Zu Chloes Entsetzen erhob sie sich und kniff in eines der wabbeligen Fettpolster ihrer Tochter. »Sehen Sie sich das doch nur mal an! Wo ist das nur alles hergekommen?«

»Aua!«, protestierte Bethany. »Mum!«

»Mrs. Bridges …«

»Wie eine Prinzessin willst du aussehen! Jede junge Frau bemüht sich nach Kräften, an ihrem Hochzeitstag wunderschön zu sein. Das war bei Ihnen sicher nicht anders, nicht wahr?« Mrs. Bridges' durchdringender Blick ruhte jetzt auf Chloe. »Sie haben sich doch zu Ihrer Hochzeit auch extra herausgeputzt, nicht wahr?«

»Also eigentlich …«, begann Chloe.

»Chloe?« Philip steckte seinen dunklen Lockenkopf durch den Türspalt. »Entschuldigen Sie die Störung, aber wir müssen wirklich los. Das Taxi ist da …«

»Ich weiß.« Chloe versuchte, sich ihre Anspannung nicht

anmerken zu lassen. »Ich weiß, dass das Taxi da ist. Ich komme sofort…«

… wenn ich diese verdammten Leute endlich losgeworden bin, die sich erst eine halbe Stunde verspäten und dann keinen noch so höflichen Wink verstehen wollen, sagte sie mit ihrem Blick, und Philip nickte kaum merklich.

»Wie hat denn Ihr Brautkleid ausgesehen?«, erkundigte sich Bethany sehnsüchtig, nachdem er wieder verschwunden war. »Sicher war es ein Traum.«

»Ich habe noch nie geheiratet.« Chloe griff nach ihren Stecknadeln. Wenn sie jetzt das Mädchen gefahrlos aus ihrem Kleid befreien könnte…

»Wie bitte?« Mrs. Bridges' Blick heftete sich erst auf Bethany, dann betrachtete sie das Zimmer, in dem überall Hochzeitsseide und Schleiermaterialien verstreut lagen. Sie tat so, als ob sie einem Trickbetrüger aufgesessen wäre. »Was wollen Sie damit sagen, dass Sie noch nie verheiratet waren? Wer war das denn eben?«

»Philip ist mein Lebenspartner«, erwiderte Chloe betont sachlich. »Wir sind seit dreizehn Jahren ein Paar.« Sie lächelte Mrs. Bridges an. »Länger als manch eine Ehe hält.«

Warum in aller Welt rechtfertige ich mich eigentlich?, fragte sich Chloe verärgert.

Weil drei Anproben für Bethany und sechs Brautjungferkleider zusammen genommen mehr als tausend Pfund einbringen, meldete sich ihr Verstand prompt. Außerdem muss ich mich nur noch zehn Minuten lang zusammenreißen – dann sind wir hier weg. Eine ganze Woche lang. Keine Anrufe, keine Zeitungen, keine Sorgen. Und niemand wird wissen, wo wir sind.

Der Flughafen Gatwick war gewohnt stickig, laut und überfüllt. Schlangen von Charterpassagieren lehnten unzufrieden an ihren Kofferkulis, Kinder nörgelten und Babys weinten. Über Lautsprecher wurde in einem geradezu triumphierenden Tonfall eine Verspätung nach der anderen durchgegeben.

Doch Hugh Stratton, der am Business-Schalter der Regent Airways eincheckte, nahm davon kaum Notiz. Er tastete die Innenseite seines Leinenblazers ab, zog vier Pässe hervor und reichte sie der Frau hinter dem Schalter.

»Sie reisen mit…«

»Meiner Frau. Und den Kindern.« Hugh deutete auf Amanda, die etwas abseits stand. Zwei kleine Mädchen klammerten sich an ihr Bein. Amanda selbst hielt ein Handy gegen das Ohr gepresst. Als sie seinen Blick spürte, sah sie auf, trat ein paar Schritte auf den Schalter zu und sagte: »Amanda Stratton. Das hier sind Octavia und Beatrice.«

»In Ordnung.« Die Frau lächelte. »Ich musste mich nur vergewissern.«

»Entschuldigung, Penny«, wandte sich Amanda wieder dem Telefon zu. »Vor meinem Abflug müssen wir noch die Farben für das zweite Schlafzimmer durchgehen…«

»Hier sind Ihre Bordkarten.« Freundlich überreichte die junge Frau Hugh eine Reihe von Papieren. »Die Business-Class-Lounge befindet sich ein Stockwerk höher. Ich wünsche eine angenehme Reise.«

»Danke.« Hugh erwiderte das Lächeln, drehte sich um, steckte die Bordkarten ein und ging zu Amanda hinüber. Sie telefonierte immer noch. Offenbar fiel ihr gar nicht auf, dass sie die Schlange der Economy-Class-Passagiere blockierte. Eine Familie nach der anderen musste sie umrunden – die Männer musterten ihre langen, gebräunten Beine, die Frauen warfen verstohlene Blicke auf ihr Etuikleid von Joseph und die Großeltern betrachteten wohlwollend Octavia und Beatrice in ihren identischen blassblauen Jeansträgerröckchen. Seine Familie wirkte wie ein Bild aus einer Hochglanzzeitschrift, dachte Hugh leidenschaftslos. Ohne jeden Makel und alles genauso, wie es zu sein hatte.

»Richtig«, bestätigte Amanda, als er sich ihr näherte. Sie fuhr mit den lackierten Nägeln durch die dunkle, glänzende Kurzhaarfrisur, dann drehte sie die Hand um, um ihre Nägel zu inspizieren. »Solange das Leinen rechtzeitig geliefert wird …«

Eine Sekunde noch, formte sie lautlos mit den Lippen in Richtung Hugh, der seinerseits nickte und die *Financial Times* aufschlug. Das Gespräch mit der Innenarchitektin konnte noch ein Weilchen dauern.

Erst vor kurzem war er in den Plan eingeweiht worden, mehrere Zimmer in ihrem Haus im Londoner Bezirk Richmond während ihres Spanienurlaubs renovieren zu lassen. Um welche Zimmer es sich dabei genau handelte, hätte Hugh nicht zu sagen gewusst. Noch hätte er einen Grund nennen können, weswegen nach so kurzer Zeit erneut Renovierungsmaßnahmen erforderlich waren – schließlich hatten sie das Haus beim Kauf vor drei Jahren vom Keller bis zum Dach renovieren lassen. So schnell konnten Tapeten doch nicht verblassen?

Als Amanda ihn in das Renovierungsprojekt eingeweiht hatte, war die grundsätzliche Entscheidung – ob überhaupt zu renovieren oder nicht – allerdings bereits gefällt worden, offensichtlich auf einer sehr viel höheren Entscheidungsebene als seiner eigenen. Ihm wurde dabei lediglich eine beratende Funktion zugestanden, ohne Vetorecht. Was im Klartext hieß, dass ihm überhaupt keine Entscheidungsbefugnis eingeräumt wurde.

Beruflich stand Hugh der strategischen Planungsabteilung eines großen, dynamischen Unternehmens vor. Er hatte einen Parkplatz unmittelbar vor dem Gebäude und einen ihm ergebenen persönlichen Referenten. Viele der jungen und ambitionierten leitenden Angestellten blickten zu ihm auf. Hugh Stratton, darin war man sich einig, hatte eine außergewöhnliche strategisch-kommerzielle Begabung. Wenn er irgendetwas äußerte, hörten ihm die anderen aufmerksam zu.

Zu Hause hörte ihm niemand zu. Zu Hause kam er sich eher wie das Äquivalent eines altgedienten Aktionärs vor. Man ließ ihn anstandshalber und wegen des Familiennamens gewähren, aber im Grunde war er die meiste Zeit schlicht im Weg.

»Also gut«, sagte Amanda. »Ich rufe Sie in zwei Tagen noch mal an. Ciao.« Sie verstaute das Telefon in ihrer Handtasche und musterte Hugh. »Entschuldigung.«

»Das macht doch nichts«, erwiderte Hugh höflich. »Keine Ursache.«

Es entstand eine kurze Pause, während der Hugh das peinliche Gefühl eines Gastgebers befiel, der ein Schweigen während eines Abendessens nicht aufzulockern verstand.

Das wiederum war einfach lächerlich. Amanda war seine Frau und die Mutter seiner Kinder.

Hugh räusperte sich.

»Um zwölf sind wir mit dem Kindermädchen verabredet.« Amanda sah auf die Uhr. »Hoffentlich ist sie in Ordnung.«

»Wurde sie nicht von Sarahs Kindermädchen empfohlen?«, nahm Hugh dankbar den Gesprächsfaden auf.

»Richtig«, bestätigte Amanda. »Aber Australier empfehlen sich ständig gegenseitig. Das will noch lange nicht heißen, dass sie etwas taugen.«

»Sie wird schon in Ordnung sein.« Hugh bemühte sich, überzeugter zu klingen als ihm zumute war. Solange sie nur nicht dem Mädchen aus der Ukraine ähnelte, das bei ihnen als Au-pair-Mädchen hatte anfangen sollen, war alles in Ordnung. Denn die hatte jeden Abend in ihrem Zimmer geweint und sich nach einer Woche unter Tränen in russischer Sprache wieder verabschiedet.

»Das möchte ich hoffen.« In Amandas Stimme schwang ein bedrohlicher Unterton mit, und Hugh wusste nur zu gut, was das bedeutete, nämlich: *Wir hätten genauso gut in den Club Med gehen können. Kinderbetreuung ist dort inbegriffen, und dieser Ärger wäre uns erspart geblieben.* Es bedeutete: *Diese Villa soll nur ja deine vollmundigen Versprechungen halten.* Es bedeutete: *Falls irgendetwas schief geht, ist es deine Schuld.*

»Möchtest du …«, beeilte sich Hugh einzuwerfen, »… einen Kaffee trinken? Oder etwas in den Läden kaufen?«

»Eben habe ich gemerkt, dass ich meine Schminksachen zu Hause vergessen habe.« Amanda runzelte die Augenbrauen. »Wie ärgerlich. Heute Morgen war ich wirklich nicht ganz bei der Sache.«

»Also los!«, rief Hugh beherzt. »Unternehmen Make-up.« Er lächelte Octavia und Beatrice zu. »Wollen wir Mami dabei helfen, sich ein neues Make-up auszusuchen?«

»Ich muss nicht lange suchen«, meinte Amanda, als sie sich in Bewegung setzten. »Ich nehme immer das Gleiche. Grundierung und Lippenstift von Chanel, Augenbrauenstift und Wimperntusche von Lancôme, Lidschatten Nummer neunundachtzig von Bourjois … Octavia, hör bitte auf zu schubsen. Gott sei Dank habe ich die Sonnencreme separat gepackt … Octavia, hör auf Beatrice zu schubsen!«, wiederholte sie mit entnervter, schriller Stimme. »Diese *Kinder* …«

»Ich nehme sie dir ab, während du deine Einkäufe erledigst«, schlug Hugh vor. »Beatrice? Bleibst du bei Dad?«

Er streckte seiner zweijährigen Tochter die Hand entgegen, doch diese heulte nur kurz auf und klammerte sich an ihre Mutter.

»Lass nur.« Amanda verdrehte die Augen. »Wir springen schnell beim Drogeriemarkt rein. Falls sie Chanel dort nicht führen, bin ich allerdings aufgeschmissen…«

»Dann gehst du einfach ohne.« Hugh streichelte ihr über die leicht gebräunte Wange. »Dann gehst du nackt.«

Amanda drehte sich um und musterte ihn ausdruckslos. »*Nackt*? Was soll das denn heißen?«

»Nichts«, erwiderte Hugh nach einer kurzen Pause und lächelte bemüht. »Nur ein kleiner Scherz von mir.«

Die Sonne schien Philip zu verhöhnen, als er in der sengenden Hitze vom Trottoir aus dem schwitzenden Taxifahrer die Koffer reichte. Es war der heißeste Juli in England seit zwölf Jahren. Die mediterrane Hitze hatte das Land angenehm überrascht. Warum verreisen, fragten die Leute fast ein wenig herablassend. Richtig, warum in aller Welt sollte man da noch verreisen?

Sie aber standen hier versammelt, um in wenigen Minuten zu einer ihnen unbekannten Villa nach Spanien aufzubrechen.

»Ist das alles?« Der Fahrer richtete sich auf und wischte sich die Stirn ab.

»Sicher bin ich mir nicht.« Philip blickte sich zum Haus um. »Chloe?«

Keine Antwort. Philip wollte erst zum Haus zurückgehen, hielt jedoch von der Hitze gelähmt inne. Selbst eine kurze Strecke von zehn Metern brachte einen einem Schlaganfall nahe. Von Hunderten von Meilen ganz zu schweigen. Was in aller Welt hatten sie sich dabei gedacht, ihren Urlaub ausgerechnet in Spanien zu planen?

»Es eilt nicht«, beruhigte ihn der Fahrer und lehnte sich gegen das Auto.

Ein kleines Mädchen fuhr auf Rollschuhen an ihnen vorüber und warf Philip über ihr Stieleis hinweg einen neugierigen Blick zu. Philip betrachtete sie sehnsüchtig. Bestimmt war sie gerade auf dem Weg zu einem kühlen, schattigen Garten. Einem wunderschönen, grünen englischen Garten. Er dagegen musste hier auf dem Trottoir ausharren und hatte nichts Besseres zu erwarten, als in einem bis zum letzten Zentimeter ausgelasteten Ford Fiesta ohne Klimaanlage zum Flughafen zu fahren, um dort in ein sicherlich ebenso dicht gedrängtes Flugzeug mit schwitzenden Passagieren zu steigen. Und dann?

Als »Paradies« hatte Gerard seine Villa beschrieben und dabei das Glas Brandy erhoben. »Das pure andalusische Paradies, meine Lieben. Ihr werdet es lieben.« Andererseits war Gerard von Beruf Weinkritiker und Worte wie Paradies, Nektar und Ambrosia perlten ihm ohne ein Zögern von den Lippen. Er brachte es fertig, ein durch und durch gewöhnliches Sofa von Habitat als »transzendental« zu bezeichnen. Wie mochte dann seine als Paradies gepriesene Villa aussehen?

Es war allgemein bekannt, was für ein Chaot Gerard war und wie hoffnungslos er praktische Dinge handhabte. Er behauptete, zum Heimwerkern schlichtweg unfähig zu sein. Noch nicht einmal einen Stecker könne er reparieren, vom Umgang mit einem Hammer ganz zu schweigen. »Was ist eigentlich ein Dübel?«, würde er seine versammelten Gäste mit erhobenen Augenbrauen fragen und auf schallendes Gelächter warten. Wenn man als Gast in seiner luxuriösen Wohnung in Holland Park an einem edlen Wein nippte, wertete man Gerards Ignoranz lediglich als eine seiner unterhaltsamen Schrullen. Aber was bedeutete das für ihren Urlaub? Philip hatte bereits verstopfte Abflussrohre und abblätternden Putz vor Augen. Angespannt legte sich seine Stirn in Falten. Vielleicht war es noch nicht zu spät, das ganze Vorhaben einfach abzublasen. Denn ehrlich gesagt, was bot ihnen dieser Urlaub, was man nicht auch – und noch dazu wesentlich preisgünstiger – mit ein paar Tagesausflügen nach Brighton und einem Abend in einer Tapas-Bar erledigen konnte?

Beim Gedanken an das Geld beschleunigte sich sein Herzschlag, und er atmete tief durch. Doch die Panik ließ nicht locker und suchte nach einem Ort, wo sie sich einnisten konnte. Wie viel würden sie während dieses Urlaubs ausgeben? Auf welche Summe würde es sich mit allen Restaurantbesuchen und allen Extras letztendlich belaufen?

Alles in allem auf nicht sehr viel, ermahnte er sich zum hundertsten Mal. Verglichen mit den Extravaganzen anderer würde es sogar ein ausgesprochen preisgünstiger und bescheidener Urlaub werden.

Doch wie lange würde er sich damit beruhigen können?

Erneut packte ihn die Angst, und er schloss die Augen, um die Gedanken der nahenden Pleite aus seinem Kopf zu verbannen. Er hatte Chloe versprochen, in dieser Woche auszuspannen. Sie hatten vereinbart, die Finanzen mit keinem Wort zu erwähnen. Diese Woche würde in jeder Hinsicht eine Zerstreuung bedeuten. Und keine Frage, das hatten sie beide bitter nötig.

Der Taxifahrer zündete sich eine Zigarette an. Philip unterdrückte das Bedürfnis, ihn um eine zu bitten und blickte auf die Uhr. Es war noch ausreichend Zeit, um den Flug zu schaffen, aber dennoch…

»Chloe?« Er trat nun doch ein paar Schritte auf das Haus zu. »Sam? Kommt ihr?«

Keine Antwort. Die Sonne traktierte ihn mit sengenden

Strahlen. Die Haustür öffnete sich. Sam erschien, ihm dicht auf den Fersen der achtjährige Nat. Beide Jungs trugen extraweite Surfshorts und Schirmmützen und bewegten sich mit dem selbstbewussten, geschmeidigen Gang der Jugend.

»Alles okay?«, wandte sich Sam vergnügt an den Taxifahrer. »Und du, alles okay, Paps?«

»Alles okay?«, ertönte das Echo von Nats piepsiger Stimme.

Beide Jungs verstauten ihre Taschen im Kofferraum und hockten sich mit übergestülpten Kopfhörern auf die Gartenmauer.

»Hey, Jungs«, wandte sich Philip an die beiden. »Nat, Sam, setzt ihr euch bitte schon mal ins Auto?«

Keine Antwort. Nat und Sam hätten genauso gut auf einem anderen Planeten sitzen können.

»Jungs?«, wiederholte Philip etwas schärfer. Er spürte den amüsierten Blick des Taxifahrers und wandte sich ab. »Ab ins Auto!«

»Eilt doch nicht«, meinte Sam achselzuckend.

»Sam, wir fahren gleich los. Das Flugzeug fliegt in…« Philip hielt inne und blickte nicht sehr überzeugend auf die Uhr. »Wie auch immer, darum geht es jetzt auch gar nicht.«

»Mum ist doch noch nicht da«, verteidigte sich Sam. »Wenn sie kommt, steigen wir ein. Was soll die Hektik?« Ungerührt blieb er auf der Mauer sitzen. Philip fixierte ihn kurz und war trotz seiner Verärgerung beeindruckt. Sam war weder absichtlich unverschämt noch legte er sich quer – er hielt lediglich seine eigene Meinung für ebenso wichtig wie die der anderen. Mit sechzehn erachtete er sich seiner Umwelt als zumindest ebenbürtig, wenn nicht gar überlegen.

Womöglich hatte er sogar Recht, dachte Philip verdrießlich. Vielleicht gehörte die Welt mit ihrer Computersprache, den blutjungen Kommentatoren und den Internetmillionären heutzutage der Jugend mit ihrem ständigen Anspruch an Tempo und Neuigkeiten und der Betonung des Hier und Jetzt. Alles war sofort verfügbar, alles war online, alles war ein Kinderspiel. Und die etwas langsameren und daher überflüssigen menschlichen Wesen wurden entsorgt wie ein unbrauchbar gewordenes Stück Hardware.

Ein wohl bekanntes Gefühl beschlich Philip. Um sich abzulenken griff er in seine Jackentasche nach den vier Pässen. *Die* waren immerhin noch nicht computerisiert, dachte er verdrossen. Die waren noch ganz und gar wirklich, griffig und unersetzlich. Er blätterte sie durch und betrachtete ein Foto nach dem anderen. Sein eigenes Passbild war vor ungefähr einem Jahr aufgenommen worden, doch wirkte er darauf um mindestens zehn Jahre jünger. Nat war auf dem Foto vier Jahre und hatte riesige, leicht besorgte Augen. Chloe sah aus wie sechzehn und hatte die gleichen blauen Augen und das gleiche dünne Haar wie Nat. Sam grinste mit seinen zwölf Jahren sonnengebräunt und unbekümmert in die Kamera. »Samuel Alexander Murray« stand in dem Pass vermerkt.

Philip hielt inne und musterte liebevoll Sams unwiderstehliches Gesicht. Samuel Alexander Murray.

S.A.M.

Als er sieben und Chloe mit Nat schwanger gewesen war, hatten sie seinen Namen von Harding in Murray geändert.

»Ich möchte nicht, dass meine Jungs unterschiedliche Namen tragen«, hatte Chloe mit hormonell bedingter Sentimentalität gesagt. »Ich will nicht, dass sie sich darin unterscheiden. Du bist doch jetzt Sams Vater. Das *bist* du.«

»Natürlich bin ich das.« Philip nahm sie in die Arme. »Natürlich bin ich sein Vater. Ich weiß es, und Sam weiß es auch. Aber wie er *heißt*… das ist doch unwichtig.«

»Mag schon sein, aber ich will es so.« Tränen waren ihr in die Augen geschossen. »Ich will es wirklich, Philip.«

Also hatten sie es getan. Der Form halber hatte sie Sams leiblichem Vater geschrieben, der mittlerweile als Universitätsprofessor in Kapstadt lehrte, und ihn über die beabsichtigte Namensänderung von Sam informiert. Er hatte knapp erwidert, dass ihm der Name des Kindes vollkommen einerlei sei, und dass Chloe sich doch bitte an ihre Abmachung halten und ihn nicht wieder behelligen möge.

Also hatten sie die Formulare ausgefüllt, und Sam wurde nun unter dem Nachnamen Murray geführt. Zu Philips großer Überraschung hatte ihn diese geringfügige Veränderung doch stark berührt: Ein siebenjähriger, mit ihm nicht blutsverwandter Junge trug nun seinen Namen. Zur Feier hatten sie sogar eine Flasche Champagner entkorkt. In gewisser Weise war diese Feier einer Hochzeit gleichgekommen.

Seine Gedanken wurden unterbrochen, als sich die Haustür öffnete und Chloe ihre letzten Kunden verabschiedete – eine junge Frau in Shorts mit rot angelaufenem Gesicht und eine verbissene Mutter, deren Blick ihn argwöhnisch streifte, ehe sie den Kopf abwandte. Neben ihnen wirkte Chloe in ihrem fließenden Baumwollkleid besonnen und unaufgeregt.

»Überdenken Sie die Sache noch einmal, Bethany«, sagte sie. »Auf Wiedersehen, Mrs. Bridges. Es hat mich gefreut, dass Sie gekommen sind.«

Es entstand eine höfliche Pause, ehe die Frau gemeinsam mit ihrer Tochter zu ihrem Volvo ging. Kaum waren die Türen zugefallen, atmete Chloe aus.

»Endlich!« Sie sah Philip an, und ihre Augen leuchteten auf. »Endlich! Ich kann es kaum fassen, dass es jetzt wirklich so weit ist.«

»Du willst also tatsächlich verreisen.« Philip war klar, dass er das nur halb im Scherz gesagt hatte.

»Dummkopf.« Chloe lächelte ihn an. »Ich hole nur noch schnell meine Tasche…«

Sie verschwand wieder im Haus. Philip sah Sam und Nat an.

»Kommt schon, ihr beiden. Entweder steigt ihr jetzt ein oder wir lassen euch hier zurück. Ihr habt die Wahl.«

Nat zuckte nervös mit dem Kopf und sah zu seinem älteren Bruder auf. Nach einer kurzen Pause erhob sich Sam gelassen, schüttelte sich wie ein Hund und trottete auf das Auto zu. Offensichtlich erleichtert folgte ihm Nat und schnallte sich dann auf seinem Sitz an. Der Taxifahrer startete den Motor, und die schmissige Stimme eines DJs störte die Lautlosigkeit der Straße.

»Nun denn!« Chloe tauchte neben Philip auf. Ihre Wangen waren leicht gerötet, im Arm trug sie eine große Korbtasche. »Ich habe abgeschlossen, es kann losgehen.«

»Prima!« Philip bemühte sich, ebenso begeistert zu klingen. »Ab nach Spanien.« Chloe musterte ihn.

»Philip…« Sie seufzte. »Du hast versprochen…«

»Mich zu amüsieren.«

»Aber ja! Warum auch nicht, ist doch mal was anderes!«

Alle schwiegen.

»Entschuldigung.« Chloe strich sich über die Stirn. »Das war nicht fair von mir. Aber… ich habe diesen Urlaub wirklich nötig, Philip. Wir haben ihn beide nötig. Wir müssen das Haus einmal hinter uns lassen… und die Leute hier… und…«

»Und…« Philip hielt inne.

»Genau«, bestätigte Chloe und sah ihm in die Augen. »Das ganz besonders. Nur für eine Woche. Ich will nicht mit einer Silbe daran denken.«

Ein Flugzeug dröhnte über sie hinweg. Obwohl sie das Leben in der Einflugschneise gewohnt waren, hoben alle unwillkürlich den Kopf.

»Dir ist doch klar, dass der Bericht diese Woche vorgestellt werden wird«, nahm Philip den Faden wieder auf, während er in den blauen Himmel starrte. »Die Entscheidung wird so oder so ausfallen.«

»Das ist mir klar. Und dir ist sicherlich ebenso klar, dass es nichts gibt, was du dagegen unternehmen könntest. Außer weiter nachzugrübeln und deine Magengeschwüre zu vermehren.« Chloe runzelte die Stirn. »Hast du dein Handy dabei?«

Philip zögerte, dann zog er es aus der Tasche. Chloe nahm es ihm aus der Hand, stieg die Stufen zum Haus hinauf und warf es durch den Briefkastenschlitz.

»Ich meine es ernst, Philip«, sagte sie, als sie sich wieder umdrehte. »Nichts wird mir diesen Urlaub verderben. Nun komm schon.« Sie ging zum Taxi und öffnete die Tür. »Los geht's.«

2

Das Kindermädchen hatte sich verspätet. Wie verabredet wartete Amanda bei Costa Coffee, trommelte mit den Fingernägeln, seufzte ungehalten und blinzelte gelegentlich auf den Monitor.

»Dir ist hoffentlich klar, dass wir bald an Bord gehen müssen. Was sollen wir jetzt machen, im Flugzeug jedes Mädchen um die zwanzig ansprechen und sie fragen, ob sie möglicherweise Jenna heißt?«

»Sie sitzt direkt neben uns«, erwiderte Hugh gelassen. »Sie geht uns nicht verloren.«

»Ich weiß, aber darum geht es mir nicht«, erwiderte Amanda gereizt. »Geplant war schließlich, dass sie die Mädchen bereits vor dem Abflug ein wenig kennen lernt. Dann kann *sie* sich um sie kümmern, während wir ausspannen können... So war es geplant gewesen! Ich weiß wirklich nicht, weswegen ich mir die Mühe...« Ihr Handy klingelte und sie hielt abrupt inne. »Lass das nur keine Absage von ihr sein. Das hätte uns gerade noch gefehlt. Hallo?« Amandas Gesichtszüge entspannten sich. »Hallo, Penny. Gott sei gedankt.« Amanda wirbelte auf ihrem Stuhl herum und legte eine Hand über das Ohr. »Alles in Ordnung so weit? Ist die Dame für die Farbgestaltung schon aufgekreuzt? Und warum nicht?«

Hugh nippte an seinem Espresso und lächelte Octavia und Beatrice zu, die schweigend einen Teller *biscotti* verputzten.

»Nun, ihr beiden, freut ihr euch auf den Urlaub?«, fragte er. »Octavia?«

Octavia musterte ihn ausdruckslos, rieb sich die Nase und biss in ein neues *biscotto*. Hugh räusperte sich. »Welches Fach gefällt dir in der Schule am besten?«, wagte er sich vor, doch es schlug ihm lediglich ein eisiges Schweigen entgegen.

Wussten Fünfjährige mit dem Begriff »Fach« überhaupt etwas anzufangen? Sie ging bereits in die Schule, so viel wusste er immerhin. Claremount House, eintausendachthundert Pfund pro Quartal zuzüglich der Mittagessen, der Theater-AG und noch irgendeiner Arbeitsgemeinschaft. Dazu kam noch eine dunkelgrüne Schuluniform.

Oder war sie dunkelblau? Entweder dunkelgrün oder dunkelblau.

»Mr. Stratton?«

Hugh blickte überrascht auf. Ein Mädchen in abgewetzten Jeans, dunkelroten Dreadlocks und gepiercten Augenbrauen sah ihn fragend an. Unwillkürlich zuckte Hugh zusammen. Woher in aller Welt kannte sie seinen Namen? Wollte sie ihn um etwas Kleingeld anbetteln? Vielleicht handelte es sich um den allerneuesten Trick. Erst fanden sie am Kofferanhänger den Namen heraus, dann hefteten sie sich einem an die Fersen, bis man sich etwas entspannte...

»Ich bin Jenna.« Das Mädchen grinste breit und streckte ihm die Hand entgegen. »Freut mich, Sie kennen zu lernen.«

Hugh spürte, wie sich seine Kehle vor Schreck zusammenzog.

»Sie... sind Jenna?« Seine Stimme klang piepsig, was Jenna glücklicherweise nicht aufzufallen schien.

»Richtig. Tut mir Leid, dass ich mich verspätet habe. Ich habe mich beim Einkaufen verfranzt. Das kennen Sie sicher auch.«

»Das… das macht doch nichts.« Hugh zwang sich zu einem freundlichen Lächeln. Als ob es ganz normal wäre, ein Kindermädchen zu begrüßen, das statt wie Mary Poppins eher Swampy aussah. »Machen Sie sich deswegen keinen Kopf.«

Jenna war allerdings weit davon entfernt, sich deswegen einen Kopf zu machen. Sie hatte den Rucksack auf dem Boden abgestellt und sich zwischen Octavia und Beatrice gesetzt.

»Hallo, Mädchen! Octavia und Beatrice, nicht wahr?« Eine Antwort wartete sie erst gar nicht ab. »Wisst ihr was? Ihr habt ein richtiges Problem. Ein ganz besonders schwieriges Problem sogar.«

»Was denn für ein Problem?«, hakte Octavia zögernd nach.

»Zu viele Smarties«, meinte Jenna kopfschüttelnd. »Mein Rucksack ist randvoll damit. Ob ihr mir vielleicht helfen könnt?«

Wie von Zauberhand hielt sie plötzlich zwei Röhrchen Smarties in den Händen und reichte sie den jubilierenden Mädchen. Bei dem Geräusch wirbelte Amanda auf ihrem Stuhl herum. Immer noch telefonierend erstarrte sie beim Anblick der grellbunten Packungen.

»Woher…« Sie registrierte versteinert Jennas gefärbtes Haar, den Augenbrauenschmuck und die tätowierte Blume auf ihrer Schulter, die Hugh jetzt erst auffiel. »Wer in aller Welt…«

»Liebling«, unterbrach Hugh hastig. »Liebling, das ist Jenna.«

»Jenna?« Amanda sah ihn ungläubig an. »*Das*… ist Jenna?«

»Aber ja!«, bestätigte Hugh mit gespielter Herzlichkeit. »Jetzt sind wir vollzählig. Ist das nicht wunderbar?«

»Nett, Sie kennen zu lernen.« Jenna streckte Amanda die Hand entgegen.

Nach kurzem Zögern drückte sie Amanda behutsam.

»Wie geht es Ihnen?«

»Blendend, danke.« Jenna strahlte. »Zwei tolle Kinder haben Sie da. Ich spüre sofort, welche in Ordnung sind.«

»Oh«, erwiderte Amanda verblüfft. »Äh… danke.« Ein Geräusch aus ihrem Handy ließ sie hochfahren. »Penny, tut mir echt Leid! Ich muss jetzt los. Ja, es ist alles in Ordnung… glaube ich jedenfalls.« Sie schaltete das Handy aus und steckte es in die Handtasche zurück, wobei sie Jenna unablässig musterte, als ob es sich bei dem Mädchen um eine seltene Unterart der Gattung Krake handelte.

»Wie ich Ihrem Mann eben schon erklärt habe, bin ich im Dutyfreeshop hängen geblieben.« Jenna klopfte gegen eine Papiertüte. »Dort habe ich meine Alkohol- und Nikotinvorräte aufgestockt.«

Es folgte eine peinliche Pause. Amandas Blick wanderte zu Hugh, ihr Kiefer verspannte sich.

»War bloß ein Scherz!«, rief Jenna und stieß Octavia in die Seite, die ihrerseits zu kichern anfing.

»Oh«, erwiderte Amanda irritiert und versuchte zu lachen. »Aber natürlich…«

»Nein, nicht doch, nur ein paar Kondome. Für meinen freien Abend«, bekräftigte Jenna ernst. Ihre Augen funkelten amüsiert. »War auch bloß ein Scherz!«

Hugh machte kurz den Mund auf, schloss ihn jedoch sofort wieder. Er wagte nicht, Amanda anzusehen.

»Wir fliegen also nach Spanien«, fuhr Jenna unbekümmert fort und zog zwei Lutscher für die Mädchen hervor. »In Spanien war ich noch nie. Liegt der Ort am Meer?«

»Wie ich mir habe sagen lassen, liegt er in den Bergen«, sagte Hugh. »Wir waren selbst noch nie dort.«

»Ein guter Freund von Hugh hat uns freundlicherweise für eine Woche sein Haus zur Verfügung gestellt.« Amanda räusperte sich. »Der Weinkritiker, Gerard Lowe. Er ist recht bekannt, sicher haben Sie ihn schon einmal im Fernsehen gesehen.«

»Nicht dass ich wüsste«, meinte Jenna achselzuckend. »Ehrlich gesagt mache ich mir nicht viel aus Wein. Bier ist eher mein Ding. Und natürlich Tequila, wenn ich in der Stimmung dazu bin.« Sie sah Hugh an. »Sie werden auf mich aufpassen müssen, Mister – bei Sonnenschein und einem Tequila Sunrise in der Hand ist niemand vor mir sicher.« Sie wickelte einen Lutscher aus, steckte ihn sich in den Mund und zwinkerte. »War bloß ein Scherz!«

Hugh lugte zu Amanda hinüber und lächelte gequält. In den acht Jahren ihrer Ehe hatte er sie noch nie so sprachlos erlebt.

Der Verkehr rund um den Flughafen war verheerend gewesen: jede Menge Urlauber, Stoßstange an Stoßstange, in Autos und Bussen oder in einem Taxi wie sie. Schweigend hatten sie in dem tuckernden, von Abgasen verseuchten Wagen gesessen, und Philip hatte Magenkrämpfe bekommen. Pausenlos hatte er auf die Uhr gesehen und war ständig aufs Neue zusammengeschreckt. Was würden sie tun, falls sie das Flugzeug verpassen sollten? Würden die Tickets auch für einen anderen Flug ihre Gültigkeit behalten? Würden die Flughafenangestellten ihnen behilflich sein oder sie mit beißendem Spott begrüßen? Hätte er für eben diese Eventualität eine Versicherung abschließen sollen?

Doch letztlich hatten sie es gerade noch rechtzeitig geschafft. Das Bodenpersonal der Regent Airways hatte ihnen zügig die Bordkarten ausgestellt und ihnen nahe gelegt, sich auf direktem Wege zu ihrem Gate zu begeben. Die Zeit reichte nicht mehr, um das Gepäck aufzugeben – sie mussten es mit in die Kabine nehmen.

»Na bitte!«, freute sich Chloe, als sie sich vom Tresen abwandten. »Da haben wir noch einmal Glück gehabt!« Sie zauste Nat gut gelaunt durch die Haare. »Auf dem Flughafen wollten wir ja schließlich unsere Ferien nicht verbringen, nicht wahr?«

Philip starrte sie fassungslos an. Wie konnte sie jetzt schon über die Angelegenheit scherzen? Ihm war es nicht wie »Glück gehabt« vorgekommen, sondern eher wie eine Warnung erschienen. Trotz sorgfältigster Planung konnte man sein eigenes Schicksal nicht selbst bestimmen und sollte allein schon den Versuch aufgeben. Selbst jetzt noch, wo er mit einem Willkommensorangensaft in der Hand sicher auf seinem Sitz saß, verspürte er eine unbestimmte Angst, einen Vorboten des Versagens.

Er umklammerte sein Glas und war sich selbst zuwider. Zu gerne hätte er all die Unsicherheiten über Bord geworfen, die ihn ständig plagten. Zu gerne wäre er wieder der Mann, der er einmal gewesen war: ein Mann nämlich, der sich in seiner Haut wohl gefühlt hatte. Der Mann, in den sich Chloe verliebt hatte.

»Okay?«, erkundigte sich Chloe an seiner Seite. Er lächelte.

»Alles okay.«

»Sieh dir mal Nat an.«

Philip folgte Chloes Blick. Man hatte die Familie auf zwei Reihen verteilt, und Nat und Sam saßen ein paar Reihen weiter vorne. Sam hatte bereits seinen Kopfhörer aufgesetzt und starrte wie in Trance vor sich hin – aber Nat hatte die Einweisungen der Flugbegleiter offenbar sehr ernst genommen und studierte eingehend die in Folie eingeschweißten Sicherheitsvorkehrungen. Während seine Eltern ihn beobachteten, sah er sich um und schien erleichtert, als er die Notausgänge entdeckt hatte.

»Ich wette, er wird Sam genau erläutern, wo sich die Notausgänge befinden.« Chloe lächelte liebevoll. »Und wie man die Sauerstoffmasken benutzt.«

Sie kramte ein Taschenbuch aus ihrer Tasche hervor und schlug es auf. Philip nippte am Orangensaft. Die Säure schlug ihm auf den Magen. Er hätte jetzt gut einen Brandy vertragen können. Vorzugsweise sogar einen doppelten.

Er öffnete die ihm angebotene Zeitung und schlug sie gleich wieder zu. Sie hatten abgemacht, während des Urlaubs keine Tageszeitungen zu lesen. In seiner Jackentasche steckte ein Krimi über Russland – doch war ihm klar, dass er in seiner jetzigen Gemütsverfassung der Handlung nicht würde folgen können. Er nippte an dem Saft und stellte das Glas wieder ab, wobei er mit seinem Sitznachbarn einen Blick tauschte. Der Mann grinste.

»Ein widerliches Gesöff.« Er deutete auf sein eigenes Glas. »Sie sollten sich lieber ein Bier bestellen. Kostet nur ein Pfund.«

Er sprach mit starkem Südlondoner Akzent und trug ein Lacoste-Shirt, das über seinem muskulösen Brustkorb spannte. Als er die Hand nach dem Bier ausstreckte, fiel Philip eine klobige Rolex auf.

»Auf den Weg in den Urlaub?«, fuhr er fort.

»Ja«, bestätigte Philip. »Und Sie?«

»Jedes Jahr aufs Neue«, meinte der Mann. »Spanien hat eben doch die meiste Sonne.«

»Oder England. Zurzeit jedenfalls«, wandte Philip ein.

»Wohl wahr«, stimmte ihm der Mann zu. »Nur verlassen kann man sich nicht darauf. Das ist ja das Problem.« Er streckte seine fleischige Hand aus. »Ich heiße Vic.«

»Philip.«

»Nett, Sie kennen zu lernen, Philip.« Vic trank einen Schluck Bier und atmete hörbar zufrieden aus. »Wie tut das gut, alles einmal hinter sich zu lassen. Ich bin im Baugewerbe beschäftigt. Neue Küchen, Anbauten … das Geschäft läuft rund um die Uhr außerordentlich gut.«

»Das glaube ich gern«, pflichtete ihm Philip bei.

»Ein wenig zu gut, wenn Sie mich fragen. Aber es hat unsere neue Wohnung finanziert. Meine Frau ist bereits unten und sonnt sich.« Vic nippte erneut an seinem Bier und lehnte sich bequem zurück. »Und Sie, Phil, wo arbeiten Sie?«

»Ich … .« Philip räusperte sich. »Im Bankwesen. Ziemlich langweilig.«

»Ach ja? Bei welcher Bank?«

Eine kaum merkliche Pause entstand.

»National Southern.«

Vielleicht sagte dem Mann der Name gar nichts. Vielleicht würde er einfach nur nicken und zustimmend etwas murmeln.

Doch Vics Gesichtsausdruck verriet, dass dieser mit dem Namen sehr wohl etwas anzufangen wusste.

»National Southern. Ist die nicht gerade von einer anderen Bank übernommen worden?«

»Richtig.« Philip lächelte gequält. »Von PBL, einer Internetfirma.«

»Hatte ich doch im Gefühl, dass es so etwas war.« Vic hielt nachdenklich inne. »Wie wird es dort weitergehen?«

»Bisher weiß das keiner so genau.« Philip lächelte verkrampft. »Die Entscheidung steht noch aus.« Er trank erneut Orangensaft, atmete hörbar aus und war von seiner entspannten Antwort selbst verblüfft.

Andererseits hatte er sich mittlerweile an derlei Fragen

gewöhnt. Das Stirnrunzeln, die zusammengezogenen Augenbrauen, die Erkundigungen. Manch einer fragte ganz unschuldig. Andere wiederum – die aufmerksam die Leitartikel verfolgt hatten – versteckten ihre Besorgnis hinter einem gespielten Optimismus: »Bei Ihnen persönlich bleibt doch aber alles beim Alten, nicht wahr?« Jedes Mal aufs Neue lächelte er beschwichtigend: »Bei mir? Nein, bei mir wird sich nichts ändern.« Daraufhin entspannten sich die Gesichtszüge, und er wechselte geschickt das Thema und schenkte Wein nach.

Erst geraume Zeit später wechselte er stets einen beziehungsvollen Blick mit Chloe. Und erst wenn alle nach Hause gegangen waren, ließ er seine verkrampfte Fassade wie eine schäbige Kostümierung fallen.

»'tschuldigung.« Vic nickte Philip zu. »Lässt sich nicht verschieben.«

Während Vic sich einen Weg durch den Gang bahnte, wandte sich Philip an eine der Flugbegleiterinnen.

»Einen doppelten Brandy, bitte.« Als er seine zitternden Hände bemerkte, stützte er den Kopf darauf. Kurz darauf spürte er Chloes kühle Hand im Nacken.

»Du hast es versprochen«, sagte sie mit tiefer, fester Stimme. »Du hast versprochen, nicht darüber nachzudenken. Ganz zu schweigen, darüber zu reden.«

»Was sollte ich denn tun?« Er hob den Kopf und spürte, wie seine Wangen glühten. »Was kann ich machen, wenn mich die Leute ausfragen?«

»Du könntest lügen.«

»Lügen.« Philip musterte Chloe ungehalten. Manchmal sah sie die Dinge wirklich ein wenig zu vereinfacht, wie ein Kind. Sie betrachtete die Welt durch ihre himmelblauen Augen und entdeckte ein Muster und eine logische Ordnung, die ihr einleuchteten. Er dagegen sah lediglich ein willkürlich chaotisches Durcheinander. »Du schlägst also vor, über berufliche Belange einfach zu lügen.«

»Warum nicht?« Chloe machte eine Handbewegung in Richtung Vics leerem Sitzplatz. »Glaubst du wirklich, ihn interessiert es, was du tust? Ihm war lediglich an einer Unterhaltung gelegen. Dann steuere du doch die Unterhaltung in die Richtung, in der du sie haben willst.«

»Chloe...«

»Du könntest den Leuten erzählen, du wärst... Postbote. Oder Farmer. Kein Gesetz schreibt vor, dass man ständig nur die Wahrheit sagen muss, oder?«

Philip schwieg.

»Du musst dich schützen«, fuhr Chloe etwas behutsamer fort und drückte seine Hand. »Die kommende Woche über arbeitest du nicht für eine Bank. Du bist... Flugzeugpilot. Einverstanden?«

Philip musste lächeln. »Einverstanden«, stimmte er zu. »Einigen wir uns auf Flugzeugpilot.«

Er lehnte sich zurück, atmete mehrmals tief durch und versuchte sich zu entspannen. Dann spähte er zu Sam und Nat hinüber. Zu seiner Überraschung verließen die beiden gerade ihre Sitzreihe.

»Ihr doppelter Brandy, Sir«, meldete sich die Flugbegleiterin. »Das macht zwei Pfund.«

»Vielen Dank.« Philip durchsuchte hektisch seine Taschen nach Kleingeld. »Ich frage mich, was die beiden im Schilde führen«, murmelte er Chloe zu. »Sie haben sich auf die Socken gemacht.«

»Das ist mir egal.« Chloe wandte sich wieder ihrem Roman zu. »Sie können tun und lassen, was sie wollen. Wir sind im Urlaub.«

»Solange sie keinen Unsinn anstellen...«

»Sie werden keinen Unsinn anstellen«, beruhigte ihn

Chloe und blätterte eine Seite weiter. »Schließlich haben sie einen Flugzeugpiloten zum Vater.«

»Das nennt sich Clubklasse«, murmelte Sam Nat zu, als sie sich behutsam den Gang entlang vorarbeiteten. »Dort gibt's jede Menge Zeugs ohne zu bezahlen.«

»Was denn zum Beispiel?«

»Champagner zum Beispiel.«

»Den *geben* sie dir dort ganz einfach?« Nat musterte Sam skeptisch.

»Klar, wenn du darum bittest.«

»*Dir* werden sie ihn wohl kaum geben.«

»Und ob, wirst schon sehen.«

Ohne dass sie jemand angehalten hätte, hatten sie das vordere Abteilende erreicht. Vor ihnen hing allerdings ein schwerer blauer Vorhang, den Nat als Hinweis darauf deutete, dass sie jetzt umkehren sollten.

»Okay«, murmelte Sam, schob den Vorhang etwas zur Seite und lugte durch den Spalt. »Ganz hinten sind zwei Plätze frei. Pflanz dich einfach auf einen von denen, als ob es dein Sitz wäre – und mach total einen auf chichi.«

»Was ist denn chichi?«

»Du weißt schon, so mit ›Hallo, mein Engel‹ und ›Bussi, Bussi‹.«

»Hallo, mein Engel«, murmelte Nat versuchsweise vor sich hin. »Sam...« Er hielt inne.

»Was ist?«

»Also irgendwie...«

»Nun komm schon. Ist doch kein Mensch da.«

Seelenruhig hob Sam den Vorhang an, schubste Nat vor und ließ ihn hinter ihnen beiden wieder fallen. Wortlos plumpsten die beiden Jungs auf die zwei freien Sitzplätze. Keiner der Passagiere nahm von ihnen Notiz.

»Echt nett hier, was?«, wandte sich Sam leise an Nat, der mit weit aufgerissenen Augen nickte. Ihm kam hier alles wie in einer anderen Welt vor: hell und ruhig und geräumig. Sogar die Leute sahen anders aus. Weder stritten sie noch lachten sie schallend oder beschwerten sich über ihr Essen. Sie saßen einfach nur ruhig da. Selbst die beiden Mädchen in ihren identischen blauen Kleidchen saßen manierlich da und tranken etwas, das wie ein Erdbeershake aussah. Er betrachtete sie eine Weile, dann wanderte sein Blick weiter – und verharrte entsetzt.

Jemand beobachtete sie. Ein Mädchen mit dunkelroten Dreadlocks, die ganz so aussah, als ob sie genau wüsste, was die beiden im Schilde führten. Irgendwie wirkte sie selbst so, als ob sie nicht in die Businessklasse gehörte. Sie grinste, und als Nat sie wie ein hypnotisiertes Karnickel fixierte, streckte sie ihm aufmunternd den erhobenen Daumen entgegen. Panisch wandte Nat sich ab und spürte, wie er knallrot anlief.

»Sam«, flüsterte er. »Sam, jemand hat uns gesehen.«

»Na und?« Sam grinste. »Schau, da kommt eine Stewardess.«

Nat blickte auf und versteinerte. Tatsächlich steuerte eine Flugbegleiterin auf sie zu – doch einen besonders freundlichen Eindruck machte sie nicht.

»Entschuldigung«, begann sie, sowie sie in Hörweite war. »Ihr befindet euch hier in der Businessklasse.«

»Ich weiß.« Sam lächelte sie ungerührt an. »Ich hätte gerne ein Glas Champagner, bitte. Und mein Juniorpartner ebenfalls.«

Nat kicherte jetzt. »Ehrlich gesagt ziehe ich einen Milchshake vor, falls das keine Umstände bereitet. So wie die beiden dort drüben«, fügte er hinzu und deutete auf die kleinen Mädchen in den blauen Kleidchen. Doch die Flugbegleiterin schien ihm überhaupt nicht zuzuhören.

»Darf ich euch bitten, wieder eure Plätze hinten einzunehmen.« Sie warf Sam einen eisigen Blick zu.

»Dies sind unsere Plätze«, erwiderte Sam. »Wir haben ein Upgrading bekommen.«

Die Flugbegleiterin schien knapp vor einer Gewaltattacke zu stehen. Doch dann machte sie auf dem Absatz kehrt und entfernte sich wortlos Richtung Cockpit. Sam grinste Nat an.

»Läuft doch alles fabelhaft, findest du nicht? Jetzt können wir allen erzählen, dass wir Businessklasse geflogen sind.«

»Supercool.« Nat grinste zurück.

»Schau mal, die Rückenlehne lässt sich mit diesem Knopf hier ganz nach hinten stellen.« Sam lehnte sich so weit es ging zurück, und Nat machte es ihm sofort nach.

»Hmm, Darling«, gurrte Sam mit einer Stimme, bei der Nat immer kichern musste. »Ich finde es phantastisch im Liegen zu fliegen. Du nicht auch, Darling? Warum soll man aufrecht sitzen, wenn man auch liegen kann? Warum soll man…«

»So, Jungs.« Eine Stimme unterbrach seine Vorführung. »Der Traum ist ausgeträumt. Und nun die Sitze wieder gerade stellen, ihr beiden.«

Der Mann, der auf sie hinunterfunkelte, trug eine Jacke mit einem offiziell wirkenden Abzeichen und hielt einen Notizblock in der Hand. Nachdem die Rückenlehnen wieder in ihrer Ausgangsposition waren, fuhr er fort: »Und jetzt empfehle ich, dass ihr unverzüglich und ohne großes Aufhebens auf eure hinteren Plätze zurückkehrt. Dann muss ich eure Eltern nicht informieren. Einverstanden?«

Die beiden schwiegen.

»Oder aber«, fuhr der Mann fort, »wir spazieren gemeinsam zu euren Eltern und erklären ihnen, was eben vorgefallen ist.«

Resigniert zuckte Sam mit den Achseln.

»Gehen wir, Nat«, sagte er mit lauter Stimme. »Das gewöhnliche Fußvolk ist hier offenbar nicht willkommen.«

Beim Aufstehen registrierte Nat, dass sie von allen ringsherum angeglotzt wurden.

»Tschüss«, grüßte er höflich das Mädchen mit den Dreadlocks. »Nett, dich kennen gelernt zu haben.«

»Tschüss«, erwiderte das Mädchen mitfühlend. »Schade, dass ihr nicht bleiben konntet. Hey, wollt ihr ein Souvenir haben?« Sie bückte sich und zog ein modisches Necessaire hervor, auf dem der Schriftzug »Regent Airways« prangte. »Nehmt das mit. Es enthält Seife, Shampoo, Rasierwasser…« Sie warf es durch die Luft und Nat fing es automatisch auf.

»Cool!«, dankte er erfreut. »Schau mal, Sam!«

»Das ist echt toll«, stimmte Sam zu, »ein verdammt tolles Ding sogar.«

»Möchtest du auch eines?«, ertönte eine Stimme weiter vorne. Eine ältere Dame drehte sich um und reichte Sam ein identisches Necessaire. »Nimm meins. Ich werde es ohnehin nicht benutzen.«

»Danke!« Er lächelte ihr breit zu. »Ihr Businessklassetypen seid echt in Ordnung.«

Von allen Seiten ertönte Gelächter.

»Jetzt ist aber Schluss«, ermahnte sie der Mann mit dem goldenen Abzeichen streng. »Zurück auf eure Plätze!«

»Tschüss, alle Mann!« Sam winkte nach allen Seiten. »Und ganz *herzlichen* Dank auch.« Er verbeugte sich und verschwand hinter dem Vorhang.

»Tschüss!«, verabschiedete sich Nat etwas atemlos. »Genießen Sie Ihren Champagner!« Während er Sam zurück in die Economyklasse folgte, hörte er in seinem Rücken Gelächter.

Nachdem die beiden Jungs verschwunden waren, herrschte unter den Businessklassepassagieren noch eine Weile Heiterkeit, ehe sie sich wieder ihren vorherigen Tätigkeiten widmeten.

»Also wirklich!« Amanda griff nach ihrer *Vogue*. »Ganz schön dreist. Ich weiß, es ist ein Klischee, aber die Kinder heutzutage…« Sie blätterte eine Seite weiter und begutachtete ein Paar Schlangenlederstiefel. »Sie glauben anscheinend, dass ihnen alles zusteht. Findest du nicht auch?« Sie schaute hoch. »Hugh?«

Hugh schwieg. Er starrte unverwandt auf den Vorhang, der sich hinter den beiden Jungs geschlossen hatte.

»Hugh!«, wiederholte Amanda ungeduldig. »Was ist los?«

»Nichts.« Hugh drehte sich ihr zu. »Nur… der Ältere der beiden Jungs.«

»Was ist mit ihm? Ein verdammter Hooligan, wenn du mich fragst. Wie der angezogen war… diese scheußlich weiten Shorts, die jetzt offenbar alle tragen…«

Er kam ihm bekannt vor. Seine Augen. Diese Augen.

Amandas missbilligender Blick fixierte ihn. »Du bist doch nicht etwa der Ansicht, dass man sie hier hätte sitzen lassen sollen?«

»Natürlich nicht! Nein. Nur… ach, nichts.« Hugh schüttelte den Kopf, als ob er sich eines total grotesken Gedankens entledigen müsse, dann lächelte er unverbindlich seine Frau an und widmete sich erneut der *Financial Times*.

3

Die Straße wand sich steil und im Zickzack die Berge hinauf, ein schmaler, in die Abhänge eingeschlagener Streifen. Hugh fuhr schweigend, konzentrierte sich auf die Straße und nahm die Kurven geschmeidig und sicher. Die Großraumlimousine mit Klimaanlage hatte bereits am Flughafen auf sie gewartet, ihr Gepäck war vollzählig und unversehrt angekommen: Bisher war alles nach Plan verlaufen.

Als er sich einer besonders steilen Kurve näherte, hielt er kurz an und bewunderte die sich endlos hinstreckenden graugrünen Berge, die bizarren Felsen und den makellos blauen Himmel. Lag dort hinten etwa schon das Meer? Er war sich nicht sicher, ob er die Himmelsrichtung korrekt einschätzte. Vielleicht handelte es sich lediglich um ein Trugbild. Die Wahrnehmung in den Bergen und in der Sonne konnten einem gelegentlich einen Streich spielen. Perspektiven veränderten sich, das Urteilsvermögen funktionierte nur eingeschränkt. Hier oben benahm sich manch einer plötzlich anders. Hier oben, weit über der restlichen Welt, weit entfernt von jeglicher Kritik.

Sein Blick wanderte über die zackigen Berggipfel. Die Höhe beflügelte ihn. Vielleicht zählte es zu den menschlichen Grundbedürfnissen, hoch hinaus zu wollen. Hoch hinaus, um von dort aus einen anderen, weiteren Blickwinkel zu haben und sofort den nächsthöheren Gipfel auszuspähen, um sich der nächsten Herausforderung zu stellen.

Amanda war er zum ersten Mal in den Bergen begegnet – doch war es eine ganz andere Bergwelt gewesen. Er war mit einer Gruppe begeisterter Skifahrer, die er noch von der Universität her kannte, in Val d'Isère gewesen; sie hatte mit einer Reihe von alten Schulfreundinnen das angrenzende Chalet bewohnt. Schnell hatten die beiden Gruppen herausgefunden, dass sie einander bereits kannten. Genauer gesagt, einer von Hughs Kumpeln war früher mit einem der Mädchen liiert gewesen – und einige der anderen waren sich bereits auf Londoner Partys begegnet.

Lediglich Hugh und Amanda waren sich fremd – was sich allerdings blitzartig änderte. Beide waren ausgezeichnete Skifahrer, beide waren durchtrainiert und braun gebrannt, beide arbeiteten mitten in London. Ab dem dritten Tag ihres Urlaubs unternahmen sie gemeinsame Skiausflüge abseits der regulären Pisten. Und schon bald verbrachte Hugh – unter dem wohlwollenden Beifall seiner Freunde – die Nächte nicht mehr in seiner ursprünglichen Unterkunft, sondern nebenan im Chalet. Alle waren sich einig, dass die beiden ein ideales und blendend aussehendes Paar abgaben. Auf ihrer Hochzeit eineinhalb Jahre später formierte sich die Ehrengarde vor der Kirche aus ineinander verschränkten Skiern und die Rede der Trauzeugen war mit *Après-Ski*-Scherzen gespickt gewesen.

Der jährliche Skiurlaub war zur Tradition geworden. Jeden Februar kehrte das Ehepaar in die herrliche Berggegend zurück, in der sie einander das erste Mal begegnet waren. Sie fühlten sich während dieser einen Woche wie damals in den Flitterwochen: voneinander und von den Bergen verzaubert, voller Enthusiasmus und Tatendrang. Sie fuhren rasant und ausgesprochen elegant Ski, ohne dabei viele Worte zu verlieren, denn sie wussten instinktiv, welche Richtung der andere ansteuerte. Hugh kannte

Amandas Skifahrerkünste wie seine eigenen. Da sie von Kindesbeinen an Ski fuhr, war sie verwegener als er – doch Risiken gegenüber hatte sie dieselbe vernünftige Einstellung. Zwar scheuten sie keine steilen Pisten abseits der Route, doch keiner von beiden sah irgendeinen Sinn darin, nur wegen eines kurzen Augenblicks der prickelnden Erregung sein Leben aufs Spiel zu setzen.

Die Kinder hatten sie bisher noch nicht zum Skifahren mitgenommen. Amanda wollte zwar unbedingt, dass sie so früh wie möglich mit diesem Sport anfingen – doch Hugh hatte sich dagegen ausgesprochen und war ungewohnt hartnäckig geblieben. Er brauchte diese eine Woche im Jahr, um die Beziehung zu Amanda erneut zu entflammen. Wenn er in dieser wunderbaren, sonnenfunkelnden Schneewelt ihren geschmeidigen, sportlichen, in enge Designerskikleidung gehüllten Körper beobachtete, verspürte er wieder jenes Verlangen, jene Bewunderung und jene Beschwingtheit, die er das erste Mal in Val d'Isère für sie empfunden hatte.

Weswegen er diese alljährliche Auffrischung brauchte – und was passieren würde, wenn sie ausbliebe – hatte er sich nie gefragt. Hugh startete den Motor wieder und fuhr die steile Straße im ersten Gang hinauf.

»Eine wunderschöne Landschaft«, meinte Amanda. »Kinder, genießt die Aussicht. Schaut euch das kleine Dorf da drüben an.«

Hugh schaute kurz aus dem Fenster. Hinter einer Kurve war eine Ansammlung leuchtend weißer, am Hang klebender Häuser zu sehen. Er sah die Ziegeldächer, die winzigen schmiedeeisernen Balkone und die Wäsche, die zum Trocknen aufgehängt worden war – dann machte die Straße erneut eine Biegung, und das Dorf verschwand aus seinem Sichtfeld.

»Das muss San Luis sein.« Er riskierte einen Blick auf Gerards Beschreibung. »Recht hübsch, nicht wahr?«

»Scheint so«, stimmte ihm Amanda zu.

»Mir ist schlecht«, ertönte Beatrices Stimme.

»Nicht doch.« Amanda drehte sich zu Beatrice um. »Warte noch ein wenig, Liebling. Wir sind gleich da. Schau dir die schönen Berge an!« Und an Hugh gewandt murmelte sie: »Wie lange dauert das denn noch? Diese Straße ist ein Alptraum.«

»Das sind aber gar keine Berge«, krähte Octavia. »Das sind Hügel. Auf Bergen ist obendrauf Schnee.«

»Sehr weit kann es nicht mehr sein.« Hugh studierte blinzelnd Gerards Anweisungen. »Von San Luis aus sind es noch ungefähr fünf Meilen.«

»Besitzer einer Villa im Niemandsland zu sein ist sicher spannend«, kommentierte Amanda gereizt. »Vor allem wenn man dafür stundenlang auf lebensgefährlichen Gebirgsstraßen herumkurven muss…«

»Als lebensgefährlich würde ich sie nicht gerade bezeichnen«, entgegnete Hugh konzentriert und nahm eine scharfe Linkskurve. »Aber kurvenreich, das ist sie.«

»Du sagst es. Kurvenreich ist die richtige Bezeichnung. Der Himmel weiß, wo sich der nächste Lebensmittelladen befindet…«

»In San Luis vermutlich.«

»In dem Nest?«, fragte Amanda entsetzt. »Das kommt mir aber äußerst mickrig vor.«

»Um die Einkäufe brauchen wir uns ohnehin keine Sorgen zu machen. Gerard hat versprochen, sämtliche Lebensmittel für uns vorrätig zu haben.«

»Was überhaupt nichts zu bedeuten hat«, gab Amanda spitz zurück. »Ich habe noch nie einen derart schlecht organisierten Menschen erlebt!«

»Da bin ich mir nicht so sicher«, gab Hugh ruhig zurück. »Die Informationen hat er uns immerhin gefaxt.«

»Aber erst, nachdem ich seine Assistentin dreimal angerufen hatte. Sie wiederum schien keinen blassen Schimmer von der Sache zu haben.« Ihr Kiefer verspannte sich. »Wenn du mich fragst, hatte er uns vollkommen vergessen. Vermutlich verteilt er, wo er steht und geht, nach einigen Gläsern Wein seine Einladungen und vergisst sie gleich wieder.«

Hugh dachte an das Mittagessen zurück, als Gerard die Villa zum ersten Mal erwähnt hatte. Zunächst einmal war es eine etwas peinliche Situation gewesen. Die beiden hatten sich seit der Schulzeit nicht mehr gesehen, hatten sich jedoch eine Woche zuvor auf einer Ausstellung getroffen, bei der Hughs Firma als Sponsor agierte. Sie hatten sich spontan für einige Tage später zum Mittagessen verabredet und Hugh hatte mehrmals erwogen, das Treffen abzusagen. Schließlich hatte die Neugier gesiegt, denn Gerard war in der Zwischenzeit sehr bekannt geworden: Ständig tauchte er im Fernsehen und in der Presse auf und genoss das Leben offenbar in vollen Zügen.

Die Einladung in seine spanische Villa war Hugh zunächst als Teil seines etwas protzigen Gehabes erschienen. Es passte zu seiner Angewohnheit, ständig die Namen anderer Prominenter fallen zu lassen, es passte zu seinem maßgeschneiderten Anzug und seiner wiederholten Erwähnung der Tatsache, dass er stets erster Klasse flog. Erst zum Abschluss der Mahlzeit – bei der sie zu zweit zwei Flaschen Wein geleert hatten – war Hugh klar geworden, dass Gerard, wenn auch ziemlich betrunken, geradezu erpicht darauf schien, dass Hugh Gebrauch von der Villa machte. Er zog seinen Terminkalender hervor und wollte ein Nein als Antwort nicht gelten lassen. Als Hugh zugestimmt hatte, hatten Gerards pausbäckige Gesichtszüge vor Freude geglüht. Und plötzlich erinnerte sich Hugh an ihn als Schuljungen, als er einmal einen der Lehrer in Sachen Tischmanieren gerügt und darüber offenbar eine ähnlich große Freude empfunden hatte. Damals allerdings hatte das niemanden beeindruckt. Gerard war in der Schule nicht sonderlich beliebt gewesen, und Hugh war überzeugt davon, dass hinter seinem betont aufmüpfigen Benehmen ein unglückliches Kind steckte. Vielleicht war diese großzügige Einladung ein Versuch zu zeigen, wie weit er es seitdem gebracht hatte.

Während Hugh in Gedanken versunken war, schlingerte der Wagen auf den äußeren Straßenrand zu. Amanda stieß einen röchelnden Schrei aus. »Hugh! Du wirst uns noch in den Abgrund fahren!«

»Schon in Ordnung.« Hugh riss das Steuer herum. »Kein Problem.«

»Verdammt, Hugh! Wir wollen lebend dort ankommen. Das ist doch wohl nicht zu viel verlangt.«

»Hey, schaut mal!«, rief Jenna. »Da ist unsere Villa!« Alle Köpfe flogen herum, und Hugh verlangsamte unwillkürlich. In hundert Metern Entfernung war ein schmiedeeisernes Tor zu sehen, hinter dem eine Schotterstraße zu einem Betonmischer führte, der vor einem halbfertigen Rohbau mit zwei Geschossen und ein paar Stützmauern stand. »War doch bloß ein Scherz!«, sagte Jenna. Die beiden kleinen Mädchen kicherten.

»Sehr witzig«, gab Amanda gereizt zurück. »Fährst du jetzt bitte weiter, Hugh?«

Schweigend setzten sie die Fahrt fort. Über den Rückspiegel sah Hugh, wie Jenna für Octavia und Beatrice Grimassen zog und sie lautlos aufforderte, nicht zu lachen. Schließlich brach ein unterdrücktes Kichern aus Octavia heraus, und Amanda drehte sich abrupt um.

»Ein schönes Haus«, meinte Jenna unschuldig. »Wirklich, schauen Sie, dort hinten. Das ist es doch, nicht wahr?« Hugh sah angestrengt nach vorn auf eine große, am Hang gelegene, pfirsichfarbene Villa.

»Das glaube ich kaum«, meinte er. »Laut Anweisung müssen wir links abbiegen, um zu Gerards Villa zu gelangen.«

»Wie schade«, flötete Jenna, als sie an der Villa vorbeifuhren. »Wird unser Haus auch so viel Platz haben?«

»Es ist recht geräumig.« Hugh warf erneut einen Blick auf die Wegbeschreibung. »Ob sie aber ganz so groß …«

»Dann ist Ihr Freund Gerard ganz gut bei Kasse?«

»Nun ja«, erwiderte Hugh. »Das wird er wohl sein. Ehrlich gesagt kenne ich ihn nicht besonders gut.«

»Ich bin ihm noch nie begegnet«, warf Amanda ein.

»Sie kennen ihn nicht und trotzdem stellt er Ihnen sein Haus zur Verfügung?«, hakte Jenna nach. »Der Mann ist sehr vertrauensselig.«

Hugh lachte.

»Früher kannte ich ihn besser. Während der Schulzeit waren wir befreundet und haben uns später aus den Augen verloren. Vor ein paar Monaten sind wir uns zufällig wieder über den Weg gelaufen, und spontan hat er uns dieses Haus für eine Woche angeboten. Das finde ich sehr großzügig von ihm.« Hugh hielt inne und runzelte die Stirn. »Komisch. Laut Wegbeschreibung sollten wir eigentlich längst da sein. Es sei denn, wir haben irgendetwas übersehen …« Er nahm die Anweisungen erneut zur Hand.

»Gütiger Himmel!«, rief Amanda aus. »So werden wir nie ankommen! Sicher hat uns die Assistentin die falsche Wegbeschreibung gefaxt, und wir sind auf der falschen Seite des Berges. Vermutlich sollten wir irgendwo dort drüben sein!« Sie deutete auf einen entfernten Berggipfel. Hugh schnaubte.

»Amanda, hab ein wenig Vertrauen.«

»Vertrauen in was?«, schnappte Amanda zurück. »In dich? Oder in diesen Gerard, der offenbar auf einem anderen Planeten lebt?« Sie schlug unwillig mit dem Handrücken gegen das Blatt Papier. »Ich hätte gleich merken sollen, dass diese Idee einer spanischen Villa einfach zu verlockend war, um wahr zu sein. Nicht einmal ein Foto haben wir von dem Gebäude! Nur dieses mickrige Fax als Beschreibung.«

»Amanda...«

»Wir hätten *Club Med* buchen sollen. Bei *Club Med* kann man sich ganz sicher sein. Zumindest weiß man, was einen erwartet! Ich meine – was, wenn wir es nicht finden? Was machen wir dann?«

»Moment mal!« Hugh verlangsamte. »Meiner Meinung nach könnte das unsere Abzweigung sein.«

Er lenkte den Wagen von der Hauptstraße auf eine schmalere Straße. Verkrüppelter Stechginster wich Oliven- und Zitronenhainen. Sie rumpelten an einer Reihe von kleineren Häusern vorbei und erreichten ein schmuckes, blaues, per Video überwachtes Tor.

»Die Villa del Serrano ist das Haus nach dem blauen Tor«, las Hugh laut vor. Er fuhr noch hundert Meter weiter und hielt vor einem unscheinbaren Schild. Keiner sagte ein Wort, als sie vom Weg abbogen und sich langsam einem schmiedeeisernen, mit Gold verzierten Tor näherten.

»Villa del Serrano.« Hugh las den in Stein eingravierten Schriftzug und hielt den Wagen an. Lächelnd drehte er sich zu den Mädchen um. »Da sind wir endlich. Alles in Ordnung, Beatrice? Octavia?«

»Haben wir einen Schlüssel für das Tor?«, erkundigte sich Amanda.

»Nein, keinen Schlüssel.« Hugh griff in seine Tasche,

zog einen elektronischen Kleinempfänger hervor und richtete ihn auf das Tor. Alle schwiegen gespannt. Dann öffnete sich das Tor majestätisch.

»O mein Gott«, hauchte Jenna. »Das ist ja unglaublich!«

Vor ihnen tat sich eine im Halbrund angelegte Auffahrt mit Pinien und Palmen auf. Das Haus war weiß gestrichen, die Balkonbalustraden aus Eisen geschmiedet, und das mit roten Ziegeln bedeckte Dach verlief schräg. Riesige Terracottatöpfe mit weißen Blumen säumten in Abständen die Auffahrt, gepflasterte Wege führten durch die schattigen Rasenflächen. Etwas weiter entfernt glitzerte das Blau des Schwimmbeckens.

Stumm fuhren sie weiter und kamen vor einem mit Säulen eingefassten Eingang zum Stehen. Sie stiegen aus und starrten beeindruckt die Fassade an. Die heiße, duftende Luft draußen erschien ihnen nach der klimatisierten Fahrt wie ein warmes Bad.

»Wollen wir es uns von innen ansehen?«, fragte Hugh.

»Warum nicht?«, erwiderte Amanda mit gespielter Gleichgültigkeit.

Sie näherten sich dem Säulenportal. Hugh fand in seiner Tasche den Schlüssel und öffnete die schwere Eingangstür. Das schrille Pfeifen einer Sirene ertönte.

»Mist«, fluchte Hugh. »Das wird wohl das Alarmsystem sein.« Er eilte zum Auto und kehrte mit Gerards Anweisungen in der Hand zurück. »Also, die Kammer zur Rechten... drei-fünf-vier-sechs-zwei... Bestätigungstaste drücken.« Gewissenhaft tippte er die Zahlen ein, und der Alarm hörte abrupt auf. Hugh trat aus der Kammer und sah sich nun zum ersten Mal richtig um.

Sie befanden sich in einer weitläufigen, mit Marmor gefliesten Eingangshalle, in deren Mitte ein runder Tisch aus dunklem Holz stand. Vor ihnen wand sich eine weit ausholende breite Treppe zu einem Absatz, über ihnen war die hohe, gewölbte Decke mit Trompe-l'oeil Wolken verziert. Hugh folgte Amandas verblüfftem Blick, und ein Lächeln huschte über sein Gesicht.

»Nun, Amanda«, konnte er sich nicht verkneifen zu bemerken. »Möchtest du immer noch in den *Club Med*?

Sie hatten zum wiederholten Mal angehalten, weil Nat sich übergeben musste. Philip kauerte neben ihm am Straßenrand und versuchte ihn zu beruhigen, dann blickte er auf die Uhr. Bereits seit über zwei Stunden saßen sie im Auto, eine Stunde länger, als es laut Gerards Anweisungen hätte dauern sollen. Nachdem sie den Flughafen hinter sich gelassen hatten, waren sie die Küstenstraße in die falsche Richtung gefahren und hatten sich hoffnungslos verfranzt. Ihren Fehler hatten sie erst bemerkt, als sie in einem berüchtigten Ferienort voller braun gebrannter englischer Touristen ankamen, die Hamburger verspeisten.

Chloe war die ganze Zeit über betont optimistisch geblieben: Sie hatte geschwiegen, als Philip im Versuch umzudrehen den Motor abwürgte, und stattdessen dem Lastwagenfahrer zugelächelt, als dieser sich aus seinem Fenster gelehnt und ihnen unverständliche spanische Beleidigungen an den Kopf geschmettert hatte. Wie sie so unbekümmert heiter bleiben konnte, war Philip ein Rätsel. Er selbst fühlte sich wie eine vor innerlich aufgestauter Wut jede Sekunde platzende Espressomaschine – frustriert über sich selbst, frustriert über Gerards vage gehaltene Wegbeschreibung, frustriert über Spanien, weil es so heiß und trocken und fremd war.

Sein Blick wanderte über die Berge, die sich vor ihm ausdehnten. Keine schöne Landschaft, dachte er missmutig. Das Grün dieser Berge war eine Illusion. Aus der Nähe betrachtet entpuppten sie sich als karg, zerklüftet und verwahrlost. Überall ausgetrocknete Flussbetten, hervorspringende Felsen und spärliches Gebüsch, die sich gegenseitig das Lebensrecht streitig machten.

»Jetzt geht es mir besser.« Nat richtete sich auf. »Glaube ich jedenfalls.«

»Prima.« Philip legte einen Arm um Nats Schulter und drückte ihn fest an sich.

»Wir warten noch ein paar Minuten, ehe wir weiterfahren.« Er wandte sich Chloe zu, die an den Wagen gelehnt Gerards Wegbeschreibung studierte. »Was glaubst du, wie lange wir noch fahren müssen?«

»Nicht mehr weit. Wir müssen einen kleinen Ort namens San Luis finden.« Begeistert sah sie zu ihm auf. »Diese Villa hört sich wirklich phantastisch an. Vier Schlafsuiten. Zwei Morgen Land. Und ein Zitronenhain!«

»Sehr schön.«

»Und hör nur!« Chloe gluckste Belustigung. »Die Villa hat kugelsichere Fenster!«

»Kugelsichere Fenster?« Philip musterte sie ungläubig. »Bist du dir sicher?«

»So jedenfalls steht es hier. Und das Alarmsystem ist direkt mit der örtlichen Polizeistation verbunden. Einbrecher werden wir wohl nicht zu erwarten haben.«

»Typisch Gerard.« Philip schüttelte ungehalten den Kopf. »Wozu in aller Welt braucht er das alles?«

»Vielleicht hat er Sorge, dass ein verärgerter Weinbauer es auf ihn abgesehen hat.« Chloe kicherte. »Vielleicht ist jemand auf ihn angesetzt worden.«

»Größenwahn ist wohl eher der Grund.«

Chloe senkte das Blatt Papier und fixierte ihn mit ihren klaren, blauen Augen.

»Du kannst Gerard nicht ausstehen, oder?«

»Nicht doch, ich mag ihn!«

»Das tust du nicht. Du konntest ihn noch nie leiden.«

»Ich… ach, ich weiß auch nicht.« Philip zuckte unschlüssig mit den Schultern. »Er hält sich für so verdammt amüsant und geistreich.«

»Er ist amüsant und geistreich«, bekräftigte Chloe. »Es ist sein Job, amüsant und geistreich zu sein.«

»Aber nicht auf anderer Leute Kosten.« Philip runzelte die Stirn und Chloe seufzte.

»Philip, so ist Gerard nun mal. Aber er will einem doch nichts Böses.«

»Er sollte sich nicht über deinen Beruf lustig machen«, beharrte Philip.

»Du bist einfach nur etwas überempfindlich. Er macht sich doch gar nicht darüber lustig. Nicht wirklich.« Chloe lächelte. »Komm schon. Schließlich hat er uns seine Villa kostenlos zur Verfügung gestellt.«

»Ich weiß. Das ist auch sehr großzügig von ihm.«

»Also…«

»Also ist er ein netter Kerl.«

»Ein netter Kerl«, wiederholte Philip ergeben und wandte sich ab.

Was den auf so reizende Weise zerstreuten Gerard Lowe betraf, würden Chloe und er niemals einer Meinung sein. Zweifellos hatte der Mann Charme. Außerdem war er ein ausgezeichneter Gastgeber, der einen ständig mit köstlichen Leckerbissen, Wein und dem neuesten Klatsch versorgte. Doch Philip vermutete hinter der Fassade der Jovialität einen adlerscharfen Blick, der ständig nach einer Schwäche oder einer Verletzlichkeit Ausschau hielt. Alle genossen es, von Gerard verspottet zu werden, das gehörte einfach mit dazu, das war Teil seines Unterhaltungswertes. Aber noch während das Opfer hilflos lachte, begannen Gerards Augen zu leuchten und signalisierten, dass es ihm wieder einmal gelungen war, einen wunden Punkt zielsicher zu treffen.

Chloe empfand seine neckenden Spötteleien als urkomisch. Sie kannte Gerard viel zu lange, um für seine Schwächen noch empfänglich zu sein. Gerard neckte sie mit kindlicher Besitzergreifung, die sie wiederum als schmeichelhaft empfand. Wenn er sie als »mein Mädchen« bezeichnete und besitzergreifend den Arm um ihre Taille legte, lachte sie und fand das charmant. Philip dagegen fand es widerlich.

»Wie auch immer«, sagte er und drehte sich wieder um. »Lass uns weiterfahren.«

»Jawohl.« Chloe blinzelte auf die vor ihnen liegende Straße. »Jetzt kann es wirklich nicht mehr sehr weit sein. Alles in Ordnung, Nat? Ab ins Auto mit dir.« Als sie alle wieder ihre Plätze eingenommen hatten, sah sie Philip lächelnd an. »Denk doch nur, gleich sind wir da. Ich kann es gar nicht recht glauben.«

In ihrer Stimme schwang eine solche Wehmut mit, dass Philip sich plötzlich seiner Griesgrämigkeit schämte. Chloe hatte sich diesen Urlaub wirklich verdient. Sie hatte es verdient, einmal auszuspannen und dem Alltag zu entfliehen. Er verhielt sich ihr gegenüber nicht fair. Und den Kindern gegenüber auch nicht.

»Gleich sind wir da«, echote er und nickte. »Fabelhaft, nicht wahr?«

»Findest du das ehrlich, Philip?« Während sie ihn betrachtete, schienen sich alle offenen Fragen in diesem Blick zu vereinen. »Bist du wirklich glücklich, hier zu sein?«

»Aber natürlich bin ich das.« Philip zog sie zu sich heran und küsste sie. »Natürlich bin ich das. Alles wird wunderbar.«

Hugh lag auf einem Liegestuhl neben dem Pool, eine aufgeschlagene Zeitung und ein Glas Bier neben sich. Er musste Gerard zugestehen, dass dieser Ort in der Tat ganz außergewöhnlich war. Er saß auf einer großen, auf mehrere Ebenen verteilten und mit Terrakotta gefliesten Fläche und war von riesigen Palmen und einem gepflegten Garten umgeben. Vor ihm wand sich das Schwimmbecken auf eine kleine Brücke zu, von wo aus das Wasser über einen Vorsprung in ein tiefer gelegenes, etwas flacheres Becken hinunterplätscherte. Hinter dem Schwimmbecken befand sich eine lange, schmiedeeiserne Balustrade – und dahinter wiederum nichts außer Bergen und blauem Himmel.

Das Haus selbst war ebenfalls zauberhaft. Ein riesiger Salon, ein lang gestrecktes Esszimmer, eine mit Schieferplatten eingerichtete Küche, die zu einem mit Wein berankten Wintergarten führte. Alles war luxuriös ausgestattet. Amanda allerdings hatte sofort registriert, dass es lediglich vier Schlafzimmer gab – also weniger, als man es von einem Haus dieser Größe erwartet hätte. Andererseits brauchten sie ja schließlich nicht mehr als vier Schlafzimmer. Die Unterkunft war also einfach perfekt.

Die Küche war bis unter die Decke mit Lebensmitteln gefüllt. Dabei handelte es sich nicht um gewöhnliche Lebensmittel, sondern meist um Feinschmeckerware. Meeresfrüchte, Pasteten und Käse, erlesene Weine und mit Obst überbordende Schalen. Selbst Amanda war überwältigt gewesen, als sie gemeinsam den übervollen Kühlschrank inspiziert hatten.

»Ananassaft«, hatte sie ungläubig gemurmelt und mit den Fingern abgezählt. »Maracujasaft. Apfelsaft, Orangensaft, Preiselbeersaft.« Vergnügt hatte sie aufgeblickt. »Möchte vielleicht jemand ein Glas Saft trinken?«

Hugh hatte sich ein Bier mit nach draußen in die Sonne

genommen. Jetzt nippte er daran und las mehr aus Trägheit denn aus Interesse den Zeitungsbericht noch einmal, den er aufgeschlagen hatte.

Ein leise trappelndes Geräusch ertönte, und er sah auf. Beatrice näherte sich dem Schwimmbecken. Sie trug einen Badeanzug, Schwimmreifen um die Oberarme und Plastiksandaletten. Ihre Haut war von der Sonnenschutzkrem mit Schutzfaktor vierundzwanzig ganz weiß und sie saugte mit einem Strohhalm an einem Orangensaft.

»Hallo.« Hugh ließ die Zeitung sinken. »Gehst du schwimmen?«

»Ja.« Beatrice setzte sich an den Beckenrand.

»Sollen wir …« Hugh räusperte sich. »Möchtest du mit Daddy schwimmen gehen?«

Er legte die Zeitung beiseite, erhob sich und streckte seiner Tochter die Hand entgegen. Sie beachtete ihn gar nicht.

»Komm schon, Beatrice!«, lockte sie Hugh. »Lass uns zusammen schwimmen gehen.«

»Ich will mit Mummy gehen«, erwiderte Beatrice und nuckelte verbissen an ihrem Saft.

»Wir könnten doch …«

»Nein!«, wehrte sich Beatrice, als Hugh ihre Hand nehmen wollte. »Ich will mit Mummy gehen!«

»Also gut«, gab Hugh nach und lächelte gequält. »Dann warten wir auf Mummy.«

»Beatrice?«, klang die besorgte Stimme Amandas auf der Terrasse. »Beatrice, wo bist du?«

»Sie ist hier!«, rief Hugh. »Es ist alles in Ordnung.«

Amanda tauchte mit Octavia an der Hand auf. Sie trug ein äußerst knappes Bikinihöschen, ein Paar mit Perlen verzierte Flip-Flops und ein enges, weißes T-Shirt.

»Beatrice, lass Daddy in Ruhe«, ermahnte sie ihre Tochter.

»Ist schon gut«, beschwichtigte Hugh.

»Ich habe ihr gesagt, sie soll bei mir bleiben, bis ich fertig bin.«

»Wo steckt Jenna?«, erkundigte sich Hugh. »Sollte sie dir nicht zur Hand gehen?«

»Sie packt ihren Koffer aus.«

Amanda ließ Octavias Hand los, warf das Handtuch auf einen Liegestuhl und befreite sich mit einer entschlossenen Bewegung von ihrem T-Shirt. Darunter trug sie nichts. Ihre Brüste waren fest und braun gebrannt und zeigten keinerlei Druckstellen eines BHs. Ihr Bauch war straff, ihr Rücken muskulös, ihre Armmuskeln trainiert. Mit ihrem kurz geschnittenen dunklen Haar, das im Sonnenlicht wie poliert wirkte, ähnelte sie einer Amazone, dachte Hugh.

»Hier«, wandte sie sich an Octavia, griff in ihre Tasche und zog vier Clementinen hervor. »Und du, Beatrice. Esst sie dort drüben auf dem Rasen, und legt die Schale anschließend in diese Tüte. Und lauft *vorsichtig.*«

Die beiden Mädchen tippelten gehorsam zu einem schattigen Stück Rasen und begannen die Clementinen zu schälen. Amanda beobachtete sie eine Weile lang aufmerksam, als ob sie gleich noch einen Befehl oder eine Ermahnung hinterherschicken wollte. Schließlich wandte sie sich seufzend ihrer Liege zu.

»Nun«, sagte Hugh, als sie sich setzte. »Jetzt sind wir hier. Nicht übel, was meinst du?«

»Es ist sehr hübsch«, gab Amanda widerstrebend und noch immer etwas schlecht gelaunt zu. Sie wühlte in ihrer Tasche, zog ein Taschenbuch hervor und schlug es auf. »Ein Jammer, dass ein Tennisplatz fehlt…«

»Dafür gehört uns das Haus ganz allein«, entgegnete Hugh. »Wir müssen uns um niemanden kümmern. Wir können tun und lassen, was wir wollen.«

Er nippte nochmals an seinem Bier, stellte das Glas auf dem Boden ab und begann zärtlich ihren nackten Busen zu streicheln.

»Hugh«, ermahnte ihn Amanda und sah zu den Kindern hinüber.

»Keine Gefahr«, erwiderte Hugh. »Sie können uns nicht einmal sehen.«

Seine Finger fuhren über ihre großen braunen Brustwarzen, die sich unter seinen Liebkosungen leicht aufrichteten. Hugh suchte in der Miene seiner Frau den entsprechenden Gesichtsausdruck – doch waren ihre Augen hinter einer Gucci-Sonnenbrille verborgen, und ihre mit Lipgloss einbalsamierten Lippen bewegten sich nicht.

Was empfand sie wohl hinter dieser Fassade der Perfektion, fragte sich Hugh. Versteckte sich hinter der ausdruckslosen Maske und den durchtrainierten Muskeln nach wie vor die frühere Leidenschaft? Oder hatte man ihrer Haut jegliches Empfindungsvermögen herausgeknetet und abgeschmirgelt?

Erst vor kurzem hatte sie am Telefon einer Freundin gegenüber bemerkt, sie würde der Falten wegen ganz bewusst nicht mehr so häufig lächeln. Möglicherweise beeinflusste eine solche Bewegungseinschränkung auch ihr Sexleben.

»Hugh …« Amanda rückte auf ihrer Liege etwas von ihm ab.

Die Reaktion stimmte ihn nicht gerade fröhlich. Sie schien gereizt und lesen zu wollen. Doch er war im Urlaub, und ihm stand der Sinn nach Sex.

»Lass uns eine kleine Siesta machen«, schlug er mit rauchiger Stimme vor. Unbeirrt umkreiste sein Finger ihre linke Brustwarze und wanderte dann über ihren flachen Bauch, wo er sich unter ihre Bikinihose schob.

»Sei nicht albern. Wir können uns nicht einfach davonstehlen.«

»Aber dazu ist ein Kindermädchen doch da.« Hugh senkte den Kopf und zupfte mit den Zähnen an den Schleifen ihres Höschens.

»Hugh!«, zischte Amanda. »Hugh, hör jetzt auf! Ich höre etwas!«

»Dann lass uns ins Haus gehen«, murmelte Hugh.

»Nein, hör auf!« Amanda fuhr zurück. »Ehrlich, ich glaube, da kommt ein Auto.«

Hugh hielt inne und lauschte. Über die Baumwipfel hinweg drang das nicht zu verkennende Motorengeräusch eines herannahenden Autos.

»Es kommt näher!« Amanda setzte sich auf und griff nach ihrem T-Shirt. »Wer in aller Welt kann das sein?«

»Vermutlich die Putzfrau«, erwiderte Hugh. »Oder der Gärtner.«

»Geh doch mal nachsehen. Geh schon!« Amanda gab ihm einen kleinen Schubs.

Der geteerte und von üppiger Vegetation gesäumte Weg zum Haus fühlte sich unter Hughs nackten Fußsohlen warm und staubig an. Er schloss beim Laufen die Augen und genoss den Bodenkontakt, den Duft von Wacholdersträuchern, die ungewohnt würzige Luft.

Als er die Auffahrt erreichte, hatte zu seinem Erstaunen ein gemieteter Mondeo hinter seinem Auto geparkt. Ein Mann mit lockigem Haar, verknitterten, khakifarbenen Shorts und einem grünen Polohemd stieg auf der Fahrerseite aus. Als er Hugh bemerkte, verharrte er verblüfft. Er beugte sich ins Wageninnere und sagte irgendetwas, dann kam er stirnrunzelnd auf Hugh zu.

»*Perdona, por favor*«, begann er mit englischem Akzent. »*Me dice por donde se… se*«

»Sind Sie Engländer?«, unterbrach ihn Hugh.

»Ja!«, bestätigte der Mann erleichtert. »Tut mir Leid, Sie zu stören, aber ich bin auf der Suche nach einer bestimmten Villa. Ich dachte eigentlich, wir wären hier richtig, aber…« Sein Blick wanderte von Hugh mit dem Bier in der Hand zu der Großraumlimousine, die vor der Haustür geparkt stand. »Anscheinend sind wir hier falsch.« Seufzend strich er sich über das Gesicht. »Unsere Wegbeschreibung war nicht sehr ausführlich. Kennen Sie sich hier aus?«

»Leider nicht«, erwiderte Hugh. »Wir hatten selbst Schwierigkeiten, das Haus hier zu finden.«

»Einen Augenblick…« Der Mann lief ein Stück zum Auto zurück, aus dem ihm etwas zugeraunt wurde. »Das stimmt allerdings«, stellte er fest und betrachtete Hugh grübelnd. »Das ist wahr.«

»Was?«

»Wir müssen hier richtig sein. Mit dieser Fernbedienung haben wir ja das Tor öffnen können.« Der Mann sah sich um. »Gibt es hier auf dem Grundstück vielleicht zwei Villen?«

Hugh vernahm hinter sich ein Geräusch. Als er sich umdrehte, sah er Amanda auf sie zukommen. Sie trug ihr weißes T-Shirt und verzog verärgert das Gesicht.

»Was in aller Welt geht hier vor?«, erkundigte sie sich. »Wer sind diese Leute?«

»Sie suchen ihre Ferienvilla«, erklärte Hugh und wandte sich wieder dem Mann zu. »Wie lautet denn der Name der Villa, nach der Sie suchen?«

»Villa del Serrano.«

Alle schwiegen.

»Dies ist die Villa del Serrano«, sagte Amanda schließlich. »Aber sie wurde uns von ihrem Besitzer für diese Woche zur Verfügung gestellt. Offenbar hat ihr Reiseveranstalter einen Fehler gemacht.«

»Reiseveranstalter?«, wiederholte der Mann entrüstet. »Wir haben nicht bei einem Reiseveranstalter gebucht! Wir kennen den Besitzer. Meine Frau kennt ihn bereits seit Jahren. Gerard Lowe. Er sagte, wir könnten in der Woche vom 24. bis zum 31. hier wohnen.«

Hugh und Amanda wechselten einen verdatterten Blick.

»Das halte ich für ziemlich unwahrscheinlich«, protestierte Amanda. »Denn Gerard hat uns die Villa vom 24. an zugesagt. Die Sache ist bereits seit langer Zeit ausgemacht.« Sie bedachte den Mann mit einem Lächeln. »Sicherlich gibt es noch eine ganze Reihe anderer Möglichkeiten…«

»Wir haben den Aufenthalt hier ebenfalls schon seit geraumer Zeit abgesprochen«, unterbrach sie der Mann. »Um genau zu sein, es ist Ewigkeiten her.« Er blickte von Hugh zu Amanda. »Könnte es möglich sein, dass Sie sich in der Woche geirrt haben?«

»Bestimmt nicht«, erwiderte Amanda fest. »Uns wurde definitiv ab dem 24. zugesagt.«

»Genau wie uns.« Der Mann nickte. »Ab dem 24.«

Amanda zuckte nicht mit einer Wimper.

»Wir haben ein Fax von Gerard«, sagte sie, als ob sie damit eine Trumpfkarte ausgespielt habe.

»Wir auch«, beharrte der Mann und ging an sein Auto. »Ein Fax mit der Wegbeschreibung und allen möglichen Anweisungen. Und einen Brief, in dem alle Absprachen noch einmal zusammengefasst sind.«

Er kam mit den Papieren in der Hand auf sie zu. Amandas Blick streifte die Dokumente so abfällig, als ob sie ein Designerimitat begutachtete.

»Sieh du sie dir durch, Hugh«, sagte sie. »Bestimmt handelt es sich um einen Irrtum. Eine kleine Verwechslung…« Sie lächelte freundlich. »Jeder Urlaub hat so seine Tücken.«

»Wohl wahr«, meinte der Mann skeptisch.

»Können wir Ihnen etwas zu trinken anbieten, während wir der Sache auf den Grund gehen? Einen Orangensaft vielleicht? Oder etwas Alkoholisches?«

»Nein danke«, erwiderte der Mann. »Sehr freundlich. Aber ehe wir nicht genau wissen, was los ist, würde ich lieber…« Er brach ab und versenkte die Hände in den Hosentaschen.

Beide beobachteten Hugh dabei, wie er die Papiere überflog. Er blätterte eine Seite weiter, legte die Stirn in Falten und blätterte wieder zurück.

»Verflucht«, sagte er schließlich und raschelte erneut mit den Blättern. »Was für eine verdammte…« Er fixierte Amanda. »Er hat Recht.«

»Was soll das heißen, er hat Recht?« Amanda lächelte immer noch freundlich, doch schwang in ihrer Stimme ein scharfer Unterton mit. »Wer, bitte, ist hier im Recht?«

»Die Termine sind identisch.« Hugh schüttelte den Kopf. »Kein Zweifel, Gerard hat das Haus doppelt belegt.«

»Was hat er getan?«

»Er hat es beiden Parteien gleichzeitig versprochen.« Hugh blickte zu ihr auf. »Uns… und ihnen ebenfalls. Herrn…«

»Murray«, stellte sich der Mann vor. »Und meine Partnerin und unsere beiden Jungs.« Er deutete auf das Auto. Die anderen folgten seinem Blick, doch schien die Sonne so schräg auf die Windschutzscheibe, dass man die Leute dahinter nicht erkennen konnte.

»Einer ist ein Teenager«, fügte der Mann hinzu. Hugh war sich nicht darüber im Klaren, ob das die Lage verbesserte oder eher verschlimmerte.

Sie schwiegen, während sie sich jeder die konkreten Folgen auszumalen versuchten. Dann schüttelte Amanda den Kopf.

»Nein«, sagte sie. »Nein, das sehe ich nicht ein. Ich *sehe es nicht ein.*«

»Ich muss zugeben, das sieht Gerard ähnlich«, sagte der Mann. »Er ist wirklich sehr schusselig. Etwas in dieser Art hätte ich eigentlich voraussehen sollen.« Mit hilfloser Geste deutete er auf den Wagen. »Was in aller Welt sollen wir jetzt machen?«

»Wir werden Gerard anrufen.« Amanda schnappte Hugh das Fax aus der Hand. »Wir werden ihn auf der Stelle anrufen und ihm gehörig einheizen. Das ist schlichtweg unverschämt.« Sie sah den Mann an. »Kommen Sie auch, um mit ihm zu sprechen?«

»Ja, sicher«, sagte der Mann achselzuckend. »Aber ich weiß nicht, was das bezwecken soll...«

»Er kann uns verdammt noch mal in einem Hotel unterbringen! Oder Alternativmaßnahmen ergreifen.« Amanda pflügte auf die Eingangstür zu. Nach kurzem Zögern folgte ihr der fremde Mann. »Ich heiße übrigens Philip«, stellte er sich vor.

»Ich heiße Amanda.«

»Hugh«, fügte Hugh hinzu und nickte höflich.

»Philip?«, rief eine weibliche Stimme. Alle drehten sich um, als sich die Beifahrertür öffnete. Ein schlankes, blondes Mädchen – nein, eine Frau – in einem Baumwollkleid stieg aus und sah Philip mit fragend erhobenen Augenbrauen an.

Hugh fühlte, wie er vor Schreck erstarrte.

»Was geht hier vor?«, wandte sich Chloe an Philip. »Ist es nicht das richtige Haus?«

»Es ist das richtige Haus«, erwiderte Philip. »Aber Gerard hat alles durcheinander gebracht. Er hat seine Villa gleichzeitig zwei Parteien versprochen. Wir wollen ihn jetzt anrufen. Es dauert nicht lange.«

»Ach so«, sagte Chloe. »Nun… also gut.«

Keiner sagte ein Wort, als Philip und Amanda auf das Haus zugingen, während Hugh wie gebannt Chloes abgewandtes Gesicht betrachtete. Erst als die anderen beiden hinter der Tür verschwunden waren, wandte sie den Kopf und musterte ihn. Unfähig, ein Wort herauszubekommen, glotzte Hugh sie an. Das Herz schlug ihm bis zum Hals. Die durch die Bäume einfallende Nachmittagssonne warf einen Schatten auf ihr Gesicht, sodass er ihren Gesichtsausdruck nicht deuten konnte.

»Hallo«, sagte sie schließlich.

»Hallo.« Hugh räusperte sich unbehaglich. »Es… ist viel Zeit ins Land gegangen.«

4

Philip stand neben Amanda am Telefon, hörte jedoch der Unterhaltung nicht zu, sondern sah sich fassungslos um. Die Villa war viel größer und luxuriöser, als er sie sich vorgestellt hatte. Die Auffahrt war bereits beeindruckend gewesen – aber diese kühle, kreisförmige Eingangshalle mit der geschwungenen Treppe, die auf halber Höhe in eine Galerie mündete, war schlicht umwerfend. Nach der langen, drückend heißen Autofahrt erschien sie ihm geradezu paradiesisch.

»Das ist jetzt wohl kaum das Thema«, unterbrach Amandas schrille Stimme seine Gedanken. Schuldbewusst konzentrierte er sich auf das Gespräch. »Thema ist die Tatsache, dass wir alle gleichzeitig hier sind. Selbstverständlich ist Ihnen das peinlich. Aber was genau wollen Sie nun unternehmen?« Sie hörte kurz zu, dann seufzte sie ungeduldig. »Versuchen Sie Ihr Glück.« Sie hielt Philip den Telefonhörer hin. »Er ist *hoffnungslos* zerstreut.«

»Gerard?«, sagte Philip zögernd. »Hier spricht Philip.«

»Philip!«, ertönte Gerards tiefe Baritonstimme. »Wie geht es dir?«

»Gut so weit«, erwiderte Philip. »Gerard, ich weiß nicht, ob Amanda die Situation bereits geschildert hat …«

»Das hat sie! Weißt du, es will mir einfach nicht in den Kopf. Ein solches Versehen sieht mir überhaupt nicht ähnlich. Bist du sicher, dass ihr beide die Daten korrekt notiert hattet?«

»Vollkommen sicher.«

»Das ist echt blöd. Natürlich ist mir die Sache ausgesprochen peinlich.«

»Ja«, sagte Philip. »Jetzt stellt sich die Frage, was …«

»Du glaubst doch nicht etwa, dass ich Alzheimer habe, oder?«, meldete sich Gerards entsetzte Stimme. »Mit Zerstreutheit fängt es doch angeblich immer an. Vielleicht habe ich bereits Aussetzer, die mir selbst gar nicht auffallen.«

»Möglich ist alles.« Philip sah Amanda an und verzog bedrückt das Gesicht. »Die Frage ist …«

»Im letzten Monat bin ich ohnmächtig geworden. Aus heiterem Himmel. Da könnte doch ein Zusammenhang bestehen, nicht wahr?«

Über Amandas Schulter hinweg sah Philip, wie die schwere Eingangstür aufging und Chloe in den Flur trat.

»Die Frage ist die, Gerard«, schnitt er dessen Wortschwall ab. »Was sollen wir jetzt tun? Soll irgendjemand von uns ins Hotel ziehen?«

»In ein Hotel?«, fragte Gerard, als ob ihn die Frage überraschte. »Mein Lieber, wir befinden uns mitten in der Hochsaison. Ein Hotelzimmer wird da nicht mehr zu bekommen sein. Ihr werdet halt alle dort bleiben müssen.«

»Wie meinst du das, alle?«

»So viele seid ihr doch gar nicht. Ihr rückt einfach ein wenig zusammen. Die Putzfrau kommt am Donnerstag …«

»Gerard, ich bin mir wirklich nicht sicher …«

»Ihr werdet schon klarkommen! Und bedient euch an den Vorräten im Keller. Ist Chloe da?«

»Ja. Möchtest du sie sprechen?«

»Nein, lass nur«, meinte Gerard. »Ich muss los, sonst verspäte ich mich noch zum Klarinettenkonzert. Ich drücke die Daumen, dass ihr euch gut vertragt. Adios!«

Schlagartig war die Leitung tot. Philip starrte perplex auf den Telefonhörer.

»Und?«, hakte Chloe nach.

»Es sieht so aus ... als ob wir uns hier arrangieren müssten«, erwiderte Philip. »Gerard zufolge wird in dieser Jahreszeit kein Hotelzimmer mehr zu bekommen sein. Wir müssen also ganz einfach ... wie sagte er so schön? Wir müssen ganz einfach ›ein wenig zusammenrücken‹.«

»Zusammenrücken?«, wiederholte Amanda misstrauisch. »Wie stellt er sich das denn vor?«

»Keine Ahnung. Darauf ist er nicht näher eingegangen.«

»Hat er sich entschuldigt?«, wollte Chloe wissen.

»Nun ... er *behauptete*, es täte ihm Leid.« Philip klang nicht sehr überzeugt. »Gerard schien eigentlich nur zu interessieren, ob er an Alzheimer leidet oder nicht.«

»Alzheimer?«, fragte Chloe ungläubig.

»Er klang nicht sonderlich konzentriert.«

»Wenn Sie mich fragen, ist der Mann ein leibhaftiges Chaos«, warf Amanda in scharfem Tonfall ein. »Erst verteilt er links und rechts Einladungen – und wenn die Dinge schief gehen, wäscht er sich die Hände in Unschuld. Wie stellt er sich unser weiteres Vorgehen vor? Sollen wir etwa alle unter einem Dach wohnen?« Sie klang zutiefst entrüstet. »Abgesehen von anderen Erwägungen ist nicht ausreichend Platz vorhanden.«

Die Eingangstür ging erneut auf. Ein Schwall heißer Luft und ein paar Sonnenstrahlen drangen herein, dann schloss sich hinter Hugh die Tür. Er sah von einem zum anderen und dann auf den Telefonhörer, den Philip immer noch in der Hand hielt.

»Gute Nachrichten?«

»Das möchte ich so nicht sagen«, erwiderte Philip. »Gerard kann sich nicht erklären, wie es hat passieren können.«

»Und es scheint ihn keinen Deut zu scheren«, fügte Amanda hinzu. »Kurz gesagt, wir sitzen alle in der Patsche.« Sie sah zu Chloe hinüber. »Nicht dass ich etwas gegen... ich meine, bestimmt sind Sie sehr nett, und ich möchte wirklich nicht gesagt haben...«

»Nein.« Chloes Lippen zuckten kaum wahrnehmbar. »Natürlich nicht.«

»Sie wissen schon, wie ich es meine.«

»Ich weiß genau, wie Sie es meinen«, stimmte ihr Chloe zu. Hugh sah ihr in die Augen, dann wandte er den Blick ab.

»Vielleicht sollten wir versuchen, ein Hotel zu finden«, wandte er sich an Amanda.

»Jawohl, Liebling«, gab Amanda zurück. »Eine ausgezeichnete Idee. Ist dir eigentlich klar, zu welcher Jahreszeit wir hier sind? Wenn du für fünf Personen ohne Voranmeldung Hotelzimmer auftreiben kannst...«

»Schon gut«, gab Hugh gereizt zurück. »Vielleicht... vielleicht sollte eine Familie wieder nach Hause zurückfliegen. Dann hat die andere wenigstens ihre Ruhe.«

»Nach Hause?«, wiederholte Amanda entsetzt. »Hugh, hast du auch nur die leiseste Vorstellung davon, in welchem Zustand sich unser Haus befindet? Heute wird der neue Küchenboden verlegt!«

»Wir fliegen nicht nach Hause zurück«, stellte Chloe ruhig fest. »Wir haben diesen Urlaub dringend nötig.« Sie strebte der geschwungenen Treppe zu und setzte sich auf die dritte Stufe, als ob sie auf ihr Anrecht pochen wollte. »Wir haben ihn nötig und wir werden ihn genießen.« Ihre Stimme hallte von der runden Kuppel wider, und ihre Augen leuchteten vor der dämmrigen Marmorkulisse.

»Sind Sie beruflich sehr gefordert?«, erkundigte sich Amanda mit aufflammendem Interesse. »Wo arbeiten Sie?«

»Diese Woche rede ich nicht über Arbeit«, erwiderte Chloe, bevor Philip antworten konnte. »Wir möchten beide nicht darüber sprechen. Das Thema ist tabu. Wir sind hierher gereist, um das mal kurzfristig zu vergessen.«

»Und als Überraschung sind wir hier«, meinte Hugh nach einer kurzen Pause. Er wandte sich ihr mit ernstem Gesicht zu. »Ich entschuldige mich.«

»*Wir* haben keinen Grund, uns zu entschuldigen!«, konterte Amanda scharf. »Dieser verfluchte Gerard sollte sich entschuldigen. Auf eines aber könnt ihr euch verlassen, nie wieder werde ich seine verdammte Kolumne lesen. Ich werde sogar seinen ›Wein der Woche‹ boykottieren.« Sie sah Chloe an. »Und ich schlage vor, dass Sie es mir nachtun.«

»Wir können uns seinen ›Wein der Woche‹ gar nicht leisten«, wandte Philip ein. »Das ist ohnehin alles überbewertetes Zeug.«

»Das ist auch meine Meinung«, stimmte Hugh zu. »Ich habe ihn nie sonderlich geschätzt. Nicht als Weinkritiker jedenfalls.«

»Woher kennen Sie Gerard?«, fragte Philip. »Wein ist offenbar nicht der Grund. Sind Sie mit ihm befreundet?«

»Ich bin mit ihm zusammen zur Schule gegangen. Dann haben wir uns viele Jahre aus den Augen verloren und sind uns zufällig neulich über den Weg gelaufen. Er schien sehr begierig darauf, unsere Beziehung wieder zu beleben.«

»Oh, Gerard liebt es, Leute seiner Entourage einzuverleiben«, meinte Philip mit einem Anflug von Sarkasmus. »Sie werden sich vor Einladungen kaum noch retten können. Er gibt fast jeden Monat eine Party.«

»Wollen Sie damit sagen, dass wir ihm lediglich als Partymasse dienen?« Hugh lächelte. »Freunde zum Auffüllen.«

»Nein.« Chloe blickte Philip mit gerunzelter Stirn an.

»Das ist nicht fair. So ist Gerard nicht. Nicht zu seinen echten Freunden.«

Philip zuckte mit den Achseln und schlenderte auf eines der bodenlangen, mit Jalousien abgeschotteten Fenster zu und schaute auf die Auffahrt hinaus.

»Und wie ist das mit Ihnen und Hugh?« Amanda machte eine Handbewegung in Richtung Chloe und ihrem Mann. »Als alte Freunde von Gerard müssten Sie sich doch bereits kennen?«

Keiner sagte etwas.

»Möglicherweise sind wir uns das eine oder andere Mal über den Weg gelaufen«, meinte Chloe lapidar. »Ich kann mich aber nicht erinnern.« Sie musterte Hugh fragend. »Erinnern Sie sich denn, Hugh?«

»Nein«, erwiderte Hugh nach einer kurzen Pause. »Nein, keine Ahnung.«

»Eine wirklich sehr schöne Anlage«, ließ Philip sich hören, der immer noch aus dem Fenster blickte. »Diese Villa ist in der Tat sehr beeindruckend.« Er drehte sich um und verschränkte die Arme. »Was halten Sie davon, uns jetzt das Haus zu zeigen?«

Während Amanda sie durch das Haus führte, trödelte Chloe hinter ihnen her. Sie betrachtete Teppiche, Vasen und Wandschmuck, ohne die Dinge jedoch wahrzunehmen. Der Schock über ihr Feriendilemma hatte allmählich nachgelassen, doch sie verspürte angesichts der Situation wachsende Wut. Wut auf die anderen und Wut gegen sich selbst. Wenn sie Hugh ansah, konnte sie es immer noch nicht fassen. Fast schwindelte ihr bei der Tatsache, dass sie beide hier waren und diese Farce des Nichtkennens aufrechterhielten. Am liebsten hätte sie laut aufgelacht. Doch gleichzeitig spürte sie, wie sich lange tot geglaubte Gefühle tief in ihrem Inneren zu regen begannen. Gefühle, die sie an erwachende Schlangen erinnerten.

»Und hier haben wir das große Schlafzimmer.« Amanda trat zur Seite, um die anderen durchzulassen.

Chloe blickte sich wortlos um. In der Mitte des Zimmers stand ein riesiges Mahagonibett mit einer kostbaren hellen Decke und geschnitzten Bettpfosten. Vor dem Fenster stand ein Sofa mit üppigen Orientkissen. Bücherregale auf beiden Seiten des Bettes waren mit in Leder gebundenen Bänden bestückt; ein riesiger, mit Gold beschlagener Spiegel nahm die gegenüberliegende Wand ein. Glastüren, die draußen von duftenden Kletterblumen eingerahmt wurden, führten auf den breiten Balkon. Bambussessel waren um einen Glastisch gruppiert und in lackierten Töpfen wucherten Feigenbäume.

Vor dem Bett standen zwei leere Koffer. Beim Vorbeigehen an einem der Schränke fiel ihr auf, dass dort bereits Kleidung verteilt war.

»In diesem Zimmer schlafen also Hugh und Sie«, stellte Chloe an Amanda gerichtet fest.

»Nun ja«, gab Amanda zu. »Natürlich haben wir unsere Sachen bereits ausgepackt …«

»Wir müssen aber nicht unbedingt in diesem Zimmer bleiben«, mischte sich Hugh ein und machte eine ausholende Armbewegung. »Schließlich haben wir nicht mehr Anrecht auf dieses Zimmer als Sie.«

»Wohl wahr«, stimmte ihm Amanda zögernd zu. »Wir könnten ohne großes Aufhebens umziehen. Das wäre kein Problem.«

»Überhaupt kein Problem«, bestätigte Hugh.

»Nein, bitte, Sie bleiben hier«, entgegnete Chloe. »Schließlich waren Sie zuerst hier, außerdem ist bereits alles ausgepackt …«

»Das ist doch nebensächlich. Uns ist es egal, in welchem Zimmer wir schlafen, nicht wahr, Amanda?«, wandte Hugh sich an seine Frau.

»Selbstverständlich ist es uns gleichgültig«, bestätigte Amanda und warf Hugh ein gequältes Lächeln zu. »Es ist uns vollkommen gleichgültig.«

»Uns auch«, meinte Chloe. »Ehrlich gesagt…«

»Wir werfen eine Münze«, schaltete sich Hugh ein. »Das ist die fairste Art der Entscheidung.«

»Scheint mir eine gute Lösung zu sein.« Philip nickte.

»Nein, Moment noch«, versuchte Chloe einzulenken, als sie Amandas versteinertes Gesicht bemerkte. »Uns ist es wirklich gleichgültig, welches Zimmer…«

Doch Hugh warf die Münze bereits in die Luft.

»Kopf«, entschied sich Philip, bevor die Münze auf den gekachelten Boden klirrte. Hugh bückte sich, um sie aufzuheben.

»Kopf«, verkündete er. »Sie haben gewonnen. Eine gerechte Entscheidung.«

Es entstand peinliche Stille.

»Also gut«, seufzte Amanda schließlich. »Dann packe ich nur schnell unsere Sachen zusammen…«

»Es eilt doch nicht«, erwiderte Chloe. »Ehrlich nicht.«

»Ach, ist doch nicht der Rede wert! Sicher wollen Sie ebenfalls auspacken. Und ich will Sie nicht aufhalten!«

Amanda wandte sich dem Schrank zu und begann, mit präzisen, schnellen Bewegungen Kleider und Bügel herauszureißen. Chloe warf Philip einen gequälten Blick zu.

»Was die Schlafsituation betrifft«, beeilte sich Philip einzuwerfen, »äh… wie viele Schlafzimmer gibt es denn?«

»Nur vier«, sagte Amanda ohne sich umzudrehen. »Leider.«

»Wenn also unsere zwei Jungs zusammen und ihre beiden Mädchen zusammen...« Philip sah zu Chloe hinüber. »Dann ist doch alles in Ordnung, nicht wahr?«

»Wir haben außerdem noch ein Kindermädchen«, klärte ihn Hugh auf.

»Oh.« Philip schwieg verdutzt. »Ach so.«

»Natürlich haben sie das«, murmelte Chloe sich abwendend. »Selbstverständlich.«

»Sie braucht kein eigenes Zimmer«, fuhr Amanda fort. »Sie kann mit den Mädchen zusammen oder in dem kleinen Zimmer ganz hinten schlafen. Das mit dem Schlafsofa.«

»Sind Sie sicher?«, fragte Philip. »Wird ihr das nichts ausmachen?«

»Sie wird dafür bezahlt, dass es ihr nichts ausmacht«, gab Amanda kurz angebunden zurück. »Außerdem sind Australier zäh wie Leder. Einmal hatte ich ein Mädchen...«

»Amanda«, schnitt ihr Hugh warnend das Wort ab.

»Was ist?« Amanda drehte sich um und entdeckte Jenna. »Ach, hallo, Jenna«, sagte sie ohne mit der Wimper zu zucken. »Gerade eben haben wir von Ihnen gesprochen.«

Chloe und Philip sahen sich an.

»Ich suche die Sonnenkrem für die Kids.« Jenna musterte Chloe und Philip. »Haben wir Besuch?«

»Es hat sich eine kleine... Veränderung ergeben.« Hugh räusperte sich. »Diese Leute – Philip und Chloe – werden die Woche über ebenfalls hier wohnen.«

»Aha«, sagte Jenna erfreut. »Prima. Je mehr Trubel, desto lustiger wird es.«

»Das einzige Problem dabei sind... die Schlafzimmer. Die beiden haben zwei Jungs, dazu kommt noch unsere Familie. Und wir haben nur vier Schlafzimmer... .«

Es entstand eine angespannte Pause. Philip zupfte sich verlegen am Ohr und schaute erneut zu Chloe hinüber, die

die Brauen hob. Nur Amanda schien die Situation nicht peinlich zu sein.

»Ach, jetzt fällt bei mir der Groschen«, sagte Jenna plötzlich. »Sie wollen also, dass ich mein Zimmer für diese Leute aufgebe?« Sie warf einen verärgerten Blick in die Runde. »Werfen mich aus meinem Zimmer und überlassen mir das Sofa.« Ihre Gesichtszüge verhärteten sich. »Überlegen Sie sich das lieber. Wenn nicht genügend Platz vorhanden ist, beschaffen Sie mir eben ein Hotelzimmer!«

Alle schwiegen entgeistert.

»Hören Sie mir jetzt gut zu«, ratterte Amanda wie ein Maschinengewehr los. »Ein paar Dinge müssen offenbar erst noch klargestellt werden. Erstens …«

»Das war doch bloß ein Scherz!« Jenna grinste die verblüffte Runde vergnügt an. »Sie können mich unterbringen, wo immer es Ihnen am besten passt. Mir ist einerlei, wo ich schlafe. Oder mit wem.« Sie zwinkerte dem entsetzten Philip zu. Chloe rang sich zu einem Lächeln durch. »Ist das hier die Sunblocklotion?« Jenna nahm eine Flasche vom Frisiertisch. »Jawohl. Okay, wir sehen uns später.«

Sie warf ihre Lockenpracht zurück und schlenderte aus dem Zimmer. Die Zurückgebliebenen sahen sich unschlüssig an.

»Sie scheint …«, Philip räusperte sich, »sie scheint wirklich sehr lustig zu sein.«

Sam und Nat hatten das Schwimmbecken entdeckt.

»Wow«, kommentierte Nat, als sie um die Ecke bogen und das blaue Wasser im Sonnenschein glitzernd den Miniaturwasserfall hinunterplätscherte. »*Wow!*«

»Ziemlich cool«, musste selbst Sam zugeben, während er einen Liegestuhl ansteuerte.

»Diese Villa ist einfach fantastisch.« Nat hielt inne, als er etwas weiter zwei kleine Mädchen entdeckte. Plötzlich hatte er das Gefühl, sich unerlaubt auf dem Grundstück zu befinden. »Wer ist das denn?«

»Keine Ahnung.« Sam verschränkte die Arme hinter dem Kopf. »Ist mir auch egal.« Nat beäugte erst ihn, dann wieder die Mädchen. Sie waren jünger als er und trugen identische blaue Badeanzüge mit aufgedruckten Gänseblümchen. Jetzt erkannte er sie als die beiden kleinen Mädchen aus dem Flugzeug wieder.

»Hallo«, wandte er sich an die Ältere der beiden. »Kommst du mit schwimmen?«

»Man darf nicht ohne einen Erwachsenen ins Becken«, gab das Mädchen streng zurück.

»Na gut. Ich habe mich sowieso noch nicht umgezogen.« Nat setzte sich auf eine Sonnenliege und beobachtete die Mädchen, die sich auf dem Rasen niederließen. »Glaubst du, die wohnen hier?«, wandte er sich leise an Sam.

»Keine Ahnung.«

»Wo stecken denn Mum und Dad?«

»Keine Ahnung.« Sam streifte erst den einen, dann den anderen Schuh ab. Plötzlich erstarrte er. »Hey, ich glaub ich spinne!«

Nat folgte seinem Blick. Ein Mädchen bog um das Haus und kam auf sie zu. Es war das Mädchen mit den roten Dreadlocks.

»Das ist sie!«, zischte er. »Die, die im Flugzeug so nett zu uns war!«

Sam beachtete ihn gar nicht. Ohne einen Laut von sich zu geben stierte er verzückt in ihre Richtung. Das Mädchen mit den Dreadlocks streifte sich ohne die geringste Verlegenheit das T-Shirt ab. Darunter offenbarte sie einen zierlichen, braun gebrannten Körper in einem äußerst knapp geschnittenen schwarzen Bikini. Ein silberner Ring funkelte an ihrem Bauchnabel, und auf einem Schenkel schlängelte sich gewagt eine tätowierte Schlange in Richtung ihres Bikinidreiecks. Bei dieser Ansicht spannte sich seine Leistengegend unwillkürlich an. Ohne die Augen von ihr abzuwenden veränderte er seine Position. Als ob sie Gedanken lesen konnte, drehte sich das Mädchen genau in dieser Sekunde zu ihnen um.

»Hallo, Jungs«, grüßte sie freundlich. »Sind wir uns nicht schon im Flugzeug begegnet?«

»Ja«, rief Nat. »Und wir wohnen hier. Ich heiße Nat, und das hier ist mein Bruder Sam.«

»Hallo, Nat.« Die leuchtenden Augen des Mädchens wanderten zu Sam und musterten ihn kurz. »Hallo, Sam.«

»Hi.« Lässig hob Sam die Hand zum Gruß. »Wie läuft's?«

»Gut, danke.«

Sie beugte sich herunter, um eine Flasche Sonnenlotion aufzuheben, dann lächelte sie ihnen zu und ging zu den zwei Mädchen auf dem Rasen.

»Also, ihr beiden«, hörten sie sie sagen. »Wer wird als Erste mit Sonnenlotion eingerieben?«

»Sie ist echt nett«, meinte Nat an Sam gewandt. »Findest du nicht?« Als Sam nicht antwortete, runzelte Nat verwirrt die Stirn. »Sam?«

»Sie ist nicht nett«, gab Sam regungslos zurück. »Sie ist eine verdammte... Göttin.« Er gaffte sie noch eine Weile an, dann schien er sich gefangen zu haben. Er setzte sich auf und streifte sein T-Shirt ab, wobei er selbstgefällig seinen durchtrainierten, braun gebrannten Torso musterte. Dann grinste er Nat an. »Und ich...«, er lehnte sich auf seiner Liege zurück, »... werde sie vernaschen.«

Bis sie alles ausgepackt hatten, war es Abend geworden. Chloe stand auf dem Balkon und schaute über die üppigen, herrlich angelegten Gärten. Die grelle Sonne des Tages war verschwunden und die Farben gedämpfter. Man hörte von unten keine Stimmen, nirgendwo war ein Mensch zu sehen, nur Stille, Ruhe und Frieden.

Doch Chloe war nicht friedlich zumute, sie fühlte sich rastlos und gereizt. Als ihr Blick vom Garten zu den dahinter liegenden Bergen schweifte, verspürte sie das Bedürfnis, ihnen entgegenzulaufen, immer weiter zu laufen …

»Und? Wie gefällt er dir?«, hörte sie Philips Stimme hinter sich. Chloe zuckte zusammen und drehte sich zu ihm um.

»Wie meinst du das?«

»Der Urlaub.« Philip fuhr sich mit der Hand durch die dunklen Locken. »Es ist nicht gerade das, was wir uns erhofft hatten, nicht wahr?«

»Nein«, bestätigte Chloe nach einer Pause. »Das kann man nicht behaupten.«

»Andererseits scheinen sie recht nett zu sein. Sicher können wir aus der Situation noch etwas machen.«

Chloe schwieg. Sie hätte platzen können, ohne genau zu wissen, weshalb. Vielleicht aus Frustration darüber, dass Philip die Situation so hinnahm und aus Wut darüber, wie sich die Dinge entwickelt hatten. Vor allem aber war sie enttäuscht. Sie hatte sich so verzweifelt nach der Erholung in einem fremden Land gesehnt, nach einem anderen Horizont und einer prickelnden Atmosphäre. Sie hatte sich so sehr danach gesehnt, die Probleme, die Philip und sie zu Hause belasteten, abzuschütteln. In der Sonne zu liegen und zu reden und sich ganz allmählich einander wieder anzunähern.

Stattdessen würden sie nun die ganze Woche damit beschäftigt sein, einer anderen Familie etwas vorzuspielen. Sie würden nicht miteinander reden können, sie würden sich nicht normal benehmen können. Sie würden die ganze Woche wie auf einer Bühne stehen, ohne jede Privatsphäre, ohne etwas Zeit füreinander. Dies war kein Paradies, es war die Hölle.

Hinzu kam, dass ihnen die Familie nicht total fremd war. Noch nicht einmal den Schutz der Anonymität würden sie genießen können.

Wieder erinnerte sie sich an Hughs Gesichtsausdruck, als sie aus dem Auto gestiegen war. Um das Bild zu vertreiben, rieb sie sich über die Augen. Sie versuchte, die kaum wahrnehmbaren Gefühle der Feindseligkeit, die kleinen Stiche der Neugier auszulöschen, die sie seitdem ständig plagten. Sie führte jetzt ein anderes Leben, ermahnte sie sich streng. Die Sache lag lange zurück. Sie waren damals zwei vollkommen andere Menschen gewesen. Er tangierte sie nicht länger. Sie war nicht einmal besonders überrascht gewesen, ihn zu sehen. Schließlich lebten sie beide in London – wenn auch in entgegengesetzten Richtungen der Metropole. Überraschend war lediglich, dass sie sich bisher nie über den Weg gelaufen waren.

Aber musste es unbedingt in dieser Woche passieren? Sie schloss die Augen. In dieser Woche, die Philip und sie so bitter nötig hatten?

»Was soll ich wegen des Abendessens machen?« Philip trat an die Balkonbalustrade und spähte nach unten. »Die Jungs kommen offenbar alleine klar. Sie haben in der Tiefkühltruhe ein paar Pizzas gefunden. Aber wir beide könnten uns doch etwas Anspruchsvolleres gönnen.«

Chloe schwieg beharrlich. Sie konnte jetzt nicht ans Essen denken. Sie war völlig mit sich und ihrer inneren Unruhe beschäftigt.

»Chloe?« Philip trat näher und musterte sie. »Chloe, fühlst du dich wohl?«

»Lass uns gehen.« Chloe drehte sich zu Philip um und sah ihn flehend an. »Wir könnten uns doch ins Auto setzen, irgendwohin fahren und diese Villa hinter uns lassen.« Sie deutete auf die Berge. »Wir werden schon eine Unterkunft finden, eine kleine Pension irgendwo.«

»Gehen?« Philip starrte sie an. »Meinst du das im Ernst?«

Chloe versuchte angestrengt, ihre verwirrten Gefühle zu formulieren. Sie hoffte, dass er ihren Wünschen entsprechend reagierte, doch hätte sie nicht sagen können, wie diese konkret aussehen sollten. Seufzend wandte sie sich ab, pflückte eine blassrosa Blume und begann, ein Blütenblatt nach dem anderen abzuzupfen.

»Ach, ich weiß auch nicht. Vielleicht verhalte ich mich albern. Es ist nur ...« Sie hielt inne und blickte auf die halb zerrupfte Blume. »Es ist nur überhaupt nicht das, was wir uns ersehnt haben. Wir wollten etwas Zeit füreinander und die Gelegenheit dazu haben ... die vielen Unstimmigkeiten auszuräumen.« Sie zupfte das letzte Blütenblatt heraus und ließ es über das Balkongitter segeln.

»Ich weiß.« Philip legte ihr eine Hand auf die Schulter. Er betrachtete den kahlen Blütenstiel in ihrer Hand und zog die Augenbrauen hoch. »Die arme Blume.«

Und was ist mit mir?, dachte Chloe wütend. *Was ist mit uns?*

Auf einmal hätte sie am liebsten laut geschrien. Philips Gegenwart engte sie ein, seine Apathie machte sie reizbar. Dass er ihre neuen Umstände einfach so hinnahm! Warum konnte er nicht auch zornig sein? Warum konnte er ihre Empörung nicht nachempfinden? Sie hatte das Gefühl, als ob ihre Worte in eine watteweiche, gleichgültige Leere fielen.

Als sie ihn von der Seite anfunkelte, war sein Blick in die Ferne gerichtet. Geistesabwesend hatte er die Brauen zusammengezogen. Wie Schuppen fiel es ihr von den Augen, dass er gar nicht über ihre Ferien nachdachte. In Gedanken war er in England und machte sich hier vergebliche Sorgen. Er unternahm nicht einmal den *Versuch,* sich zu entspannen, stellte sie verärgert fest.

»Woran denkst du?«, fragte sie, noch ehe sie sich zurückhalten konnte. Philip zuckte schuldbewusst zusammen.

»An nichts«, erwiderte er. »An überhaupt nichts.« Er lächelte verlegen, doch Chloe konnte sein Lächeln nicht erwidern.

»Ich gehe ein bisschen nach draußen«, verkündete sie abrupt und entzog sich seiner Berührung. »Ich muss etwas spazieren gehen.«

»In Ordnung. Ich gehe nach unten und koche etwas für uns.«

»Einverstanden«, sagte Chloe und flüchtete.

Hugh stand neben der Badewanne der zweiten Schlafsuite und beobachtete, wie Amanda mit Seife die Sonnenlotion von Octavias Schultern rubbelte.

»Begeistern tut es mich wirklich nicht«, beschwerte sie sich. »Ich meine, schau dir das doch einmal an. Alle so dicht zusammengepfercht ...«

»Als zusammengepfercht kann man es wohl kaum bezeichnen«, widersprach Hugh und sah sich in dem geräumigen Marmorbad um. »Sie haben genauso viel Anrecht auf das andere Zimmer wie wir.«

»Ich weiß«, räumte Amanda ein. »Aber wir sind nicht in den Urlaub gefahren, um uns von Leuten, die wir noch nie zuvor gesehen haben, aus unserem Zimmer vertreiben zu lassen. Weder sind wir eng befreundet noch wissen wir etwas über sie!«

»Sie scheinen recht nett zu sein«, besänftigte Hugh sie. »Wirklich nette Leute.«

»Du findest immer alle nett«, raunzte Amanda abfällig.

»Mum!«, jaulte Octavia auf. »Du tust mir weh!«

»Amanda, lass mich das doch machen.« Hugh trat auf die Badewanne zu.

»Nein, ist schon gut.« Amanda seufzte. »Geh und trink deinen Gin Tonic. Ich komme gleich nach. Jenna wird jede Minute hier auftauchen.«

»Mir macht es aber nichts aus«, beharrte Hugh. »Ich könnte die Kinder auch ins Bett bringen.«

»Hör zu, Hugh.« Immer noch in der Hocke drehte sich Amanda zu ihm um. »Mein Tag war auch so schon anstrengend genug. Jetzt will ich die Kinder so schnell wie möglich ins Bett bringen. Vielleicht können wir anschließend ein wenig entspannen. Okay?«

»Wie du willst«, gab Hugh nach und lächelte gequält. »Also dann ... gute Nacht, ihr beiden. Und träumt süß.«

»Gute Nacht, Daddy«, riefen die Mädchen artig im Chor, sahen ihn dabei jedoch kaum an. Hugh zog sich notgedrungen aus dem Badezimmer zurück und spürte, wie etwas in seiner Brust zu nagen begann.

Als er gerade die Tür schließen wollte, eilte Jenna mit zwei Paar Schlafanzügen in der Hand heran.

»Hi.« Sie schlenkerte die Schlafanzüge durch die Luft. »Sind das die Richtigen, kennen Sie sich da aus?«

Kurz starrte Hugh auf die Miniaturpyjamas.

»Ich würde mich zu der Behauptung versteigen, dass sie es sind«, sagte er schließlich. »Das fällt aber nicht wirklich in meinen Bereich.« Noch bevor das Mädchen etwas erwidern konnte, setzte er sich in Bewegung, ging in die Küche hinunter und fand einen gut gefüllten Schrank mit Alkoholika. Bedächtig mixte er sich einen Gin Tonic.

Nicht wirklich sein Bereich. Die Wahrheit war, dass im Zusammenhang mit seinen Töchtern nichts »wirklich sein Bereich« war. Irgendwie hatte er sich in den fünf Jahren seit Octavias Geburt zu einem Vater entwickelt, der seine eigenen Kinder nicht kannte. Ein Vater, der so viel Zeit im Büro verbrachte, dass eine ganze Woche vergehen konnte, ohne dass er eine der beiden Töchter überhaupt zu Gesicht bekam. Ein Vater, der keine Ahnung hatte, womit seine Kinder gerne spielten, welche Sendungen sie sich im Fernsehen ansahen oder welches ihre Lieblingsspeisen waren. Und dem es zu peinlich war, nach dieser langen Zeit der Nichtachtung das Thema anzusprechen.

Hugh trank einen kräftigen Schluck seines Cocktails und schloss angesichts des aromatischen Geschmacks genießerisch die Augen. Ein Gin Tonic am Abend war ihm zur Gewohnheit geworden, genau wie seine Zeitung und, seit kurzem, seine E-Mails. Wenn Beatrice sich weigerte, sich von ihm eine Gutenachtgeschichte vorlesen zu lassen und mit Tränen in den Augen nach ihrer Mutter jammerte, verzog er sich mit starrer Miene hinter seine Zeitung. Während die Mädchen jeden Samstagvormittag zusammen mit ihrer Mutter zur Ballettstunde gingen, setzte er sich an den Computer, las seine E-Mails und beantwortete sie auch gleich. Manchmal las er dieselbe Nachricht zehnmal hintereinander.

Wenn er damit fertig war und sie immer noch nicht zurück waren, widmete er sich irgendeiner beruflichen Herausforderung. Er studierte Zahlen und nahm neue Informationen auf, schloss die Augen und tauchte in eine Welt ab, in der er sich besser als irgendwo sonst auskannte. Er saß in vollkommener Stille und tüftelte wie ein Schachspieler oder ein General Alternativstrategien aus. Je komplizierter die Fragestellung, umso mehr lenkte sie ihn ab – und umso besser gefiel sie ihm.

Seine besten Einfälle kamen ihm oft an diesen Samstagen.

Amanda bezeichnete ihn häufig entnervt als »Workaholic«. Ihre Freundinnen saßen dabei mit ihr zusammen in der perfekt eingerichteten Küche und trösteten sie. In Wahrheit bist du eine allein erziehende Mutter, stellten sie empört fest. Was ist eigentlich aus dem so genannten »Neuen Mann« geworden?

Vor drei Jahren war Hugh überarbeitet und erschöpft mit einem Vorschlag zurückgekehrt, den er auf der Bahnfahrt nach Hause ausgeheckt hatte. Er würde seinen festen Arbeitsplatz aufgeben und freiberuflich als Managementberater arbeiten. Das Geld würde nicht mehr ganz so üppig ausfallen – dafür würde er aber von zu Hause aus arbeiten und mehr Zeit mit ihr und den Kindern verbringen.

Selten hatte er Amanda so erschrocken gesehen.

Hugh nippte erneut am Glas, dann schlenderte er aus der Küche ins Wohnzimmer und von dort aus durch die geöffneten Türen in den Garten. Der Himmel war immer noch blau, die Luft warm und still. Gerards Garten wurde offenbar von kundigen Händen in Schuss gehalten. Die Büsche waren getrimmt, die Blumen ordentlich in Beeten angepflanzt und aus einem kleinen Steinbrunnen plätscherte klares, kühles Wasser. Er bog um die Ecke und fragte sich, wie weit sich der Garten erstrecken mochte – und hielt abrupt inne.

Chloe lehnte an der Mauer, den Kopf in den Händen, als ob sie betete. Er wollte sofort umdrehen, doch hatte sie das Geräusch bereits vernommen und sah auf. Ihre Wangen waren gerötet und in ihren blauen Augen lag ein Ausdruck, den er nicht deuten konnte. Einen Moment starrten sie einander schweigend an – dann hob Hugh sein Glas.

»Zum Wohl. Auf ein…« Er hob unschlüssig die Schultern.

»Auf einen schönen Urlaub?« Chloes Sarkasmus ließ Hugh zusammenzucken.

»Auf einen schönen Urlaub, warum nicht?«

»Also gut«, meinte Chloe. »Auf einen schönen Urlaub.«

Hugh nippte an seinem Gin Tonic, doch schmeckte er ihm hier draußen nicht recht, er hatte einen scharfen, irgendwie unpassenden Geschmack. Er hätte sich einen weichen Rotwein einschenken sollen.

»Warum hast du gelogen?«, fragte er spontan. »Warum hast du so getan, als ob wir uns noch nie zuvor begegnet sind?«

Beide verstummten und Chloe fuhr mit den Händen durch ihr dünnes, welliges Haar. Sie sieht angespannt aus, dachte er mit einem Mal. Angespannt und erschöpft.

»Ich bin mit meiner Familie hierher gekommen, um eine Auszeit zu haben«, erklärte sie nun leise. »Um allem einfach mal den Rücken zu kehren. Um unsere Probleme zu vergessen und… um wieder zueinander zu finden. Um ganz für uns zu sein, als Familie.«

»Welche Probleme?« Hugh stellte sein Glas auf der Mauer ab und trat einen Schritt höher auf sie zu. »Gibt es ernstliche Probleme?«

»Das tut nichts zur Sache«, erwiderte Chloe kurz angebunden. »Es geht dich nichts an. Es geht darum, dass Philip und ich – und das gilt auch für die Jungs – diese Zeit füreinander brauchen. *Unbedingt* brauchen. Ich wollte nicht, dass uns irgendetwas dabei in die Quere kommt.« Sie öffnete die Augen. »Schon gar nicht irgendeine… miese, bedeutungslose, flüchtige Affäre.« Hugh betrachtete sie verletzt.

»Dir hat sie also nichts bedeutet.«

»Damals schon.« Chloes Gesichtszüge verhärteten sich. »Aber die Zeit lehrt einen, was wirklich wichtig ist – und was nicht. Die Zeit lehrt einen viele Dinge. Findest du das nicht auch?«

Lastende Stille breitete sich aus. Hinter Chloe bewegte sich eine weiße Blume im Wind und ließ ein Blütenblatt fallen. Hugh folgte dem Blatt mit den Augen und beobachtete, wie es auf den Boden schwebte.

»Ich hatte nie die Gelegenheit, die Dinge zu erklären.« Er sah auf, und ihm war der merkwürdige Tonfall seiner Stimme wohl bewusst. »Und ich… ich hatte immer ein schlechtes Gewissen.«

»Du hast die Dinge ausgesprochen deutlich erklärt, Hugh.« Chloes Stimme klang leise und bitter. »Überdeutlich sogar. Doch heute ist das nicht mehr wichtig.« Hugh wollte gerade protestieren, als sie ihn mit einer Handbewegung zurückhielt. »Lass uns… lass uns einfach jeder sein Ding machen. Einverstanden? Vielleicht kommen wir so klar.«

»Ich würde wirklich gerne mit dir darüber reden«, beharrte Hugh. »Ich würde gerne die Gelegenheit haben…«

»Es gibt eine ganze Reihe von Dingen, die ich gerne tun würde«, schnitt ihm Chloe das Wort ab. Noch bevor er antworten konnte, machte sie auf dem Absatz kehrt und ließ ihn in der abendlichen Dämmerung stehen.

5

Am nächsten Morgen fühlte sich Hugh zerschlagen und erschöpft. Am Abend zuvor hatte er eine Flache Rioja entdeckt, die er fast vollständig alleine geleert hatte. Schließlich war er im Urlaub. Jetzt lag er auf der Sonnenliege und ein Sonnenhut verdeckte sein Gesicht. Bei jedem Sonnenstrahl, der durch das geflochtene Stroh drang, zuckte er selbst mit geschlossenen Lidern zusammen. Wie aus weiter Ferne nahm er Amandas Stimme wahr und hörte sporadisch Jennas Antwort.

»Vergessen Sie nicht, Sonnenlotion auf die Nacken der Mädchen aufzutragen«, ordnete sie an. »Und auf die Rückseiten der Beine.«

»Klar doch.«

»Und auf die Fußsohlen.«

»Ist bereits erledigt.«

»Ganz bestimmt?« Hugh nahm nur am Rande wahr, dass Amanda auf der Sonnenliege neben ihm lag. »Ich möchte kein Risiko eingehen.«

»Mrs. Stratton...« Jenna schien sich nur mit Mühe zu beherrschen. »Wenn ich über etwas wirklich Bescheid weiß, dann ist das die Gefahr, die von der Sonne ausgeht. Ich bin ebenfalls nicht bereit, irgendwelche Risiken einzugehen.«

»Also gut.« Nach kurzem Zögern lehnte sich Amanda auf der Liege zurück. »Sie sind weit und breit nicht zu sehen«, wandte sie sich leise an Hugh.

»Wer?«, murmelte Hugh ohne die Augen zu öffnen.

»Na *sie*. Die anderen. Ich muss gestehen, ich habe keinen Schimmer, wie das alles funktionieren soll.«

Hugh legte seinen Hut beiseite. In die Sonne blinzelnd setzte er sich mühsam auf und sah Amanda an. »Was meinst du mit ›funktionieren soll‹? Hier ist der Pool, die Liegestühle, die Sonne…«

»Ich meine nur…« Amanda legte die Stirn in Falten. »Es ist doch alles ein bisschen unangenehm und peinlich.«

»Ich wüsste nicht, weshalb.« Hugh beobachtete, wie Jenna mit Octavia und Beatrice die flachen Stufen hinunter ins Schwimmbecken watete. »Ich habe mit…«, er hielt inne, »mit Chloe gesprochen. Der Frau.« Er sah Amanda an. »Gestern Abend, während du die Mädchen gebadet hast.«

»Und, was hat sie gesagt?«

»Genau wie wir wollen sie ihr eigenes Ding machen. Es gibt also keinen Grund, weswegen wir uns gegenseitig auf die Füße treten sollten.«

»Gestern Abend sind wir uns aber gegenseitig auf die Füße getreten«, widersprach Amanda gereizt. »Der gestrige Abend war ein verdammtes Fiasko!«

Hugh zuckte mit den Achseln, legte sich wieder zurück und schloss die Augen. Er war gestern Abend nicht in der Küche gewesen, als sich der Vorfall ereignet hatte, auf den sich Amanda jetzt bezog. Philip und Jenna hatten offenbar beide angefangen, für ihre jeweiligen Familien das Abendessen zuzubereiten. Dabei hatten sie dasselbe und einzige Hühnchen ins Visier gefasst und dies irgendwann gemerkt. (Hatten sie beide gleichzeitig die Hände nach dem Hühnchen ausgestreckt? Hatten sich ihre Hände berührt, als sie beide den Hals des Hühnchens gepackt hatten? Oder war es ihnen nur langsam und allmählich aufgegangen?) Soweit

Hugh wusste, hatte Philip sofort angeboten, für seine Mahlzeit eine Alternative aufzutreiben, wofür sich Jenna bei ihm bedankt hatte.

Seiner Meinung nach konnte man das kaum als Fiasko bezeichnen. Doch Amanda hatte sich durch diese kleine Begebenheit darin bestätigt gesehen, dass der gesamte Urlaub verpfuscht war. Als sie ihr Abendessen im Esszimmer eingenommen hatten (Philip und Chloe hatten auf der Terrasse gegessen), hatte sie diese Meinung immer wieder in verschiedenen Varianten zum Besten gegeben, bis es Hugh zu viel geworden war. Er hatte sich mit einer Flasche Wein auf den Balkon vor ihrem Schlafzimmer zurückgezogen, bis es vollständig dunkel geworden war. Als er wieder ins Haus ging, lag Amanda bereits im Bett und war vor einer Miniserie im Kabelfernsehen eingeschlafen.

»Jetzt geht's los«, unterbrach Amandas raunende Stimme seine Gedanken. »Hier kommen sie.«

»Guten Morgen!«, grüßte sie mit lauter Stimme.

»Morgen«, hörte er Philip antworten.

»Was für ein schöner Tag«, fügte Chloe hinzu.

»Nicht wahr?«, sagte Amanda fröhlich. »Einfach unglaublich, dieses Wetter!«

Eine Pause entstand, und Amanda ließ sich zurücksinken.

»Immerhin wollen sie uns nicht von unseren Liegestühlen vertreiben«, murmelte sie an Hugh gewandt. »Jedenfalls noch nicht.« Wieder entstand eine Pause. Das Quietschen ihrer Liege war zu hören, bis sie eine bequeme Sitzposition fand. Sie griff nach einem Kopfhörer und setzte ihn sich auf, nur um ihn sofort wieder abzusetzen. »Hugh?«

»Hmm.«

»Kannst du mir meine Sonnenlotion mit Schutzfaktor acht geben?«

Hugh öffnete die Augen, setzte sich auf und versteinerte. Auf der anderen Seite des Beckens knöpfte Chloe gerade ihr abgetragenes Baumwollkleid auf. Es fiel auf den Boden und blieb um ihre Füße liegen. Wie hypnotisiert gaffte Hugh sie an. Sie trug einen etwas aus der Mode gekommenen Badeanzug mit Rosenmuster und hatte das blonde Haar zu einem Pferdeschwanz gebunden. Ihre Beine waren blass und schlank, ihre Schultern zierlich und zerbrechlich, wie die eines Kindes. Als sie sich umdrehte, erhaschte er unwillkürlich einen Blick auf ihren weißen Busen.

»Hugh?« Amanda setzte sich neben ihm auf. Gleich zeitig sah ihm Chloe über das Wasser hinweg direkt in die Augen. Als sich ihre Blicke kreuzten, durchzuckte ein plötzliches Verlangen seinen Körper, unmittelbar gefolgt von Schuldgefühlen. Beide Gefühlsregungen schienen so gut wie identisch zu sein. Hastig wandte er sich ab.

»Hier.« Er griff nach der Flasche und reichte sie Amanda.

»Das ist nicht die mit Sonnenschutzfaktor acht!«, monierte sie ungehalten. »Die große Flasche.«

»Jawohl.« Hugh hangelte nach der richtigen Flasche, gab sie seiner Frau und legte sich mit wild klopfendem Herzen wieder zurück. Er konnte Chloes Gesicht einfach nicht vergessen, diesen durchdringenden, leicht verächtlichen Blick aus ihren blauen Augen. Natürlich wusste sie, was er dachte. Chloe hatte schon immer seine Gedanken lesen können.

Sie waren sich vor fünfzehn Jahren auf einem Studentenfest in London begegnet. Auf der Party, die von einer Wohngemeinschaft in Stockwell veranstaltet wurde, waren fast nur Studenten der Wirtschaftswissenschaft und der Medizin vertreten gewesen. Gerard war als ein Freund einer der

Wirtschaftler eingeladen gewesen – und wie Gerard nun einmal war, hatte er unaufgefordert einen Trupp seiner Mitstudenten der Kunstgeschichte an der Courtauld-Universität mitgeschleppt. Und eine aus dieser Meute war Chloe gewesen.

Rückblickend erschien es Hugh, als ob er sich sofort in Chloe verliebt hatte. Sie hatte ein merkwürdiges, ausgefallenes Kleid getragen und sich dadurch von den anderen abgehoben. Eine Gruppe hatte sich über Malerei unterhalten, von der Hugh nicht viel verstand. Später gingen sie zum Thema historischer Kostüme über, wovon Hugh noch weniger verstand. Dabei hatte Chloe beiläufig fallen lassen, dass sie ihr Kleid nicht nur selbst entworfen, sondern auch selbst genäht hatte.

»Das glaube ich dir nicht«, hatte Hugh, von mehreren Gläsern Wein beflügelt und der Unterhaltung über Knopfvarianten des 19. Jahrhunderts überdrüssig, sie provoziert. »Das musst du mir beweisen.«

»Bitte.« Leise lachend hatte sich Chloe gebückt und den Saum ihres Kleides angehoben. »Schau dir diese Naht an. Die Stiche. Jeden einzelnen habe ich von Hand gearbeitet.«

Hugh hatte artig gehorcht – aber nicht einen einzigen Stich wahrgenommen. Er hatte einen Blick auf Chloes schlanke, in durchsichtige Strümpfe gehüllte Beine erhascht und ein unwiderstehliches plötzliches Verlangen nach ihr verspürt. Um die Fassung wiederzuerlangen, hatte er erst an seinem Wein genippt, dann vorsichtig zu ihr aufgesehen und in ihrem Blick Gleichgültigkeit, möglicherweise sogar Feindseligkeit erwartet. Stattdessen jedoch hatte er in ihren blauen, kühlen Augen lediglich Klugheit gelesen. Chloe hatte genau gewusst, was er begehrte – und hatte es selbst ebenso heftig begehrt.

Später am Abend hatte sie ihn in seiner Wohnung in Kilburn dazu angehalten, ihr das Kleid im Zeitlupentempo auszuziehen. Er hatte sich die Muße nehmen müssen, ihre von Hand ausgeführten Stiche gebührend zu bewundern. Als er ihr das Kleid endlich abgestreift hatte, hatte er sie heftiger begehrt als irgendeine Frau vor ihr.

Hinterher hatten sie schweigend nebeneinander gelegen. In Gedanken war Hugh bereits beim nächsten Morgen und er überlegte, wie er es anstellen konnte, den ganzen Tag mit ihr zu verbringen. Als sie etwas gemurmelt und sich erhoben hatte, war ihm das kaum aufgefallen. Erst als sie bereits halb angezogen war, hatte er schlagartig erkannt, dass sie gehen wollte.

»Ich muss nach Hause.« Sie hatte ihn zärtlich auf die Brauen geküsst. »Vielleicht können wir uns mal wieder sehen.« Nachdem die Tür hinter ihr zugefallen war, hatte Hugh verdrossen festgestellt, dass er zum ersten Mal allein im Bett zurückgelassen wurde, während seine Partnerin die Initiative ergriffen hatte. Zu seiner Überraschung behagte es ihm absolut nicht.

Beim nächsten Treffen hatte sie auf die gleiche Art und Weise sein Bett verlassen – und beim Mal danach war es nicht anders gewesen. Nach ein paar Wochen hatte er sie beiläufig nach dem Grund gefragt, und sie hatte vage angedeutet, dass die Tante, bei der sie in einem Außenbezirk Londons wohnte, Wert darauf lege. Niemals hatte sie ihre Erklärung vertieft, niemals hatte sie ihr Muster geändert. In jenen drei Sommermonaten – die ansonsten wirklich wunderbar gewesen waren – hatte sie nicht eine einzige ganze Nacht mit ihm zusammen verbracht. Schließlich hatte er allen Stolz fallen lassen und angebettelt, doch eine Nacht ganz mit ihm zu verbringen. »Ich möchte sehen wie du aussiehst, wenn du aufwachst.« Und weil das die Wahrheit war, hatte er verlegen gelacht. Sie hatte nicht nachgegeben.

Wenn er jetzt die Augen schloss, konnte er sich noch an das Schaben ihrer Jeans erinnern, das Stoffrascheln einer Baumwollbluse, das Zuschnappen einer Gürtelschnalle. Die Geräusche, wenn sie sich leise in der Dunkelheit die Kleider überstreifte und dorthin verschwand, wohin er nie eingeladen wurde.

Sie sah so zerbrechlich aus, so elfenhaft. Doch Chloe war eine der stärksten Persönlichkeiten, denen er je begegnet war. Um diese Zeit verunglückte einer seiner Schulfreunde bei einer Bergwanderung tödlich. Gregory war zwar nicht sein bester Freund gewesen, dennoch hatte ihn die Nachricht tief getroffen. Nach dem ersten Schock hatte er wochenlang unter Depressionen gelitten. Chloe hatte viele Stunden bei ihm gesessen und ihm zugehört, ihn getröstet und ihm Ratschläge erteilt. Nie war sie dabei in Eile gewesen, nie ungeduldig, sondern stets bodenständig und vernünftig. Ihre Besonnenheit und Kraft vermisste er bis heute. Ihr gegenüber hatte er sich nie erklären müssen, sie hatte ihn immer sofort verstanden. Sie schien ihn sogar besser zu verstehen als er sich selbst.

Aus dieser düsteren Zeit der Trauer war Hugh mit neuem Elan hervorgegangen. Er hatte sich fest vorgenommen, sein Leben zu meistern und daraus etwas zu machen. Er wollte Erfolg haben, er wollte Geld verdienen, er wollte alles erreichen, was er erreichen konnte. Er hatte angefangen, sich nach einem lukrativen Posten umzusehen, hatte sich Hochglanzbroschüren verschiedener Unternehmen zuschicken lassen und die Berufsberatung der Universität aufgesucht.

Ungefähr zur gleichen Zeit, während er sich bei den Personalreferenten verschiedener Firmen vorstellte, hatte Chloe angefangen, von ihrem Leben zu sprechen. Sie hatte ihre Tante und ihre beiden Cousins erwähnt, die beide bereits die Schule besuchten. Und sie hatte jemanden mit dem Namen Sam erwähnt, von dem sie unbedingt wollte, dass er ihn kennen lernte.

An jenen Tag erinnerte er sich heute noch mit eisiger Deutlichkeit. Die Reise in die Vororte Londons. Der Fußweg entlang der gleichtönigen, ordentlichen Vorortstraßen. Vor einem kleinen, dem Tudorstil nachempfundenen Haus hatte Chloe angehalten, seltsam gehemmt die Haustür aufgeschlossen und ihn hereingebeten. Von der häuslichen Atmosphäre leicht abgestoßen, hatte er sie dennoch aufmunternd angelächelt und war aus dem engen Flur in das vordere Zimmer getreten. Dort hatte er überrascht innegehalten. Auf dem Teppich saß ein Baby und griente zu ihm hoch.

Zögernd hatte er das Lächeln erwidert und angenommen, das Baby sei ihr Neffe oder der Sprössling einer Freundin. Kein Wesen jedenfalls, das mit Chloe etwas zu tun hatte. Nicht mit der zwanzigjährigen Chloe, die selbst noch wie ein Kind aussah. Er hatte sich umgedreht, um eine lockere Bemerkung zu machen – und hatte ihr von Liebe verklärtes Gesicht gesehen.

»Er mag dich.« Sie war zu dem Baby gegangen und hatte es auf den Arm genommen. »Sag Hugh guten Tag, Sam.« Verwirrt hatte Hugh das fröhliche Babygesicht gemustert – und ganz allmählich, wie ein Stein, der ins Wasser fiel, hatte er die verstörende Wahrheit begriffen.

Er konnte sich heute noch an die würgende Panik erinnern, die ihn befallen hatte. An die Wut, an den Verrat ihres trickreichen Verhaltens. Er war zum Tee geblieben. Mit einem maskenstarren Lächeln auf dem Gesicht hatte er sich mit der Tante unterhalten und war ihren hoffnungsvollen Fragen so gut es ging ausgewichen. In Gedanken war er bereits weit weg und plante seine Flucht. Er konnte Chloe nicht ansehen, ohne dass ihm vor Wut übel wurde. Wie konnte sie alles zerstören? Wie hatte sie nur ein Baby bekommen können?

Später hatte sie ihn beiseite genommen und alles erklärt. Während die Tante in der Küche mit dem Geschirr hantierte, hatte sie ihre Zurückhaltung erläutert, Sam überhaupt jemandem zu zeigen. Lange hatte sie darüber nachgegrübelt, wann sie es ihm sagen sollte. Und dann hatte sie die Sache weiter verschieben müssen, bis er sich nach dem Tod von Gregory wieder gefangen hatte. »Ich dachte, wenn ich dir erzähle, dass ich ein Baby habe, würde dich das nicht interessieren. Aber nachdem du ihm jetzt begegnet bist und gesehen hast, wie wunderbar er ist…« Mit vor Ergriffenheit glühenden Wangen hatte Chloe mitten im Satz ab gebrochen. Und Hugh hatte mit versteinertem Gesicht genickt.

Dann hatte sie ihm die dürren Fakten von Sams Zeugung erzählt, von ihrer Affäre mit einem sehr viel älteren Hochschullehrer, von ihrer Naivität und der weit reichenden Entscheidung, das Kind zu behalten. Hugh hatte ihr nur noch mit halbem Ohr zugehört.

Am nächsten Tag hatte er das Land verlassen. Er war alleine nach Korfu gereist, hatte am Strand gesessen, auf das Meer gestarrt und sie gehasst. Denn er begehrte sie nach wie vor, doch die Beziehung hatte keine Zukunft. In seinem Leben war für ein Baby kein Platz. Das hätte sie eigentlich wissen sollen, dachte er gereizt und legte den glühenden Kopf in die Hände. Alles war so perfekt gewesen – und jetzt hatte sie alles ruiniert.

Zwei Wochen hatte er so gesessen, jeden Tag war seine Haut brauner und sein Entschluss endgültiger geworden. Wegen des Kindes eines anderen Mannes würde er sich sein Leben nicht verpfuschen lassen. Er würde sich nicht dazu hinreißen lassen, irgendeine übereilte Entscheidung zu fällen, die er später bereuen würde. Stattdessen würde er die sich selbst gesetzten Ziele verfolgen, er würde den hochkarätigen Alleingang wählen, für den er wie geschaffen war. Er würde das Leben leben, das ihm vorschwebte.

Nach seiner Rückkehr hatten ihn mehr Nachrichten von Chloe erwartet, als er hätte zählen können. Er hatte sie allesamt ignoriert, die Bewerbungsbögen für Hochschulabsolventen an große Managementberatungsfirmen ausgefüllt und dann das neue Semester begonnen. Ihre Stimme auf dem Anrufbeantworter oder ihre Handschrift auf einem Brief, der auf der Fußmatte lag, hatten ihm jedes Mal einen Stich versetzt. Doch hatte er sich gezwungen, dem keine Beachtung zu schenken und seine Pläne durchzuziehen. Allmählich waren Chloes Nachrichten seltener und kürzer geworden. Schließlich hatten sie ganz aufgehört, wie bei einem Kind, das sich in den Schlaf weinte.

Hugh bewegte sich unbehaglich auf dem Liegestuhl und riskierte ein Auge. Chloe lag so, dass er ihr Gesicht nicht sehen konnte. Philip aber saß aufrecht. Unter dem Vorwand, Zeitung zu lesen, musterte Hugh ihn kritisch und stellte widerwillig fest, dass er weder schlecht noch ungepflegt aussah. Sein Gesicht jedoch war blass und stoppelig, und er runzelte sorgenvoll die Stirn und starrte in die Ferne. Hugh schien er nicht bemerkt zu haben, noch schien er Chloe oder sonst irgendjemanden zu registrieren.

»Dad?«

Philips Kopf schoss in die Höhe – und Hughs ebenfalls. Sam sprintete mit einem Badmintonschläger in der Hand Richtung Pool. Von Hugh schien er kaum Notiz zu nehmen. Hugh fixierte ihn jedoch, wobei ihn absurderweise die Gefühle übermannten. Aus dem Baby, das seinerzeit grienend auf einem Teppich in einem der Außenbezirke Londons gehockt hatte, war nun dieser hoch gewachsene, gut aussehende junge Mann geworden. Er hatte das alberne Bedürfnis, zu dem Jungen hinzugehen und ihm zu sagen: *»Ich kannte dich bereits, als du noch nicht einmal ein Jahr alt warst.«*

Sam stoppte vor dem Liegestuhl seines Vaters. Seines Stiefvaters, korrigierte sich Hugh.

»Dad, wir wollen Badminton spielen.«

»Na, dann tut das doch«, erwiderte Philip.

»Ja schon, aber das Netz kippt immer wieder um.«

»Habt ihr es denn sorgfältig befestigt?«

Sam streckte achselzuckend die Hand nach einer Colabüchse auf dem Boden aus.

»Du bist ein Faulpelz«, erkannte Philip. »Ich soll also das Netz für euch aufstellen?«

»Klar.«

Philip schüttelte gespielt griesgrämig den Kopf und zwinkerte Chloe an.

»Ist die Faulheit dieses Jungen denn zu fassen?«

»Durch und durch faul«, bestätigte Sam zufrieden. »So bin ich eben.« Er trank einen Schluck Cola und betrachtete Hugh über das Schwimmbecken hinweg.

Hugh wandte sich hastig seiner Zeitung zu. Er kam sich wie ein Eindringling vor. Wie einer, der die Gespräche anderer belauscht und ihr Familienleben aushorchen will.

»Gib mir noch eine Minute«, meinte Philip. »Geh schon, ich komme gleich.«

»Wir sind auf dem Platz.« Sam zeigte mit dem Finger. »Dort, hinter den Bäumen.«

Er verschwand wieder. Hugh sah ihm nach und war mit einem Mal eifersüchtig auf diesen blonden Jungen und dessen entspannte Beziehung zu einem Vater, der noch nicht einmal sein leiblicher Vater war. Und er war eifersüchtig darauf, wie liebevoll man in dieser Familie miteinander umging.

Hugh erhob sich abrupt. Um seine Verlegenheit zu kaschieren, lief er zu dem flachen Teil des Pools, wo Octavia planschte. Sie sah zu ihm auf, und er grinste sie aufmunternd an. »Möchtest du mit dem Ball spielen?«, fragte er. »Ballwerfen mit Daddy?« Octavia blinzelte verwirrt, bis ihm aufging, dass er gar keinen Ball hatte. »Oder ... oder verstecken? Oder irgendetwas, was dir Spaß macht.« Er deutete auf den Rasen zu seiner Rechten. »Lass uns mal dorthin gehen, uns wird sicher was einfallen!«

Nach kurzem Zögern stieg Octavia aus dem Becken und kam ohne rechte Begeisterung auf ihn zu. Hugh ging voraus zum Rasen und blickte sich nach Ideen suchend um. Was spielten Kinder? Was hatte er als Kind gespielt? An das Steckspiel Meccano konnte er sich erinnern. Und an eine phantastische Eisenbahn, die auf dem Dachboden aufgebaut stand. Er würde seinen Töchtern eine Eisenbahn kaufen, dachte er begeistert. Gleich nach ihrer Rückkehr nach England würde er ihnen die größte Eisenbahn, die er auftreiben konnte, kaufen. Doch in der Zwischenzeit ... warum nicht ein kleines Versteckspiel?

»Okay, Octavia, wir spielen ...«, setzte er fröhlich an, drehte sich um – und erstarrte.

Octavia war ihm gar nicht bis auf den Rasen gefolgt. Sie tapste auf der anderen Seite des Pools Jenna entgegen, die mit einem aufblasbaren Spielzeug aufgetaucht war.

Hugh saß in der Klemme. Ganz allein auf dem Rasen kam er sich absolut albern vor. Plötzlich zitterten ihm die Beine. Sein Kind hatte ihn abgewiesen. Er war ein erwachsener Mann, der einsam und verloren auf dem Rasen stand.

Einen Moment lang war er unfähig zu entscheiden, was

er tun sollte, welche Ausrede er finden konnte. Zwar hatte niemand gehört, was er zu Octavia gesagt hatte, die Sache war ihm aber dennoch peinlich. Schließlich ging er mit hochroten Wangen zu einem Baum und begann, angelegentlich dessen Borke zu untersuchen, wobei er die Stirn in tiefe Falten legte.

Nach einer Weile zog Amanda ihren Kopfhörer ab und blickte sich suchend um.

»Hugh… was zum Teufel tust du da?«, erkundigte sie sich.

Die Hände immer noch an der Baumrinde, sah Hugh zu ihr hinüber.

»Nur…« Er brach ab. »Ich wollte nur schnell mal das Büro anrufen und hören, wie es dort geht. Es wird nicht lange dauern.«

Amanda verdrehte die Augen.

»Tu dir keinen Zwang an.« Sie ließ sich auf ihre Liege zurückfallen. Unbeabsichtigt hatte Hugh ein Stück Rinde abgerissen. Er starrte es ein paar Sekunden lang an, dann ließ er es auf den Boden fallen. Mit regloser Miene ging er auf die Villa zu.

Den Jungs war es langweilig geworden, Philip beim Aufstellen des Badmintonnetzes zuzusehen, und sie waren in den Pool schwimmen gegangen. Chloe beobachtete mit schmerzlicher Rührung Nats angestrengtes Brustschwimmen und konnte sich gerade noch zurückhalten, ihm keine Ratschläge zuzurufen. Nach einigen Minuten legte sie sich auf der Sonnenliege zurück und bemühte sich, ein entspanntes Urlaubsgefühl zu empfinden und sich an ihre eigenen Regeln zu halten.

Doch fiel es ihr ebenso schwer, sich zu entspannen wie Philip. Am Morgen war er mit demselben besorgten Stirnrunzeln aufgewacht, mit dem er die Nacht zuvor ins Bett gegangen war. Und sie war mit denselben Frustrationen aufgewacht. Dieselbe seelische Unzufriedenheit, dieselbe körperliche Unzufriedenheit. Aber es war das körperliche Verlangen, das sie fast verrückt machte, während sie, äußerlich ausgeglichen und zufrieden, in der Sonne lag.

Eine der unausgesprochenen Übereinkünfte ihrer Beziehung mit Philip war die, dass sie, wenn auch nicht jede Nacht ihres Urlaubs, sich lieben würden, so doch weitaus häufiger als zu Hause. Und ganz bestimmt in der ersten Urlaubsnacht. Chloes Ansicht nach brauchten sie das – um ihre Ankunft zu feiern, um die Anspannung der Anreise verpuffen zu lassen, um den Beginn einer vergnügungsreichen Woche zu genießen. Vor allem aber um sich auch als Paar zu bestätigen. Um sich einander wieder ganz bewusst zu werden, fernab von der häuslichen Atmosphäre und der gewohnten Umgebung, in der man leicht Vertrautheit mit Liebe verwechselte.

Letzte Nacht jedoch war nichts passiert. Als sie ihre Hand nach Philip ausgestreckt hatte, hatte er sie behutsam weggeschoben. Noch immer dachte sie mit Schrecken daran zurück. In der Situation selbst war sie zu verblüfft gewesen, um sich gekränkt zu fühlen. Das war's dann wohl, hatte sie gedacht und den üppigen Stoffwurf der Bettdecke angestarrt. So schlimm standen die Dinge zwischen ihnen bereits.

»Ich bin hundemüde«, hatte Philip so undeutlich in sein Kissen gegrummelt, dass sie die Worte kaum hatte verstehen können. Das war seine Entschuldigung gewesen. Doch hatte er ihr nicht einmal sein Gesicht zugewandt und ihr keinen Gutenachtkuss gegeben. Wie hatte Philip – der dynamische, heitere Philip – sich in einen solch apathischen Menschen verwandeln können?

»Ich liebe dich«, hatte er – wohl pflichtbewusst – hinzugefügt und ihr Bein gestreichelt. Sie hatte geschwiegen. Am nächsten Morgen waren sie zu unterschiedlichen Zeiten aufgewacht, hatten sich unabhängig voneinander angezogen und nicht gemeinsam gefrühstückt. Wie zwei Fremde hatten sie auf den Sonnenliegen gelegen. Wie lange würde sie das noch aushalten können?

So ging es bereits seit Monaten. Seit Monaten wurde jeder Aspekt ihres Zusammenlebens von der Übernahme dominiert. Alles war von der verdammten PBL und deren Plänen überschattet – bis Philip schließlich nicht mehr in der Lage war, an irgendetwas anderes zu denken. Wie oft war Chloe von der Arbeit heimgekehrt und hatte sich nach einem Glas Wein gesehnt, nur um Philip und seinen Stellvertreter, Chris Harris, Bier trinkend am Küchentisch vorzufinden, wo sie endlos und ohne irgendein Ergebnis Spekulationen anstellten. Sie spekulierten über das letzte Memorandum von der PBL, über die jüngsten Zeitungsartikel, über den längst überfälligen MacKenzie-Report, der ihr Schicksal so oder so besiegelte. Haltet doch endlich den Mund, hätte sie am liebsten wütend ausgerufen. Ständig darüber zu quasseln bewirkt rein gar nichts! Unablässig darüber zu reden wird eure Arbeitsplätze nicht sichern können! Doch sie drehten sich weiter und weiter im Kreis und versuchten, die Gedankengänge ihnen unbekannter, nicht anwesender Menschen zu erraten, kolportierten bedeutungslose Information und wiederholten ihr Selbstbewusstsein aufbauende Mantras. »Man kann eine Bank nicht ohne Personal führen«, würde Philip sagen und zwei weitere Bierflaschen öffnen. »Das ist schlicht und einfach nicht möglich«, würde Chris im Brustton der Überzeugung antworten und seine Bierflasche bekräftigend gegen Philips stoßen.

Und so fuhren sie fort und versicherten einander, dass alles gut werden würde. Doch hinter Philips zur Schau gestelltem Optimismus sah Chloe ein schwarzes Loch und die Angst, die sich in sein Leben fraß. Diese Umstände hatten ihn vollkommen verändert. Der selbstbewusste, fröhliche Mann mit leichter Tendenz zum Einzelgänger hatte sich in einen ängstlichen Duckmäuser verwandelt, der deprimiert und niedergedrückt war, vom Schicksal erschlagen, noch bevor ihn dieses tatsächlich getroffen hatte.

In Chloes Augen zufolge lag das Problem darin, dass Philip es im Leben viel zu leicht gehabt hatte. Bis jetzt war ihm noch nie ein echtes Unglück widerfahren – und gerade deshalb ängstigte er sich so sehr davor. Er schien tatsächlich zu glauben, dass sie restlos vor die Hunde gehen würden, wenn er seinen Arbeitsplatz verlor, und dass sie sich von einem solchen Schlag nie wieder erholen würden. Er unterschätzte die menschliche Anpassungsfähigkeit.

Menschen fangen sich wieder, dachte Chloe, drehte sich auf der Sonnenliege um und schloss die Augen. Was auch immer passiert, Menschen finden eine Lösung. Als ich mit zwanzig von meinem Professor schwanger wurde, erschien mir das als Weltuntergang – doch dann entpuppte sich genau das als eines der schönsten und heitersten Ereignisse meines Lebens. Es gibt wahrlich schlimmere Dinge im Leben, als arbeitslos zu sein. Das Problem mit Philip war nicht sein Arbeitsplatz beziehungsweise dessen möglicher Verlust, sondern seine Einstellung dazu. Mit ein bisschen Glück würde dieser Urlaub etwas daran ändern können …

Lautes Gejohle und das Geräusch aufspritzenden Wassers drang zu ihr herüber. Nach einem besonders lauten Quietscher setzte sie sich widerstrebend auf. Nat und Sam sprangen mit angezogenen Beinen ins Wasser, wobei das Wasser nicht nur auf die umliegende Terrasse, sondern bis auf den Rasen spritzte. Plötzlich beobachtete Chloe Amanda, die bei jedem Tropfen zusammenzuckte.

»Jungs«, setzte sie an. »Jungs, Schluss damit.«

Aber es war zu spät. Sam war bereits mit aller Kraft in die Luft gesprungen und hatte die Beine fest angezogen. Er landete knapp innerhalb des Beckens, und eine riesige Welle schwappte über den Rand und erwischte Amanda.

»Oooooh!« Kreischend sprang sie auf. »Ihr kleinen Ungeheuer!«

»Sam«, brüllte Chloe in Richtung Sams abgetauchtem Kopf. »Sam, raus aus dem Wasser!«

»Entschuldigung«, meldete sich Nat nervös von der anderen Seite des Beckens. »Entschuldigung, Mum.«

»Bei mir braucht ihr euch nicht zu entschuldigen«, erwiderte Chloe entnervt. »Entschuldigt euch bei Mrs. Stratton.«

»Entschuldigung, Mrs. Stratton«, wiederholte Nat. Amanda nickte ihm hölzern zu.

»Sam«, begann Chloe von neuem. »Sam, komm heraus, und entschuldige dich bei Mrs. Stratton.«

Sam stemmte sich aus dem Becken und fixierte Amanda.

»Entschuldigung«, begann er und brach ab. Das Sprechen schien ihm schwer zu fallen. »Entschuldigen Sie, Mrs ....«

»Stratton.«

»Stratton«, wiederholte Sam heiser.

Chloe folgte Sams Blick und stellte leicht irritiert fest, dass Amanda ohne Oberteil in der Sonne gelegen hatte. Jetzt stand sie, die langen Beine gespreizt und ihre Brüste mit glitzernden Wassertropfen bedeckt, verärgert da. Insgesamt war ihr Erscheinungsbild den Postern nicht unähnlich, die Sam in seinem Zimmer aufgehängt hatte.

Zu Chloes Überraschung schien sich Amanda ihrer Wirkung auf Sam nicht im Mindesten bewusst zu sein.

»Bestimmt hast du es nicht so gemeint«, sagte sie steif. »Aber vergiss bitte nicht, dass wir uns diesen Pool teilen.« Sie bedachte Sam mit einem eisigen Lächeln. Er nickte, wobei sein Blick ständig über ihren nackten Busen flatterte. Das muss sie doch merken, dachte Chloe. So naiv kann sie nicht sein. Als ihr aber Amanda über das Becken hinweg zunickte, wurde ihr klar, dass sie Sams Schweigen lediglich als Zeichen seiner Zerknirschung interpretiert hatte.

»Es tut mir wirklich Leid«, sagte Chloe, während sie um das Becken herumlief. »Manchmal sind die Jungs richtige Rüpel. Bitte sagen Sie uns Bescheid, falls sie womöglich erneut über das Ziel hinausschießen.«

»Ist gut.« Amanda setzte sich auf die Sonnenliege, griff nach einem Handtuch und trocknete sich ab. »Die Situation ist halt für uns alle nicht ganz einfach.«

»Das stimmt«, bestätigte Chloe.

Schweigend beobachtete sie, wie Amanda die Sonnenlotion in die Hand nahm und ihre makellose, goldbraune Haut damit einzureiben begann.

»Wir … wir sehen uns dann später«, sagte sie schließlich. »Entschuldigen Sie bitte nochmals.« Sie drehte sich um, und Amanda sah auf.

»Moment.« Amanda runzelte die Stirn. »Ich wollte mit Ihnen noch über das Kochfiasko gestern Abend sprechen.«

»Oh.« Chloe wirkte bedrückt. »Das war wirklich etwas daneben. Vielleicht sollten wir feste Kochzeiten zwischen uns vereinbaren.« Sie seufzte. »Das würde natürlich alle ein wenig reglementieren …«

»Ich habe einen anderen Vorschlag. Ab heute kann unser Kindermädchen für uns alle das Essen zubereiten.«

»Wirklich?« Chloe war beeindruckt. »Hat sie das angeboten?«

»Wir haben sie auf dieser Basis eingestellt«, erwiderte Amanda, als ob sie mit einer besonders einfältigen Person reden würde. »Kindermädchen Schrägstrich Haushaltshilfe. Wenn Sie einverstanden sind, könnte ich sie bitten, für vier Personen zu kochen. Dann essen wir gemeinsam.« Chloe musterte sie verdutzt.

»Sind Sie sich auch ganz sicher? Ich meine...«

»Sie müssen natürlich nicht einwilligen«, meinte Amanda. »Wenn Sie andere Pläne haben...«

»Aber nein! Es ist nur... nun, das ist sehr großzügig von Ihnen. Herzlichen Dank.«

»Abgemacht also.« Amanda drapierte sich wieder auf die Sonnenliege und schloss die Augen. Chloe beobachtete sie kurz, ehe sie sich räusperte.

»Entschuldigung, Amanda, aber sind wir mit Sam und Nat nicht zu sechst?«

»Die Kinder?« Amanda klang alarmiert, als sie die Augen wieder aufschlug. »Essen Sie normalerweise zusammen mit den Kindern?«

»Im Urlaub schon«, erwiderte Chloe. »Und Sam kann man kaum noch als Kind bezeichnen...«

»Ich gebe zu, dass ich meine ganz gerne zu einer vernünftigen Zeit im Bett weiß, um mich ohne sie auch mal wie ein Erwachsener unterhalten zu können.«

Das mag schon sein, dachte Chloe verstimmt. Aber deine Kinder sind noch sehr klein.

»Unsere beiden sind Erwachsenenunterhaltungen gewohnt«, erwiderte sie freundlich. »Sie sind schließlich schon etwas älter.«

Sie musterte Amanda herausfordernd, und beide schwiegen.

»Also gut«, gab Amanda endlich nach. »Dann sage ich Jenna, sie soll für sechs Personen kochen.«

»Ausgezeichnet.« Chloe lächelte freundlich. »Ich freue mich.«

Hugh schlenderte um die Ecke der Villa und blieb wie angewurzelt stehen. Seine Frau unterhielt sich mit Chloe. Die beiden waren alleine und offenbar angeregt in eine Unterhaltung vertieft. Amanda schien hinter ihrer Sonnenbrille höfliche Konversation zu machen, Chloes Gesicht konnte er nicht erkennen. Worüber sprachen sie? Was sagte Chloe?

Ein vorausahnendes Zittern durchfuhr ihn. Auf gar keinen Fall wollte er gesehen werden. Hastig trat er in den Schutz eines dichten Buschs zurück. Unter seinen nackten Füßen war die Erde kühl und angenehm, und die Luft duftete nach Pinien. Er wartete mit klopfendem Herzen – Himmel, war das eine peinliche Situation.

Seine Sekretärin Della hatte er mit seinem Anruf höchst überrascht.

»Ist alles in Ordnung?«, hatte sie sich mehrmals erkundigt.

»Aber sicher doch!«, hatte Hugh betont gut gelaunt und locker erwidert. »Ich wollte nur kurz hören, ob es irgendetwas gibt, worüber ich informiert sein sollte?«

»Ich denke, nicht«, erwiderte Della. »Einen Moment bitte...« Sie raschelte mit den Papieren auf ihrem Schreibtisch. Wenn er die Augen schloss, konnte er sich genau vorstellen, wie es in ihrem kleinen Büro aussah. »Die Empfehlungen des John-Gregan-Beraterteams sind eingetroffen...«, verkündete sie dann.

»Na endlich! Wer wird sich darum kümmern?«

»Mitchell hat eine Kopie. Und Alistair hat sich ebenfalls eine Kopie für sein Team abgeholt.«

»Gut. Sehr gut.« Hugh lehnte sich gegen die kühle Wand. Nachdem er nun in Gedanken an seinem vertrauten Arbeitsplatz war, begann seine Anspannung nachzulassen. Das war der Ort, wo er hingehörte, wo er Erfolg hatte, wo er zum Leben erwachte. »Ich hoffe, Alistair hat sich alles gemerkt, was ich ihm letzte Woche mitgeteilt habe«, sagte er. »Es ist zwingend notwendig, dass wir die Empfehlungen so schnell wie möglich in die Tat umsetzen. Wie ich schon wiederholt angemerkt habe, sind diese Veränderungen nur dann wirksam, wenn man die Übergangsphase so kurz wie nur irgend möglich gestaltet.« Er hielt inne und dachte kurz nach. »Das Problem der organisatorischen Struktur müssen wir sofort anpacken, sonst geht der Nutzen der Konsolidierung verloren – und die Firma riskiert eine ernst zu nehmende Destabilisierung. Wie ich mit Alistair besprochen habe, gibt es jetzt bereits Anzeichen für …«

»Hugh«, unterbrach ihn Della behutsam. »Hugh, Sie sind im Urlaub.«

Erschrocken hielt Hugh inne, als er sein eigenes, leicht verzerrtes Abbild auf einer gläsernen Schranktür am anderen Ende der kreisförmigen Eingangshalle entdeckte. Ein Mann mit blassem Gesicht und tiefen Augenhöhlen, der das Telefon wie einen Rettungsring umklammerte.

Was in aller Welt suchte er hier eigentlich? Stand in einer dämmrigen Villa und quasselte mit jemandem über Organisationsstrukturen, den das überhaupt nicht interessierte – statt die Zeit draußen mit seiner Familie in der Sonne zu verbringen. Was musste Della von ihm denken? Er war gerade mal einen Tag nicht im Büro, verflucht.

»Ja.« Er lachte kurz auf. »Ich weiß, dass ich im Urlaub bin. Ich wollte nur … wollte nur auf dem Laufenden bleiben. Falls jemand dringend eine Frage von mir beantwortet haben will …«

»Hugh, wir wissen alle, dass Sie im Urlaub sind. Vor Ihrer Rückkehr erwartet niemand dringend eine Antwort von Ihnen.«

»Gut«, lachte Hugh gequält. »Das ist in Ordnung. Halten Sie die Ohren steif!« Seine aufgesetzte Fröhlichkeit klang ihm selbst schrill in den Ohren.

»Viel Spaß, Hugh«, sagte Della freundlich. »Und machen Sie sich keine Sorgen, die Lage ist echt unter Kontrolle.«

»Natürlich ist sie das«, erwiderte er. »Tschüss, Della.« Er legte den Hörer auf und fixierte sein mageres, graues Gesicht.

Als er beobachtete, wie Chloe sich von Amandas Sonnenliege entfernte, spürte er Erleichterung. Zügig ging er zum Pool zurück und genoss die Sonne auf seinem Kopf.

»Hallo, Liebling«, wandte er sich beim Herannahen heiter an Amanda. »Ich sehe, du sprichst mit dem Feind.«

»Nun ja«, erwiderte Amanda. »Wir können sie nicht ganz ignorieren. Ich habe sie eingeladen, heute Abend mit uns gemeinsam zu essen.« Sie blätterte in einem Hochglanzmagazin eine Seite um und betrachtete die Abbildung eines Pelzmantels.

»Heute?«, hakte Hugh begriffsstutzig nach.

»Warum nicht? Jenna kocht, es macht also keine Umstände.« Amanda fixierte ihn. »Wir sollten die Sache höflich angehen, meinst du nicht auch?«

»Ja«, bestätigte Hugh nach einer Pause. »Natürlich.« Er schaute über das blaue Wasserbecken zu Chloe hinüber und für den Bruchteil einer Sekunde kreuzten sich ihre Blicke. Chloe senkte die Lider, ehe sie erneut hinübersah. Diesmal hielt Hugh ihren Blick fest und verspürte ein fast schon schmerzhaftes Verlangen nach ihr.

»Hugh«, meldete sich Amanda. »Du stehst mir in der Sonne.«

»Oh. Entschuldigung.« Hugh trat beiseite, setzte sich auf die Sonnenliege neben ihr und streckte die Hand nach seinem Buch aus. Während er es öffnete und die erste Seite aufschlug, starrten er und Chloe sich noch immer an.

Nachdem ein Federball in einem Baum und ein anderer im stacheligen Gebüsch hängen geblieben war, gaben Sam und Nat das Badmintonspiel auf. Sie ließen sich auf das harte Gras neben dem Spielfeld fallen, nippten an ihrer Cola und blinzelten in den strahlend blauen Himmel.

»Wie findest du die anderen Leute?«, erkundigte sich Sam.

»Weiß nicht.« Nat zuckte unschlüssig die Schultern. »Scheinen ganz in Ordnung zu sein.«

»Du solltest mal mit den beiden Mädchen spielen, dich für irgendein Spiel mit ihnen verabreden«, schlug Sam vor.

»Das sind doch noch richtige *Babys*«, beschwerte sich Nat mit abschätziger Stimme. »Die spielen wahrscheinlich noch mit Babyrasseln und Kauringen.«

»Wie du meinst.« Sam nahm einen Schluck Coke.

»Und was hältst du von ihnen?«, fragte Nat und senkte unnötigerweise die Stimme. »Die Mutter hat einen schrecklichen Kommandoton.«

»Findest du?« Sam schluckte. »Ich find sie ganz in Ordnung.«

»Also, wir haben sie doch nur ganz wenig nass gespritzt. Ich meine, wir haben es doch nicht mit Absicht…« Nat brach ab und stieß Sam in die Rippen. »Hey, schau mal. Da sind sie. Da ist das Mädchen.«

Sam rollte sich auf den Bauch und spähte über das Spielfeld. Jenna lief über das ausgedörrte Gras, in den Händen zwei Gartenstühle und eine Decke. Die beiden Mädchen folgten ihr; die eine hielt ein Kissen in der Hand, die andere einen Teddybären.

»Hallo, Jungs«, grüßte sie, als sie auf sie zukam. »Wir bauen uns ein Lager. Wollt ihr mitmachen?«

»Nein danke.« Sams Stimme klang lässig und desinteressiert.

»Nein danke«, wiederholte Nat und versuchte die Stimmlage seines Bruders nachzuahmen.

Jenna zuckte mit den Achseln. »Okay.«

Sam und Nat blieben reglos liegen. Dann lugte Nat zu Jenna hinüber.

»Also ehrlich gesagt«, sagte er mit kaum unterdrückter Bewunderung. »Ehrlich gesagt ist das ein astreines Lager.« Sam folgte seinem Blick und hielt die Luft an.

»Verdammt auch!«

Jenna hatte die herabhängenden Zweige zweier Bäume miteinander verknotet, mit den beiden Klappstühlen eine Wand gebaut, die Decke darüber ausgebreitet und das Ganze unter Palmenwedeln und Blättern versteckt. Sie beugte sich gerade herunter und verteilte etwas auf dem Boden des Lagers.

»Echt toll, oder?«, fragte Nat.

»Verdammt… ja, echt cool.« Sam blickte auf Jennas straffe Schenkel. »Komm schon.« Er erhob sich. »Lass uns Jenna etwas helfen.«

»Super!« Nat sprang behände auf. Auf dem Weg zu Jenna kamen sie an dem schmiedeeisernen Portal zur Straße vorbei. Sam hielt an, um nach draußen zu sehen. Eine schmale Straße wand sich den Berg hinauf. Autos waren weit und breit nicht zu sehen, lediglich in der Ferne verstreut ein paar Menschen. Sie waren wirklich mitten in der Pampa gelandet, stellte er fest.

»Hallo, ihr beiden.« Jenna sah auf.

»Hallo.« Sam wandte sich vom Tor ab. »Wie kommt ihr voran?«

»Ganz gut.« Jenna stand schnaufend auf. »Bitte schön, meine Süßen. Wie gefällt euch das?«

»Es sieht toll aus«, urteilte Octavia, ohne zu zögern. »Es ist mein Lager.«

»Nein, das ist es nicht«, widersprach Jenna. »Es gehört mir. Aber ihr dürft darin spielen, wenn ihr es euch teilt.«

Die Mädchen musterten einander, dann verschwanden sie beide in der Höhle. Nach einer kurzen Pause folgte Nat ihnen verlegen.

Sam lehnte sich lässig gegen einen Baum und fixierte Jenna. »Wir sollten zusammen gehen.«

»Sollten wir das?« Jenna hob die Augenbrauen. »Und warum bitte?«

»Das ist doch ziemlich offensichtlich, findest du nicht?«

»Ehrlich gesagt nicht.« Jennas Augen funkelten. »Aber vielleicht kannst du mir ein paar gute Gründe nennen.«

Bedeutungsvoll wanderte Sams Blick über Jennas Körper. »Die Schlange gefällt mir. Echt sexy.« Jenna warf den Kopf zurück und lachte.

»Du scheinst es aber echt nötig zu haben. Du *bettelst* ja geradezu darum.«

Sam errötete.

»Tu ich nicht!«, gab er erhitzt zurück. »Verdammt, ich versuche nur …«

»Mich herumzubekommen, ich weiß.«

»Ach, verflixt.« Er drehte sich um und kehrte zum Straßentor zurück. Etwas weiter weg kam jemand gemächlich den Berg hinauf. Sam konzentrierte sich auf dieses Ereignis und versuchte, Jennas amüsierte Reaktion zu vergessen.

Nach einer Weile wurde ihm klar, dass er einen Jungen

in seinem Alter beobachtete, der ein paar Ziegen den Berg hinauftrieb.

»Seht euch das mal an!« Seine Demütigung vergessend drehte er sich um. »Hat jemand eine Kamera?«

»Was denn?« Jenna spähte über die Hecke. »Willst du ein Foto von ihm machen?«

»Warum nicht? Ist doch echt cool. So ein Typ mit seinen Ziegen.« Jenna verdrehte die Augen.

»Du bist ein richtiger *Tourist*.«

»Du musst gerade reden«, hätte Sam am liebsten zurückgegeben, doch wandte er sich wortlos wieder der Straße zu.

»Hallo.« Als der spanische Junge näher kam, hob Sam eine Hand zum Gruß. Der Junge hielt inne und blinzelte ihn an. Er war etwas kleiner als Sam, wegen seiner muskulösen braunen Arme wirkte er aber kräftiger. Dann schien er Sam anzugrinsen – und für einen kurzen Moment fühlte sich Sam wie auf Wolken. Das würde cool werden. Er würde sich mit dem Jungen anfreunden und dann mit ihm und seinen Freunden zusammen die Gegend unsicher machen. Vielleicht würde er sogar ein paar wirklich umwerfende spanische Mädchen kennen lernen, die auf englische Jungs standen.

»*Hijo de puta!*« Der Junge reckte abrupt seinen Kopf und spuckte gegen das Eisengitter.

Sam zuckte angewidert zurück und starrte den Jungen ungläubig an. Dieser hielt zusätzlich einen Mittelfinger als internationale Verständigung in die Luft und lief vor sich hin schimpfend weiter den Berg hinauf. Die Glocken der Ziegen klingelten leise.

»Hast du das mitgekriegt?« Sam drehte sich zu Jenna um, die auf dem Boden saß und einen ihrer Zehennägel inspizierte.

»Nein, was denn?«

»Er hat gegen das Gitter gespuckt und mir den Stinkefinger gezeigt. Er hat, verdammt noch mal, gegen das Gitter gespuckt!« Jenna zuckte mit den Achseln und Sam fuhr empört fort: »Findest du nicht, dass das eine verdammte… Unverschämtheit ist?«

»Es ist doch nicht dein Tor«, meinte Jenna. »Und nicht dein Haus.«

»Ich weiß. Trotzdem. Würdest du denn bei jemandem gegen den Zaun spucken?«

»Möglich. Wenn ich einen Grund dafür hätte.«

»Das überrascht mich nicht«, erwiderte Sam giftig.

Jenna grinste ihn an.

»Du bist sauer auf mich.«

»Kann sein.« Schmollend lehnte sich Sam gegen das malträtierte Gitter. Jenna musterte ihn, dann stand sie auf.

»Sei doch nicht sauer.« Lächelnd kam sie auf ihn zu. »Sei nicht wütend.« Langsam streckte sie die Hand aus und berührte seine Brust – und dann spazierten ihre Finger weiter nach unten, bis sie den Rand seiner Badehose erreicht hatten. »Man kann nie wissen. Eventuell hast du doch Chancen.«

Sie trat noch dichter an ihn heran und schob eine Hand in seine Hose. Vor Erregung gelähmt, stierte Sam sie an. Als ihre Blicke sich kreuzten, schien sie ihn geheimnisvoll und voller himmlischer Versprechen anzulächeln. O mein Gott, dachte er. O mein Gott, jetzt passiert es tatsächlich.

Jennas Hand grub sich noch tiefer in seine Hose und zog den Stoff leicht von seinem Körper ab. Wehrlos erbebte er. Wohin würden sie… was genau würde sie tun… was war mit…

Das Zurückschnappen des Gummibandes gegen seinen Bauch traf ihn wie eine Kugel. Jennas vergnügtes Gelächter war wie ein Schlag in die Magengrube. Sie zwinkerte ihm fast liebevoll zu – dann drehte sie sich um und entfernte sich, wobei sich die kleine Schlange fröhlich hin und her wand.

6

Am späten Nachmittag schlenderte Chloe den kühlen, schattigen Flur zu ihrem Zimmer entlang, um sich für das Abendessen umzuziehen. Der Marmorboden war für ihre heißen Füße eine wahre Wohltat, die düsteren Gemälde in gedämpften Farben nach all der gleißenden Sonne ein Genuss. Innerlich aber fühlte sie sich geladen, aufgewühlt und gereizt, und ihre aufgestauten Gefühle fanden kein Ventil, um sich zu entladen.

Ständig hatte sie Hugh auf der anderen Seite des Pools in Sichtweite gehabt. Oberflächlich betrachtet hatte sie die ganze Familie natürlich kaum beachtet. Doch von Hugh hatte sie jede Bewegung registriert und jeden seiner Blicke bemerkt. Mit der Zeit hatte sich ihre Empfindlichkeit so weit gesteigert, dass ihr Horizont sich ausschließlich auf ihn und sich selbst in ihrer verstohlenen gegenseitigen Beobachtung zu beschränken schien. Sie nährten einander mit einer wechselseitigen, empörten Faszination.

Bei seinem Anblick hatte sie das Gefühl, einen alten Film über ihre Vergangenheit wiederzusehen. Die lautlosen Bewegungen, das grelle Licht und die Schatten, die schmerzhaft aufwühlende Sehnsucht nach alten Zeiten. Sie hatte beobachtet, wie er seiner Frau den Rücken eingerieben hatte, und ihr eigener Rücken hatte auf die imaginäre Berührung reagiert. Sie kannte diese Hand, sie kannte diese Berührung. In dem Moment hatte er ihr in die Augen gesehen, und ihr Herz war ins Stolpern gekommen.

Sie hatte kein Wort gesagt. Schweigen war die Barriere, an der sich ihre Gefühle rieben. Je stärker das Bedürfnis zu reden wurde, desto beharrlicher verweigerte sie sich ihm und fand Gefallen an ihrer Selbstbeherrschung. Hugh Stratton hatte sie damals tiefer verletzt, als sie jemals irgendwem gegenüber zugeben würde. Auch ihm gegenüber wollte sie das nicht eingestehen. Außer abweisender Verachtung würde er von ihr nichts zu spüren bekommen. Niemandem gegenüber – noch nicht einmal sich selbst – würde sie eingestehen, dass ihr Herz bei dieser ersten unverhofften Begegnung vor der Villa wie wild zu schlagen begonnen und sich bisher nicht wieder beruhigt hatte. Vor dem Zimmer hielt sie inne, atmete ein paarmal tief durch, sammelte ihre Gedanken und konzentrierte sich. Dann öffnete sie die Tür. Philip stand am Fenster und blickte auf den Garten hinunter. Ein langer, durchscheinender Gardinenschal wehte neben ihm im Wind. Er drehte sich um, und ein paar Sekunden sahen sie einander wortlos und wie in Trance an. Dann trat Chloe ein und stellte ihre Tasche auf dem Bett ab.

»Du hast dich zurückgezogen«, bemerkte sie beiläufig. »War es dir zu heiß?«

»Ich habe etwas Kopfschmerzen.« Er drehte sich wieder dem Fenster zu, und sie bemerkte den Drink in seiner Hand.

»Du fängst früh an«, sagte sie freundlich. »Das wird deinen Kopfschmerzen sicher nicht gut tun.«

»Vermutlich nicht.« Er schien abgelenkt und blickte weiter nach draußen. Chloe fühlte sich vollkommen frustriert. Sie hätte sich eine Begrüßung gewünscht, die ihren eigenen erhitzten und überspannten Gefühlen entsprochen hätte. Ein Kuss, ein Lächeln, vielleicht sogar ein Funken Verärgerung.

»Dann … dusche ich jetzt«, sagte sie nach einer kurzen Pause.

»Ja, ist gut.« Philip nippte an seinem Whisky. »Wann ist das Abendessen?«

»Um acht.«

»Wissen die Jungs Bescheid?«

»Sie essen nicht mit uns zusammen«, erwiderte Chloe kurz angebunden. Über Sam und Nat ärgerte sie sich immer noch. Nachdem sie sich so bemüht hatte, für ihre Kinder einen Platz am Tisch zu erzwingen und Amanda gegenüber versichert hatte, wie erwachsen die beiden bereits waren, hatten Sam und Nat inständig darum gebettelt, irgendein Fertiggericht vor dem Fernseher zu verspeisen und sich dabei einen Film ansehen zu dürfen. »Wir sind doch in den Ferien«, hatten sie ständig wiederholt und sich dabei mit Taco-Chips den Mund voll gestopft und Cola geschluckt. Am liebsten hätte sie die beiden streng und rigoros zu einem Benimmkurs bei einem offiziellen Abendessen verdonnert.

Letztlich hatte sie den Versuch, sie zum gemeinsamen Essen zu zwingen, aufgegeben. Es war sinnlos, einen aufsässigen Sam im Schwitzkasten an den Tisch zu zerren und gleichzeitig zu erwarten, er würde sich wie ein gesitteter Erwachsener benehmen. Immerhin brauchte sie sich nun wegen ihrer Tischmanieren keine Sorgen zu machen.

Chloe ging ins Badezimmer und drehte die Dusche auf. Sie wollte gerade in das Becken steigen, als ihr einfiel, dass das Shampoo noch in der Duty-Free-Tasche neben ihrem Koffer war. Ohne das Wasser abzuschalten trat sie aus dem Badezimmer und blieb abrupt stehen. Philip telefonierte. Er hatte das Gesicht abgewandt, sodass er sie nicht sehen konnte, und sprach mit leiser Stimme. Als sie die Worte hörte, packte sie die blinde Wut.

»Was hat er denn gesagt?«, erkundigte sich Philip gerade.

»Ich wette, dass er das war. Dort in der Abteilung hat man wirklich nicht die geringste Ahnung.« Er hielt inne. »Deiner Ansicht nach sollten wir also einfach nur abwarten.« Er schüttelte den Kopf. »Diese verdammten Mistkerle. Ich werde mich bemühen. Du hast meine Nummer. Danke, Chris. Ich mache jetzt lieber Schluss.«

Philip beendete die Verbindung, nahm sein Glas und drehte sich um. Bei Chloes Anblick schreckte er wie ertappt zusammen.

»Oh«, sagte er verdattert. »Ich dachte, du wärst…« Er machte eine Geste in Richtung des Badezimmers.

»Dein Egoismus ist einfach grenzenlos.« Chloes Stimme zitterte. »Du hast versprochen, in dieser Angelegenheit eine Pause einzulegen. *Versprochen.* Und was sehe ich? Kaum denkst du, dass ich nichts mitkriege…«

»So ist es doch gar nicht«, widersprach Philip. »Ich habe lediglich ein Telefonat geführt.«

»Hah – lediglich!«, gab Chloe zornig zurück. »Ich habe doch gehört, dass du ihm die Nummer hier gegeben hast, nicht wahr?« Sie warf verzweifelt die Hände in die Luft. »Wir wollten das alles mal hinter uns lassen – und du gibst Hinz und Kunz unsere Telefonnummer!«

»Ich *habe* alles hinter mir gelassen!«, wehrte sich Philip. »Ich bin in Spanien! Chris wird mich nur dann zurückrufen, wenn… nun, wenn irgendetwas durchsickert.«

Chloe schüttelte den Kopf.

»Ein Anruf oder zwanzig Anrufe, das ist doch das Gleiche. Du kannst einfach keine Ruhe geben. Jedes Mal, wenn ich dich ansehe, denkst du daran. Wir hätten den weiten Weg hierher nicht machen müssen.«

»Dann kannst du wohl Gedanken lesen, Chloe?«, erwiderte Philip aufgebracht. »Und darüber ein Urteil fällen? Herzlichen Glückwunsch.«

Chloe atmete tief durch und versuchte sich zu beruhigen.

»Ich wiederhole: Du wolltest den ganzen Schlamassel eine Woche lang vergessen. Das hast du mir versprochen.«

»Ach ja, richtig«, gab Philip voller Sarkasmus zurück. »Ich soll die Tatsache *vergessen*, dass sich in dieser Woche womöglich unser ganzes Leben ändern wird. Ich soll vergessen, dass meine gesamte Karriere auf dem Spiel steht. Ich soll vergessen, dass ich eine Familie zu ernähren habe, ein Haus abbezahlen muss…«

»Das weiß ich doch alles!«, rief Chloe aus. »Natürlich weiß ich das! Aber die ganze Zeit darüber nachzugrübeln macht die Sache auch nicht besser. Es wird den Ablauf der Ereignisse nicht beeinflussen können.« Sie ging ein paar Schritte auf ihn zu. »Philip, du musst dir nur etwas Mühe geben. Du musst es versuchen. Nur für eine Woche.«

»So einfach ist das also, glaubst du? Es locker verdrängen, klar.« Sein Tonfall ließ sie zusammenzucken.

»Es ist nicht einfach. Aber du kannst es schaffen.«

»Das kann ich nicht.«

»Du könntest es, wenn du es versuchen würdest!«

»Himmel noch mal!«, brauste Philip so wütend auf, dass das Zimmer unter Elektrizität zu zischen schien. »Du besitzt nicht ein Fünkchen Phantasie. Dreizehn Jahre sind wir jetzt zusammen, und du kannst dich noch nicht einmal ansatzweise in meine Lage versetzen!«

Chloe starrte ihn an. Ihre Wangen glühten, ihre Kehle war wie zugeschnürt.

»Das ist wirklich eine ungerechte Bemerkung.« Sie schluckte schwer. »Ich habe mich immer in deine Lage versetzt…«

»Genau!«, spottete Philip. »Ganz genau. *Du* hast *dich* in meine Lage versetzt. Aber du hast dich nie bemüht, dir vorzustellen, wie es sich für mich anfühlt. Wie es sich für *mich* anfühlt, in einer solchen Situation zu sein.« Er hielt inne und rieb sich über das Gesicht. »Vielleicht ist es *mir* ein Bedürfnis, darüber nachzudenken. Vielleicht ist es *mir* ein Bedürfnis, Chris anzurufen und darüber zu sprechen und zu hören, was los ist. Wenn ich es nicht tue, werde ich möglicherweise verrückt.« Er sah sie kurz an, dann schüttelte er den Kopf. »Chloe, wir sind sehr unterschiedlich. Du bist unglaublich willensstark. Nichts auf der Welt kann dich umhauen.«

»Viele Dinge hauen mich um.« Sie fühlte Tränen aufsteigen. »Mehr als du ahnst.«

»Mag sein. Aber was auch immer das Problem ist, du wirst damit fertig. Und zwar mit links. Und du erwartest von allen anderen, dass sie es genauso schaffen.« Philip ließ sich auf das Bett sinken. »Aber ich bin nicht so. Ich kann Sachen nicht einfach wegblenden und das Leben munter weiterleben. Ich kann nicht so tun, als ob ich ein... verdammter Pilot wäre.« Er trank einen Schluck Whisky und blickte matt zu ihr auf. »Ich bin kein Pilot. Ich bin ein mittelmäßiger Banker, der kurz davor ist, seinen Job zu verlieren.«

»Nein, das bist du nicht«, bestätigte Chloe nach einer quälenden Pause.

»Was nicht? Nicht mittelmäßig oder nicht kurz davor, den Job zu verlieren?«

Chloe errötete und kam auf ihn zu. Sie wollte gerade liebevoll seine Schulter berühren, als er ihrer Berührung auswich und aufstand.

»Das sind doch alles nur Vermutungen«, sagte sie hilflos. »Du kannst dir doch nicht sicher sein, dass es dich trifft.«

»Ich kann mir aber auch nicht sicher sein, dass es mich nicht trifft«, entgegnete Philip. Er warf ihr einen Blick zu, der ihr durch Mark und Bein ging. Dann verließ er das Zimmer, und die Tür fiel hinter ihm ins Schloss. Die plötzliche Stille wurde lediglich vom Prasseln des Duschwassers unterbrochen, das sich wie ein Platzregen anhörte.

Beatrice fühlte sich nicht wohl. Sie war blass und durch die viele Sonne war ihr übel geworden. Hugh stand unbeholfen an der Tür und beobachtete, wie Amanda auf Beatrices Bett saß, ihr die Stirn streichelte und sie mit leiser Stimme, die sie ihm gegenüber nie benutzte, beruhigte.

»Kann ich irgendetwas tun?«, erkundigte er sich und kannte bereits die Antwort.

»Nein danke.« Amanda drehte sich um. Sie hatte die Stirn in Falten gelegt, als ob sie seine Anwesenheit irritierte. »Geh ruhig schon. Fangt ohne mich an. Ich komme, so bald es geht.«

»Soll ich Jenna rufen?«

»Jenna *kocht*«, erwiderte Amanda. »Wirklich, Hugh, geh nur.«

»Also gut. Wenn … wenn du dir sicher bist. Gute Nacht, Kinder.«

Er erhielt keine Antwort. Amanda drehte sich wieder zu Beatrice um, und Octavia schaute sich versunken ein pastellfarbenes Buch an. Resigniert drehte Hugh sich um und ging den Flur hinunter.

Als er die Treppe hinabstieg, drang Musik aus dem Salon. Es war altmodische, etwas zerkratzte Musik, die Hugh irgendwie bekannt vorkam. Er durchquerte den Eingangsbereich und hielt an der Tür inne. Der Anblick schnürte ihm den Hals zusammen. Chloe stand mitten in dem warm beleuchteten Zimmer und schaute gedankenverloren in die Ferne. Sie trug ein langes, weit ausgestelltes Kleid, ihr Haar war in gleichmäßigen Wellen zurückgekämmt, und sie hielt ein langstieliges Glas in der Hand. Sie sah aus wie jemand aus einer anderen Zeit, dachte Hugh. Eine Federzeichnung von Beardsley vielleicht oder aber eine Modeskizze aus den zwanziger Jahren. Ihre Haut war trotz der Sonne noch blass, doch als sie sich umdrehte und ihn bemerkte, bekamen ihre Wangen ein wenig Farbe.

»Hallo.« Sie nippte an ihrem Glas.

»Hallo.« Hugh trat behutsam in den Raum.

»Dort gibt es Gin und Wein und Whisky …« Chloe deutete auf einen kleinen Beistelltisch. Sie trank noch einen Schluck, ging auf den Kamin zu und drehte sich um. »Wo ist Amanda?«

Hugh hatte den Eindruck, in der Frage bereits eine Feststellung zu hören, als ob sie die Situation zusammenfasste.

»Sie ist oben bei den Kindern.« Hugh hielt inne. Er wollte nicht an Amanda denken. »Wo ist Philip?«

»Keine Ahnung.« Chloes Augen schimmerten. »Wir beobachten einander nicht auf Schritt und Tritt.«

Hugh mischte sich sehr sorgfältig und Zeit schindend einen Gin Tonic. Er ließ zwei Eiswürfel in das schwere Glas gleiten und beobachtete, wie die Flüssigkeit zu schäumen begann.

»Die Musik gefällt mir.« Er drehte sich zu ihr um.

»Ja«, bestätigte Chloe. »Das ist ein altes Grammophon. Jenna hat es aufgetrieben.«

»Typisch Gerard, etwas derart Exotisches zu besitzen.« Hugh lächelte kaum merklich und hob das Glas. »Dann … zum Wohl.«

»Zum Wohl«, erwiderte Chloe mit einem Anflug von Spott. »Auf deine Gesundheit.«

Sie tranken schweigend, beobachteten einander über die Ränder ihrer Gläser hinweg und lauschten der knisternden, beschwingten Jazzmusik aus den dreißiger Jahren.

»Du siehst sehr hübsch aus«, bemerkte Hugh schließlich. »Ein sehr schönes Kleid. Hast du es …«

Abrupt und hoffentlich gerade noch rechtzeitig brach er ab. Doch es war bereits zu spät. Eine Mischung aus Fassungslosigkeit und Verachtung breitete sich auf Chloes Gesicht aus.

»Richtig, Hugh«, antwortete sie bedächtig, als ob sie jedes Wort abwägen müsse. »Wie es der Teufel will, habe ich auch dieses Kleid selbst genäht.«

Das unheilvolle Schweigen zwischen ihnen hätte man mit einem Messer zerteilen können. In der Ecke war die Platte zu Ende gespielt und ein kratzendes Zischen ertönte rhythmisch, als der Teller sich wieder und wieder um sich selbst drehte.

»Hallo!«, unterbrach Jennas fröhliche Stimme das Schweigen. Hugh und Chloe zuckten wie ertappt zusammen. »Was ist denn mit der Musik los?«

»Der Plattenspieler stellt sich nicht von alleine ab.« Hugh lächelte einfältig.

»Dann legen wir die Platte wieder auf! Ist alles kinderleicht.«

Jenna stellte das Tablett ab und kurbelte energisch das Grammophon auf. Die Melodie begann beschwingt von vorne, und zwar in einem schnelleren Tempo als vorhin.

»Sie haben Recht«, sagte Hugh. »Es ist kinderleicht.« Er sah zu Chloe hinüber, und sie erwiderte seinen Blick. Ein paar Sekunden lang schien sich etwas Angespanntes und Glitzerndes wie ein Spinnennetz zwischen ihnen auszubreiten. Doch dann wandte sie sich ab, und das Netz riss entzwei.

Als sie sich an den Abendbrottisch setzten, hatte Philip bereits drei Whiskys getrunken und schenkte sich gerade einen vierten ein. Beim Betreten des Zimmers hatte er Chloe kaum angesehen, den anderen lediglich zugenickt und sich auf seinen Stuhl fallen lassen, um sich nach wie vor mit denselben Gedanken zu beschäftigen.

Warum nur konnte sie ihn nie in Ruhe lassen? Warum musste sie die Sache mit dem Telefongespräch derart aufbauschen? Wenn sie nichts gesagt hätte, hätte er seine Ängste unter Kontrolle halten können. Er hätte weiter an seine eigene innere Ausgeglichenheit glauben können, an sein einstudiertes Gleichgewicht. Doch ihr Nachhaken und ihre Nörgelei hatten die poröse Oberfläche seiner Seele aufgewühlt und Wolken der Besorgnis aufgewirbelt. Jetzt hingen sie in der Luft und weigerten sich, sich zu verziehen, ähnlich wie bei der Luftverschmutzung. Sie erstickten jeden neuen Gedanken und hinterließen lediglich alte, faulende, nicht zu vertreibende Sorgen.

Sie bezeichneten es als Übernahme, und es stimmte, ihn hatten sie in der Tat bereits übernommen. Seine Gedanken, sein Leben, seine Familie. Philip trank einen großen Schluck Whisky, als ob der Alkohol ihn läutern könne, und wiederholte in Gedanken den Satz, der für ihn zu einem Mantra geworden war. Fünfzig Prozent der Filialen wurden nicht geschlossen. Fünfzig Prozent, so hatte es in der Presse gestanden. So hatte es auch in dem Memorandum gestanden, das am selben Tag zirkulierte, an dem auch die Übernahme bekannt gemacht wurde. Ein ehrliches Versprechen inmitten all des Geschwätzes, all der euphemistischen Bezugnahmen auf die Kosten-Nutzen-Aufstellungen, der Synergiemomente, der verantwortungsbewussten Vorgehensweise.

Fünfzig Prozent der Filialen nicht zu schließen – das hatten sie schwarz auf weiß versprochen. Rein rechnerisch gesehen hatte er also eine gute Chance. Vielleicht sogar mehr als das, denn seine Filiale galt als sehr erfolgreich. Sein Team arbeitete gut. Er hatte, verdammt noch eins, dafür sogar eine Auszeichnung erhalten. Nach welch verqueren Regeln die extern angeheuerten Managementblutsauger vorgingen – und ganz gleich, welch nüchterne Sichtweise sie in Bezug auf die Bank einnahmen –, weshalb sollten sie ausgerechnet einen ihrer Besten zur Strecke bringen?

Und bevor er sich dagegen wehren konnte, bemächtigte sich eine vertraute, heimtückische Hoffnung seiner Gedanken. Vielleicht würde alles gut gehen. Der MacKenzie-Bericht würde die Empfehlung aussprechen, die Filiale East Roywich beizubehalten. Er würde für eine Beförderung ausgewählt werden. Bei diesem Gedanken begann sich trotz seiner düsteren Stimmung ein Gefühl der Erleichterung zu regen. Er hatte eine feste Vorstellung von sich und seiner Zukunft. Ein selbstsicherer Mann, fest in seiner Karriere verankert, der auf diese Monate der Angst und der Sorge demütig und fast schon ein wenig amüsiert zurückblickte.

»Für eine gewisse Zeit war es wirklich recht schwierig«, würde er dann seinen Freunden erzählen und ihnen unbekümmert Getränke spendieren. »Nicht zu wissen, wie es weitergehen würde. Aber jetzt…« Er würde lässig mit den Achseln zucken – eine Geste, die ausdrücken sollte, dass sein Leben eine gute Wendung genommen hatte. Und dann würde er den Arm um Chloe legen, und sie würde voller Stolz zu ihm aufblicken, so, wie sie es früher immer getan hatte. Und wie sie es schon seit einiger Zeit nicht mehr tat.

Sehnsüchtig schloss Philip die Augen und verlor sich in seinen Phantasievorstellungen. Dieses zukünftig erfolgreiche Selbst wollte er sein, er wollte die Augen seiner Familienmitglieder vor Liebe und Bewunderung leuchten sehen. Er wollte einer der Gewinner sein, und nicht einer der Abgeschmetterten, einer der Ausgesonderten mittleren Alters, der zu unbeweglich gewesen war, um mit den technologischen Entwicklungen Schritt zu halten.

»Du könntest etwas Neues lernen«, hatte ihm Chloe oft mit ihrem unermüdlichen, ihn belastenden Optimismus vorgeschlagen. »Du könntest dich in der Computertechnologie weiterbilden lassen.«

Doch allein schon diese Formulierung ließ ihn versteinern. Denn was bedeutete eine Weiterbildung in Computertechnologie heutzutage tatsächlich? Es bedeutete, dass man ein Versager war. Es bedeutete, dass man unfähig war, in jene Ränge aufzusteigen, wo andere die Kleinarbeit für einen erledigten. Es bedeutete, dass man das Schicksal derer teilte, die ihr Leben lang die Kleinarbeit für andere erledigen mussten.

»Computer begeistern ihn, was allerdings nichts Ungewöhnliches ist.« Chloes Stimme schreckte ihn aus seinen Gedanken. Sprach sie von ihm? Er musterte sie scharf, doch sah sie über den Tisch hinweg Amanda an. Offenbar war von Sam die Rede.

»Er scheint ein wirklich netter Junge zu sein«, meinte Amanda. »Und er geht sehr liebevoll mit seinem kleinen Bruder um – Entschuldigung, aber wie war noch sein Name?« Sie machte den Eindruck, nur mit halber Aufmerksamkeit dem Gespräch zu folgen. Doch Philip musste zugeben, dass das immerhin das Doppelte seines eigenen Beitrags war.

»Nat«, antwortete Chloe. »Sam kommt mit seinem Bruder sehr gut aus. Er ist ein wunderbarer Junge.«

»Wie alt ist er?«

»Sechzehn«, erwiderte Chloe. »Fast schon erwachsen.«

Sie sah zu Hugh hinüber und dann fest auf ihr Glas. Ihre Augen schimmerten verdächtig, als ob sie von ihren eigenen Gefühlen übermannt worden war, und Philip fragte sich nach dem Grund. Eine plötzliche tiefe Zuneigung zu Sam oder aber die Einsicht, dass ihr Sohn bald erwachsen sein würde? Oder der Streit von vorhin lag ihr noch auf der Seele. Oder es lag einfach nur am Alkohol. Er leerte sein Glas und griff nach der Weinflasche. Wenn er sich schon betrank, dann richtig.

Chloe fühlte sich allmählich etwas beschwipst. Jenna hatte das Essen immer noch nicht aufgetragen, und Chloe spürte die Wirkung des Alkohols auf den leeren Magen. Neben ihr lümmelte Philip stumm auf seinem Stuhl und kippte Rotwein. Weder hatte er ein Wort mit ihr gewechselt noch von ihrer Gegenwart Notiz genommen. Allen musste mittlerweile klar sein, dass sie sich gestritten hatten. Und was die Situation mit Hugh betraf – sie wurde zunehmend unwirklicher. Jetzt saß sie ihm gegenüber und unterhielt sich mit seiner Frau über Sam. Als Amanda sich nach seinem Alter erkundigt hatte, erinnerte sie sich plötzlich an das eine Mal, als Hugh ihn gesehen hatte. Sam war damals neun Monate alt gewesen. Bei der Vorstellung wäre sie am liebsten in Tränen ausgebrochen.

»Dann hat er … die Mittlere Reife gerade hinter sich?«, fragte Amanda. »Oder steht er kurz davor?«

»Er hat sie gerade bestanden.« Chloe bemühte sich, in die Gegenwart zurückzukehren und ruhig zu atmen. »Gott sei Dank.«

»Mit wie vielen Fächern?«, erkundigte sich Amanda höflich, als ob sie die Fragen von einer Standardliste abhaken würde. Chloe unterdrückte das Bedürfnis, *Was interessiert dich das schon!* zu brüllen.

»Elf«, erwiderte sie stattdessen artig.

»Ein intelligenter Junge.« Amanda sah Hugh an. »Hoffentlich werden unsere Mädchen sich auch als so intelligent entpuppen.«

»Wo liegen seine Stärken?« Hugh räusperte sich. »Was macht er am liebsten?« Es war das erste Mal, dass er sich in die Unterhaltung einmischte, und Chloe fühlte kleine Nadelstiche über ihr Gesicht wandern.

»Was alle Jungs in seinem Alter am liebsten tun«, erwiderte sie. »Fußball, Kricket ...«

»Kricket!« Amanda verdrehte die Augen. »Hugh beschwert sich ständig darüber, dass seine Mädchen nicht mit ihm Kricket spielen wollen.«

»Tatsächlich?« Chloe nippte an ihrem Wein.

»Und was möchte er später einmal werden?«, erkundigte sich Amanda. Offenbar wechselte sie nun zu einer neuen Rubrik ihres Fragebogens über.

»Ich habe keine Ahnung.« Chloe lächelte. »Etwas, was ihm Spaß macht, hoffe ich. Es würde mir sehr Leid tun, wenn er einer ungeliebten Arbeit nachgehen müsste.«

»Heutzutage ist die Auswahl unendlich breit gefächert«, meinte Amanda. »Eine Wahl zu treffen wird schwer fallen.«

»Es eilt ja nicht. Er kann viele Dinge ausprobieren, ehe er sich endgültig entscheidet. Arbeitgebern ist das heutzutage kein Dorn mehr im Auge.« Chloe spürte, wie Philip sie musterte. Sie sah ihn an und stellte unbehaglich fest, dass er betrunken war. Er war betrunken, wandte sich an Amanda und setzte zum Reden an.

»Was glaubst du ...« Chloe hielt erschrocken die Luft an.

»Doch, doch, nachdem wir hier so eng zusammenleben, ist es höchste Zeit, dass wir uns duzen.« Philip hob sein Glas. Hugh und Amanda taten es ihm nach und Chloe brachte immerhin so viel wie ein Nicken zustande. Und dann nahm Philip zu Chloes Entsetzen den Faden seines begonnenen Gedankens wieder auf.

»Du weißt also«, sagte Philip und hatte jetzt Chloe im Visier, »du weißt also, was Arbeitgeber heutzutage denken? Dann bist du also auf dem Gebiet beruflicher Entwicklungen, wie auf allen anderen Gebieten natürlich auch, Expertin.«

»Überhaupt nicht.« Chloe bemühte sich, ganz ruhig zu sprechen. »Ich denke nur …«

»Vielleicht kannst du sogar Amandas oder Hughs Gedanken lesen«, fiel ihr Philip ins Wort. »Wisst ihr, Chloe verfügt über hellseherische Fähigkeiten«, wandte er sich an die beiden anderen. »Was auch immer ihr denkt – sie weiß darüber Bescheid. Also, seid gewarnt!«

Er trank einen Schluck. Hugh und Amanda starrten auf ihre Teller.

»Philip …«, setzte Chloe hilflos an. »Vielleicht solltest du etwas essen. Oder einen Kaffee trinken …«

Jenna erschien mit einer Keramikschüssel im Türrahmen.

»Hallo!«, grüßte sie. »Tut mir Leid, dass es so spät geworden ist!« Ohne die angespannte Stimmung zu bemerken, trat sie an den Tisch. »Da wir in Spanien sind, habe ich mich ein bisschen auf das Tex-Mex Thema konzentriert. Es mögen doch alle Tex-Mex?«

»Wunderbar«, bestätigte Amanda nach einer Pause.

»Ausgesprochen lecker«, murmelte Chloe.

»Das hier ist der Reis …« Jenna setzte die Schüssel ab und hob den Deckel an. Darunter befand sich etwas grell Rosa und Gelbes, das einem leuchtenden abstrakten Gemälde glich. »Das ist Erdbeere und Banane«, fügte sie hinzu. »Das habe ich einmal in einem Gourmetmagazin gesehen.« Sie grinste. »Nur ein Scherz! Ich habe das Ganze mit Lebensmittelfarbe aufgepeppt.« Sie strahlte in die Runde. »Das macht die Sache doch viel interessanter, finden Sie nicht? Also los, ran ans Futter!«

Nach kurzem Schweigen nahm Hugh den Löffel und reichte ihn Chloe.

»Danke«, sagte sie. »Philip, soll ich dir auftun?«

Philip sah sie eine Minute lang an, dann schob er seinen Stuhl zurück. »Wisst ihr was? Ich gehe und mache einen Spaziergang.« Er hob die Hand. »Nehmen Sie es mir nicht übel, Jenna, aber ich habe momentan einfach keinen Hunger.«

»Kein Problem«, erwiderte Jenna. »Schließlich sind Sie im Urlaub.«

»Guten Appetit.« Ohne Chloe noch einmal anzusehen verließ Philip das Zimmer.

Nachdem er weg war, entstand ein peinliches Schweigen. Chloe senkte den Blick und spürte, wie ihre Wangen vor Scham und vor Zorn zu glühen begannen. Ihr war bewusst, dass Philip eine schwere Zeit durchmachte. In den letzten Monaten hatten sie es jedoch beide nicht leicht gehabt. Sinn und Zweck dieses Urlaubs war aber gewesen, kurzfristig auszuspannen. Warum war ihm das nicht möglich?

»Dann wünsche ich Ihnen einen guten Appetit.« Jenna blickte Chloe an. »Der Reis ist doch echt eine Wucht, oder?«

»Er ist ... ganz vorzüglich«, lachte Chloe schwach.

»Stimmt, einfach vorzüglich«, wiederholte Jenna und ging zur Tür. »Gleich folgt das Chiligericht!«

Bis die Tür hinter ihr ins Schloss fiel, schwiegen alle. Dann sah Chloe auf.

»Ich kann mich gar nicht genug für Philips Benehmen entschuldigen.«

»Aber nicht doch«, beruhigte Amanda sie höflich.

»Er ... er steht in letzter Zeit unter einem enormen Druck. Wir beide, besser gesagt.«

»Mach dir bitte deswegen keine Gedanken!«, sagte

Amanda. »Solche Dinge kennen wir doch alle. Jede Ehe hat ihre Höhen und Tief…«

»Wir sind nicht verheiratet«, unterbrach Chloe sie schärfer als beabsichtigt.

»Oh.« Amanda blickte zu Hugh hinüber. »Tut mir Leid. Ich hatte einfach angenommen…«

»Philip hält nichts von der Ehe«, fuhr Chloe fort. »Und ich…« Sie brach ab und rieb sich über das Gesicht.

»Heutzutage heiraten viele Paare nicht mehr«, meinte Amanda souverän. »Eine meiner Freundinnen feierte statt dessen eine heidnische Segnung. Auf einer Klippe. Es war wirklich beeindruckend. Das Kleid war von *Galliano.*« Sie hielt inne. »Allerdings haben sie sich gleich im nächsten Jahr getrennt. Eine Eheschließung hätte daran wohl kaum etwas geändert…«

»Amanda, nimm doch von diesem hübschen rosa Reis.« Hugh schob die Schüssel zu ihr hinüber.

»Wir sind einander ebenso verpflichtet wie ein verheiratetes Paar«, bemerkte Chloe leicht gereizt.

»Ihr habt ein gemeinsames Kind«, bemerkte Hugh.

»Wir haben zwei gemeinsame Kinder.« Chloe fixierte ihn. »Zwei Kinder.« Unbehagliches Schweigen entstand.

»Der Reis sieht wirklich etwas merkwürdig aus!« Amanda schnupperte misstrauisch daran. »Ob man ihn essen kann?«

»Nun aber los, alle Mann kräftig zulangen!«, feuerte Jenna sie von der Türe her an. Mit einer großen Keramikschüssel in den Händen trat sie an den Tisch. »Avocadopüree als Beilage.«

Sie stellte die Schüssel auf den Tisch, und alle musterten wortlos die grellgrüne Matsche. Sie erinnerte Chloe an ein widerliches Spielzeug namens »Slime«, das Nat einmal an seinem Strumpf kleben hatte.

»Sieht ausgesprochen lecker aus«, erbarmte sich Hugh schließlich. »Sehr … grün.«

»Ich weiß. Das Avocadopüree war mir ein wenig zu farblos und langweilig.« Jenna blickte zufrieden auf den Tisch. »Jetzt fehlt nur noch das Chili.«

Sie drehte sich zur Tür und hielt überrascht inne. »Octavia, Liebling, was machst du denn hier unten?«

Alle sahen auf. Octavia tapste verschlafen ins Zimmer. Sie trug einen Baumwollschlafanzug und hielt ihren Plüschelefanten im Arm.

»Mummy, Beatrice weint. Sie sagt, du sollst kommen.«

»O mein Gott.« Amanda sprang auf.

»Liebling, bleib doch sitzen«, sagte Hugh. »Ich gehe.«

»Nein!«, protestierte Octavia. »Sie will Mummy.«

»Soll ich mal nachsehen?«, fragte Jenna. »Vielleicht kann ich sie beruhigen.«

»Kein Problem.« Amanda seufzte leise. »Ich gehe wohl lieber selbst. Tut mir Leid, euch hier sitzen zu lassen«, wandte sie sich an Chloe. »Das ist nicht sehr gesellig.«

»Aber nein! Das macht doch nichts.« Chloe spürte, wie Hugh sie ansah, und sie errötete leicht. »Ich meine«, fuhr sie tapfer fort, »ich weiß doch, wie das mit kranken Kindern so ist.«

»Soll ich Ihnen etwas Essen auf einem Teller warm stellen?«, erkundigte sich Jenna.

»Nein, lassen Sie nur. Das mache ich mir später schnell selbst. Komm, Octavia.« Amanda nahm ihr Kind an die Hand und verließ das Zimmer.

»Jetzt sind nur noch wir beide übrig«, stellte Hugh an Chloe gewandt höchst intelligent fest.

»Ja«, sagte Chloe, nachdem sie zuvor mehrmals an ihrem Wein genippt hatte.

»Halb so schlimm«, munterte Jenna die beiden auf.

»Umso mehr gibt es für jeden. Ich gucke nach, wie weit das Chiligericht ist.«

Sie verließ das Zimmer und schloss hinter sich die Tür. Chloe atmete tief durch und wollte etwas Belangloses und Unverfängliches sagen. Doch plötzlich konnte sie nicht mehr sprechen; die Sätze verwelkten, noch ehe sie ihre Zunge erreicht hatten. Sie sah Hugh an und spürte, dass er ebenfalls wie gelähmt war. Der gesamte Raum schien zu einem Stillleben zu erstarren – der mit Kerzen erleuchtete Tisch, das schillernde Glas und sie beide. Sie leerte hastig ihr Glas. Wortlos griff Hugh zur Flasche und schenkte ihr nach.

»Danke«, murmelte Chloe.

»Gern geschehen.«

Erneut folgte eine fast gespenstische Pause.

»Ich probiere mal von der Avocadopaste.« Chloe zog die Schüssel heran und löffelte sich von dem grünen Brei auf ihren Teller.

»Du siehst schön aus«, bemerkte Hugh leise.

Bevor Chloe sich wappnen konnte, wurde sie von mächtigen Gefühlen überflutet.

»Danke.« Blind löffelte sie sich eine weitere Portion auf ihren Teller. »Unaufrichtigkeiten kamen dir schon immer leicht über die Lippen.«

»Ich war nicht …«, widersprach Hugh, hielt sich jedoch sofort zurück. »Chloe, ich will mit dir reden. Über …« Er hielt inne. »Über, also, was ich getan habe.«

Beide schwiegen. Chloe packte sich eine dritte Portion der grünen Paste auf den Teller.

»Ich möchte, dass du weißt, warum ich mich damals so verhalten habe«, fuhr Hugh fort. »Und … und wie schwer mir diese Entscheidung gefallen ist …«

»Ist sie dir schwer gefallen?«, hakte Chloe tonlos nach. »Du Armer aber auch.« Hugh zuckte zusammen.

»Damals war ich ein anderer Mensch«, erklärte er dennoch. »Ich war jung.«

»Ich war auch jung.« Chloe wollte sich gerade zum vierten Mal nachnehmen, als sie innehielt und den Löffel in der Schüssel versenkte.

»Ich hatte keine Ahnung vom Leben, von Menschen…«

»Die Sache ist die, Hugh«, fiel ihm Chloe rüde ins Wort. »Es interessiert mich absolut nicht.« Sie nagelte ihn mit ihren klaren blauen Augen fest. »Ich habe wirklich nicht das geringste Interesse daran zu hören, wie sehr du angeblich gelitten, was du gedacht und getan hast. Wie du selbst so richtig sagtest, liegt das alles lange zurück.« Sie nippte an ihrem Weinglas und schob ihm die Avocadoschüssel hin. »Nimm dir doch etwas von diesem dazu passenden Schleim.«

»Chloe, hör doch erst einmal zu.« Hugh beugte sich vor. »Wenn ich dir nur erklären könnte, wie ich mich damals gefühlt habe, warum ich in Panik geraten war…«

»Was willst du eigentlich, Hugh?«, schnappte Chloe wütend. »Was willst du? Vergebung? Die Absolution?«

»Ich weiß es nicht«, verteidigte sich Hugh. »Ich will einfach nur… mit dir reden.«

»Weshalb?«

Beide schwiegen. Hugh nahm eine Gabel und drehte sie nervös hin und her. Dann hob er den Blick.

»Vielleicht möchte ich dich wieder kennen lernen. Und dass du mich wieder kennen lernst. Dass du den Menschen kennen lernst, der ich jetzt bin.« Chloe schüttelte den Kopf.

»Du bewegst dich auf sehr gefährlichem Terrain.«

»Ich weiß.« Ohne sie aus den Augen zu lassen, trank Hugh einen Schluck Wein.

Chloe nahm ihr Glas, trank ebenfalls und versuchte, die

Fassung zu wahren. Doch das Gespräch zehrte mehr an ihren Nerven, als sie geglaubt hätte. Unter ihrer kühlen Fassade platzte die alte Wunde auf, die alte Verletzlichkeit war wieder da. Sie hätte Hugh am liebsten angebrüllt und ihn verletzt. Sie wollte ihm den Schmerz zufügen, den er ihr angetan hatte.

»Chloe.« Widerstrebend schaute sie ihn an. »Es tut mir Leid. Es tut… mir wirklich sehr Leid.«

Die Worte trafen Chloe wie ein Schlag. Ihre Augen begannen plötzlich zu brennen.

»Was ich damals getan habe, tut mir alles sehr Leid«, sagte Hugh leise. »Wenn ich doch nur…. ich weiß nicht… die Zeit zurückdrehen könnte…«

»Nein!«, wehrte Chloe ab. Sie atmete tief durch und schüttelte den Kopf. »Hör… hör jetzt auf. Dass du es bedauerst, tut nichts zur Sache. Es ist überflüssig, sich für etwas zu entschuldigen, wenn man nichts mehr tun kann, um es zu ändern. Und das kannst du nicht. Wir können die Zeit nicht zurückdrehen. Wir können nicht mehr ändern, was geschehen ist.«

Sie brach ab, weil sie merkte, dass sie kurzatmig geworden war.

»Wir können die Zeit nicht zurückdrehen«, wiederholte sie etwas ruhiger. »Wir können nicht mehr ändern, was geschehen ist.« Sie stieß ihren Stuhl zurück, stand auf und musterte Hugh leidenschaftslos. »Abgesehen davon würde ich das auch gar nicht wollen.«

Sie ließ ihre Serviette auf den Tisch fallen und ging zur Tür hinaus, wo ihr Jenna mit einer großen zugedeckten Schüssel entgegenkam.

»Entschuldigung«, sagte Chloe kurz angebunden und ging an ihr vorbei.

Als Jenna nun den Raum betrat, war lediglich Hugh übrig geblieben.

»Nun? Sind alle bereit, sich die Zunge zu verbrennen?« Grinsend stellte sie die Terrine ab. »War bloß ein Scherz! So scharf ist es gar nicht. Ich habe mich mit den Chilischoten zurückgehalten. Falls es nicht scharf genug ist, in der Küche gibt es Tabasco. Es kommt halt darauf an, wie man es verträgt...« Sie nahm einen Schöpflöffel zur Hand. »Was meinen Sie, wie viel Chloe gerne essen möchte?«

»Um ehrlich zu sein«, erwiderte Hugh trübsinnig, »glaube ich nicht, dass Chloe in absehbarer Zeit an den Tisch zurückkehren wird.«

»Oh.« Jennas Hand verharrte auf dem Deckel. »Dann... sind Sie jetzt der einzige Esser?«

Verdrossen musterte Hugh den leeren Tisch.

»Jenna, ich mache mich am besten auch aus dem Staub. Bestimmt ist das Essen lecker...«, er deutete auf die Terrine, »... aber ich habe keinen großen Hunger.«

»Verstehe.« Ein paar Sekunden verstrichen, ehe Jenna schließlich sagte: »Okay, das kann man morgen aufwärmen.«

»Tut mir wirklich Leid.« Hugh stand auf. »Ich weiß, dass Sie sich sehr viel Mühe gegeben haben...«

»Das ist überhaupt kein Problem«, behauptete Jenna liebenswürdig. »Sie sind doch im Urlaub, und wenn Sie nichts essen wollen, wollen Sie eben nichts essen!«

»Danke, dass Sie es so sehen können.« Hugh warf ihr ein gequältes Lächeln zu und verließ das Zimmer.

Als sich die Tür hinter ihm schloss, erlosch Jennas fröhliche Miene. Sie betrachtete den liebevoll gedeckten Tisch, das nicht angerührte Essen, die zerknüllten Servietten.

»Na prima«, sagte sie laut. »Das ist echt super. Das ist wirklich... allererste Sahne.«

Sie ließ sich auf einen Stuhl sinken und malmte verdrießlich vor sich hin. Dann hob sie den Deckel von dem Chiligericht, auf dem die mit Erbsen und Mais geschriebenen Worte FROHE URLAUBSTAGE, LEUTE! ihr unbeschwert entgegenleuchteten.

7

Stille umgab Chloe, als sie am Morgen aufwachte. Eine Weile lang lag sie im Bett, starrte an die Decke und gestattete es ihren zersplitterten Gedanken und Träumen, sich voneinander zu lösen und allmählich an ihre angestammten Plätze zurückzukehren. Erinnerungsfetzen, diffuse Gefühle und nur halb formulierte Wünsche rollten wie die silbernen Kugeln eines Spiels in ihre Vertiefungen zurück. Als sie sich sicher war, dass eine Kopfbewegung sie nicht erneut verwirren würde, setzte sie sich auf und musterte das leere Zimmer.

Das durch die Holzläden eindringende Licht warf Streifen auf den Kachelboden. Darauf bemerkte sie ein weißes Blatt Papier in der Mitte des Zimmers, offensichtlich so hingelegt, damit sie es finden sollte. Eine Nachricht von Philip, dachte sie teilnahmslos. Sie hatte ihn gestern Abend nicht mehr gesehen. Nachdem sie vom Esstisch aufgestanden war, war sie unverzüglich in ihr leeres Schlafzimmer zurückgekehrt. Sie hatte ein ausgiebiges Bad genommen und anschließend mehrere Kapitel eines Buchs gelesen, ohne sich an die Handlung erinnern zu können. Nachdem sie das Licht gelöscht hatte, hatte sie mit geöffneten Augen in der Dunkelheit gelegen. Irgendwann war sie eingeschlafen.

Dumpfe Wut überflutete sie bei der Erinnerung an ihre Enttäuschung, als Philip nicht wie vermutet auf dem Zimmer gewesen und sie sich also auch nicht mit ihm hatte unterhalten können. Mit klopfendem Herzen hatte sie sich Argumente zurechtgelegt und bei jedem kleinsten Geräusch den Kopf gehoben. Aber Philip war nicht aufgetaucht. Je länger sie gewartet hatte, umso stärker wuchs ihr Entschluss, nicht nach ihm zu suchen. Wenn er nicht mit ihr zusammen sein wollte, war das seine Entscheidung. Und wenn er sich betrinken und einen Streit vom Zaun brechen wollte, war das ebenfalls seine Entscheidung.

Unvermittelt stand sie auf, nahm den Zettel in die Hand und überflog ihn.

Liebste Chloe,
du hast dir einen Tag ohne mich verdient. Ich bin mit den Jungs an die Küste gefahren. Mach dir eine schöne Zeit. Heute Abend reden wir. Es tut mir Leid.
Philip.

Chloe las noch einmal die vertraute Handschrift, dann knüllte sie den Zettel zusammen. Diese Nachricht appellierte an die weibliche Vernunft, sie signalisierte ein reumütiges Lächeln und bat um Vergebung. Danach jedoch stand ihr der Sinn überhaupt nicht, sie empfand lediglich Verärgerung.

Sie öffnete die Fensterläden und blinzelte in den Garten hinaus. Von oben wirkten die Blumenbeete makellos; der Pool erstrahlte in leuchtendem Blau, die Sonnenliegen standen einladend verteilt herum. Chloes Blick wanderte weiter zu den Bergen – und auf einmal hatte sie das unwiderstehliche Bedürfnis, dieses Haus und seine Bewohner, deren Spannungen, Reibereien und lästige Sorgen hinter sich zu lassen. Sie wollte nur sie selbst sein in dieser fremden, rauen Landschaft, allein und anonym.

Eilig streifte sie sich ein altes Baumwollkleid über und

zog Sandalen an. Sie rieb sich mit Sonnenlotion ein, setzte sich einen Sonnenhut auf, schnappte sich eine Evian-Flasche mit Wasser und verstaute sie in ihrer Tasche.

Als sie die Treppe hinunterging, war es still im Haus, nirgendwo regte sich ein Lebenszeichen. Sie fühlte sich wie Alice, die durch ein Zauberland mit ganz eigenen Regeln lief. Wenn ich aus dem Tor komme, ohne dass mich jemand sieht, dachte sie abergläubisch, dann wird alles gut werden.

Sie schloss die schwere Eingangstür hinter sich und lief den schattigen Weg zum Tor hinunter. Ihre Gedanken drehten sich nur um die greifbar vor ihr liegende Freiheit.

»Hallo, Chloe!«

Chloe schrak zusammen. Mit klopfendem Herzen schaute sie sich um und versuchte die Stimme zu orten, konnte aber niemanden entdecken. Trieb ihre Einbildungskraft einen Schabernack mit ihr? War sie verrückt geworden?

»Hier sind wir!«

Jennas Kopf tauchte über einer Hecke auf, und Chloe verspürte sowohl Erleichterung als auch Verärgerung.

»Wir spielen Versteck«, erläuterte Jenna. »Nicht wahr, Octavia?« Sie grinste auf die versteckte Octavia herab, dann musterte sie neugierig Chloes Hut und Tasche. »Gehen Sie weg?«

»Ja«, erwiderte Chloe widerstrebend.

»Ach so. Und wohin?«

»Das weiß ich noch nicht.« Chloe zwang sich zu einem freundlichen Lächeln, und bevor Jenna noch weitere Fragen stellen konnte, winkte sie ihr zu und ging weiter.

Draußen war die Straße ruhig und leer und flimmerte in der brütenden Hitze. Chloe wechselte die Straßenseite. Ohne sich Gedanken über ihr Ziel zu machen ging sie, den Sand aufwirbelnd, auf der anderen Seite weiter. Sie kam an eine Biegung, hielt inne und studierte erst die Straße, dann den Berg, der sich steil zu ihrer Linken erhob und zum Tal abfiel. Sie zögerte nur eine Sekunde – und stieg über die Straßenbarriere, begann erst rasch zu gehen und schon bald den Hang hinunterzurennen. Als sie immer schneller wurde, rutschte sie auf der trockenen Erde aus und hätte fast ihr Gleichgewicht verloren. Auf einer kleinen Anhöhe stoppte sie keuchend. Als sie zurückblickte, war sie überrascht, welch enorme Strecke sie in der kurzen Zeit geschafft hatte. In ihr wuchs das Gefühl einer erfolgreich bestandenen Flucht, ein Gefühl der Befreiung.

Sie ließ sich auf einem großflächigen, hellen Felsen nieder und betrachtete die trockene, einsame Landschaft. Der karge Boden war ausgedörrt von der Sonne, niedriges Gestrüpp wuchs im Schatten von ausgemergelten, grafisch bizarr verästelten Bäumen. In der Ferne hörte sie das Glockengebimmel von Ziegen, die zum Füttern geführt wurden. Bei dieser unwirtlichen Landschaft fragte sie sich allerdings, was in aller Welt sie finden würden, das ihnen schmeckte.

Das Gebimmel war bald nicht mehr zu hören. Sie saß reglos und ließ sich die Sonne auf den Kopf brennen. Aus einer Laune heraus nahm sie einen Stein und warf ihn mit aller Kraft den Berg hinunter. Das wiederholte sie mit wachsender Begeisterung. Während Stein nach Stein den Hang hinunterkullerte und aus ihrem Sichtfeld verschwand, empfand sie eine tiefe Erleichterung. Irgendwann hatte sie genug Steine hinunterbefördert und sie lehnte sich entspannt zurück.

Ab und zu trank sie einen Schluck aus ihrer Wasserflasche, ließ ihre Gedanken schweifen und hatte das Gefühl, mit der Landschaft zu verschmelzen. Eine kleine Eidechse flitzte über den Felsen, auf dem sie saß, rannte zurück und wiederholte das Spiel – bis sie ihr das dritte Mal über ihre Hand huschte. In Chloe stieg eine unerwartete, heiße Freude auf, so schnell akzeptiert worden zu sein.

Schließlich stand sie auf, streckte sich und ging weiter, wobei sie absichtlich den schwierigeren Weg wählte. Die Sonne knallte erbarmungslos herunter. Es schien noch heißer als gestern zu sein. Schon bald taten ihr die Beine weh, und sie begann zu schwitzen. Dennoch beschleunigte sie ihr Tempo weiter, als ob sie ihren eigenen Rekord brechen wollte. Sie war wie im Rausch, als ob sie unbedingt so weit wie nur möglich über die Berge hinweg in ein anderes Land fliehen wollte. Sie nahm ihre Umgebung kaum noch wahr, nahm überhaupt nichts mehr wahr, außer dem Rhythmus ihrer Schritte, dem Ein und Aus ihres Atems, dem Schweiß auf ihrer Oberlippe. Als sie zufällig aufsah und die Flugroute eines Schmetterlings verfolgte, blieb sie verblüfft stehen.

Zu ihrer Rechten war wie aus dem Nichts eine Ansammlung kreideweißer Häuser aufgetaucht, die von einem Kirchturm gekrönt wurden. Das musste das Dorf sein, das sie auf dem Hinweg gesehen hatten. Wie hieß es noch? San irgendwas. San Luis. Chloe war zu enttäuscht, um einen Schritt zu tun. Nach San Luis wollte sie gar nicht, sie hatte sich in der Bergwelt verlieren wollen. Jetzt aber fühlte sie sich beobachtet. Irgendjemand würde durch einen schmalen Fensterschlitz spähen und sich fragen, was für eine Verrückte hier herumirrte. Vielleicht würden sie sogar den Dorfdoktor rufen.

Ein Motorrad knatterte auf der Straße über ihr entlang, was sie in dieser Stille empfindlich störte. Plötzlich kam ihr eine Idee. Die Sonne stand jetzt senkrecht am Himmel, es musste fast Mittag sein. Bestimmt gab es in San Luis ein Restaurant. Ein kühles Glas Wein, eventuell eine Portion Chorizo. Marinierte Pilze. Krabben in Knoblauch. Mit einem Mal hatte Chloe einen Bärenhunger. Erst jetzt fiel ihr auf, dass sie gestern Abend nichts gegessen und heute Morgen kein Frühstück eingenommen hatte. Rasch überprüfte sie, ob sie ihr Portemonnaie eingesteckt hatte, dann schlug sie den Weg zum Dorf ein.

Amanda war Beatrice wegen die halbe Nacht auf den Beinen gewesen. Als Hugh sich am Morgen aus dem Bett stahl, lagen die beiden tief schlafend unter der zerwühlten Decke auf dem Bett. Er brühte sich in der Küche eine Tasse Kaffee auf und ging damit zum Pool. Abgesehen von Jenna und Octavia, die gemeinsam im flachen Wasser planschten, war niemand zu sehen.

»Guten Morgen, Mr. Stratton«, rief Jenna fröhlich. »Wie geht es Beatrice?«

»Sie schläft. Amanda auch.« Hugh setzte sich auf eine Sonnenliege und schaute sich suchend um. »Wo sind die anderen?«

»Sie sind alle ausgeflogen. Philip ist mit Sam und Nat an die Küste gefahren.«

»Chloe nicht?«

»Nein, sie ist spazieren gegangen.«

»Aha.« Hugh hielt inne, nahm eines von Amandas Hochglanzmagazinen und blätterte interesselos darin herum. »Wissen Sie, wo sie hingegangen ist?«, erkundigte er sich beiläufig.

»Leider nicht.«

»Nun denn.«

Die Sonne brannte sengend heiß auf Hughs Kopf. Entscheidungsunfähig verharrte er noch ein paar Minuten, dann legte er die Zeitschrift beiseite und stand auf.

»Ich werde die Vorräte aufstocken und nehme das Auto. Sie brauchen es doch nicht?«

»Himmel nein!« Jenna lachte. »Wenn wir ein Auto brauchen, bauen wir uns eines. Nicht wahr, Octavia?«

Hugh nickte und schlenderte betont langsam zum Auto. Als er die Tür öffnete, hörte er Octavia rufen: »Tschüss, Daddy! Tschüss!« Mit einem Anflug von Aufregung setzte er sich hinter das Steuer und ließ den Motor an.

An der Straße angekommen, hielt er inne. Sie konnte noch nicht weit weg sein. Er blickte erst nach rechts, dann nach links. Wie er Chloe einschätzte, hatte sie bestimmt den Weg gewählt, der bergauf ging.

Als er ein Stück der holprigen Straße entlanggefahren war, rief ihm ein Junge, der neben dem Weg seine Ziegen vor sich hertrieb, etwas zu. Verständnislos sah Hugh ihn kurz an, fuhr weiter und spähte in den Rückspiegel. Der Junge brüllte immer noch irgendetwas. Achselzuckend gab Hugh Gas und röhrte im zweiten Gang den Berg hinauf. Aufmerksam suchte er mit den Augen die Landschaft ab, suchte nach Chloe.

Chloe lief über das Kopfsteinpflaster von San Luis und kam sich vor wie in einer Märchenwelt. Zu beiden Seiten standen schneeweiße Häuser mit roten Ziegeldächern und schmiedeeisernen Balkonen. Neben den mit schweren Beschlägen versehenen Türen standen üppige Blumenkübel. Das Dorf klebte fast vertikal am Berg und während sie die verlassene Straße in Richtung Marktplatz hinaufhechelte, begann sie Muskelkater in den Beinen zu kriegen.

Chloe hielt nach Luft ringend an und blickte sich um. Abgesehen von einem Hund, der eine Hausecke beschnüffelte, war niemand zu sehen. Man hätte annehmen können, das Dorf wäre menschenleer. Doch sie konnte Menschen hören. Stimmen über ihrem Kopf riefen einander irgendetwas zu, und weiter entfernt ertönte Musik. Sie atmete tief durch, strich sich die Haare aus der Stirn und marschierte weiter, vorbei an einer verschlossenen Tür nach der nächsten. Als sie um die Ecke bog, kamen zwei alte Frauen in Blümchenmusterkleidern an ihr vorbei. Zögernd lächelte sie ihnen zu. Die Musik war lauter geworden, offenbar näherte sie sich dem Dorfzentrum.

Ein Geräusch schreckte sie auf und sie drehte sich um. In dem Moment bretterte ohne Vorwarnung ein Motorrad an ihr vorbei. Die beiden Teenager riefen ihr im Vorbeifahren etwas zu. Sie konnte es weder hören, geschweige denn verstehen, dennoch nickte sie und ging weiter in Richtung der Musik, die mit jedem Schritt lauter wurde.

Sie durchquerte eine schmale Passage, bog nochmals um eine Ecke – und hielt verblüfft inne. Sie war auf dem Marktplatz angekommen. Der Glockenturm, den sie von oben aus gesehen hatte, erhob sich auf der gegenüberliegenden Seite des Platzes. Mitten auf dem gepflasterten Platz spie ein großer, in Stein gehauener Kopf Wasser in ein verziertes Marmorbecken. In einer der vom Marktplatz abgehenden Straßen reihte sich Laden an Laden – mit buntem Geschirr, riesigen Schinken und Feigen in Kübeln. Regungslos und von der anstrengenden Wanderung noch etwas schwindelig, blieb sie fasziniert stehen.

Aus der kargen Lautlosigkeit der Berge und der gedämpften Stille der Pflasterstraßen war sie unvermittelt in einer Kakophonie von Geräuschen, Farben und Betriebsamkeit gelandet. Der Duft von Knoblauch und gebratenem Fleisch zog durch die Luft, Leute unterhielten sich temperamentvoll auf Spanisch, wobei die Silben an den weißen Wänden widerhallten. Eine Gruppe alter Männer saß vor einem kleinen Café an einem Tisch. Eine Frau mit einem Baby auf dem Arm rief einem auf einem Balkon stehenden Mann etwas zu. Während Chloe noch schweigend staunte, traten zwei junge

Männer an den Löwenkopfbrunnen, streiften ihre Hemden ab und fingen an, sich Brust und Gesicht zu waschen, wobei sie sich knappe Wortfetzen zuwarfen. Als einer den Kopf hob und feststellte, dass Chloe sie beobachtete, zwinkerte er ihr zu. Errötend wandte sie sich ab und gab vor, eine reich verzierte, in eine Hauswand eingelassene Kachel zu inspizieren. Hier und da tauchten auch einige Touristen auf, die neugierig sämtliche Läden inspizierten. Sie waren unverkennbar: blasse Haut, Baseballmütze und Fotoapparat. Ein rothaariger Mann im Jogginganzug las mit einem Wörterbuch in der Hand die ausgestellte Speisekarte an der Tür eines Lokals. Seine Frau stand gelangweilt etwas abseits. Nach einer Weile machte der Mann kehrt und ging, die Nase inzwischen in einem Reiseführer, zu seiner Frau, die in der Nähe von Chloe wartete.

»Anscheinend ist hier in der Nähe ein gutes Restaurant namens ›Ecalona‹«, hörte sie ihn sagen. »Ungefähr eine halbe Stunde von hier. Oder wir könnten hier essen…«

Geh bloß weg, dachte Chloe im Stillen. *Bitte geh weg.*

»Nein, lass uns lieber fahren«, meinte die Frau schließlich. »Ist sicher besser.« Ihr Blick schweifte geringschätzig über den kleinen Marktplatz. »Hier ist ohnehin nicht viel los. Wo steht das Auto?«

Während das englische Ehepaar sich entfernte, überquerte Chloe behutsam das Kopfsteinpflaster in Richtung der Geschäfte. Sie kam dabei an dem Steinbrunnen vorbei, vor dem die beiden Männer, die sich eben gewaschen hatten, sich nun von der Sonne trocknen ließen. Derjenige, der ihr bereits zugezwinkert hatte, rief ihr schmunzelnd etwas hinterher – vermutlich irgendeine sexistische Bemerkung, bei der sie in England aus der Haut gefahren wäre. Doch auf Spanisch klang das sehr romantisch, die Worte erschienen wie reine Poesie. Sie spürte, wie sie auf die Aufmerksamkeit der Männer zu reagieren begann. Sie verlangsamte ihren Schritt, ihre Hüften bewegten sich unter dem Kleid geschmeidiger und wiegten sich zu der Musik, die von irgendwo herüberklang.

Als sie in die Geschäftsstraße einbog, ging eine Spanierin in einem schulterfreien Kleid an ihr vorbei. In der Hand hielt sie einen Laib Brot. Ihre Haut war braun und glatt, der dunkelrote Stoff ihres Kleides schmiegte sich um ihren kurvenreichen Körper, und ihre Beine bewegten sich elegant über das holprige Kopfsteinpflaster. Chloe war hingerissen von ihrer Kopfhaltung und diesem selbstbewusst in die Luft gestreckten Kinn.

Die Frau verschwand in einem Laden, dessen Fensterauslage mit bunten Kleidern, Rüschenröcken und verzierten Schuhen dekoriert war. Neugierig trat Chloe näher. Als sie jedoch ihr Spiegelbild in der Fensterscheibe erkannte, hielt sie bestürzt inne. Sie war ernsthaft schockiert von dem, was sie dort sah. Eine Frau undefinierbaren Alters in einem ausgeblichenen Leinenkleid und vernünftigen Sandalen. Ihre Kleidung wäre in England als guter Geschmack durchgegangen: Naturfasern, zurückhaltende Farben, weich fallende Linien. In dieser Umgebung jedoch wirkte sie, als ob sie in einem Kartoffelsack steckte.

Während sie sich konsterniert musterte, überkam sie ein plötzliches Verlangen nach Farbe, nach Leuchtkraft und nach der selbstbewussten Haltung und Schönheit, die spanische Frauen so selbstverständlich ausstrahlten. Sie drückte die Tür auf und blinzelte zunächst, bis sie sich an das gedämpfte Licht gewöhnt hatte. Die Frau in dem roten Kleid trat lächelnd auf sie zu. Chloe erwiderte höflich ihr Lächeln und wandte sich einem blauen Baumwollkleid ganz in ihrer Nähe zu. Sie inspizierte es aufmerksam, dann wechselte sie einen Blick mit der Frau.

»Es ist sehr hübsch«, sagte Chloe.

»Ja, es ist sehr hübsch.« Die Frau sprach Englisch in einer Art Singsang mit einem leicht spanischen Akzent, wie eine Radierung auf Glas. »Es ist hübsch, aber Ihnen würde etwas anderes besser stehen … lassen Sie mich einmal sehen.«

Sie musterte Chloe aufmerksam, während Chloe gespannt wartete. Als Schneiderin war sie es gewohnt, für andere die passende Kleidung auszusuchen und sie zu verschönern. In letzter Zeit hatte sie jedoch kaum noch die Zeit gehabt, sich selbst einmal objektiv unter die Lupe zu nehmen.

»Vielleicht so etwas hier.« Die Frau ging auf die andere Seite des Ladens und nahm ein scharlachrotes Kleid vom Kleiderständer. »Oder dieses hier.« Sie zog das gleiche Modell in schwarz hervor und hielt es hoch.

»Also … davon bin ich wirklich nicht restlos überzeugt.« Chloe lächelte und versuchte, sich ihre Enttäuschung nicht anmerken zu lassen. Sie hatte auf einen ganz besonderen Fund gehofft, eine Art Eintrittskarte für die mediterrane Eleganz. Diese Kleider jedoch entsprachen überhaupt nicht ihrem Stil. Sie waren kurz und aus Stretchmaterial, mit Spaghettiträgern und tief ausgeschnittenem Rücken. »Das ist wohl doch ein wenig zu jugendlich für mich …«

»Zu jugendlich?«, rief die Frau aus. »Sie sind doch noch jung! Wie alt sind Sie, dreißig?« Chloe lachte.

»Ein bisschen älter bin ich schon. Ich bin die Mutter eines Teenagers.« Die Frau schüttelte lächelnd den Kopf.

»Sie sehen aus wie ein junges Mädchen. Wollen Sie sich denn wie eine Großmutter kleiden, bevor sie tatsächlich dazu gezwungen sind?«

»Ich kleide mich nicht wie eine …«, setzte Chloe an, hielt jedoch inne, als sie erneut ihr Spiegelbild in der Türscheibe entdeckte: ihre formlose, unauffällige Silhouette. Als ob die

Frau ihre Schwäche gespürt hätte, wedelte sie vergnügt mit den Kleidern.

»Probieren Sie die beiden einmal an. Beginnen Sie mit dem Schwarzen.«

Die Umkleidekabine war ein winziger, von einem Vorhang abgetrennter Raum ohne Spiegel. Als Chloe sich in das enge Stretchkleid mühte, wurde sie unwirsch. Der Tag hatte so schön begonnen – warum musste sie ihn sich mit einem Ausflug in ein zweitklassiges Modegeschäft verderben? Stirnrunzelnd trat sie aus der Kabine und wandte sich an die Frau.

»Ich glaube wirklich nicht...« Sie brach abrupt ab. Die Frau wies auf einen mannshohen Spiegel, vor den sich Chloe verdutzt stellte.

»Sieht doch sehr gut aus, finden Sie nicht?«, stellte die Frau zufrieden fest. »Sehr sexy.«

Chloe betrachtete sich mit klopfendem Herzen und brachte kein Wort heraus. Sie sah eine langbeinige Frau Mitte zwanzig mit glattem, goldbraunem Rücken, die das schlichteste und erotischste Kleid trug, das sie jemals getragen hatte. Instinktiv griff sie sich in die Haare und schob sie zu einem Knoten hoch.

»Genau.« Die spanische Frau nickte zustimmend. »Wir werden Ihnen noch eine Blume für Ihr Haar mitgeben. Und einen Schal, vielleicht für den Abend... sehr schick.« Chloes und ihr Blick trafen sich im Spiegel, und sie wechselten ein Lächeln von Frau zu Frau. »Sehen Sie... vielleicht sind Sie doch nicht so alt wie Sie glauben.«

Chloe lächelte stumm zurück. Sie verspürte eine alberne Leichtigkeit aufsteigen, gleich würde sie anfangen zu kichern.

Die Frau griff in eine Tüte und zog eine seidene Lilie hervor. Sie trat näher, nahm Chloe das Haar aus der Hand, zwirbelte es zurück und steckte es fest. Dann musterte sie Chloe nachdenklich und drehte sich zu einem Regal mit Sonnenbrillen um.

»Diese hier würde den Look vervollständigen.« Sie setzte Chloe eine Sonnenbrille aus Schildpatt auf die Nase. »So, jetzt sind Sie ein Filmstar.«

»Das bin nicht ich!«, entrüstete sich Chloe lachend. »Das bin nicht ich!«

»Das sind Sie.« Sie lächelte Chloe an und sagte mit amerikanischem Akzent: »Das musst du mir schon glauben, *Baby*.«

Eine Viertelstunde später trat Chloe in dem engen schwarzen Kleid, der Sonnenbrille und einem neuen Paar zierlicher Sandaletten aus dem Laden. Sie hatte alles mit ihrer Kreditkarte bezahlt und sich noch nicht einmal die Mühe gemacht nachzurechnen, wie viel sie ausgegeben hatte. Die Frau hatte ihr angeboten, ihre alte Kleidung einzupacken, doch hatte sie abgelehnt und sie ohne einen Anflug von Reue im Mülleimer verschwinden sehen.

Als sie die Straße hinunterschlenderte, war sie sich plötzlich ihres Körpers bewusst, der der Sonne und den männlichen Blicken ringsum ausgesetzt war. Ihr Gang wurde lockerer, und sie summte leise vor sich hin. Sie schauspielerte ein wenig – aber nur ein wenig. Offensichtlich reagierte sie auf die Frustrationen der vergangenen Tage. Sie sehnte sich geradezu nach den bewundernden Blicken unbekannter Männer. Sie ging an drei jungen Spaniern vorbei, die vor einer Tür auf der Treppe saßen, und warf ihnen versuchsweise einen sinnlichen Blick zu. Als sie ihr hinterherpfiffen, durchflutete sie ein Gefühl des Triumphes, eine Freude an sich selbst, dass sie am liebsten laut gelacht hätte. Sie fühlte sich so jung und so vital wie seit Jahren nicht mehr. Voller

Möglichkeiten. Im Hinterkopf war die Vorstellung, dass sie einen Mann und zwei Söhne hatte – aber diese Vorstellung war weit weg, wie auf der anderen Seite eines mit Nebel verhangenen Ozeans. Alles, was jetzt zählte, war der Augenblick.

Die Musik, die sie schon seit dem Betreten des Dorfes begleitet hatte, wurde allmählich lauter, und als sie sich dem Restaurant an der Ecke näherte, hatte sie deren Ursprung gefunden. Sie betrat das kühle, dämmrige und beinahe menschenleere Restaurant. Die Musik wirkte stimulierend auf sie. Sie wollte tanzen oder sich betrinken. Sie wollte ihr altes, ausgeleiertes Ich vollkommen vergessen können.

Äußerlich ruhig wählte sie einen Platz an einem wuchtigen Holztisch am Fenster und bestellte ein Glas Rotwein. Der erste Schluck war das Köstlichste, was sie jemals erlebt hatte. Sie knabberte an einer Olive, schloss die Augen und hörte den trommelnden Gitarren und den spanischen Gesprächsfetzen zu. Sie trank erneut einen Schluck Wein, dann noch einen und genoss die Wirkung des Alkohols, der langsam ihre Verankerung in dieser Welt zu lösen begann. Schluck für Schluck entfernte sie sich etwas mehr und begann zu treiben.

Als sie das Glas fast geleert hatte, bestellte sie beim Barmann ein zweites Glas – und noch während sie bestellte, wurde sie wie vom Blitz getroffen.

In der anderen Ecke des Restaurants saß, sie stumm beobachtend, Hugh Stratton. Vor ihm standen ein Glas Brandy und eine Schale Oliven. Er hielt eine Zeitung aufgeschlagen in der Hand, doch sein Blick war auf sie gerichtet.

Chloes Herz raste. Sie nippte an dem neuen Glas Wein und versuchte, ruhig zu bleiben, doch ihre Finger um das Glas begannen zu zittern, und ihre Lippen bebten.

Das kommt von der Überraschung, versuchte sie sich zu beruhigen. Ihn hier anzutreffen hattest du schließlich nicht erwartet. Du hattest nicht erwartet, irgendeinem dir bekannten Gesicht zu begegnen.

Doch tief in ihrem Inneren begann sich etwas zu regen. Etwas erwachte, begann sich zu räkeln und … Sie lugte erneut zu ihm hinüber – er fixierte sie immer noch, sein dunkler Blick brannte sich in ihren, als ob er ihre Gedanken lesen könne, als ob er alles wisse. Ohne die geringste Eile trank er einen Schluck Brandy und stellte, sie unablässig im Auge behaltend, das Glas ab. Fast schon schwindelig vor Angst und Verlangen hielt Chloe seinen Blick fest.

Als die Musik endete, rührten weder Chloe noch Hugh sich.

Schließlich stand Hugh auf, faltete die Zeitung zusammen, legte sie auf den Tisch und kam langsam um den Bartresen herum auf Chloes Tisch zu.

»Hallo«, sagte er ernst und streckte die Hand aus. »Ich möchte mich vorstellen, mein Name ist Hugh Stratton.«

Chloe sah zu ihm auf, ihr Herz schlug schneller und schneller, wie das eines Kaninchens. »Hallo«, erwiderte sie mit brüchiger Stimme. Zögernd streckte sie ebenfalls ihre Hand aus, und als seine Finger sich darum schlossen, überzog sie eine Gänsehaut. »Mein Name ist Chloe. Bitte … setzen Sie sich doch.«

8

Philip saß in einem Café in Puerto Banus, trank einen überteuerten Cappuccino und musterte die nobel gekleidete Menge beim Flanieren über die sonnige Straße. Manche betrachteten die eleganten Schaufensterauslagen, andere die Yachten, die dicht nebeneinander in der Marina vertaut lagen. Ein außergewöhnlich tief liegender Ferrari schob sich durch die Fußgängermenge, nicht etwa ungeduldig, sondern lässig und unaufgeregt, als ob das Auto selbst den Ausblick genießen würde.

Ursprünglich hatte er nicht vorgehabt, hier zu landen. Er hatte in die Berge fahren und einige der andalusischen Dörfer aus seinem Reiseführer erkunden wollen. Er hatte sich vorgestellt, in einem schattigen Hof zu sitzen und die fremden Gerüche, die Aussicht und die spanische Sprache auf sich wirken zu lassen. Die Jungs aber wollten unbedingt an die Küste. Besonders Sam wollte auch mal etwas Leben genießen, statt immer nur die einsame Villa sehen. Also saßen sie jetzt in der sengenden Sonne, umgeben von Tand und Nepp und dem Durcheinander europäischer Sprachen. Die Jungs hatten ihren Saft ausgetrunken und waren zu den Yachten hinübergeschlendert. Philip war klar, dass den beiden jeden Moment der Sinn nach einer der Amüsiermeilen stehen würde.

Eine Frau lief, in eine aufdringliche Parfümwolke gehüllt, an ihm vorbei, und Philip schnitt eine Grimasse. Wenn doch nur Chloe dabei wäre. Sie hätte hier gesessen und mit ihm zusammen die Leute beobachtet. Ab und an hätte sie ihn angestupst, beispielsweise um auf einen Mann mit Bierbauch, Toupet und diamantbesetzter Rolex hinzuweisen. Sie hätten sich beide wortlos zugelächelt.

Unwillkürlich tastete Philip nach dem kleinen Päckchen in seiner Tasche. Er hatte es für Chloe in einem der Läden, in die er und die Jungs hineingeschlendert waren, erstanden. Es war eine zarte, goldene Kette, an der wie eine Träne ein Tropfen hing. Ursprünglich hatte er keine Einkäufe geplant – doch dann hatte er die Kette gesehen und unwillkürlich an Chloes schlanken Hals, ihre zart modulierten Knochen und ihre milchige Haut denken müssen. Und an die unbändige Wut, die sie gestern Abend auf ihn gehabt hatte.

Philip schloss die Augen und rieb sich die Brauen. Er wollte die Dinge wieder einrenken, die Sache wieder gutmachen. Seine berufliche Unsicherheit trieb sie beide auseinander und belastete sie gleichermaßen. Er hätte nicht sagen sollen, was er gestern Abend von sich gegeben hatte. Er hätte sie nicht angreifen und sich nicht betrinken sollen. Gleichzeitig aber war es ihm mit einigen seiner Vorwürfe auch bitter ernst gewesen. Er ging Probleme anders an als Chloe, er war nicht so willensstark wie sie.

Als er sie zum ersten Mal gesehen hatte, hatte sie sich wie ein Leuchtfeuer von den anderen abgehoben. Aus Gefälligkeit einem Freund gegenüber hatte er sich bereit erklärt, für eine Übergangszeit dessen Unterrichtsstunden an einer Abendschule zu übernehmen – und hatte sich natürlich einer ganzen Schar neuer Schüler gegenübergesehen.

»Ich werde nicht euer regulärer Lehrer sein«, hatte er angekündigt. »Aber in den ersten Wochen werde ich euch in dieses faszinierende und vollkommen unterbewertete

Thema der Buchführung einführen.« Er hatte gelächelt, und alle hatten zustimmend gemurmelt. Nur eine junge Frau mit blonden Haaren und klaren, blauen Augen, die in der ersten Reihe saß, hatte sich zu Wort gemeldet. Er hatte ihr lächelnd zugenickt, dankbar für einen Vorwand, sie anzuschauen.

»Wissen Sie eigentlich, was Sie da sagen?« Sie hatte ihn scharf fixiert. »Ich bezahle einen Babysitter, um an diesem Unterricht teilnehmen zu können. Ich habe kein Interesse an einer Aushilfslehrkraft, die mir nicht das notwendige Wissen vermitteln kann.«

Ihre Haltung hatte Philip beeindruckt.

»Ich versichere Ihnen, dass ich über einen Abschluss in Buchhaltung verfüge, außerdem arbeite ich bereits seit vier Jahren bei einer Bank. Wenn ich eines wirklich durch und durch begreife, dann ist es Buchhaltung. Aber wenn Sie es vorziehen, auf Ihren regulären Lehrer zu warten oder sich einer anderen Klasse anschließen möchten …«

»Nein«, hatte ihn die junge Frau kühl unterbrochen. »Ihre Ausbildung ist offensichtlich in Ordnung. Und nun sollten wir anfangen.«

Nach dieser ersten Begegnung war es ihm schwer gefallen, sie nicht ständig anzusehen. Unter dem Vorwand, ein konkretes Beispiel in seinen Unterricht einzubeziehen, hatte er sie nach den Gründen für ihr Interesse an der Buchhaltung gefragt. Sie hatte ihm erzählt, dass sie als Schneiderin arbeitete und in Zukunft ihr eigenes Geschäft von zu Hause aus betreiben wollte. Während einer Kaffeepause hatte er später erfahren, dass sie ungebunden war und über einen Hochschulabschluss verfügte – und zwar über einen besseren Abschluss als er selbst, nämlich vom Courtland Institute.

»Bestimmt könnten Sie eine gut dotierte Arbeitsstelle

bekommen«, hatte er eifrig vorgeschlagen. »Sich ein Kindermädchen leisten oder eine Krippe ...«

»Ja, das könnte ich«, hatte sie achselzuckend erwidert. »Aber warum sollte ich?«

»Da haben Sie Recht.« Er hatte am Kaffee genippt und darüber nachgegrübelt, wann er sie einladen könnte.

Er hatte dann seine letzte Unterrichtsstunde abgewartet und vorgeschlagen, sich bald einmal zu einer Pizza zu verabreden. Sie hatte ihn nachdenklich gemustert – und schließlich genickt. Philips Miene hatte belustigt aufgeleuchtet.

»Sind Sie sich auch wirklich sicher?«, hatte er sich neckend erkundigt.

»Ja, das bin ich«, hatte Chloe ernst erwidert. »Darum geht es doch: Ich muss mir sicher sein können.«

Gleich von Anfang an war Sam Teil ihrer Beziehung gewesen. In der Pizzeria hatte sie Philip herausfordernd ein paar Fotos ihres kleinen Sohnes gezeigt, und er hatte sie – und ihn – aufrichtig bewundert. Als er sie nach dem Essen gefragt hatte, ob sie sich bald wiedersehen könnten, hatte sie genickt und gesagt: »Am Sonntag.« Dann war sie leicht errötet. »Im Park. Ich bringe Sam mit.« Und ihre blauen Augen hatten ihn, wie es schien, streitlustig angeblitzt.

Ein paar Monate später – zu dieser Zeit war er schon fast in ihre Wohnung eingezogen, und sie planten einen gemeinsamen Urlaub – hatte er sie scherzhaft an die Schnelligkeit erinnert, mit der sie ihm Sam damals vorgestellt hatte. Zu seiner Überraschung hatte er damit eindeutig einen wunden Punkt getroffen.

»Ich wollte ihn dir nicht aufs Auge drücken«, hatte sie etwas hölzern geantwortet und den Kopf abgewandt. »Ich wollte nicht, dass du denkst, er sei irgendwie eine Art von ... Geheimnis.«

»Du hast ganz und gar richtig gehandelt.« Philip hatte sie umarmt. »Beim zweiten Rendezvous sollte man stets kleine Kinder zur Auflockerung mitbringen. Um ehrlich zu sein, du allein kannst echt langweilig werden«, hatte er mit todernster Miene erklärt.

»Halt den Mund«, hatte sie glucksend geantwortet. »Du Fiesling.«

Die Wahrheit war die, dass Philip sich beinahe ebenso schnell in Sam verliebt hatte wie zuvor in Chloe. Wer würde sich nicht in einen fröhlichen, lebhaften, intelligenten Dreijährigen verlieben? Ein Dreijähriger, der am Sonntag mit zum Fußball kam und jedes Mal, wenn man den Ball hatte, vor Aufregung kreischte; der mitten im Winter nach Eiskrem fragte; der jedes Mal, wenn man gehen wollte, sich einem sehnsüchtig ans Bein klammerte? Als er zum ersten Mal »Daddy« zu Philip gesagt hatte, hatte Philip erschrocken zu Chloe geschaut. Sie aber reagierte überhaupt nicht. Regungslos hatte sie dagestanden. »Daddy?«, hatte Sam wiederholt.

Mit vor Rührung gepresster Stimme hatte sich Philip Sam zugewandt: »Was ist, Sam?«

»Schau doch mal.« Sam hatte auf irgendetwas in der Ferne gedeutet, und Philip hatte so getan, als ob er seinem ausgestreckten Finger folgen würde. Sein Blick jedoch war auf Chloe gerichtet gewesen, deren Wangen allmählich wieder ihre normale Farbe zurückgewannen. Sie hatte ihn angesehen, und er hatte die Augenbrauen fragend hochgehoben. Und ganz langsam hatte sie genickt.

Sie sprachen nur selten über Sams leiblichen Vater. Sie sprachen überhaupt selten über die Vergangenheit. Es musste andere Liebhaber gegeben haben, doch hatte Chloe sie nie erwähnt. Er wusste lediglich, dass Chloe in ihrem Leben bereits viel Schmerzliches durchgemacht hatte. Sie hatte einmal zu ihm gesagt, dass sie mit ihm von vorne beginnen und die Vergangenheit auslöschen wolle, und er hatte dem nicht widersprochen. Wie auch immer er ihr helfen konnte, würde er es tun.

Ein vertrautes, ausgelassenes Lachen unterbrach seine Gedanken. Zunächst konnte er seine Jungs nirgendwo entdecken – aber als Sam erneut lachte, sah er sie. Zu seiner Überraschung und mildem Entsetzen unterhielten sie sich mit einer Frau um die Vierzig. Sie trug eine hautenges weißes Kostüm, hatte blond gefärbtes Haar, eine goldene Handtasche an einer Kette umgehängt und machte den Eindruck, als ob sie auf eine große, luxuriöse Yacht gehörte.

Während Philip sie beobachtete, zog Sam grinsend sein T-Shirt nach oben und deutete auf das Gummiband seiner Surfshorts. Philip stand hastig auf und eilte zu ihnen.

»Tut mir Leid«, entschuldigte er sich bei der Dame. »Meine Söhne haben Sie belästigt.«

»Nicht im Geringsten«, erwiderte die Frau mit skandinavischem Akzent. »Sie sind beide überaus charmant und amüsant.« Sie lächelte Philip an.

»Das freut mich zu hören«, erwiderte Philip etwas steif. »Dennoch ist es jetzt an der Zeit, dass wir aufbrechen ...«

»Ich habe Agnethe gerade zu einem Drink eingeladen«, wagte sich Sam kühn vor. »Wollen wir alle gemeinsam etwas trinken?«

»Sam!«, rief Philip halb entsetzt, halb belustigt. »Ich glaube wirklich nicht ...« Er blickte Agnethe an und erwartete, dass sie seine Entrüstung teilte, woraufhin er die Jungs hätte weglotsen können. Doch sie verzog nur belustigt das Gesicht und zwinkerte Philip zu. Unwillkürlich errötete Philip ein wenig. »Wir müssen jetzt wirklich gehen«, mahnte er brüsk. »Nun kommt schon, Jungs.«

»Tschüs, Aggie«, flötete Nat im Weggehen, und Philip warf ihm einen verzweifelten Blick zu. »Sie hat mir erlaubt, sie Aggie zu nennen«, rechtfertigte sich Nat. »Ich konnte ihren richtigen Namen nicht aussprechen.«

»Agnethe«, sagte Sam genüsslich. »Agnethe, der Engel. Ich habe sie aufgerissen.«

»Ich hoffe, du hast nichts dergleichen getan.«

»Doch, habe ich. Nicht wahr, Nat? Und sie hat nur darauf gewartet«, fügte er zufrieden hinzu.

»Sam!«, rief Philip entsetzt aus.

»Er hat sie wirklich angesprochen«, bestätigte Nat. Seine Augen blieben an einem Plastikschild kleben. »Dad?«

»Was ist?« Beim Anblick seines Sohnes fragte sich Philip, ob Nat auch eines Tages fremde, um fünfundzwanzig Jahre ältere Frauen zu einem Drink einladen würde. Seine Vorstellungskraft reichte dazu nicht aus.

»Krieg ich eine Tüte Fritten?«

»Okay«, sagte Philip. »Eine Tüte Fritten für jeden.« Er befühlte das vorhin gekaufte Päckchen in seiner Tasche. »Und dann lasst uns zurückgehen und sehen, was Mum macht.«

Chloe saß Hugh gegenüber und bekam kaum Luft, so heftig klopfte ihr Herz. Ihr war leicht schwindelig von der Sonne auf ihrem Gesicht, von den drei Gläsern Wein, die sie getrunken hatte, von seinem Blick, der voller unausgesprochener Fragen auf sie gerichtet war. Jedes Mal, wenn seine Hand ihre streifte, schlug ihr Herz ein bisschen schneller. Tief in ihrem Inneren verspürte sie eine heiße, drängende Unruhe, eine Unruhe, die von Minute zu Minute wuchs.

Seit Hugh sich zu ihr an den Tisch gesetzt hatte, hatten sie kaum drei Worte miteinander gewechselt. In der reglosen Luft zwischen ihnen hatte sich ein stiller Dialog entwickelt, der nach und nach immer intensiver wurde. Jede Geste, jeder Blick bekam eine Bedeutung, über die es keinen Zweifel mehr gab.

Hugh hatte etwas zu essen bestellt. Es stand unangerührt zwischen ihnen.

Allmählich füllte sich das Restaurant, und im Hof schlug die Band einen neuen, mitreißenden Rhythmus an. Die Luft empfand Chloe wie einen Rausch: ein Cocktail aus Hitze und Licht und trommelnder, sinnlicher Musik, zu der sie am liebsten getanzt hätte. Als sie mit geschlossenen Augen einatmete, roch es nach einer aromatischen Mischung aus Knoblauch, Thymian und Rosmarin. Und, von der anderen Seite des Tisches her, nach Hughs Rasierwasser. Nach all den Jahren verströmte seine Haut noch immer diesen wunderbar trockenen Tabakduft.

Bei diesem Gedanken wurde ihr Körper von Sehnsucht und Verlangen so heftig durchflutet, dass es sie erschreckte. Sie nippte mehrmals an ihrem Wein, dann hob sie die Augenlider und merkte, dass er sie beobachtete. Sie verloren sich gegenseitig in ihren Blicken. Vergeblich versuchte Chloe zu schlucken. Wortlos schenkte ihr Hugh etwas Wein nach. Ein Kellner trug die nicht angerührten Teller ab, ohne dass einer der beiden zu ihm aufsah.

»Hier ist es etwas schwierig zu reden«, sagte Hugh nach einer Weile. »Die Musik und die ...« Er brach ab und musterte nachdenklich den Tisch, als ob er ein mathematisches Problem zu lösen habe. Dann sah er auf. »Ich könnte mich erkundigen, ob es hier nicht etwas ... etwas Intimeres gibt.«

Beide schwiegen. Doch dann nickte Chloe langsam.

Als sein Vater den Wagen wieder die Berge hinauflenkte, bekam Sam schlechte Laune. Der Vormittag an der Küste hatte ihm gut gefallen. Er hatte die geschmacklos protzigen Touristinnen angaffen und die Autos ihrer Ehemänner bewundern können. Jetzt hieß es wieder zurück zum Pool und zu einer jämmerlichen Auswahl von Kabelkanälen.

»Könnten wir uns nicht wenigstens noch San Luis ansehen?«, fragte er, als sie an dem Wegweiser vorbeifuhren. »Einfach mal sehen, was dort los ist?«

»Nicht jetzt, ich möchte zur Villa zurück.«

»Aber dort ist es langweilig.«

»Wenn du es dort langweilig findest, Sam«, erwiderte Philip, »kann ich dir umgehend eine Beschäftigung verschaffen.«

Schmollend rutschte Sam tief in die Polster.

Als sie vor dem schmiedeeisernen Tor ankamen, blickte er teilnahmslos aus dem Fenster. Zu seiner Überraschung tauchte hinter den Eisenstäben Jennas Kopf im Profil auf. Sie lachte und... rauchte sie? Neben ihr war jemand zu sehen, den er nicht kannte. Es waren Leute zu Besuch!

Donnerwetter, dachte Sam. Hier ist was los, da kommt endlich Schwung in die Bude. Und ich werde garantiert mitmischen. Als Philip den Wagen geparkt hatte, wandte er sich mit Blick auf die Uhr an Nat: »Auf Kanal neun fangen gleich die *Simpsons* an«, bemerkte er beiläufig. »Doppelprogramm.«

»Super!«, freute sich Nat.

»Fernsehen?«, fragte Philip ungläubig.

»Die *Simpsons*, Dad!« Nat verdrehte die Augen in Richtung Sam und hüpfte aus dem Auto.

Sam stieg ebenfalls aus, ging betont lässig in die Hocke, band einen Turnschuh zu und beobachtete, wie Nat im Haus verschwand. Als Philip am Haus vorbei zum Pool strebte, richtete sich Sam auf. Hastig überprüfte er sein Erscheinungsbild im Seitenspiegel, dann schlenderte er zur Wiese hinüber.

Jenna und der spanische Junge, den Sam jetzt erkannte – derjenige, der gegen das Tor gespuckt hatte – saßen auf der Erde und teilten sich eine Zigarette. Neben ihnen saß – Sams Herzschlag beschleunigte sich – ein Mädchen. Ein ungefähr sechzehn Jahre altes spanisches Mädchen mit hautengen Bluejeans und einem schwarzen T-Shirt.

Als er näher kam, wurde er etwas unsicher. Die beiden spanischen Jugendlichen musterten ihn grinsend. Was hatte Jenna ihnen erzählt?

»Hallo«, grüßte Jenna, sobald er in Hörweite war. »Wo bist du denn gewesen?«

»In Puerto Banus.«

Achselzuckend bedeutete ihm Jenna, dass ihr das gar nichts sagte.

»Hier.« Sie streckte ihm die Zigarette entgegen. »Zieh mal dran.« Verblüfft stellte er fest, dass es sich bei der Zigarette um einen Joint handelte.

»Solltest du denn …« Er räusperte sich. »Ist das wie Alkoholkonsum während der Dienstzeit?«

»Ich bin nicht im Dienst«, erwiderte Jenna grantig. »Ich habe den Nachmittag frei, und ich kann tun und lassen, was ich will. Verstanden?« Ihre Augen funkelten bedrohlich und er schluckte.

»Klar doch.«

Plötzlich lächelte sie.

»Mach dir keine Sorgen. Ich weiß doch genau, dass du mich nicht verpetzen würdest, oder, Sam?« Sie fuhr ihm mit einem Finger zärtlich über die Brust. »Mmmm, du bist gut in Form.« Sie deutete auf den Joint. »Komm schon, bedien dich.«

Sam zog daran und dankte dem Himmel, dass er schon

einmal Haschisch geraucht hatte und sich nicht vollkommen blamieren würde, wie das bei einigen seiner Schulfreunde der Fall gewesen war. Jenna beobachtete ihn aufmerksam, als ob sie auf etwas wartete, worüber sie sich lustig machen konnte – doch dann strahlte sie ihn an.

»Wir müssen los«, meinte das spanische Mädchen mit Blick auf die große Männeruhr, die sie am Arm trug. Sam sah bestürzt zu ihr auf.

»Warum?«, erkundigte er sich. »Bleibt doch noch!«

»Tut mir Leid.« Das Mädchen zuckte unschlüssig die Achseln. »Tschüs, Jenna.«

»Tschüs«, verabschiedete sich auch der Junge.

»Bis bald mal wieder«, meinte Jenna.

Sam sah ihnen nach, als sie auf das Tor zugingen und sich dann die Straße hinunter entfernten.

»Wer waren die denn?«, erkundigte er sich nach einer Pause.

»Die?«, wiederholte Jenna. »Sie heißen Ana und José und wohnen am Ende der Straße. Ihre Mutter putzt hier.«

»Und warum haben sie …«

»Wir hatten einen kleinen Handel zu erledigen.« Jenna zwinkerte ihm zu.

»Ach so.« Sam paffte verärgert am Joint und stierte auf die trockene Erde. Warum nur hatte er nicht früher zurückkommen können. Es war alles so verdammt unfair.

»Ich habe jede Menge von ihnen erfahren.« Jenna musterte ihre lackierten Fußnägel. »Hochinteressante Neuigkeiten.«

»Tatsächlich?« Sam blickte auf. »Etwas über das Nachtleben hier?«

»Nein.« Jenna sah ihn an, als ob er verrückt geworden wäre. »Über unseren Gastgeber. Gerard, oder wie auch immer er heißt. Und über den ganzen Schlamassel bei unserer Ankunft.« Sie nahm ihm den Joint ab und zog daran, während Sam sie hingerissen betrachtete. »Du hast doch geglaubt, dass beide Familien nur versehentlich gleichzeitig hier aufgetaucht sind.«

»Aber klar doch, es *war* ein Versehen.«

Jenna stieß eine Rauchwolke aus und schüttelte den Kopf.

»Es war kein Versehen. Es war so geplant.«

»Was soll das heißen, es war so *geplant*?«

»Ich will damit sagen...«, Jenna tat so, als ob sie einen Idioten vor sich habe, »... dass er euch in eine Falle gelockt hat. Er hat mit voller Absicht beide Familien für dieselbe Woche eingeplant und später nur so getan, als ob es ein Versehen gewesen wäre.«

Sam starrte sie an. War dies wieder einer ihrer Scherze, bei denen er am Schluss wie ein Volltrottel dastand?

»Woher weißt du das?«, hakte er misstrauisch nach.

»Gerard hat ihrer Mutter gesagt, sie solle für diese Woche acht Leute in der Villa erwarten und eine dementsprechende Menge Lebensmittel besorgen.«

»Na und? Das heißt doch noch gar nichts.«

»Komm schon, Sam, streng deinen Grips an. Acht Personen ergeben nicht eine, sondern zwei Familien. Er hat die ganze Sache absichtlich so eingefädelt.« Jenna grinste. »Es war ein Trick. Und ein ziemlich guter, wenn du mich fragst.« Sam schnaubte erbost.

»Überhaupt nicht!«, knurrte er. »Jemandem nur aus einer Laune heraus den Urlaub zu vermasseln... das ist doch krank! Bestimmt hat er so etwas nicht getan.« Er sah die Straße hinunter, doch Ana und José waren nicht mehr zu sehen. »Die wollen uns nur gegeneinander aufbringen. Offenbar können die Gerard wirklich nicht ausstehen.«

»Sie hassen ihn«, pflichtete ihm Jenna bei. »Früher

führte einer ihrer Fußwege über dieses Grundstück. Doch nachdem Gerard das Haus gekauft hatte, hat er ihn zugemauert. Hier in der Gegend kann ihn kein Mensch ausstehen.«

»Na bitte, das erklärt es doch.«

»Aber es ändert nichts an den Tatsachen.« Jennas Augen leuchteten. »Gerard wusste, dass ihr alle zusammen hier auftauchen würdet und hat so getan, als ob er es nicht gewusst hätte. Was steckt also dahinter?« Sie zog kräftig an ihrem Joint. »Übrigens hat er vor, hier persönlich vorbeizuschneien.«

»Er will hierher kommen?« Sam starrte sie an. Jenna zuckte mit den Achseln.

»Das jedenfalls hat Ana gesagt.«

Sam schien verärgert. »Wenn du mich fragst, ist das alles Blödsinn. Weshalb sollte er so was tun wollen?«

»Wer weiß? Offenbar glaubt er, dass hier irgendetwas in Bewegung gerät.« Sie grinste verschmitzt. »Vielleicht glaubt er, dass ihr euch alle in die Haare bekommt.«

Sam schüttelte den Kopf. »Das ist alles total unlogisch. Ich meine, wir kennen uns doch gar nicht. Unsere beiden Familien sind einander noch nie zuvor begegnet.«

Das Zimmer lag unter dem Dach, es war hell und mit einfachen Holzmöbeln eingerichtet und hatte ein hohes, altmodisches Bett. Ein Badezimmer war nicht vorhanden, wie ihnen der Restaurantbesitzer bei der Schlüsselübergabe erläutert hatte. Deshalb sei es bei Touristen nicht beliebt. Aber vielleicht wolle der Señor…

»Das ist ausreichend«, hatte Hugh den Mann unterbrochen. »Vielen Dank.«

Schweigend waren sie die engen, knarrenden Stufen hinaufgestiegen, weg von den Geräuschen des Restaurants, weg vom Rest der Welt. Als die Tür hinter ihnen ins Schloss fiel, verspürte Chloe innerlich eine Art Zittern, wie ein noch weit entferntes Donnergrummeln. Als ob an einem entrückten, unbekannten Ort der Boden von einem Erdbeben erschüttert wurde.

Die Gitarrenmusik aus dem Hof drang vibrierend durch den Fußboden und bahnte sich durch ihre Fußsohlen einen Weg in ihre Körper. Die Menschen dort unten, die Menschen der wirklichen Welt, lachten und aßen und unterhielten sich weiter. Hugh und sie dagegen standen sich wortlos, ohne einander anzusehen gegenüber. Und warteten.

Behutsam streckte Hugh eine Hand aus und legte sie ihr auf die Schulter. Chloe verspürte eine fast unerträgliche Spannung in sich aufsteigen. Sie schloss die Augen und biss sich auf die Unterlippe, um nicht laut aufzuschreien. Aber sie blieb still stehen.

Endlich wandte sie sich ihm zu. Hugh ließ seine andere Hand auf ihrer Taille nieder. Ganz langsam bewegten sie sich zum Rhythmus der Musik und kamen sich dabei immer näher, bis sich ihre Körper beinahe berührten. Hugh küsste sanft ihre Lippen, und wieder wurde sie von einer heißen Welle des Verlangens überflutet. Sie trat einen Schritt von ihm zurück, sich selbst absichtlich quälend, den Schwebezustand verlängernd in dem Wissen, was kommen würde.

Im Hof verebbte die Gitarrenmusik, und absolute Ruhe kehrte ein. Eine Minute lang verharrten sie bewegungslos, die Stille schien in Chloes Kopf zu dröhnen. Dann berührten Hughs Lippen sie erneut, jetzt etwas fester, leidenschaftlicher. Und dieses Mal war sie machtlos und antwortete darauf mit all ihrer aufgestauten Erregung. Als die Musik wieder einsetzte, brachen in ihr sämtliche Dämme.

Wieder und wieder erkundete sie den ehemals so vertrauten Körper, rief schließlich schluchzend seinen Namen und ließ sich aufs Bett herabsinken wie eine Feder, die sanft zur Ruhe kommt.

9

Es schien, als hätten sie eine Ewigkeit reglos nebeneinander gelegen. Eingehüllt von der gemeinsamen Wärme, während die Zimmertemperatur allmählich abkühlte. Als Chloe sich blinzelnd umsah, schien ihr das Zimmer, wie überhaupt alles, verändert zu sein. Das strahlend helle Licht war weicher geworden. Lange goldene Schatten sprenkelten den Boden. Draußen hatten die Gitarren zu spielen aufgehört, und junge Spanierinnen deckten miteinander plaudernd die Tische für das Abendessen.

Ein paar Minuten fühlte sie sich nicht mal zur kleinsten Bewegung fähig. Sie war lethargisch, träge und unentschlossen. Am Rande ihrer Gedanken lauerte allerdings das Wissen, dass außerhalb dieser vier Wände eine Wirklichkeit existierte, die sie nicht wahrnehmen wollte.

Schließlich setzte sie sich mit der ihr eigenen Willenskraft, mit der sie bisher ihr Leben gemeistert hatte, auf. Ohne Hugh anzusehen, erhob sie sich und tappte zu ihrem Kleid, das auf dem Boden lag. Beim Aufheben spürte sie, dass sie es gar nicht mehr anziehen wollte. Es erschien ihr plötzlich zu offenherzig, zu billig. Doch sie hatte keine Wahl, denn sie hatte nichts weiter dabei, was sie hätte tragen können.

»Chloe«, hörte sie Hugh hinter sich. »Chloe, was machst du da?«

Mit dem Kleid in der Hand drehte sie sich um und betrachtete ihn stirnrunzelnd. »Ich ziehe mich an.«

»Nein.« Hughs dunkle Augen fixierten sie. »Noch nicht.« Chloe schloss kurz die Augen.

»Wir müssen gehen. Ich muss gehen.« Sie klaubte ihre Unterwäsche auf und setzte sich auf die Bettkante. Hugh beugte sich vor und legte eine Hand auf ihre Schulter.

»Geh nicht«, bat er. »Mach nicht schon wieder die Fliege. Nicht heute.«

»Was soll das heißen?«, erkundigte sich Chloe leicht gereizt. »Mach nicht schon wieder die Fliege?«

»Du bist doch immer gleich verschwunden.« Hugh lehnte sich vor und küsste sie auf den Nacken. »Du hast dich immer sofort angezogen und bist in der Dunkelheit verschwunden. Ich wusste nicht einmal, wohin du gehst.« Er strich mit der Hand über ihre Brüste und umkreiste zärtlich eine Knospe. »Mein größter Wunsch damals war, einmal eine ganze Nacht mit dir zusammen zu verbringen. Aber du hast mich immer verlassen. Du bist immer gegangen.«

Langsam drehte sich Chloe zu ihm um.

»*Ich* bin immer gegangen?!« Sie lachte ungläubig auf. »Das ist wirklich gut, Hugh.« Sie rückte von ihm ab und stand auf. »*Ich!*«

Ihre Worte durchschnitten die laue Luft wie eine Kampfansage. Auf einmal schien die Atmosphäre zwischen ihnen so angespannt, als ob jemand an einem Faden gezogen und eine Tür ins Schloss gefallen sei. Sie wandte sich ab, zog Unterwäsche und Kleid an, suchte ihre Schuhe und stellte sie nebeneinander auf den Boden, bereit, sie anzuziehen, bereit fortzugehen. Sie starrte sie an und merkte, wie Tränen in ihr aufstiegen. Aufgestaute Gefühle aus fünfzehn Jahren, die wie eine Zange ihr Herz umklammerten.

»Jetzt könnte ich eine Zigarette gebrauchen«, stieß sie unvermittelt hervor. »Du hast keine bei dir?« Sie drehte sich um und stellte fest, dass Hugh sie immer noch mit seltsam entrücktem Blick betrachtete.

»Es vergeht kein Tag, an dem ich nicht bereue, was ich getan habe«, sagte er mit leiser Stimme. »Nicht ein einziger Tag.«

»Oder einen Drink.« Chloe schluckte und versuchte die Fassung zu bewahren. »Ein Drink würde reichen.« Sie ließ sich aufs Bett plumpsen.

»Ich war ein junger Mann«, fuhr Hugh unbeirrt fort. »Ich war nicht der Mensch, der ich heute bin. Ich hatte keine Ahnung von Kindern oder von Familie oder dergleichen. Überhaupt hatte ich von gar nichts eine Ahnung.« Er hielt inne und schien zu überlegen. »Als ich Sam auf dem Teppich sitzen sah... als ich merkte, was du mir sagen wolltest... hat mich schlicht und einfach die Panik erfasst.« Sein Blick war aufrichtig. »Ich war zwanzig Jahre alt, Chloe. *Zwanzig!* Nur vier Jahre älter, als Sam es heute ist. Ich dachte, ein Baby in meinem Leben würde... ich weiß auch nicht... alles zerstören. Den Weg blockieren für meinen...«

»Für deinen außerordentlichen Erfolg«, beendete Chloe zynisch den Satz. »Für deine tolle Karriere. Damit hattest du vermutlich Recht. Die wäre damit tatsächlich blockiert gewesen.« Sie warf ihm ein gequältes Lächeln zu. »Du hast dich ganz und gar richtig entschieden, Hugh. Für dich selbst.«

»Nein«, widersprach Hugh. »Ich habe mich falsch entschieden.«

Beide schwiegen unglücklich, und Chloe schossen Tränen in die Augen. Ihre Gefühle zeigten ihr mit einem Mal eine Möglichkeit, die sie überhaupt erst gar nicht erwägen durfte.

»Ich muss gehen«, wiederholte sie, stand auf und nahm

ihre Schuhe. Als sie ihre Füße in die Schuhe zwängen wollte, drückte das Leder, doch sie zuckte nicht einmal zusammen. Sie brauchte diesen Schmerz, um wieder in die Wirklichkeit zurückzukehren.

»Und was, wenn du es nicht tätest? Was, wenn wir die ganze Nacht hier blieben?« Ohne sie aus den Augen zu lassen, stand Hugh auf und kam auf sie zu. »Was, wenn wir zum ersten Mal in unserem Leben eine ganze Nacht miteinander verbringen würden, Chloe? Was dann? Würde es die Welt aus den Angeln heben?«

Chloe verspürte einen Schmerz in ihrer Brust, eine Sehnsucht, die sie zu überwältigen drohte.

»Nicht doch«, flehte sie. »Wir können nicht…« Sie rieb sich über das Gesicht. »Wir müssen gehen. Wir müssen zurück zu…«

»Ich liebe dich«, unterbrach Hugh sie.

Eine Minute lang blieb sie versteinert stehen.

»Du liebst mich nicht«, sagte sie schließlich und wandte den Blick ab. Ihre Stimme war schleppend, ihr Gesicht von fahler Blässe.

»Ich liebe dich, Chloe.« Er strich ihr eine Haarsträhne aus der Stirn. »Und ich will die ganze Nacht hier an deiner Seite schlafen. Ich will mit dir im Arm aufwachen.«

»Das können wir nicht«, sagte Chloe mit heiserer Stimme. »Wir haben keine Wahl.«

»Wir haben eine Wahl.« Behutsam hob Hugh ihr Kinn, bis sie ihm in die Augen sah. »Chloe, wir könnten noch einmal von vorne anfangen.«

Chloe sah ihn lange an und brachte kein Wort heraus. Schweigend wandte sie sich ab und schlüpfte endgültig in ihre Schuhe.

Philip trank auf einer Sonnenliege am Pool ein Bier, blickte auf das Wasser und fragte sich, wo alle abgeblieben waren. Die Villa schien wie ausgestorben. Chloe war nirgends zu sehen, und Sam war ebenfalls verschwunden. Nat glotzte wohl im Fernsehen irgendeine Serie. Und der Rest der Hausbewohner war wie vom Erdboden verschluckt.

Er nippte an seinem Bier und legte sich genüsslich zurück. Dies war die Zeit, die ihm im Urlaub immer am besten gefiel. Der frühe Abend, wenn die sengende Sonne nur noch ein warmes Glühen war und das Wasser blau und golden schimmerte. Wenn die Menschen wieder lebendig wurden und aus der Trägheit des heißen Nachmittags erwachten. Wenn wieder Aktivität zu spüren war, man sich einen Drink mixte und die Gedanken um den bevorstehenden angenehmen Abend kreisten.

Es war ein schöner Tag gewesen, dachte er. Wieder einmal war ihm bewusst geworden, wie gerne er mit den Jungs zusammen war und wie unterhaltsam sie waren. Einmal etwas Zeit ohne Chloe zu verbringen hatte ihm gut getan. Er hatte das Gefühl, als ob die Meeresbrise seine Probleme und Gereiztheit weggepustet hatte. Der Abstand hatte ihm die nötige Perspektive verschafft. Heute Abend würden sie von vorne anfangen, vielleicht sogar zum Essen ausgehen.

Ein Geräusch unterbrach seine Gedanken. Als er aufblickte, sah er Amanda auf das Schwimmbecken zukommen. Sie hielt einen Stapel Papiere und ein Handy in der Hand und hatte das Gesicht gequält verzogen.

»Hallo«, grüßte sie knapp und setzte sich.

»Hallo«, erwiderte Philip und fragte nach einer kurzen Pause: »Hattest du einen angenehmen Tag?«

»Ehrlich gesagt, nein«, erwiderte Amanda. »Es war ein einziger Alptraum. Beatrice ging es nicht gut, und Jenna ist heute Nachmittag, als ich sie am dringendsten gebraucht hätte, spurlos verschwunden gewesen ... Außerdem hatte ich eine Auseinandersetzung mit meiner Farbeffektfrau.«

»Mit welcher Frau?«, hakte Philip schmunzelnd nach.

»Meiner Farbeffektfrau.« Amanda warf ihm einen strengen, humorlosen Blick zu. »Für unser Haus. Während unserer Abwesenheit wird dort von Grund auf renoviert.«

»Aha.« Philip schluckte etwas Bier. »Verstehe.«

»Heute Morgen habe ich sie angerufen, nur um zu sehen, wie alles läuft. Beiläufig erwähnte ich das Gästezimmer – und da fing sie an, von Türkis zu faseln. Türkis!« Amanda schloss gequält die Augen, als ob allein die Vorstellung das Ende der Welt bedeutete. »Wo ich sie doch angewiesen hatte, dass es ein blasses Aquamarin werden muss!« Sie öffnete die Augen und sah Philip an. »Jetzt frage ich mich natürlich, wie in aller Welt sie die anderen Wände angepinselt hat. Kann gut sein, dass sie einfach irgendeine x-beliebige Farbe genommen hat. Den ganzen Nachmittag über habe ich ihr Faxe geschickt, aber sie hat sich nicht mal die Mühe gemacht zu antworten ...«

»Bestimmt ist alles bestens.« Philip dachte kurz nach. »Sicher hat sie die richtige Farbe verwandt und diese lediglich etwas ungeschickt beschrieben.«

Amanda musterte ihn misstrauisch.

»Ist Aquamarin für dich dasselbe wie Türkis?«

»Zumindest sind sie sich ziemlich ähnlich«, meinte Philip. »Jedenfalls für das ... ungeübte Auge.«

»Möglich.« Amanda atmete hörbar aus. »Vielleicht hast du Recht. Aber auf meine Faxe nicht einmal zu reagieren, das ist doch einfach unhöflich. Wo ich diejenige bin, die die Rechnung bezahlt. Ich bin der Kunde ...«

»Ich wusste gar nicht, dass es hier ein Faxgerät gibt«, versuchte Philip das Thema zu wechseln. »Dieser Villa mangelt es wirklich an gar nichts.«

»Es steht in dem Arbeitszimmer, das vom Flur abgeht«, erläuterte Amanda. Sie verdrehte die Augen. »Es überrascht mich, dass Hugh es noch nicht mit Beschlag belegt hat.« Sie legte sich auf der Sonnenliege zurück und schwieg, dann seufzte sie tief auf. »Mein Gott, was bin ich erschöpft. Beatrice war die halbe Nacht über wach. Sie wollte partout nicht alleine bleiben. Und den ganzen Nachmittag über hing ich am Telefon …«

»Geht es ihr jetzt besser?«, unterbrach Philip sie und setzte sich auf. »Sollte ich vielleicht einen Arzt rufen?«

»Nein, nein.« Amanda lächelte. »Danke. Sie hat gestern offenbar etwas zu viel Sonne abbekommen. Und heute war es noch heißer …«

»Vierunddreißig Grad, wenn ich das richtig verstanden habe. Man spricht von einer Hitzewelle. Obwohl es hier oben in den Bergen eigentlich etwas kühler sein sollte …« Philip wedelte mit einer Hand durch die schwüle Luft.

»Heute war es wie im Backofen. Ich musste die Kinder ins Haus schicken.« Amanda fuhr sich mit der Hand durch die Haare. »Gott sei Dank ist das Haus klimatisiert. Sonst hätte ich Beatrice wohl nie zum Einschlafen bewegen können.«

»Nat war im Urlaub häufig auch nicht einfach«, sagte Philip mitfühlend. »Wir konnten ihn nur schlecht an einen neuen Ort gewöhnen.«

Amanda hatte die Augen geschlossen.

»Vielleicht kann Hugh heute Abend übernehmen, damit du dich etwas ausruhen kannst.«

»Hugh?« Amanda öffnete ein Auge. »Ich bitte dich, Hugh begibt sich noch nicht einmal *in die Nähe* von Kindern.«

»Wirklich?« Philip hob die Augenbrauen. »Überhaupt nicht?«

»Er ist ein echter Workaholic und kommt nie vor acht

Uhr abends nach Hause. Eigentlich bin ich eine allein erziehende Mutter.« Das Handy auf dem Boden neben ihr klingelte. »Verdammt.« Amanda setzte sich auf. »Was in aller Welt wollen sie jetzt schon wieder?«

»Einfach nicht beachten«, schlug Philip vor, aber Amanda hatte das Gespräch bereits angenommen.

»Hallo«, sagte sie. »Ja.« Es folgte eine kurze Pause. »Das ist alles gut und schön, aber was meint sie mit *Terrakotta*? Ja, ich möchte kurz mit ihr sprechen, wenn das keine Mühe bereitet.«

Wieder verdrehte sie die Augen.

»Farbprobleme?«, erkundigte sich Philip.

»Ich sage dir, wenn ich gewusst hätte, wie viel Ärger ich damit haben würde, wäre ich bei Tapete geblieben. Da sieht man genau … hallo, Penny? Es ist mir egal, ob sie gerade nach Hause gehen will. Ich will mit ihr sprechen!« Sie legte die Hand über das Mundstück. »Mein Gott, was für Leute! Einfach hoffnungslos. Ich meine, was bleibt mir von meinem Urlaub?« Abrupt wandte sie sich wieder dem Telefon zu. »Hallo, Penny? Ja, ich warte. Ach übrigens«, wandte sich Amanda an Philip. »Als du vorhin fort warst, hat jemand für dich angerufen.«

Es dauerte ein paar Sekunden, ehe bei Philip der Groschen fiel.

»Ein Anruf für mich?«, echote er verdutzt.

»Ich habe das Gespräch im Arbeitszimmer entgegengenommen. Chris …« Amanda runzelte die Stirn. »An den Nachnamen kann ich mich nicht erinnern. Er sagte, es gäbe Neuigkeiten. Ich habe ihm die Nummer … hallo, Marguerite! Hier spricht Amanda Stratton. Ich möchte mit Ihnen unbedingt die Farben noch einmal durchgehen.«

Philip starrte mit klopfendem Herzen vor sich hin. Seine Lässigkeit war wie weggeblasen. Mit einem Schlag schien sich der Abstand, den er heute gewonnen hatte, in Luft aufzulösen. Er hatte keinen Abstand, keinen Schutz. Nur vollkommen überreizte Nerven.

Er holte tief Luft und blickte Amanda an, die nach wie vor mit ihrem Telefonat beschäftigt war.

»Okay.« Er versuchte möglichst beiläufig zu klingen.

»Danke für die Nachricht. Ich … ich gehe ins Haus und rufe ihn zurück.«

Als Philip die Villa betrat, wechselte das goldene Glühen von draußen schlagartig in ein kühles, düsteres Licht. Er öffnete die Tür des kleinen Arbeitszimmers – ein Zimmer, das ihm bisher noch gar nicht aufgefallen war – und wurde von zahlreichen Abbildungen Gerards empfangen. Sein Gesicht schaute ihm von einem großen Portrait über dem Schreibtisch, von zahlreichen Fotos auf einem kleinen Beistelltisch und von einem Poster entgegen, auf dem mehrere seiner Weinkolumnen nebeneinander abgedruckt waren. Philip hielt vor einem Foto von Gerard inne, auf dem er an der Seite irgendeines gefeierten Gourmetkochs posierte und der Kamera prostend sein Weinglas entgegenreckte.

»Eingebildeter Idiot«, schimpfte er laut und ging zum Telefon. Im Faxgerät lagen mehrere Blatt Papier mit – so nahm er an – Amandas Handschrift.

ENTSCHULDIGUNG, begann eine Seite. HAT JEMAND EBEN MEIN GESPRÄCH UNTERBROCHEN? BITTE VERGESSEN SIE NICHT, DASS SIE SICH IN MEINEM HAUS BEFINDEN UND MEINE WÄNDE STREICHEN.

Trotz seiner angespannten Nerven musste Philip lächeln. Er setzte sich an den Tisch, atmete ein paarmal tief durch und nahm den Hörer in die Hand. Auswendig wählte er Chris' Privatnummer, und nach ein paarmal Klingeln wurde abgenommen.

»Hallo, Chris?« Philip versuchte, ganz entspannt zu klingen. »Hier spricht Philip.«

»Philip, hallo. Gut von dir zu hören!«, grüßte ihn Chris. Philip stellte sich vor, wie sein stellvertretender Filialleiter mit einem Bier in der Hand in der Küche stand. »Hör zu, ich wollte dich nicht beunruhigen. Ich dachte nur, weil du gerne auf dem Laufenden bleiben wolltest, sollte ich dir das gleich erzählen.«

»Sicher doch.« Philip verspürte einen Anflug von Erleichterung. »Und ... was sind die Neuigkeiten?«

»Offenbar liegen die Empfehlungen der Mackenzie-Studie jetzt vor«, berichtete Chris.

»Verstehe.« Philip versuchte, die Angst, die ihn unverzüglich erfasste, zu unterdrücken. Alle sprachen bereits seit so langem von diesen verdammten Empfehlungen, dass sie mittlerweile die Aura einer mythischen Bestie angenommen hatten. Medusa, der Minotaur, die Mackenzie-Empfehlungen. Nachdem die Veröffentlichung dreimal verschoben worden war, hatte er an ihre Publikation fast nicht mehr geglaubt.

»Und ... sind wir über den Inhalt informiert?«

»Nein«, erwiderte Chris. »Wir haben nicht den leisesten Schimmer. Und der Mann, der dafür zuständig ist, ist noch bis nächste Woche in Urlaub.«

»Na prima.« Philip betrachtete ein Foto, auf dem Gerard irgendeinem Adligen die Hand küsste. Er wandte den Blick ab. »Dann warten wir also nach wie vor.«

»Sieht so aus. Aber immerhin sind wir der Erkenntnis einen Schritt näher gekommen.«

»Scheint so.« Plötzlich merkte Philip, wie seine Hand, die den Hörer umklammerte, schwitzte. »Danke, dass du mich auf dem Laufenden hältst, Chris. Wissen die anderen Bescheid?«

»Alle wissen Bescheid. Die Stimmung hier ist eigentlich recht gut. Angela hat fünfhundert Unterschriften für ihre Petition zusammenbekommen.«

Philip lächelte. PBL versuchte möglicherweise, sie alle loszuwerden, doch kampflos würden sie sich nicht geschlagen geben. Chris regte sich über die ganze Vorgehensweise fast noch mehr auf als er selbst. Er war es gewesen, der die Idee einer Petition gehabt hatte. Er hatte Kunden dazu ermuntert, an PBL zu schreiben und ihre Unterstützung für die Filiale schriftlich zu dokumentieren.

»Ausgezeichnet!«, rief Philip. »Lasst nur nicht den Kopf hängen.«

»Keine Bange«, erwiderte Chris. »Und ich hoffe, dass du deinen restlichen Urlaub genießt. Immerhin kannst du jetzt sicher sein, dass während deiner Abwesenheit nichts passieren wird.«

»Sehr gut. Also dann tschüs, Chris.«

»Tschüs, Philip. Und lass es dir gut gehen.«

Philip legte den Hörer auf und starrte blind auf die edle Holzoberfläche von Gerards Schreibtisch. Es war absolute Schikane. Die Entscheidung, die den Leuten von der PBL ohnehin vollkommen gleichgültig war, zog sich wie Kaugummi. Für ihn, seine Leute und deren Familien bedeutete sie jedoch alles.

Von einem Autogeräusch aufgeschreckt, blickte er auf. Durch das Fenster hindurch sah er Hughs Wagen vorfahren. Eine Sekunde später ging die Beifahrertür auf. Zu seiner Überraschung stieg Chloe aus und dann Hugh auf der Fahrerseite. Sie wechselten ein paar Worte miteinander und wandten sich dann der Eingangstür zu.

Philip sprang auf und hastete zur Tür. Der Himmel möge ihm beistehen, aber Chloe durfte keinen Verdacht schöpfen, dass er wieder mit England telefoniert hatte.

»Hallo!«, rief er fröhlich, als er die Eingangshalle betrat. »Wo wart ihr beide denn?«

Chloe schreckte wie ertappt zusammen. Sie glüht richtig, dachte Philip. Ein Tag ohne die Anforderungen der Familie hatte ihr offenbar gut getan.

»Philip!«, rief sie aus. »Du… du hast mich erschreckt.« Mit zitternder Hand strich sie sich eine Haarsträhne aus dem Gesicht. »Seit wann bist du zurück?«

»Eine ganze Weile schon. Wir waren in Puerto Banus und haben die Yachten bewundert. Und wo wart ihr?«

»San Luis«, erwiderte Chloe nach einer kurzen Pause. »Es ist sehr hübsch.«

»Ich habe Chloe zufällig in einem Café getroffen«, bemerkte Hugh beiläufig. »Sie ist den ganzen Weg dorthin gelaufen. Der reine Wahnsinn!«

»Ich wollte mich etwas bewegen.« Chloe räusperte sich. »Eigentlich wollte ich gar nicht nach San Luis. Na ja, und dann hat Hugh darauf bestanden, mich zurückzufahren.«

»Das möchte ich auch hoffen!«, erwiderte Philip. »Du solltest dir doch einen geruhsamen Tag machen.«

»Ich weiß. Aber mir war… nach einem Spaziergang zu Mute.« Chloe klang plötzlich gereizt. Philip zuckte mit den Achseln.

»Warum auch nicht?«, sagte er. »Möchte jemand einen Drink?«

Nachdem Philip in der Küche verschwunden war, sahen Hugh und Chloe sich an.

»Ich kann nicht glauben, dass ihm nichts aufgefallen ist«, flüsterte Chloe kaum hörbar. »Ich kann nicht glauben, dass er…« Sie brach ab, dann murmelte sie: »Wir sind seit dreizehn Jahren zusammen. Da würde man doch annehmen, dass ihm etwas auffallen könnte…«

»Du klingst gerade so, als ob du *wollen* würdest, dass ihm etwas auffiele«, erwiderte Hugh.

»Sei nicht albern«, zischte Chloe. »Ich… bin nur etwas überrascht, mehr nicht.«

»Denk nicht weiter darüber nach. Denk an gar nichts. Außer an uns.« Er streckte ihr eine Hand entgegen. Chloe zuckte zurück.

»Lass das!« Ihr Blick suchte das Treppenhaus ab. »Bist du verrückt geworden?« Sie entfernte sich ein paar Schritte von ihm. »Ich… wir sehen uns später.«

»Wann?«, hakte Hugh sofort nach. »Heute Abend?«

Chloe drehte sich zu ihm um. Jetzt erst nahm sie wahr, wie intensiv sein Blick auf sie gerichtet war und wie ernst er aussah – und ihr Magen verknotete sich.

»Ich weiß es nicht«, erwiderte sie. »Ich weiß es nicht, Hugh.«

Dann eilte sie ohne sich umzudrehen die Marmortreppe hinauf.

10

Zum Aperitif hatte Jenna am Pool eine Weinprobe vorbereitet. Sie hatte den schmiedeeisernen Tisch neben das Schwimmbecken gezogen und fünf Flaschen aufgereiht, deren Etikett sie mit Papier überklebt und mit Buchstaben von A bis E markiert hatte. Daneben standen ordentlich aufgereiht Gläser, Schreibblöcke und Bleistifte, und ein Brotkorb.

Chloe lief auf den Pool zu, an dem bereits alle versammelt waren. Trotz ihrer lautlosen Schritte auf dem Gras blickte Hugh auf, als ob er ihr Kommen gespürt habe. Philip folgte seinem Blick, schließlich auch Amanda, sodass sie sie wie ein Begrüßungskomitee oder wie eine Jury kurz vor der Urteilsverkündung musterten. Unwillkürlich verlangsamte sie und wäre am liebsten wieder ins Haus zurückgekehrt oder weggerannt. Zu einem Flughafen oder einfach nur an einen anderen Ort.

»Hallo, Chloe.« Jenna sah lächelnd auf. »Möchten Sie etwas Wein kosten? Ich dachte mir, da wir in der Villa eines Weinkritikers zu Gast sind …«

»Hallo, Liebling.« Philip deutete auf die Reihe der Weinflaschen. »Ist das nicht eine beeindruckende Auswahl?«

»Wunderbar.« Chloe bemühte sich, in ihrer Stimme kein Zittern aufkommen zu lassen. »Tut mir Leid, dass ich so spät dran bin.«

»Jetzt bist du da«, sagte Hugh. »Das ist, was zählt.«

»Klar«, erwiderte Chloe mühsam unbeteiligt. Sie bedachte Hugh mit einem raschen Blick. Und als sie in seine dunklen Augen sah, schlug ihr Magen prompt einen Purzelbaum. Vor drei Stunden, dachte sie unwillkürlich. Vor nur drei Stunden. Seine Arme, seine Lippen.

Ein Gefühl des Verlangens durchflutete sie so heftig, dass sie am liebsten laut geschrien hätte. Abrupt wandte sie den Kopf ab, atmete tief durch und verdrängte die Vorstellung. Sie nahm sich fest vor, ruhig und konzentriert zu bleiben. Mit ausreichend Selbstbeherrschung würde sie die Geschehnisse von heute Nachmittag einfach aus ihren Gedanken ausblenden. »Was … was veranstalten wir denn hier?«, fragte sie mit betont ruhiger Stimme.

»Ich dachte mir, dass wir jedem Wein eine Note von eins bis zehn geben und ein paar Kommentare dazu aufschreiben«, erklärte Jenna. »Dann werden wir die Ergebnisse vergleichen und den Gewinner feststellen. Das Brot ist einerseits dazu da, die Zunge wieder zu neutralisieren und dient andererseits dazu, dass wir uns nicht vollkommen betrinken.« Sie grinste. »Das Brot ist nicht zwingend vorgeschrieben, sollte ich vielleicht noch hinzufügen.«

»So weit erscheint mir alles ganz einleuchtend.« Sie blickte zu Philip hinüber, der belustigt die Brauen hob.

»Haben alle das Fachvokabular parat?«, fragte er. »Pro Flasche sind mindestens sechs Adjektive vorgeschrieben.«

»Stammen die Weine aus einer bestimmten Gegend?« Amanda legte die Stirn in Falten. »Eine bestimmte Traube?«

»Keine Ahnung«, erwiderte Jenna. »Ich habe einfach die ersten fünf Flaschen genommen, die ich gefunden habe.« Sie nippte an ihrem Glas. »O verflucht«, stammelte sie, nachdem sie geschluckt hatte. »Das kann ich unmöglich mit Worten beschreiben.« Sie schüttelte den Kopf. »Ich muss noch mal probieren.« Alle schwiegen verblüfft, als sie das Glas in einem Zug hinunterstürzte, sie dann ansah und sich die Lippen abwischte. »Schwer zu sagen, womit man anfangen soll.«

»Kosten wir doch auch einmal«, schlug Amanda souverän vor. »Für einen Novizen ist es anfangs oft nicht einfach, die verschiedenen Geschmacksrichtungen herauszufiltern.« Sie schenkte sich etwas Wein in ihr Glas, schwenkte es und schnupperte daran. »Ein recht strenges Bouquet. Ein ausgesprochen reifer Wein, würde ich sagen.« Mit geschlossenen Augen nippte sie an dem Wein, während die anderen ihr schweigend zuschauten. »Eine Herausforderung«, stellte sie schließlich fest. »Gehaltvoll und fruchtig, ein wenig nach schwarzer Johannisbeere … eine Spur Leder … ist das die Art der Beschreibung, nach der Sie gesucht haben, Jenna?«

Jenna zuckte mit den Achseln.

»Ehrlich gesagt, Mrs. Stratton, suchte ich nach dem Wort ›Scheiße‹. Ich meine, einfach bodenlos mies. Aber sicher verstehen Sie davon mehr als ich.«

Verärgert stellte Amanda ihr Glas ab.

»Eventuell sollten Sie einmal nach den beiden Mädchen sehen, Jenna«, bemerkte sie kühl. »Möglicherweise rufen sie nach Ihnen, und hier draußen können wir sie nicht hören.«

»Aber gerne«, erwiderte Jenna. »Soll ich jemandem etwas zu Knabbern mitbringen?«

»Kommt drauf an, welche Farbe die Knabbereien haben«, brummte Amanda.

»Äh … gerne«, meinte Hugh. »Etwas zum Knabbern wäre sehr schön.«

Nachdem Jenna gegangen war, verschränkte Amanda die Arme und sah von einem zum anderen.

»Da fehlen einem doch die Worte«, ärgerte sie sich. »Ist

das etwa die korrekte Art, wie sich ein Kindermädchen ihren Geldgebern gegenüber verhalten sollte?«

»Das kommt ganz darauf an …«, versuchte Philip diplomatisch einzulenken. Er nahm die Weinflasche, schenkte drei Gläser ein und reichte zwei an Hugh und Chloe weiter. »Zum Wohl.«

»Ich habe sie gefragt, was sie heute Nachmittag gemacht hat«, erzählte Amanda. »Einfach nur der Höflichkeit halber. Sie sagte, sie habe die Zeit mit ›Relaxen und Kiffen‹ verbracht. ›War bloß ein Scherz‹!« Philip lachte, und Amanda warf ihm einen erbosten Blick zu. »Ehrlich gesagt hängen mir diese Scherze allmählich zum Hals heraus. Anfangs waren sie vielleicht noch ganz witzig …« Sie fuhr sich mit beiden Händen durch die Haare und ließ sich von der Brise den Nacken kühlen. »Mein Gott, was ist das heiß hier.«

»Sie meint es doch nur gut«, wandte Philip beruhigend ein.

»Wir meinen es alle nur gut«, gab Amanda zurück und ließ die Haare wieder fallen. »Jeder kann es gut meinen. Das heißt noch lange nicht, es auch gut zu machen.« Ihr Blick wanderte angewidert über die aufgereihten Flaschen. »Ich habe die Nase voll von dieser Scharade. Ich hole mir jetzt einen Drink mit Eis. Möchte sonst noch jemand etwas aus der Küche?«

Ohne eine Antwort abzuwarten, überquerte sie die Terrasse, auf der ihr Sam entgegenkam. Er schlenderte mit Nat im Schlepptau auf den Pool zu, wobei beide denselben arrogant-coolen Gang zur Schau stellten.

»Hallo, Mum und Dad«, rief er. »Ratet mal, was passiert ist.«

»Was denn nun schon wieder?« Philip verdrehte die Augen und sah Chloe an, dann nippte er an seinem Glas und schnitt eine Grimasse. »Ich fürchte, ich muss Jenna Recht geben. Dieser Wein ist abscheulich.«

Chloe sah ihn ausdruckslos an, dann lächelte sie abwesend und versuchte ihre wachsende Anspannung zu verbergen. Diese entzückende ›Drinks am Pool‹-Inszenierung war eine Farce. Niemand hier hatte wirklich Lust zu einer Weinprobe. Keiner war in der Stimmung, freundlich miteinander zu plaudern. Von ihr selbst einmal ganz zu schweigen. Von Minute zu Minute fühlte sie ihre Anspannung wachsen. Sie konnte Hugh nicht ausweichen: Jedes Mal, wenn sie aufsah, starrte er sie an. Sie konnte dem nicht entkommen, sie konnte sich nicht ablenken. Sie war sich bewusst, dass ihre Wangen ungewohnt brannten und ihre Hände zitternd das Weinglas umklammerten. Philip musste es merken. Er musste es einfach merken. Ohne den Geschmack wirklich wahrzunehmen, nippte sie an ihrem Wein.

»Hey, eine Weinprobe«, freute sich Sam, als er sich neben ihnen niederließ. »Echt cool.« Anerkennend nahm er sich ein Glas. »Eine Weinprobe, echt cool«, ertönte Nats Echo. Er streckte die Hand nach einem Weinglas aus, blickte zu Chloe hinüber und zog errötend die Hand zurück. »Ich habe euch etwas Wichtiges zu sagen«, verkündete Sam. »Euch allen.« Mit erwartungsvollem Gesichtsausdruck blickte er sich um und runzelte angesichts der verhaltenen Reaktion die Stirn. »Hey, Jenna hat es euch doch nicht etwa schon erzählt? Sie hat versprochen dichtzuhalten.«

»Uns was erzählt?«, erkundigte sich Philip gespannt.

»Also doch nicht.« Sam schüttelte den Kopf. »Ihr werdet nicht glauben, was wir herausgefunden haben. Nie und nimmer.«

»Was denn?«, hakte Philip ungeduldig nach.

»Ich genehmige mir erst einmal einen Schluck Wein.«

Sam trank einen kräftigen Schluck und sah von einem zum anderen. »*Zut alors!*«, verkündete er in überzogenem französischen Akzent. »*Quel vin merveilleux!* Château Coca-Cola lässt einen nie hängen, findet ihr nicht auch?« Nat kicherte, und Sam gönnte sich nochmals einen Schluck. »Ideal, um einen *burger avec des frites* abzurunden ...«

»Sam ...«

»Also gut, ich spanne euch nicht länger auf die Folter«, gab Sam nach. Er nahm noch einen Schluck und sah sich um. »Diese ganze Sache ist geplant gewesen. Gerard hatte alles so geplant!«

Er machte eine weit ausholende Armbewegung und blickte dabei Chloe und Hugh an. Chloe erstarrte.

»Wie bitte?«, fragte sie in schärferem Tonfall als beabsichtigt. »Was soll das heißen?«

»Dass wir hier alle gleichzeitig aufgetaucht sind. Das war gar kein Versehen.« Sam nickte befriedigt, als er die entgleisten Gesichtszüge sah. »Es ist im Voraus geplant gewesen. Gerard *wusste*, dass diese Woche jede Menge Leute hier wohnen würden. Er hat nämlich die Putzfrau beauftragt, für acht Personen einzukaufen.«

Alle schwiegen. Chloe holte mit klopfendem Herzen tief Luft.

»Ja und?« Philip schien skeptisch.

»Er wusste Bescheid! Er wusste seit langem, dass wir alle in derselben Woche hierher fliegen würden.« Sam leerte sein Glas und leckte sich die Lippen ab. »Vermutlich sitzt er jetzt in London und lacht sich ins Fäustchen.«

»Eine Frage«, hakte Philip freundlich nach. »Warum sollte er so etwas tun?«

»Hab ich doch keine Ahnung, oder?«, erwiderte Sam achselzuckend. »Um uns eins auszuwischen. Nur so zum Spaß. Angeblich will er selbst auch noch hier auftauchen.«

»Er will hierher kommen?«, fragte Hugh ungläubig.

»Sam, wir sprechen von einem erwachsenen Mann«, ermahnte ihn Philip. »Seine Vorstellung von Spaß unterscheidet sich möglicherweise ein wenig von deiner.« Sam sah ihn empört an.

»Du glaubst mir also nicht? Mum, aber du glaubst mir, nicht wahr?«

Chloe öffnete den Mund, um etwas zu sagen, brachte aber keinen Ton hervor. Sie erinnerte sich an frühere Unterhaltungen und beiläufig fallen gelassene Bemerkungen. Gerards leuchtende Augen, während er sie vom anderen Ende des Esstisches beobachtet hatte. Seine kleinen Sticheleien gegenüber Philip. Seine Frage, ob sie einen Seitensprung jemals in Erwägung gezogen hätte. Wie er ihr eines Abends im Sommer ein Glas Sherry eingeschenkt und ihr geraten hatte, sich unbedingt einen Liebhaber zuzulegen. Sie hatte gelacht. Sie hatten alle gelacht.

»Die Kinder der Putzfrau waren hier! Sie wissen über alles Bescheid!«

»Sam, könnte es nicht sein, dass sie sich lediglich langweilen?«, fragte Philip. »Dass sie sich diese Behauptungen einfach aus den Fingern gesogen haben?«

»Aber es passt doch alles exakt!«, rechtfertigte sich Sam frustriert. »Ich meine, warum sonst sitzen wir hier alle auf einem Haufen?«

»Wir sind alle zusammen hier, weil ihm ein Versehen unterlaufen ist!«, verbesserte Philip. »Himmel, du leidest ja unter Verfolgungswahn!« Erheitert wandte er sich an Chloe. »Kannst du so was glauben?«

»Nein.« Chloes Stimme klang nicht wie sonst. »Das ist total lächerlich.«

»Dann lasst uns ihn anrufen«, forderte Sam, »und ihn fragen, ob es wahr ist. Fühlt ihm auf den Zahn.«

»Sam«, ermahnte ihn Philip streng. »Gerard hat uns großzügigerweise hierher eingeladen und uns seine Villa zur Verfügung gestellt. Wenn du wirklich glaubst, wir würden ihn anrufen und ihn beschuldigen, dass er seinen Spaß mit uns treibt…«

»Aber genau das hat er doch getan! Sie haben gesagt, er wusste ganz bestimmt, dass hier acht Leute…«

»Und du hast persönlich mit diesen Leuten gesprochen?«

»Nein«, räumte Sam nach einer Pause ein. »Aber Jenna hat gesagt…«

»Ach so, Jenna hat gesagt. Verstehe.« Philip seufzte. »Sam, könnte es nicht sein, dass es sich hier mal wieder um einen von Jennas kleinen Scherzen handelt?« Einen Augenblick lang musterte Sam seinen Vater wortlos. Dann schüttelte er stur den Kopf.

»Nein. Ich glaube, dass es stimmt.«

»Die Wahrheit ist dort draußen«, meinte Nat mit Nachdruck. Alle sahen ihn an, und er errötete.

»Genau!«, stimmte ihm Sam zu. »Nat hat Recht. Irgendetwas ist hier im Busch.«

»Ihr irrt euch alle beide«, beharrte Philip. »Und mich ermüdet diese Verschwörungstheorie allmählich. Es gibt keine Geschichte, es gibt keine Außerirdischen – und Kornkreise werden meiner Meinung nach von Menschen gemacht, die nichts Besseres zu tun haben. Komm schon, Nat.« Er stellte das Weinglas ab. »Wenn du nett zu Jenna bist, kocht sie dir vielleicht etwas Leckeres. Und Sam, entweder bleibst du bei uns Erwachsenen und benimmst dich entsprechend, oder aber du schaust dir mit Nat zusammen ein Video an.«

Nach einer Pause stellte Sam schmollend sein Glas ab und folgte Philip und Nat in die Villa.

Nachdem sie nun alleine waren, musterte Chloe Hugh schweigend. Sie fühlte sich wie gelähmt von der Erkenntnis. Sie kam ihr jetzt so augenfällig vor, dass sie kaum glauben konnte, die Sache bisher nicht durchschaut zu haben. Hugh lächelte sie völlig unbeschwert an. Sie hätte ihn für seine Begriffsstutzigkeit prügeln mögen.

»Merkst du jetzt, was hier vorgeht?«, fragte sie schließlich.

»Was?«

»Begreifst du denn nicht, was passiert ist?« Chloe schloss frustriert die Augen. »Er hat uns eine Falle gestellt«, sagte sie und schlug die Augen wieder auf. »Gerard hat uns beiden eine Falle gestellt. Das ist es, was hier vor sich geht. Die Sache mit dem Urlaub war lediglich ein Kunstgriff, um uns zu ... zu ...« Sie brach ab. Hugh lachte.

»Chloe, beruhige dich. Du klingst schon wie Sam.«

»Dann erkläre du mir, aus welchem Grund wir sonst hier sind! Es hätte uns von Anfang an klar sein müssen, dass das kein Zufall sein kann.« Chloe schüttelte den Kopf. »Solche Dinge passieren nicht aus Versehen. Für solche Dinge gibt es immer einen Grund.«

»So etwas passiert sehr wohl aus Versehen!«, widersprach Hugh gut gelaunt. »Ich bin mir ganz sicher, dass es weltweit wesentlich mehr Zufälle als Verschwörungen gibt. Philip hat Recht. Da draußen hat sich nichts gegen uns verschworen. Die meisten Dinge passieren aus einer Mischung aus Zufall und menschlichem Versagen.« Er lachte. »Chloe, vermutlich weiß Gerard gar nicht, dass wir uns überhaupt kennen.«

»Und ob er das weiß!« Chloe atmete tief durch und versuchte sich zu beruhigen. »Er war doch dabei, als wir uns kennen gelernt haben, verdammt!«

»Und du hältst es für wahrscheinlich, dass er extra einen

Urlaub organisiert hat, nur um uns wieder zusammenzubringen?«

»Ach, ich weiß es nicht.« Chloe schnaubte. »Doch.« Sie sah auf. »Ja, ich halte es für wahrscheinlich. Es gehört zu den Sachen, die er machen würde«, sagte sie gedehnt. »Er liebt es, die Leute zu irritieren. Er mag peinliche Situationen für andere. Das habe ich oft beobachten können. Nur habe ich… einfach nicht angenommen, dass er auch mich aufs Korn nimmt.« Sie musterte Hugh. »Als er dich wieder gesehen hat, hat er sich vermutlich an uns beide erinnert und sich einen Spaß daraus gemacht, uns in diese Falle laufen zu lassen. Philip konnte er noch nie ausstehen, daraus hat er keinen Hehl gemacht…« Chloe brach ab und schloss die Augen. »Sam hat Recht damit, dass Gerard sich vermutlich vor lauter Schadenfreude ins Fäustchen lacht…«

»Hör zu, Chloe, das ist doch alles nicht beweisbar.« Hugh erhob sich ebenfalls und legte ihr eine Hand auf die Schulter. Sie wirbelte von ihm weg.

»Lass das.« Sie schauderte, versenkte die Hände in den Taschen ihrer Leinenjacke und blickte über das Schwimmbecken. »Ich fühle mich so schäbig«, wisperte sie. »So schrecklich manipulierbar.«

»Himmel noch mal!«, rief Hugh aus. »Es ist doch keine große Sache! Selbst wenn Gerard uns in eine Falle gelockt…«

»Natürlich ist es eine große Sache!«, schnitt ihm Chloe zornig das Wort ab. »Er hat uns eine hübsche kleine Falle gestellt… und wir sind prompt hineingetappt. Wie ein paar…« Sie brach abrupt ab. In der Entfernung rief jemand etwas auf Spanisch, dann heulte ein Motorrad auf und verschwand in den Bergen. »Besonders lange haben wir dazu auch nicht gebraucht, nicht wahr?«, fügte Chloe ohne sich umzudrehen hinzu.

»Vielleicht war es gar keine Falle«, meinte Hugh nach kurzem Schweigen. »Vielleicht ist Gerard nicht so boshaft, wie du glaubst. Es ist doch möglich, dass er es zwar bis zu einem gewissen Grad absichtlich eingefädelt hat – aber er uns damit eine Chance eröffnen wollte.« Er berührte ihren Nacken, und sie zuckte kaum merklich zusammen. »Vielleicht wollte Gerard, dass wir wieder zueinander finden.«

Beide schwiegen.

»Das können wir nicht«, murmelte Chloe und starrte auf das dunkler werdende Wasser. »Hugh, das können wir nicht.«

»Wir können es.« Er beugte sich herunter und küsste ihren Nacken. Ein paar Sekunden genoss sie das Aufflackern ihrer Leidenschaft, doch dann entzog sie sich ihm.

»Chloe«, rief Hugh leise, als sie von ihm wegstrebte. »Wohin gehst du?« Chloe drehte sich um. In ihrem Gesicht spiegelten sich widerstreitende Gefühle. Doch dann ging sie wortlos auf die Villa zu.

Das Arbeitszimmer war leer. Chloe schloss hinter sich die Tür und setzte sich an den Schreibtisch. Wo auch immer sie hinsah, blickte ihr Gerards glattes, gelblich braunes und arrogantes Gesicht entgegen, eingebettet in seine kleine heile Welt, in der der Wein mehr zählte als ein Mensch und in der Beziehungen lediglich eine Quelle für neuen Klatsch darstellten. Und sie hatte geglaubt, er sei ihr aufrichtig zugetan. Sie hatte geglaubt, ihre Freundschaft besäße mehr als nur Unterhaltungswert. Wie hatte sie ihn nur so falsch einschätzen können?

»Wie konntest du nur?«, fragte sie laut. »Wie konntest du mir das antun? Wir sollten doch Freunde sein.« Sie spürte Empörung in sich aufsteigen, und sie spürte, wie ihre Augen brannten. »Wie konntest du ihn auf diese Weise wieder zurück in mein Leben bringen?« Sie betrachtete ein Foto, auf dem Gerard in der Pose eines Reiters auf einem großen Rappen zu sehen war. »Das ist nicht fair, Gerard. Ich habe mein Bestes versucht. Ich habe mich durchs Leben geschlagen, ich war glücklich, ich habe es alles zum Guten gewendet. Aber das jetzt…« Sie schluckte. »Das ist zu viel. Dafür bin ich nicht stark genug.« Sie schlug sich mit der Faust gegen die Stirn und starrte auf die Maserung des Schreibtischs. »Dafür bin ich nicht stark genug«, flüsterte sie erneut.

Sie schloss die Augen, rieb sich die Schläfen und versuchte eine Perspektive zu finden. Sie konzentrierte sich auf ihre innere Kraft und ihre Überzeugungen, auf die sie sich immer schon verlassen hatte. Aber der Wille war verschwunden, die Energie war versiegt. Sie kam sich wie ein geknickter Grashalm vor.

Das Telefon klingelte, und sie schreckte auf. Sie nahm den Hörer ab und hielt ihn sich vorsichtig ans Ohr.

»Äh… *hola?«*, sagte sie in die Muschel. »Hallo?«

»Guten Tag«, meldete sich eine quirlige weibliche Stimme. »Ist es möglich, eine Nachricht für Amanda Stratton zu hinterlassen?«

»Natürlich«, erwiderte Chloe. »Oder soll ich sie holen gehen…«

»Nein«, bremste sie die Frau hastig. »Nein, bitte nicht. Wenn Sie ihr nur ausrichten könnten, dass Penny angerufen hat. Der Granit im M4 ist verlegt und ob sie möchte, dass wir jetzt den Wintergarten in Angriff nehmen?«

»Mache ich«, versicherte Chloe und starrte auf die Notiz, die sie eben geschrieben hatte. Die Worte ergaben überhaupt gar keinen Sinn. »Granit. Wintergarten.«

»Sie weiß schon, was ich meine. Vielen Dank.« In der Leitung klickte es, und Chloe musterte perplex das elegante, dunkelgrüne Telefon. Aus einem Impuls heraus wählte sie nun Gerards Nummer.

»Guten Tag. Leider ist Gerard zu beschäftigt, um ans Telefon zu kommen…«

Als Chloe seine arrogante, einschmeichelnde Stimme Hunderte von Meilen entfernt in London hörte, wurde ihr übel. Natürlich hatte Gerard ihr und auch allen anderen eine Falle gestellt. Sie hätte gleich ahnen müssen, dass etwas nicht in Ordnung war. Warum hatte er ihnen die Villa erst jetzt angeboten, wo er sie bereits seit vielen Jahren besaß und diese Möglichkeit niemals erwähnt hatte? Warum war die Einladung so plötzlich und aus heiterem Himmel ausgesprochen worden? Noch bevor Gerards Ansageband abgelaufen war, legte sie den Hörer mit zitternder Hand wieder auf.

»Philip hat dich gleich von Anfang an richtig eingeschätzt«, wandte sie sich an Gerards Porträt. »Du bist ein eingebildeter, selbstsüchtiger, kleiner… Scheißkerl. Und ich…« Sie schluckte. »Ich weiß nicht, was ich jetzt tun werde.«

Der Satz wiederholte sich wieder und wieder so klar in ihrem Kopf, dass sie sich nicht sicher war, ob sie ihn nicht laut vor sich hinsprach. *Ich weiß nicht, was ich jetzt tun werde.*

Mehrere Minuten saß sie vollkommen regungslos, bis die Worte allmählich verebbten und sie zur Ruhe kam. Wie aus weiter Ferne hörte sie Schritte. Schritte, wie ihr allmählich klar wurde, die sich dem Arbeitszimmer näherten. Vergeblich suchten ihre Augen das Zimmer nach einem Versteck ab. Es war zu spät. Wer auch immer es sein mochte, würde sich wundern, was sie hier trieb.

Als die Tür aufging und Philip eintrat, sah sie ihn wie gelähmt an. Was wusste er? Was hatte er sich zusammengereimt? Sie fühlte sich ungeschützt, unfähig, sich zu verstellen. Wenn er sie geradeheraus fragen würde, ob sie sich mit Hugh eingelassen hatte, würde sie unfähig sein, die Frage anders als mit Ja zu beantworten.

»Ich habe mich schon gewundert, wo du steckst«, meinte er freundlich. Er trat ans Fenster und setzte sich auf das Sims. »Ich dachte, du probierst dich immer noch durch den Wein.«

»Ich... ich habe etwas Kopfweh«, schwindelte Chloe lahm. »Ich wollte ins Haus und mich ein wenig ausruhen.«

»Ich dachte mir schon, dass mit dir etwas nicht in Ordnung ist«, meinte Philip besorgt. »Kann ich dir irgendwas bringen?«

»Nein. Nein, danke. Es wird schon wieder gehen.«

Beide schwiegen. Chloe starrte auf den Fußboden und beobachtete einen kleinen roten Käfer, der hurtig über die Fliesen lief. Wohin er wohl unterwegs war? Chloe hätte am liebsten gleichzeitig gelacht und geweint. Hatte er einen Plan? Wusste er, wie weit er von seiner eigenen kleinen Welt entfernt war?

»Ich wollte dir das hier geben.« Philip griff in seine Tasche und zog eine Papiertüte hervor. »Nur ein kleines Andenken.«

Er reichte ihr die Tüte. Chloe öffnete sie mit zitternden Händen. Als sie die zierliche Goldkette hervorzog, spürte sie, wie ihr Tränen in die Augen stiegen. Behutsam wickelte sie sich die Kette um die Finger, unfähig, sie anzulegen oder Philip anzusehen.

»Ich habe sie heute Nachmittag gekauft«, fuhr Philip fort. »Ich wollte... ich weiß auch nicht. Ich wollte mich mit dir versöhnen. Die letzten Wochen über war ich ein wirklich griesgrämiger Idiot. Und dieser Urlaub verläuft auch nicht so, wie wir ihn geplant hatten. Ich weiß, wie sehr du dich danach gesehnt hast, dass wir etwas Zeit füreinander haben.«

»Ja. Ich wollte, dass wir beide…« Chloe brach ab.

»Chloe…« Philip runzelte die Stirn. »Du nimmst dir Sams Worte doch nicht etwa zu Herzen? Du glaubst doch nicht auch, dass Gerard das absichtlich getan hat?«

»Ich weiß es nicht«, erwiderte Chloe angespannt. »Glaubst du, dass er es absichtlich geplant hat? Ich dachte, du könntest Gerard nicht ausstehen.« Philip sah sie einen Augenblick lang an, als ob er erst seine Gedanken ordnen müsse.

»Gerard gehört nicht gerade zu jenen, die mir am Herzen liegen«, meinte er schließlich. »Aber die Vorstellung, dass er so etwas absichtlich geplant hat… Chloe, das ist doch schlichtweg lächerlich! Sams Vorstellungskraft ist einfach mit ihm durchgaloppiert.«

Langsam wandte sie sich ihm zu.

»Glaubst du das wirklich?«

»Aber natürlich! Gerard ist doch dein Freund, oder nicht? Vertraust du ihm denn nicht?«

»Ich weiß es nicht.« Chloe wand sich die goldene Kette noch enger um die Finger. »Ich weiß nicht, ob ich ihm vertraue. Ich weiß es einfach nicht mehr.«

Philip beobachtete, wie sie ihn besorgt ansah.

»Liebling, warum legst du dich nicht ein wenig hin? Du siehst aus, als ob du es gebrauchen könntest. Vielleicht hast du heute etwas zu viel Sonne abbekommen.«

»Ja.« Chloe schloss kurz die Augen. »Das mag schon sein. Zu viel Sonne.« Sie stand auf, ging zur Tür und wandte sich noch einmal um. »Danke«, sagte sie und blickte auf die um ihre Finger gewickelte Goldkette.

»Hoffentlich gefällt sie dir.« Philip zuckte mit den Achseln. »Es war nur so ein Einfall von mir.« Chloe nickte. Sie spürte Philips Blick auf sich, sie spürte seine unbeholfene Besorgnis. Konnte er denn nicht *erraten*, was mit ihr los war? Konnte er es denn nicht sehen?

»Ist das ein neues Kleid?«, fragte Philip plötzlich. »Es ist hübsch. So anders.«

Chloes Kopf zuckte hoch, als ob man sie geschlagen hätte.

»Ja«, flüsterte sie. »Es... es ist ein neues Kleid.« Sie wandte sich abrupt ab und hastete zur Treppe.

Philip sah ihr nach und überlegte, ob er ihr folgen sollte. Aber irgendetwas an ihrer Körperhaltung gebot ihm, sie allein zu lassen. Sie würde sich ein ausgiebiges Bad gönnen, etwas lesen und dann einschlafen. Sicher brauchte sie nur etwas Ruhe.

Er schlenderte wieder auf die Terrasse. Die Luft war jetzt angenehm warm und der Himmel hatte ein tiefes Blau. Winzige Schwalben schossen wie Pfeile durch die Luft, zunächst konnte man ihre Silhouette gegen den Himmel, dann gegen das strahlende Weiß der Hauswand verfolgen. Etwas weiter entfernt hörte er das gedämpfte Miauen einer Katze.

Er ging zum Pool und erwartete eigentlich, niemanden mehr dort vorzufinden. Erschrocken stellte er jedoch fest, dass Hugh in der Dämmerung alleine mit einem Glas Wein in der Hand am schmiedeeisernen Tisch saß.

Hugh blickte auf, erkannte Philip und schien zu versteinern. Er musterte ihn angestrengt, und Philip erwiderte verwirrt seinen Blick. Als würde ihm etwas klar werden, entspannte Hugh sich plötzlich.

»Nimm dir doch ein Glas«, forderte Hugh ihn mit leicht undeutlich akzentuierter Stimme auf und schlug einladend mit der Handfläche auf den Stuhl neben sich. »Komm und trink etwas. Die anderen haben sich aus dem Staub gemacht. Es sind fast noch fünf Flaschen übrig, die ausgetrunken werden müssen.«

Eine Stunde später waren Flaschen B und C geleert und sie machten sich an Flasche D. Hugh schenkte ihnen beiden ein, dann schnupperte er mit geschlossenen Augen an seinem Glas. »Mmm, ein sehr zartes Bouquet. Es erinnert an … abgestandene Schuhkrem und Katzenpisse.« Er trank einen Schluck. »Naja, der ist zumindest trinkbar.«

»Zum Wohl.« Philip hob sein Glas und trank ebenfalls. Der Wein hatte ihn sehr schnell betrunken gemacht, stellte er beiläufig fest. Vielleicht war spanischer Wein besonders kräftig. Oder aber es lag daran, dass er seit den paar Fritten in Puerto Banus nichts mehr gegessen hatte. Er nahm noch einen Schluck und starrte auf die tiefen, leuchtenden Farben des Schwimmbeckens. Irgendwie lag eine seltsame Stimmung in der Luft, eine Anspannung, die er einfach nicht deuten konnte. Vielleicht lag es an den erzwungenen Umständen, dass Fremde sich plötzlich in einer unerwartet vertrauten Situation wiederfanden. Vielleicht lag es an der Hitze, die trotz der Dämmerung nicht so recht weichen wollte. Oder aber er bildete sich, ähnlich wie Sam, alles nur ein.

»Dieser Weinkritikerjob«, bemerkte Hugh und sah auf. »Verdammt schnell verdientes Geld, nicht wahr?« Er machte eine ausladende Bewegung in Richtung seines Glases. »Man braucht nur eine Kiste Wein und so ein blödes … wie heißt es noch … Synonymwörterbuch.«

»Und Geschmacksnerven«, fügte Philip hinzu. Hugh schüttelte den Kopf.

»Nicht nötig. Gerard jedenfalls besitzt todsicher keine. Das meiste von dem Zeugs ist grauslich.«

Beide leerten schweigend ihre Gläser, dann schenkte

Hugh erneut – und nicht sehr treffsicher – nach. Er trank, lehnte sich zurück und fixierte Philip aus blutunterlaufenen Augen. »Glaubst du auch, dass Gerard das alles so geplant hat?«

Philip stierte in sein Glas.

»Ich weiß es nicht, aber ich halte es für möglich. Gerard besitzt einen ziemlich verqueren Sinn für Humor.« Philip sah Hugh nun gerade in die Augen. »Vermutlich findet er es wahnsinnig komisch. Jeder von uns erwartete, die Villa ganz für sich zu haben. Nun müssen wir sie uns teilen. Beschweren können wir uns auch nicht, weil er uns einen Gefallen erwiesen hat.«

»Mehr vermutest du also nicht dahinter?«, fragte Hugh. »Nichts weiter als einen Streich?«

»Davon gehe ich aus...«, setzte Philip an. »Ich meine, was sollte sonst schon sein?«

»Nichts«, erwiderte Hugh nach einer Pause und wandte den Kopf zur Seite. »Keine Ahnung.«

Beide schwiegen. Ein Vogel gesellte sich zu ihnen, beäugte sie kurz und flog wieder von dannen.

»Aber... so übel ist es doch gar nicht«, meinte Philip. »Das Haus ist groß genug... und wir kommen ganz gut miteinander aus...«

»Ja«, bestätigte Hugh dumpf nickend. »Ja, das stimmt.«

»Wenn Gerard uns hier sehen könnte, würde ihn das sicher tief enttäuschen.« Philip lachte. »Vermutlich hatte er sich Hoffnungen gemacht, wir würden einander an die Kehle gehen. Eventuell hat er auf Mord und Totschlag getippt.«

Ein paar Sekunden lang schwieg Hugh, als ob er innerlich mit sich im Widerstreit läge. Dann blickte er auf.

»Aber was ist mit euch? Hattet ihr nicht geträumt, mal ein bisschen für euch allein zu sein?«

»Nun… das hatten wir schon. Aber man kriegt halt nicht immer das, was man möchte, nicht wahr? So ist das im Leben.« Philip nippte an seinem Glas. Hugh starrte ihn wortlos an. »Was ist?«

»Nichts«, sagte Hugh. »Es ist nur… Chloe hat mir gegenüber heute etwas Ähnliches geäußert. Etwas in dem Sinne, dass man nicht immer das bekommen kann, was man gerne bekommen möchte.«

»Nun… wir denken anscheinend ähnlich.« Philip lachte. »Das klappt offenbar, wenn man schon zu lange zusammen ist.« Hugh runzelte bestürzt die Stirn.

»Glaubst du denn…« Er hielt inne.

»Glaube ich was?«

»Glaubst du denn wirklich, dass ihr schon zu lange zusammen seid?« Hugh musterte Philip aufmerksam, als ob ihm die Antwort sehr am Herzen läge. Philip musste unvermittelt an Amanda auf der Sonnenliege denken, als sie erzählt hatte, dass Hugh und sie leider total verschiedene Leben lebten.

»Nein«, gab er lachend zurück. »Natürlich nicht. Wir haben zwar unsere Probleme… aber wir arbeiten daran. Mehr kann man wohl nicht tun.« Er streckte die Beine aus und sah durch die laue Luft zum tintenblauen Himmel hinauf.

»Was machst du eigentlich?«, fragte Hugh und füllte Philips halb geleertes Glas auf. »Beruflich, meine ich.« Philip schmunzelte.

»Das verstößt gegen die Regeln. Während des Urlaubs darf ich nicht über die Arbeit sprechen.«

Hugh schnalzte verärgert mit der Zunge. »Stimmt, das hatte ich ganz vergessen. Entschuldigung.«

»Aber das tut nichts zur Sache«, fuhr Philip fort. »Ich verrate es dir trotzdem.« Er fixierte lange sein Weinglas, dann schaute er hoch und meinte geheimnisvoll: »Eigentlich bin ich Pilot.«

»Tatsächlich?«, fragte Hugh überrascht. »Bei welcher Fluggesellschaft…«, doch dann bemerkte er Philips Gesichtsausdruck und brach grinsend ab. »Pilot also.« Er trank einen Schluck Wein. »Sehr gut. Und ich bin… Weltraumwissenschaftler.«

»Weltraumwissenschaftler, das klingt gut. Lässt sich damit gutes Geld verdienen?«

»Nicht übel«, erwiderte Hugh. Er hob triumphierend den Finger. »Denn eines darf man nicht vergessen… Weltraumwissenschaftler werden immer gebraucht.«

»Und Flugzeuge.«

»Und Flugzeuge«, bestätigte Hugh. Er hob sein Glas. »Auf die fliegenden Flugzeuge.«

»Und auf die…« Philip hielt inne. »Sag mal, was macht ihr Weltraumwissenschaftler eigentlich den lieben langen Tag?«

»Höchste Geheimhaltungsstufe.« Hugh tippte sich höchst gedankenverloren an die Nase. »Ich könnte es dir verraten… aber danach müsste ich dich erschießen.«

»Sehe ich ein.« Philip nickte. Er trank einen Schluck Wein und merkte, wie sein Kopf zur Seite rollte. Er hatte das Gefühl, einen stundenlangen Anstieg hinter sich zu haben – und nun plötzlich über die Kante eines Wasserfalls nach unten zu stürzen. Wenn er nicht bald etwas essen würde… Seine Gedanken verloren die Spur, und er trank erneut einen Schluck, um sich zu konzentrieren.

Er nahm Flasche D in die Hand und schenkte Hugh die letzten Tropfen ein.

»Wir könnten noch eine öffnen…«, lallte er. »Oder wir könnten aufhören, solange das noch möglich ist.«

Beide schwiegen. Hugh schien gewissenhaft beide Möglichkeiten gegeneinander abzuwägen. Dann betrachtete er Philip aus angespannten, leicht blutunterlaufenen Augen.

»Ich liebe deine Frau.«

Philip gaffte Hugh einen Moment lang verwirrt an, als ob er sich an etwas sehr Wichtiges zu erinnern versuchte. Dann lächelte er beseelt.

»Alle lieben Chloe«, bestätigte er stolz. »Sie ist ein Engel.«

»Ja«, stimmte Hugh zu und sackte in sich zusammen. »Ja, das ist sie. Ein Engel.«

»Auf den Engel.« Schwankend hob Philip sein Glas in die Höhe.

»Auf den Engel«, brabbelte Hugh und hob ebenfalls sein Glas. Beide tranken ausgiebig.

»Natürlich ist sie nicht wirklich meine Frau«, fügte Philip wahrheitsgemäß hinzu, lehnte sich zurück und schloss die Augen.

Eine Weile blieben beide stumm.

»Nein«, sagte Hugh schließlich. »Nein, natürlich ist sie das nicht.« Er lehnte sich ebenfalls auf seinem Stuhl zurück. Und beide versanken in tiefes Schweigen, das nur von dem leisen Gluckern des Swimmingpoolwassers begleitet wurde.

11

Am nächsten Morgen schreckte Chloe mit klopfendem Herzen aus dem Schlaf. Als ob sie sich für einen Termin verspätet hätte, setzte sie sich hastig auf und legte sich panisch Entschuldigungen zurecht. »Es tut mir Leid…«, sagte sie laut, ehe sie merkte, dass sie allein im Zimmer war. Keiner hörte ihr zu.

Sie lugte kurz auf die andere Hälfte des Bettes, dann sank sie in die Kissen zurück. Philip hatte nicht neben ihr geschlafen. Und das bedeutete… was?

Er wusste alles. Er saß bereits im Flugzeug zurück nach England. Alles war aus und vorbei.

Oder er wusste von gar nichts, hatte einfach nur ein Glas zu viel getrunken und war vor dem Fernseher weggedöst. Beides lag außerhalb ihres Einflusses. Sie lag benommen allein in diesem fahlen, lautlosen Zimmer, noch halb in ihrer Traumwelt gefangen, und fühlte sich von der Wirklichkeit abgeschnitten. War der gestrige Tag tatsächlich so abgelaufen? Ihre Gedanken reduzierten sich auf ein Wirrwarr von Bildern und Erinnerungen: die pulsierende Musik, der Sonnenschein, der samtene Rotwein. Ihre Augen in denen von Hugh versunken. Ihr Kopf, der zustimmend genickt hatte.

Für einige wenige Stunden war sie ein völlig anderer Mensch gewesen.

Sie strampelte die Bettdecke zurück und stand auf. An der gegenüberliegenden Wand war ein großer Spiegel angebracht. Zögernd näherte sie sich ihrem Spiegelbild. Ihr Gesicht war von der Sonne leicht gebräunt, ihr Haar ein wenig aufgehellt. Sie ähnelte wieder jener unbekannten Blondine. Der fünfundzwanzigjährigen Blondine, die gestern in einem engen schwarzen Kleid die Straße entlanggeschlendert war. Die sich alleine in ein Café gesetzt und die Einladung eines fremden Mannes angenommen hatte. Die nur an sich selbst und an ihre Wünsche gedacht hatte.

Doch als sie sich dem Spiegel näherte, verschwand das Verschwommene, verschwand die Zweideutigkeit, und ihr eigenes Gesicht trat hervor. Das Verlockende der ungewohnt Fremden versiegte. Sie war keine unbekannte Blondine, sie war keine geheimnisvolle Fünfundzwanzigjährige. Sie war sie selbst, Chloe Harding. Es war Chloe Harding gewesen, die sich das schwarze Kleid übergestreift hatte. Es war Chloe Harding gewesen, die untreu geworden war.

Sie hatte es nicht für möglich gehalten, zu so etwas fähig zu sein. Sie hatte sich für stärker gehalten, und doch war sie genau wie alle anderen gefallen. Die Falle war gestellt worden, und sie war mitten hineingetappt, wankelmütig und albern wie ein Backfisch. Als sie ihr Spiegelbild musterte, packte sie die Wut. Sie hasste Gerard dafür, dass er die Sache so perfekt ausgeheckt hatte. Er hatte ihre Achillesferse erkannt und sie vorsätzlich verletzt. Seit wann hatte er diese Begegnung geplant? Wie lange hatte er sich an seiner hämischen Vorfreude ergötzt? Rückblickend kamen ihr alle die Unterhaltungen mit ihm während der letzten Monate zweideutig vor und schienen eine bestimmte Absicht verfolgt zu haben. Gerard hatte gewusst, dass sie der Versuchung erliegen würde. Er kannte sie besser, als sie sich selbst. Eine heiße Welle der Demütigung überflutete sie, und sie senkte den Kopf.

Wie in Trance ging sie zu dem Stuhl, auf dem ihre Wäsche lag und das Kleid von gestern über der Lehne hing. Sie griff über die Kleidung hinweg nach ihrer Haarbürste und nahm in dem Moment den Moschusduft wahr, den die Frau im Laden ihr zum Abschied aufgesprüht hatte. Es war der Duft ihres Liebesnachmittags, der Duft von Hugh und ihr.

Der Geruch übte eine außergewöhnlich starke Wirkung auf sie aus. Sehnsucht durchströmte sie, sie zitterte und fühlte sich schwach vor Verlangen. Sie stützte sich an einer Kommode ab, schloss die Augen und versuchte, sich zu konzentrieren, um wieder auf den Boden der Tatsachen zu gelangen. Doch das Begehren war übermächtig. Wieder sah sie sich mit einem Glas in der Hand am Fenster des Zimmers in San Luis sitzen. Hinter ihr lag Hugh in den zerknüllten Bettlaken und beschwor sie mit Blicken und Gesten, wieder zu ihm ins Bett zurückzukehren. Eine heimliche, von der Wirklichkeit weit entfernte Welt.

Er hatte sie gebeten, die ganze Nacht mit ihm zu verbringen und in seinen Armen aufzuwachen. Sie hatte abgelehnt. Stattdessen hatte sie nun die ganze Nacht allein verbracht. Sie zwang sich, nicht daran zu denken, was ihr entgangen war.

Eine Minute verharrte sie regungslos, dann atmete sie tief durch und strich sich mit zitternder Hand das Haar aus dem Gesicht. Sie wandte sich von dem Kleid, von dem Duft ab und zog sich erst einen Badeanzug, dann ein leichtes Kleid an, kämmte sich die Haare und verließ den Raum.

Als sie am Zimmer der Jungs vorbeikam, warf sie einen Blick hinein. Beide schliefen tief und fest, und Nat umklammerte mit einer Hand seinen Gameboy. Liebevoll betrachtete sie die beiden. Schlafend sah Sam noch immer wie ein Kind aus. Sein Gesicht war glatt und unschuldig, seine Arme lagen weit ausgebreitet auf dem Kissen. In der Morgensonne konnte man am Kinn den Schatten eines Bartflaumes erkennen. Dennoch betrachtete sie ihren Sohn nicht als Mann. Eher erinnerten sie die zarten Härchen an seine Babyzeit, wenn er auf einer Decke im Freien gesessen hatte und die Sonne die feinsten Härchen sichtbar gemacht hatte.

Neben ihm hatte Nat die Bettdecke von sich gestoßen. Sein ausgeblichener Pokémon-Pyjama war vom vielen Waschen etwas rau geworden, und auf seiner Hand hatte er mit einem Kugelschreiber *Sam schuldet mir 3 Spiele* notiert.

Ihre beiden Söhne. Bei ihrem Anblick kam ihr plötzlich die Geschichte der kleinen Meerjungfrau in den Sinn, die um ihrer Liebe willen das Meer verlassen hatte, um der Liebe ihres Lebens zu folgen. Und die für den Rest ihres Daseins dem Schmerz geweiht war.

Chloe schloss die Augen und klammerte sich Halt suchend an den Türrahmen. Als sie sie wieder aufschlug, sah sie plötzlich die Welt mit anderen Augen. Sie spürte, wie ein Entschluss in ihr gereift war, wie sich ihr Rückgrat wieder gestärkt hatte. Entschlossen ging sie den Flur hinunter.

Draußen schien die Sonne bereits sengend heiß an einem strahlend blauen Himmel. Kein Luftzug regte sich. Die Hitze wirkte beinahe körperlich bedrohlich. Was hatte sie sich eigentlich dabei gedacht, in diese fremde, trockene Bergregion zu reisen und sich einem solch schädlichen Einfluss auszusetzen? Warum hatten sie sich nicht mit der vertrauten Umgebung ihres Zuhauses zufrieden geben können?

Für den Bruchteil einer Sekunde hatte sie das Bedürfnis, kehrtzumachen und wegzurennen und in der klimatisierten Sicherheit der Villa Schutz zu suchen. Aber sie wusste, dass sie sich nicht verstecken konnte, weder vor der Sonne noch vor ihm. Sie war jetzt hier und würde wie gewohnt mit den anstehenden Problemen fertig werden.

Von ihrem Entschluss gestärkt lief sie Richtung Schwimmbecken. Sie würde ihr Kleid abstreifen und in das Wasser abtauchen. Wenn das kühle Wasser über ihrem Kopf zusammenschlug und in ihre Ohren drang, würde sich der gestrige Wahnsinn in Luft auflösen, und sie würde wieder die alte Chloe sein.

Sie eilte auf den Pool zu, viel zu beschäftigt mit ihren Gedanken, um ihre Umgebung wahrzunehmen. Als sie näher kam, hielt sie ungläubig inne. Ihr Herz begann zu rasen. Hugh und Philip lagen ausgestreckt auf zwei Liegestühlen, die durch einen Sonnenschirm geschützt waren. Vor ihnen standen mehrere leere Flaschen, und beide schliefen tief und fest.

Beim Anblick der beiden wankte ihr Entschluss zunächst, ehe er sich ganz in Luft auflöste. Vergeblich versuchte sie zu schlucken. In ihrer Vorstellung hatte sie die beiden Männer ganz und gar voneinander getrennt. Philip gehörte in ihr Leben. Hugh dagegen spielte im Leben der Fremden eine Rolle. Doch hier lagen sie gemeinsam, in Fleisch und Blut, atmeten fast gleichzeitig ein und aus und schliefen friedlich nebeneinander.

Während sie noch die beiden anstarrte, öffnete Hugh die Augen und sah sie an. Chloe erfasste eine Panik, als ob man sie bei einem Diebstahl ertappt hätte.

»Chloe«, sagte er deutlich, und sie sah ihn ängstlich an.

»Ich…«, stammelte sie hilflos. »Nein.« Sie drehte sich abrupt um und hastete die hölzernen Stufen hinunter. Sie rannte durch das trockene, staubige Gras. Hinter dem Feld lag ein weitläufiger Zitronenhain. Wie ein Mensch auf der Flucht schlüpfte sie an den Bäumen vorbei, ohne zu wissen, wohin sie eigentlich wollte. Schließlich hielt sie inne, lehnte sich gegen einen Stamm und atmete den frischen Zitrusduft ein.

»Chloe.«

Erschrocken blickte sie sich um. Hugh war ihr gefolgt und musterte sie mit rot geäderten Augen. Er war unrasiert und sein Hemd zerknittert. Aber als sie ihn ansah, lächelte er strahlend. »Guten Morgen, mein Liebling«, murmelte er und beugte sich zu ihr herunter.

»Nein!« Sie trat einen Schritt zurück. »Hör auf damit, Hugh.« Verzweifelt versuchte sie ihre Gedanken zu ordnen.

»Ich liebe dich.«

Kaum waren die Worte ausgesprochen, als sie spürte, wie ihr Körper reagierte. Ihr Herz schlug schneller, ihre Wangen erröteten verräterisch.

»Nein«, wiederholte sie und wandte sich ab. »Nein, das tust du nicht. Hör zu, Hugh.« Sie hielt inne und sammelte sich, um ihn anschauen zu können, ohne umzukippen. »Wir … wir haben einen Fehler begangen. Einen sehr großen Fehler.«

»Sag das nicht«, bat Hugh.

»Wir haben beide einen Fehler begangen. Wir sind im Urlaub, es war heiß, und wir hatten beide etwas getrunken …«

»Sieh der Tatsache in die Augen, Chloe: Ich liebe dich. Ich habe dich immer geliebt.«

Ein Kribbeln wanderte unbemerkt von Chloes Füßen die Beine hinauf unter ihr Kleid.

»Dazu ist es zu spät.« Sie ballte die Hände zu Fäusten. »Es ist zu spät, so etwas zu sagen.«

»Es ist nicht zu spät.« Hugh ging auf sie zu und legte ihr die Hände auf die Schultern. Sie spürte seinen Atem auf ihrem Gesicht. »Chloe, wir sind wie … zwei Liebende, die sich wiedergefunden haben. Das sollten wir feiern. Wir sollten … ein Festessen veranstalten.«

»Vielleicht haben wir einander tatsächlich wiedergefunden«, gab Chloe, auf einmal aufgebracht, zurück. »Und was haben wir gefunden? Du bist verheiratet, ich bin verheiratet …«

»Du bist nicht verheiratet«, widersprach Hugh.

»So gut wie.«

»Auch nicht so gut wie«, beharrte Hugh.

Chloe runzelte die Stirn.

»Hugh, hör auf damit.«

»Ich hätte dich heiraten sollen«, fuhr Hugh unbeirrt fort. »Damals, als wir beide noch zwanzig waren. Wir hätten zusammen sein sollen. Wir hätten eine Familie sein sollen. Du, ich, Sam … So hätte es sein sollen, Chloe. Nur dass ich zu dumm war, das zu erkennen.«

»Hugh, hör endlich auf.«

»Chloe …« Er brach ab und sah sie an, als ob er sich ihre Gesichtszüge einprägen wollte. »Chloe, willst du mich heiraten?«

Chloe starrte ihn wie vom Donner gerührt an. Um sie herum herrschte absolute Stille. Dann gab sie ein Geräusch von sich, halb Lachen, halb Weinen.

»Das ist doch lächerlich.«

»Das ist nicht lächerlich. Mir ist es ernst damit, Chloe. Heirate mich. Wie alt sind wir jetzt? Mitte dreißig, verdammt! Wir haben noch ein ganzes Leben vor uns.«

»Hugh …«

»Andere tun es, warum nicht wir? Nur wegen eines vor Jahren begangenen Fehlers … sollen wir deshalb womöglich viele Jahre des Glücks aufgeben?«

»Es würden keine Jahre des Glücks werden«, entgegnete Chloe. »Es würde sich kein Glück daraus entwickeln.«

»Woher willst du das wissen?« Hughs Blick kreuzte ihren, und sie verspürte einen inneren Ruck. Ein paar Sekunden lang schien es, als ob ihr zukünftiges Zusammenleben sich wie ein Lichtstrahl zwischen ihnen auftat. Eine verlockende Bilderabfolge, wie ein Film oder ein Hochglanzmagazin. Sie erinnerte sich an ihr Gefühl als Kind, wenn sie sich vorgestellt hatte, wie ihr Leben als Erwachsene sein würde. Kurzfristig war sie von den Möglichkeiten gebannt. Doch dann nahm sie all ihre Kraft zusammen und zwang sich, die Wurzeln des Zitronenbaums anzuvisieren. Sie prägte sich dieses Bild ein: echte Wurzeln und echte Erde.

»Es war ein Fehler.« Sie sah auf. »Was gestern passiert ist, entsprang lediglich einem Moment der Schwäche. Es tut mir Leid, Hugh, aber mehr war es nicht.«

Beide schwiegen. Hugh ließ von ihren Schultern ab und trat mit verletztem Gesichtsausdruck ein paar Schritte zurück. Chloe musterte ihn besorgt.

»Ein Moment der Schwäche«, wiederholte Hugh verächtlich. »Das heißt, dass es dich etliche Anstrengungen kostet, Philip nicht zu verlassen.«

»So habe ich es nicht gemeint.« Sie fühlte, wie aufrichtige Entrüstung in ihr aufstieg. »Ich liebe Philip.«

»Mag sein.« Hugh sah ihr direkt in die Augen. »Aber das bedeutet nicht, dass du glücklich mit ihm bist.«

»Das bin ich«, beharrte Chloe. »Seit dreizehn Jahren bereits bin ich glücklich mit ihm.«

»Ich habe euch hier zusammen beobachtet.« Hugh schüttelte den Kopf. »Ihr seid kein glückliches Paar.«

»Das liegt vermutlich an der enormen Belastung, der wir in letzter Zeit ausgesetzt waren«, erwiderte Chloe streitlustig. »Wenn du es unbedingt wissen musst, Philip verliert eventuell seinen Arbeitsplatz. Siehst du die Dinge nun etwas klarer? Die vergangenen drei Monate haben wir ständig nur abgewartet, ob er seinen Job behält oder nicht. Das hat uns beide ungemein zermürbt. Das heißt aber noch lange nicht, dass wir kein glückliches Paar sind. Oder keine glückliche Familie.« Erschöpft brach sie ab und musterte ihn feindselig.

»Entschuldigung«, stammelte Hugh unbeholfen. »Ich war mir über die Situation nicht im Klaren...«

»Genau darum geht es doch, Hugh«, unterbrach ihn Chloe. »Du kennst meine Lebensumstände nicht. Wie solltest du auch? Schließlich sind fünfzehn Jahre vergangen! Du kennst mich nicht, du kennst meine Familie nicht. Du hast eine vage Vorstellung von dem Menschen, der ich bin... aber mehr auch nicht.« Als sie Hughs Gesichtsausdruck sah, wurde ihre Stimme etwas weicher. »Und ich kenne dich nicht. Ich weiß nichts über deine Ehe mit Amanda. Es würde mir nicht im Traum einfallen, ein Urteil darüber zu fällen, ob ihr glücklich seid oder nicht.«

Ihre Worte verhallten zwischen den Bäumen. Beide schwiegen.

»Glücklich«, wiederholte Hugh schließlich und lächelte gequält. »Willst du etwas über mein Familienleben erfahren? Willst du etwas über meine Ehe mit Amanda wissen?«

»Nein«, erwiderte Chloe. »Nein, das will ich nicht.«

»Stell dir zwei Leute vor, die von morgens bis abends kaum ein Wort miteinander wechseln«, fuhr Hugh, ohne auf sie einzugehen, fort. »Stell dir einen Vater vor, der seine eigenen Kinder nicht kennt. Der sehr viel mehr Zeit als notwendig im Büro verbringt.« Hugh atmete hörbar aus. »Was ich mit Amanda habe... ist kein Familienleben. Oder wenn es das ist, dann bin ich nicht Teil dieser Familie. Ich bin lediglich das Scheckheft.« Er strich sich gequält über das Gesicht. »Das war es nicht, was ich mir vorgestellt hatte, Chloe. Ich wollte nie ein verdammter … Fremder für meine Kinder sein.« Er trat zwei Schritte auf sie zu, ohne sie dabei aus den Augen zu lassen. »Und wenn ich Philip mit Sam zusammen sehe, denke ich, dass *ich* diese Chance hatte, dass *ich* der Vater dieses Kindes hätte sein …«

»Nein!«, unterbrach ihn Chloe aufgebracht. »Kein Wort mehr darüber! *Philip* ist Sams Vater, ist das klar? Philip ist sein Vater. Du weißt nicht, was wäre, wenn wir zusammengeblieben wären. Und du hast nicht das geringste Recht anzunehmen …« Sie hielt inne und versuchte sich zu beruhigen. »Hugh, es tut mir Leid, dass du mit Amanda nicht glücklich bist. Es tut mir wirklich Leid. Aber … das ist nicht mein Problem.«

Hugh schluckte schwer.

»In anderen Worten: Hau ab und lass mich in Frieden.«

»Nicht ganz«, meinte Chloe nach kurzem Nachdenken. »Aber doch fast.«

Beide schwiegen. Hugh steckte die Hände in die Taschen und entfernte sich ein paar Schritte. Er fixierte den sandigen, stoppeligen Boden, als ob dieser für ihn von größtem Interesse sei.

»Du hast mich benutzt«, sagte er schließlich.

»Wir haben uns gegenseitig benutzt«, erwiderte Chloe.

»Das ist deine Rache, nicht wahr?« Hugh schaute sie scharf an. »Du wolltest mich für mein Verhalten damals bestrafen.«

»Nein«, widersprach Chloe. »Ich bestrafe dich nicht.«

»Aber gewollt haben musst du es. Du musst mich gehasst haben.«

»Nein«, erwiderte Chloe automatisch, doch drängte sich ein Bild von ihr vor Augen, als sie mit zwanzig Jahren am Küchentisch ihrer Tante saß und ohne etwas wahrzunehmen Brei in Sams Mund löffelte. Mit blassem, eingefallenem Gesicht, total am Ende, und dabei von der unerträglichen Gewissheit geprägt, dass es gut gegangen wäre. Wäre. Wenn er nicht ein so verdammter Feigling wäre… In jener düsteren Zeit hatte sie ihn tatsächlich verachtet. Sie hatte sich eine Auseinandersetzung, sie hatte sich Rache gewünscht, sie hatte sich vor sich selbst rehabilitieren wollen. Sie hatte sich Szenen voll leidenschaftlicher, fast gewalttätiger Anschuldigungen ausgemalt und nachts darüber nicht einschlafen können.

Sie konnte nicht abstreiten, dass diese Gedanken auch heute noch eine Rolle spielten. Aber über die Jahre hatten sie an Schärfe verloren und waren verblasst, wie alte vergessene Skizzen, denen nun Farbe, Lebendigkeit und das Gefühl fehlte, mit dem sie seinerzeit gezeichnet worden waren.

»Damals eventuell schon«, verbesserte Chloe sich. »Vielleicht habe ich dich gehasst. Aber jetzt…« Sie strich sich das Haar aus der verschwitzten Stirn. »Hugh, diese Zeit ist vorbei. Wir sind keine Studenten mehr. Ich habe eine Familie, und du hast eine Familie. Du hast zwei wunderschöne kleine Töchter…«

»…die mich nicht kennen«, vollendete Hugh verbittert ihren Satz. »Die mich nicht lieben. Wenn ich morgen verschwinden würde, würde meinen Kindern nicht einmal auffallen, dass ich weg bin.«

Chloe sah ihn an. Ihr Ärger verflog, und plötzlich hatte sie großes Mitleid mit diesem wohlhabenden, ehrgeizigen und unglücklichen Mann, der all das nicht erlebt hatte, was ihr im Leben am wichtigsten war.

»Du musst dir diese Liebe erkämpfen, Hugh«, sagte sie sanft. »Liebe muss man sich verdienen. Mit der Zeit und mit etwas Mühe…«

»Ich möchte mir deine Liebe verdienen«, unterbrach sie

Hugh, ohne den Blick von ihr abzuwenden. Chloe spürte, wie sie leicht errötete.

»Nein.« Sie schüttelte heftig den Kopf. »Sag so etwas nicht. Ich habe dir doch schon gesagt, dass … es ein Fehler war.«

Hugh schüttelte den Kopf und sagte ruhig und bestimmt: »Ich glaube dir nicht. Ich glaube, dass du auf Nummer Sicher gehst.«

»Das tue ich nicht!«, rief Chloe aus. »Ich gehe nicht auf Nummer Sicher! Ich liebe Philip und ich möchte mit ihm zusammenbleiben …«

»Wir haben nur ein Leben, Chloe.« Hugh nagelte sie geradezu mit seinem eindringlichen Blick fest. »Wir bekommen jeder nur eine Hand voll Chancen, unser Leben umzukrempeln.«

»Dies ist keine Chance.«

»Und ob es das ist.«

»Hugh …« Sie schnaubte. »Du machst dich lächerlich. Das liegt alles fünfzehn Jahre zurück, wir haben beide neue Partner …«

»Na und?«

Sie spürte, wie ihr Temperament mit ihr durchzugaloppieren drohte und versuchte, es zu unterdrücken. Was war nur mit ihr los, fragte sie sich. Warum hörte sie ihm überhaupt zu?

»Wir können auf Nummer Sicher gehen«, fuhr Hugh fort, »oder aber wir gehen das größte Risiko unseres Lebens ein und … und werden sehr, sehr glücklich.«

»Ich bin keine Spielernatur.« Chloe ballte ihre herabhängenden Hände zu Fäusten und versuchte, das Brennen in ihrer Brust und den wie zugeschnürten Hals zu ignorieren.

»Wir sind alle Spieler«, beharrte Hugh. »Wie sicher bist

du dir, dass du in zehn Jahren noch mit Philip zusammen sein wirst? Neunzig Prozent? Oder achtzig Prozent? Oder gar noch weniger?«

»Hundert Prozent«, rief Chloe verärgert. »Bei Amanda und dir würde ich allerdings keine Wette eingehen.« Sie beschoss ihn mit einem giftigen Blick, drehte sich um und strebte von ihm weg, wobei sie hin und wieder über den trockenen, steinigen Boden stolperte. Hughs entnervende Stimme folgte ihr.

»Nichts ist jemals ganze hundert Prozent, Chloe.«

Von ihrem Aussichtspunkt auf dem Balkon ihres kleinen Zimmers beobachtete Jenna, wie Hugh Chloe hinterher schaute. Er schien ziemlich aufgewühlt zu sein. Das wiederum war nicht sonderlich erstaunlich. Sie hatte die Unterhaltung zwar nicht mithören können, doch war es offensichtlich, was Sache zwischen den beiden war.

Jenna zog an ihrem Joint und beobachtete Hugh interessiert. Bewegungslos starrte er in den Zitronenhain. Himmel noch mal, dachte Jenna, reiß dich zusammen, du Weichei. Es klopfte an ihrer Tür. Ohne sich umzudrehen rief sie: »Ja, wer ist da?«

»Jenna?«, ertönte Amandas Stimme, wie jeden Morgen gewohnt knapp und höflich. »Die Mädchen sind mit dem Frühstück fertig. Sind Sie bereit anzufangen?«

»Aber natürlich.« Ohne jede Eile drückte Jenna den Joint an ihrer Sandalensohle aus, drehte sich um und blickte von draußen durch die gläserne Tür des Balkons ins Innere des Zimmers. Amanda stand zwar in der Tür, doch hatte sie die Grenze zu ihrem Zimmer nicht um einen Millimeter überschritten. Das war Amanda, wie sie leibte und lebte, dachte Jenna. Sie hielt sich an die Regeln und erwartete, dass alle anderen es ebenso machten.

Auf einmal spürte Jenna eine unerwartete Sympathie ihr gegenüber. Zwar konnte die Frau einem wirklich auf die Nerven gehen – aber gemein war sie nicht. Sie hatte keine zwei Gesichter. Sie war nur etwas streng. Und sie hatte keine Ahnung, was ihr Waschlappen von einem Mann im Schilde führte.

Jenna sah noch einmal Richtung Hugh, und sie knurrte verächtlich. Es würde ihm Recht geschehen, wenn er ertappt und zur Rede gestellt würde.

»Kommen Sie doch herein!« Sie winkte Amanda zu. »Ich war nur kurz draußen, um die Aussicht zu genießen. Sie sollten sich das auch mal gönnen!«

Nach kurzem Zögern betrat Amanda das kleine Zimmer, peinlich darauf bedacht, Jennas persönliche Sachen nicht wahrzunehmen.

»Ist das nicht herrlich?« Jenna deutete mit einer Rundumgeste in die Umgebung.

»Ja«, stimmte Amanda zu. Sie stand an der Balkontür und spähte hinaus auf die weit entfernten Gebirgsgipfel. »Ja, es ist wirklich sehr schön hier.«

»Wenn sie ans Geländer treten, können Sie über den Zitronenhain ins Tal blicken«, bemerkte Jenna unschuldig und vergewisserte sich, dass Hugh noch mitten im Bild stand.

Doch noch während sie Amanda zu sich dirigierte, setzte er sich prompt in Bewegung. Und als Amanda neben Jenna stand, war Hugh aus ihrem Blickfeld verschwunden.

»Typisch.« Jenna verdrehte die Augen. »In der freien Natur bleiben sie nie lange an einem Ort.«

»Was denn?« Amanda runzelte die Stirn und schaute verdutzt auf den Zitronenhain hinunter.

»Ach, nichts weiter.« Jenna lächelte Amanda zu, dann fiel ihr das große braune Paket unter ihrem Arm auf. »Sind Sie auf dem Weg zum Postamt?«

»Nein, dieses Päckchen ist heute früh aus England eingetroffen«, erklärte Amanda.

»Tatsächlich?«, fragte Jenna verblüfft. »Sind es Arbeitsunterlagen für Hugh?«

»Nein«, entgegnete Amanda. »Ein komplettes Musterbuch und ein paar Stoffproben für das Haus. Ich habe sie mir per Eilboten kommen lassen, bevor mit den Arbeiten fortgefahren wird. So weiß ich wenigstens, wovon sie reden. Es ist kaum zu glauben, aber ich habe bereits drei Farbabweichungen festgestellt.«

»Ein Verbrechen«, stimmte Jenna ihr zu.

»Zu den Zimmern des oberen Stockwerkes bin ich noch gar nicht vorgestoßen. Ich brauche heute Morgen etwas Ruhe, um mir alles am Pool durchzusehen.«

»Kein Problem«, sagte Jenna. »Dann mache ich mit den Mädchen einen Spaziergang oder so etwas.«

»Aber nichts, was sie zu sehr anstrengt«, gab Amanda zu bedenken. »Heute ist es noch heißer als gestern. Unerträglich geradezu!« Sich die Brauen reibend trat sie an die Balustrade und schaute nach unten. »Von hier aus hat man eine ausgezeichnete Aussicht, nicht wahr?«

»Einfach perfekt, um allen hinterherzuspionieren.« Jenna zwinkerte Amanda strahlend zu. »War nur ein Scherz!«

Als Hugh wieder zur Villa zurückkehrte, kehrte auch seine Energie und sein Optimismus zurück. Chloe mochte ihn mit Worten abgewiesen haben, aber alles andere – die geröteten Wangen, die leuchtenden Augen, das Zittern ihrer Stimme – hatte ihm gezeigt, dass sie ihn begehrte. Natürlich begehrte sie ihn. Sie hatten einander immer schon begehrt.

Als er vorhin aufgewacht und Chloes Gesicht direkt vor

sich gesehen hatte, hatte er es als ein Zeichen gedeutet. Er hatte ein Hochgefühl verspürt, eine ehrfürchtige Freude. Da war sein Engel, die Lösung aller Probleme. Er hatte die wunderbare Vorstellung, wie sie jeden Morgen zusammen sein würden. Wie sie den Rest ihres Lebens verbringen würden, mit Sam und Nat und vielleicht noch einem eigenen Baby... ein richtiges Familienglück, zum ersten Mal in seinem Leben. Hugh war weder religiös noch hatte er für die Steinkristalle des New Age oder für alberne Wahrsagereien etwas übrig, die ihnen Amandas Schwester bei jedem ihrer Besuche näher zu bringen versuchte. Dass diese Sache mit Chloe aber ganz einfach sein würde, davon war er so überzeugt, wie er noch nie von etwas überzeugt gewesen war.

Gestern hatte er mit eigenen Augen die unverfälschten Gefühlsregungen auf ihrem Gesicht beobachten dürfen. Er hatte ihr Beben gefühlt, ihren leidenschaftlichen Aufschrei gehört... Er wusste, wie die Dinge standen. Heute bestritt sie ihre Empfindungen und zog sich in die Sicherheit ihrer Ehe zurück. Aber ewig würde sie ihre Gefühle nicht verdrängen können.

Hugh blinzelte in die grelle Sonne und stieg die Stufen in den Garten hinauf. Dort saß Nat auf dem Rasen und malte ein Bild. Nat bemerkte ihn, lächelte breit und wandte sich wieder seinem Bild zu. Hugh betrachtete das Kind, seine dunklen Augen und das seidige Haar, das ihm in die Stirn fiel. Von einer plötzlichen Neugier gepackt, verspürte er das Bedürfnis, sich mit dem Kind zu unterhalten.

Während er auf Nat zuging, wurde ihm klar, dass er in gewisser Weise auch sich selbst einer Prüfung unterzog. Wenn es ihm gelänge, sich erfolgreich mit Nat zu unterhalten, wenn er irgendeine Beziehung zu Nat herstellen konnte – dann hatte das etwas zu bedeuten. Es musste ganz einfach etwas zu bedeuten haben.

»Hallo«, grüßte er und ließ sich neben Nat nieder. »Wie geht es dir?«

»Ganz gut.« Nat legte einen blauen Buntstift beiseite und nahm stattdessen einen gelben zur Hand. »Ich male den Zitronenbaum dort drüben.«

Hugh betrachtete das Blatt und folgte dann Nats Blick. Überrascht stellte er fest, dass er auf einen mit der Zeichnung fast identischen Baum schaute.

»Das ist ja unglaublich!«, rief er beeindruckt aus. »Donnerwetter.« Er sah erneut erst die Zeichnung, dann den Baum an. »Du kannst wirklich gut zeichnen, nicht wahr?«

»Ich glaube schon.« Nat zuckte mit den Schultern und fuhr mit der Schattierung fort. Hugh musterte ihn schweigend. Ein merkwürdiges Gefühl überkam ihn, als er sich an etwas erinnerte.

»Deine Mutter kann auch zeichnen, nicht wahr?«, fragte er.

»Allerdings. Mum ist richtig gut«, bekräftigte Nat. Sie hat in einer Kirche ausgestellt, und drei Leute haben etwas gekauft. Und das waren keine Freunde oder so.«

»Mich hat sie auch einmal gemalt.« Als Hugh in Nats dunkle Augen sah, fühlte er sich von dem Risiko beflügelt, mit diesem Kind ein solches Geheimnis zu teilen. »Sie hat eine Skizze von mir gemacht, mit Bleistift. Das hat nur wenige Sekunden gedauert… aber sie hat mich ganz und gar getroffen. Meine Augen, meine Schultern…« Er hielt inne und verlor sich in der Erinnerung. Sein Schlafzimmer, das im Schatten des späten Nachmittags gelegen hatte. Die erotische Spannung, als Chloes Blicke konzentriert seinen Körper erfasst hatten; das Schaben des Bleistifts auf dem Papier. »Weißt du, das hatte ich bis eben vollkommen vergessen.« Er versuchte, fröhlich zu lachen. »Ich weiß nicht einmal mehr, wo das Bild geblieben ist.«

»Mum zeichnet uns alle«, erläuterte Nat höflich, aber teilnahmslos. »Von mir als Baby hat sie endlos viele Skizzen gemacht. Anstelle von Fotos.«

Außer dem Kratzen von Nats Buntstift herrschte absolute Stille.

»Zeichnet sie auch deinen Vater?«, erkundigte sich Hugh unwillkürlich. Kaum hatte er die Frage gestellt, verabscheute er sich selbst dafür – und doch wartete er mit angehaltenem Atem auf eine Antwort.

»Manchmal schon«, erwiderte Nat beiläufig und griff nach dem schwarzen Stift. »Letztes Weihnachten hat sie uns alle drei gezeichnet.« Er hielt inne und sah grinsend auf. »Dad war so lustig – er hat gewartet, bis sie nicht hingeschaut hat und hat sich schnell einen falschen Bart angeklebt. Als Mum dann wieder hochgeschaut hat, merkte sie zwar, dass irgendetwas nicht stimmt, aber sie wusste nicht genau, was.« Nat kicherte und Hugh lächelte bemüht. »Schließlich hat sie den Bart entdeckt, aber nichts dazu gesagt, sondern einfach weitergezeichnet. Und als das Bild fertig war, hatte Dad darauf einen riesengroßen Schnauzbart und gigantische Ohren…«

Nat brach in schallendes Gelächter aus, und Hugh kam sich wie ein Idiot vor. Was in aller Welt hatte er eigentlich erwartet? Was hatte er hören wollen? Dass Philip und Chloe sich ständig stritten? Andeutungen darüber, dass etwas im Argen lag? Nun hatte er das bekommen, was er verdient hatte: Geschichten von einer glücklichen Familie, von Scherzen und Gelächter.

Jetzt kam er sich mit einem Mal nicht nur wie ein Idiot vor, sondern wie ein Kinderschänder, der sich unter einem Vorwand mit diesem unschuldigen Kind unterhielt und scheinbar unbefangene Fragen stellte, die aber schmutzige, schlüpfrige Hintergedanken beinhalteten.

»Soll das für einen guten Zweck sein?«, fragte Hugh, deutete auf das Bild und lächelte Nat an. »Oder ist es für die persönliche Künstlermappe?«

»Eigentlich ist es für mein Ferienskizzenheft. Wir müssen für die Schule ein Tagebuch über unsere Ferien schreiben. Dad meinte, wenn ich jeden Tag zwanzig Minuten daran arbeiten würde, würde es mir nicht weiter schwer fallen. Jeden Tag zwanzig Minuten.« Er sah auf die Uhr. »Für heute bin ich gleich fertig.«

»Sehr vernünftig«, bekräftigte Hugh. »Nicht viel, dafür aber stetig.«

»Ich habe ein paar Sachen gesammelt, die ich in das Buch kleben kann«, fuhr Nat fort. Er legte das Bild beiseite und zog eine große grüne Mappe hervor, die er als Unterlage benutzt hatte. »Zum Beispiel meine Bordkarte, eine Postkarte von Puerto Banus, und dann habe ich noch eine Zeichnung von der Villa gemacht …«

»Sehr gut«, lobte ihn Hugh in jovialem, schulmeisterlichem Tonfall. »Lass mal sehen.«

Er nahm Nats grüne Mappe, betrachtete den Inhalt und erstarrte, als er das vertraute PBL-Logo entdeckte. Ein paar Sekunden lang musterte er es verwirrt: Das war das Logo seiner eigenen Firma. Wie in aller Welt war die Mappe in die Hände des Jungen geraten? Sie sah aus wie eine seiner Präsentationsmappen. Hatte Amanda sie Nat gegeben? Doch wo konnte Amanda sie hergehabt haben?

»Nat …«, begann Hugh ganz unverfänglich. »Woher hast du denn diese Mappe?«

»Von meinem Vater.« Nat blickte auf.

»Von deinem Vater?« Hugh betrachtete Nats offenes, nichts ahnendes Gesicht. »Was soll das heißen, von deinem Vater? Woher hat er sie denn?«

»Mein Vater«, erwiderte Nat erstaunt, »hat sie aus dem

Büro mitgebracht. Er arbeitet für die National Southern Bank.«

Hugh war für eine Minute total sprachlos. Die Sonne brannte ihm auf einmal unerträglich heiß auf den Kopf.

»Dein... dein Vater arbeitet für National Southern?«, wiederholte er sicherheitshalber.

»Ja klar.« Nat nahm den roten Stift zur Hand. »Da gab es so eine Art Aufnahme, deshalb hat Dad ganz viele Sachen bekommen, wo PBL draufsteht. Stifte und so'n Zeugs.«

»Eine Übernahme.«

»Stimmt.« Nat errötete. »Das hatte ich auch gemeint. Übernahme. PBL gibt es auch im Internet«, fügte er hinzu und fing an, mit dem Rotstift zu schattieren. »Aber die benutzen wir nicht, wir benutzen Fast-Serve. Außerdem haben die auch Computerläden. Und sie verkaufen Telefone...«

»Richtig«, bestätigte Hugh und bemühte sich, sich seine Erregung nicht anmerken zu lassen. »Ja, ich... ich weiß. Nat...«

»Was?« Nat sah mit seinen dunklen, freundlichen Augen zu ihm auf. Hugh schluckte.

»Ach, es tut nichts zur Sache«, sagte er schließlich und lächelte verkrampft. »Bis später dann, okay?«

Hugh rappelte sich hoch und fühlte sich, als ob ihn ein Boxhieb erwischt hätte. Er ging am Pool vorbei, betrat die kühle, abgedunkelte Villa und versuchte seine wirren Gedanken zu ordnen. Philip Murray war Angestellter der National Southern. Und er verbrachte mit einem Angestellten der National Southern zusammen seinen Urlaub! Das war kaum zu glauben. Es war schlichtweg grauenvoll. Warum hatte er nichts davon gewusst? Warum hatte ihm das niemand gesagt?

Über sich hörte er das Geräusch scharrender Stühle. Eilig verschwand er in Gerards Arbeitszimmer und schloss hinter sich die Tür. Im Moment wollte er niemanden sehen, erst wollte er ein paar Details herausfinden. Er fühlte sich wie ein Fuchs vor der Jagd: Jede Sekunde konnte man seiner Fährte folgen und ihn aufstöbern. Das macht doch alles keinen Sinn, dachte er, und trat flach atmend hinter den Schreibtisch. Das machte doch alles keinen verdammten…

Abrupt hielt er inne. Ein gerahmtes Foto von Gerard strahlte ihm entgegen. Gerard im Abendanzug, wie er mit hochzufriedenem Gesicht ein Weinglas in die Kamera hält.

Gerard, dachte Hugh. Plötzlich war ihm übel. Er erinnerte sich an Gerard im Weinkeller in der City, wie er ihn über die Übernahme ausgefragt hatte, über die Konsequenzen für die Angestellten von National Southern, über Hughs Rolle in dieser Sache. Gerards Augen, die vor Neugier geleuchtet hatten. Damals hatte er sich nichts dabei gedacht. Alle interessierten sich dafür, alle waren neugierig. Gerards Fragen waren ihm ganz und gar unschuldig erschienen.

Verdammt. *Verdammt!*

Er setzte sich an den Schreibtisch, das Herz schlug ihm bis zum Hals. Er nahm den Hörer ab und wählte Dellas Nummer.

»Della, hier spricht Hugh.«

»Hugh! Wie geht es Ihnen? Sie genießen hoffentlich Ihren Urlaub?«

»Danke, ja.« Hugh rieb sich das angespannte Gesicht. Er hatte fast vergessen, dass er im Urlaub war. »Della, Sie müssen etwas für mich erledigen. Finden Sie heraus, in welcher Filiale der National Southern ein Angestellter namens Philip Murray arbeitet.«

»Phil-ip Mur-ray«, wiederholte Della akkurat.

»Richtig. Philip Murray.« Hugh atmete langsam aus. »Wenn Sie das herausgefunden haben, schauen Sie bitte nach, was John Gregans Team für diese Filiale empfiehlt. Rufen Sie mich unter dieser Nummer zurück.«

»Geht in Ordnung«, erwiderte Della. »Ich erledige das. Sonst noch etwas?«

»Nein, das ist alles. Danke, Della.«

Er legte den Hörer auf und starrte ins Leere – dann stützte er den Kopf in die Hände. Alle Kraft war aus seinem Körper gewichen.

12

Jenna und Sam lagen schweigend im Schatten eines Baumes auf dem ausgedörrten Stoppelfeld und blickten in den wolkenlos blauen Himmel. Jenna schwieg, weil sie tief an ihrer Zigarette inhalierte. Und Sam schwieg, weil ihm nichts einfiel, was nicht irgendwie schwachsinnig geklungen hätte.

Nach dem Mittagessen hatte Amanda die Hitze am Pool als unerträglich befunden und war mit Octavia, Beatrice und Nat zu einem Eselreservat gefahren, von dem sie gelesen hatte. Als der Wagen die Straße hinunter verschwunden war, hatte Jenna sich Sam zugewandt und gefragt: »Möchtest du ein Bier trinken?« Sam hatte so desinteressiert wie nur möglich mit den Achseln gezuckt. »Klar. Warum nicht?« Als er mit ein paar eiskalten Bierdosen in der Hand neben ihr hergelaufen war, hatte er in Gedanken Sätze gebildet – unbekümmerte, zwanglose, ja sogar geistreiche Bemerkungen. Doch jedes Mal, wenn er den Mund öffnete, lähmte ihn die eigene Unsicherheit. Was, wenn sein Witz nicht ankam? Was, wenn sie ihn mit diesem verständnislosen, etwas spöttischen Ausdruck ansah oder, schlimmer noch, ihn auslachte? Also hatte er nichts gesagt, und das Schweigen war immer dichter geworden.

Jenna schien das nicht weiter zu stören. Sie hatte eine Dose Bier getrunken – er selbst hatte bisher eine halbe geleert – und sich eine Zigarette angezündet. Offenbar reichte ihr das. Um ehrlich zu sein, es war so heiß, dass man nicht unbedingt reden musste. Die Hitze war eigentlich ganz praktisch, dachte er, einem Fernseher nicht unähnlich. Wenn die Unterhaltung versiegte, konnte man einfach die Augen schließen und das Gesicht der Sonne entgegenstrecken, bis einem wieder etwas einfiel.

»Was meinst du«, begann Jenna und Sam schreckte hoch. Sie hatte sich aufgesetzt, und ihre Dreadlocks fielen ihr wie Schnürsenkel auf die Schultern. »Genießen wir hier allesamt eine tolle Urlaubswoche?« Sie pustete eine Rauchwolke aus und funkelte ihn an. »Was meinst du, Sam? Ist alles in Butter oder nicht?«

»Nun ja«, sagte Sam vorsichtig. »Alles in Butter, würde ich sagen. Ich meine, das Wetter ist gut...«

»Das Wetter ist gut«, wiederholte Jenna amüsiert. »Ihr Engländer!«

»Ich habe jede Menge Spaß«, fügte Sam hinzu, den ihr Gesichtsausdruck schon wieder unsicher machte. »Nat auch. Und Mum und Dad geht es sicher ähnlich.«

»Glaubst du?«

»Du etwa nicht?«

Jenna zuckte mit den Achseln und zog an ihrer Zigarette. Sie beugte sich vor, um sich am Fuß zu kratzen, und Sam starrte hypnotisiert auf ihre Brüste. Gebräunt, rund wie Äpfel und von zwei straff gespannten schwarzen Dreiecken gehalten. Seine Finger krallten sich in die trockene Erde. Er wollte etwas sagen, doch seine Kehle verweigerte ihm den Dienst. Jenna wandte sich von der Inspektion ihres lackierten Zehs ab und lächelte ihn geheimnisvoll an.

»Schön, dass du jede Menge Spaß hast«, freute sie sich mit feinem Lächeln. Sam spürte, wie er errötete. Was wollte sie damit sagen?

»Du etwa nicht?«, hakte er angriffslustig nach.

»Ich bin nicht hier, um Spaß zu haben.«

»Schon, aber schließlich ist es nicht verboten, oder?«

»Keine Ahnung«, erwiderte Jenna. »Ich habe nicht gefragt.« Sie verdrehte belustigt die Augen und Sam lachte erleichtert auf.

»Amanda kannst du nicht leiden, stimmt's?« Er streckte sich nach seiner Bierdose aus und trank einen Schluck.

»Als Boss?« Jenna nahm sich noch eine Dose Bier und öffnete sie. »Nicht sonderlich, nein.«

»Und als… als Mensch?«

»Als Mensch…« Jenna dachte kurz nach, dann schürzte sie die Lippen. »Also ehrlich gesagt tut sie mir Leid.«

»Amanda tut dir Leid?« Sam sah sie überrascht an. »Warum das denn?«

»Irgendwie scheint sie keine sehr glückliche Frau zu sein.«

»Dann sollte sie vielleicht nicht so viel herumkommandieren!« Sam schüttelte den Kopf. »Nicht zu fassen, dass sie dir Leid tut. Ich meine, sie hat sich dir gegenüber doch ziemlich zickig verhalten.«

»Nur weil ich es nicht ausstehen kann, für sie zu arbeiten, heißt das noch lange nicht, dass sie mir nicht Leid tut.« Jenna drückte ihre Zigarette auf der Erde aus. »Weißt du, eines muss man Amanda lassen – ihre Kinder liegen ihr wirklich am Herzen. Als es Beatrice nicht gut ging, hat sie die ganze Nacht an ihrem Bett verbracht. Und zusätzlich hat sie alles sauber gemacht. Hugh hat natürlich mal wieder gar nichts getan…«

»Dann magst du Hugh nicht?«, fragte Sam überrascht.

»Der Typ ist vollkommen überflüssig«, gab Jenna zurück. »Typischer Engländer. Keine Gefühle, kein Humor, kein gar nichts. Amanda ist zwar eine echte Nervensäge, aber man sieht gleich, dass sie ihre Kinder echt liebt.«

»Alle Mütter lieben ihre Kinder.«

»Glaubst du? Ich habe schon viele Mütter kennen gelernt. Manche haben schon eine absolut merkwürdige Art, ihre Liebe zu zeigen.« Jenna rollte sich auf den Bauch, stützte die Ellbogen auf und den Kopf in die Hände. »Es gibt richtige Ekelmütter, glaub mir. Sie haben Kinder, weil man halt Kinder hat. Die übergeben sie dir dann und fliegen mal eben für vier Wochen nach Barbados. Und dann gibt es noch die mit den Schuldkomplexen. Die ertragen es nicht, dass du mehr Zeit mit ihren Kindern verbringst als sie selbst.«

Sam musterte sie neugierig.

»Kommst du denn mit keinem deiner Arbeitgeber gut aus?«

»Ab und an gibt es auch mal eine Ausnahme.« Jenna grinste. »Aber man muss einfach akzeptieren, dass das grundlegende Gefühl zwischen einem Kindermädchen und einer Mutter der Hass ist.«

»Der Hass?« Unsicher, ob sie scherzte oder nicht, lachte Sam auf.

»Vielleicht ist der Ausdruck Hass etwas übertrieben«, lenkte Jenna ein. »Aber sie haben einen ziemlichen Groll auf mich. Und Neid. Ich beneide sie, weil sie ein großes Haus und jede Menge Geld haben... und sie beneiden mich, weil ich keine Schwangerschaftsstreifen und jede Menge Sex habe.«

»Amanda hat keine Schwangerschaftsstreifen«, entfuhr es Sam unwillkürlich.

»Ach nein?« Jenna hob die Augenbrauen. »Hast du dir das genau angesehen?«

»Nein«, murmelte Sam und errötete. »Natürlich nicht. Ich habe nur...« Er trank einen Schluck Bier, um seine Verwirrung zu überdecken. »Du... du glaubst also, dass Amanda dich beneidet?«, versuchte er die Unterhaltung ganz normal fortzusetzen.

»Ehrlich gesagt bin ich mir nicht sicher, ob Amanda die Phantasie aufbringen könnte, überhaupt irgendjemanden zu beneiden.« Jenna schloss die Augen und legte den Kopf flach auf die abgewinkelten Arme. Sams Blick zuckte hilflos über ihren Körper, ehe er wieder wegsah. Ihm wurde von Minute zu Minute heißer. Er nippte an seiner Bierdose und fuhr sich mit der Hand über die verschwitzte Stirn.

»Du siehst deiner Mutter wirklich wahnsinnig ähnlich«, stellte Jenna fest und öffnete die Augen. »Die gleichen Augen, einfach alles.«

»Mag schon sein«, erwiderte Sam.

»Und Nat sieht deinem Vater gespuckt ähnlich. Merkwürdig, findest du nicht?«

Sam schwieg. Mit verschlossenem Gesicht band er sich einen Schnürsenkel zu. Wie jedes Mal zögerte er, bevor er Leuten von seinen Eltern erzählte. Manchmal war er einfach nicht in der Stimmung, die Neugier anderer zu befriedigen. Besonders Mädchen gerieten regelmäßig aus dem Häuschen, wenn er ihnen davon erzählte – sie hielten den Atem an, umarmten ihn und boten ihm an, er könne jederzeit mit ihnen darüber reden. Als ob es so eine große Sache wäre. Genau das war es nicht. Andererseits schien Jenna zu jenen Menschen zu gehören, die so schnell nichts aus dem Konzept bringen konnte.

»Philip ist nicht mein wirklicher Vater«, sagte Sam schließlich und sah auf. »Nicht mein leiblicher Vater, will ich damit sagen.«

»Wirklich?« Jenna wälzte sich herum und setzte sich interessiert auf. »Bist du adoptiert worden?«

»Eigentlich nicht«, erwiderte Sam. »Chloe ist meine richtige Mutter. Sie hat mich bekommen, als sie noch sehr jung war. So ungefähr in deinem Alter.«

Jenna fixierte ihn mit zusammengekniffenen Augen, als ob sie etwas nachrechnen würde.

»Wer ist dann dein Vater?«

»Irgendein Typ in Südafrika. Er ist Professor an der Cape Town University.«

»Ach.« Jennas Aufregung hatte sich gelegt. »Ist er nett? Kommt ihr gut miteinander aus?«

»Ich habe ihn noch nie gesehen. Vielleicht werde ich ihn eines Tages besuchen. Mum und Dad sind damit einverstanden, wenn ich das will.« Sam wandte sich von Jennas forschendem Blick ab und fummelte an einem Grashalm herum. Obwohl er die ganze Geschichte mit seinem richtigen Vater und allem Drum und Dran schon lange abgehakt hatte, fühlte er sich doch jedes Mal leicht unwohl, wenn er davon sprach.

»Ich an deiner Stelle würde mir nicht die Mühe machen«, meinte Jenna. »Mein Vater hat uns verlassen, als ich fünf war. Und ich hatte nie auch nur das leiseste Interesse, ihn ausfindig zu machen.« Sie trank einen Schluck Bier und musterte Sam noch immer neugierig. »Philip scheint ein echt netter Kerl zu sein.«

»Er ist der Beste«, bestätigte Sam. »Ich meine, klar kann er manchmal auch nervend sein, aber …« Er zuckte mit den Achseln. »Na, du weißt schon.«

»Man sieht sofort, dass er einen guten Kern hat«, erklärte Jenna. »Neulich zum Beispiel hat Octavia verrückt gespielt. Da hat Philip ihr eine Geschichte erzählt. Ohne großes Aufhebens hat er es einfach getan. Und es war eine wirklich tolle Geschichte. Wir haben ihm alle ganz gebannt zugehört.«

»Dad hat immer tolle Geschichten für uns erfunden«, bestätigte Sam. »Er hat sie uns jeden Abend als Fortsetzung erzählt. Für Nat macht er das heute noch.«

»Macht er das auch beruflich? Ich meine, schreibt er?«
Sam schüttelte den Kopf.
»Er arbeitet bei einer Bank.«
»Tatsächlich?« Jenna hob die Augenbrauen und blies den Rauch aus. »Dann verdient er jede Menge Moos, nicht wahr?«
»Nein.« Sam schwieg kurz und überlegte, ob er noch mehr erzählen sollte oder nicht. »Zur Zeit sieht es so aus, als ob er seinen Arbeitsplatz verlieren könnte«, gestand er schließlich.
Jenna sah ihn mit aufgerissenen Augen an.
»Ist das wahr?«
»Scheint so. Es hat eine große Firmenfusion gegeben. Sie haben mir noch nichts Genaueres gesagt, aber es ist klar, was auf dem Spiel steht.« Sam sah ihr in die Augen. »Sag aber Nat nichts davon. Er weiß noch nichts.«
»Natürlich halte ich den Mund! Mein Gott, ich hatte ja keine Ahnung. Das tut mir echt Leid.« Sie schüttelte den Kopf, wobei die kleinen Perlen an den Zopfenden ihrer Dreadlocks leise klackernd gegeneinander stießen. »Dein armer Dad.«
»Also... vielleicht passiert ja auch gar nichts.«
»Das hoffe ich.« Jenna runzelte die Stirn. »Das hat er nicht auch noch verdient.«
»Auch noch?«, hakte Sam irritiert nach.
Jenna wedelte lapidar mit einer Hand. »Zusätzlich zu der Tatsache, dass ihm der Urlaub versaut wurde.« Tief inhalierte sie den Rauch der Zigarette. Sam wurde unbehaglich. Von außen betrachtet war es eine ganz normale Unterhaltung. Aber Jenna schien noch etwas anderes im Kopf herumzuspuken. Etwas, das sie für sich behielt.
»Alle Menschen haben einen viel interessanteren Hintergrund, als man glaubt«, sagte Jenna versonnen. »In je-

der Familie geht irgendwas Verrücktes vor. Entweder ist es ein Geheimnis oder ein Streit oder sonst irgendein Problem... Mein Gott, es ist wirklich eine Affenhitze.« Sie setzte sich auf, griff sich an den Rücken und löste wie selbstverständlich das Oberteil ihres Bikinis. »Das stört dich doch nicht?«

Sam spürte, wie sich sein ganzer Körper schockiert zusammenzog, als der schwarze Stoff von Jennas perfekten, sonnengebräunten Brüsten glitt. Scheiße noch mal, dachte er und versuchte, total unbeteiligt zu erscheinen und nicht ihre Knospen anzustarren. Bau jetzt keinen Mist. Versau das bloß nicht. Jenna sah auf, und er wandte hastig den Kopf ab. Mit zitternden Händen griff er nach einer Dose Bier.

»Trink nicht zu viel«, warnte ihn Jenna.

Sam sah zu ihr auf. Er wagte keinc Bewegung. Aus dem Augenwinkel heraus beobachtete er, wie zwei Vögel sich hoch oben in der Luft wieder und wieder umkreisten. Und plötzlich, ohne jede Vorwarnung, küssten ihn Jennas kühle Lippen.

Sam schloss die Augen und versuchte, sich zu beherrschen, doch sein heftiges Verlangen konnte er nicht länger bremsen, und er griff nach Jennas Brüsten. Jenna protestierte nicht. Er schnappte nach Luft, und seine Lippen wanderten zu ihrer rechten Knospe. Als er sie umschloss, warf Jenna den Kopf zurück und stöhnte leise auf. Das Geräusch erregte ihn noch mehr. Er tastete nach ihrer anderen Brust und hoffte, dort dieselbe Reaktion hervorzurufen. Dann sagte sie etwas, was er nicht gleich verstand.

»Was?«, fragte er und hob wie in Trance den Kopf.

»Tiefer«, murmelte Jenna.

Sein Herz raste und seine Lippen glitten langsam über ihren flachen, braunen Bauch bis zum Rand ihrer Bikinihose. Die Westfront, wie sie es in der Schule nannten. Dieses fest gespannte, verlockende Stück Lycra oder Spitze oder was auch immer es sein mochte, das die Mädchen mit aller Macht verteidigten. Als er am Rand von Jennas winzigem schwarzen Bikinidreieck angekommen war, hielt er inne. Sein Gesicht war gerötet, und er merkte kaum, dass ihm die Schenkel vom Tragen seines eigenen Gewichts zitterten, seine Knie sich an spitzen Steinen rieben und sein Nacken schweißgebadet war. Was jetzt, dachte er hektisch. Großer Gott, was jetzt?

Unter ihm wand sich Jenna kaum merklich. Es gelang ihr, die Beine ein wenig zu öffnen, ohne dass man es ihr als Absicht auslegen konnte. Bei ihrem Anblick wäre er fast durchgedreht. Sie war hier. Hier, unter ihm, und ganz und gar bereit für ihn.

In seiner Tasche hatte er ein Kondom, das er sich vorhin aus einer in seinem Koffer versteckten Dreierpackung eingesteckt hatte. Als Jenna ihn zu einem Bier ermuntert hatte, war er die Treppe nach oben gestürzt, hatte die Pappschachtel aufgerissen und sich die winzige versiegelte Packung in die Tasche gesteckt, ohne sich allerdings ernsthafte Hoffnungen zu machen. Unter seinen Freunden trug man Kondome sozusagen routinemäßig mit sich herum. Soweit er wusste, war bisher keines davon tatsächlich benutzt worden – aber jetzt... Sam schaute Jenna schwer atmend an. Sollte er es hervorholen? Oder sollte er sie zuerst fragen? Was zum Teufel sollte er...

»Mmm-naa«, murmelte Jenna. Sein Kopf schoss hoch. Was hatte sie gesagt?

»Was hast du gesagt?«, brachte er mit heiserer Stimme hervor. Ohne ihn anzusehen machte Jenna eine kleine Bewegung. Plötzlich rutschte ihr Bikinihöschen vor seinen Augen nach unten. Er konnte es nicht glauben... oh... ohhh... großer Gott...

»Tiefer«, flüsterte Jenna und lächelte lasziv. »Ein bisschen tiefer.«

Philip saß alleine in der Küche am riesigen Marmortresen und leerte bedächtig ein Glas Mineralwasser. Zum Aufwachen schien er mehrere Stunden gebraucht zu haben, doch fühlte er sich nach wie vor wie in Watte gepackt. Seine Hände schienen kilometerweit vom Körper entfernt zu sein. Jedes Mal, wenn er das Glas auf der Marmorfläche abstellte, zuckte ihm das Geräusch peinigend durch Mark und Bein.

Er hatte keine Ahnung, wie viel er letzte Nacht getrunken hatte – aber wenn die leeren Flaschen und der Zustand seines Kopfes als Anhaltspunkt dienen konnten, mussten es gewaltige Ströme gewesen sein. Am Vormittag war er mit brennenden Augen und ausgetrocknetem Mund alleine neben dem Pool aufgewacht. Er hatte sich benommen umgesehen, die Erinnerungen von gestern Abend zusammengepuzzelt und war sauer gewesen, dass Hugh ihn nicht geweckt hatte. Es kam ihm wie ein Verrat vor, sich früh am Morgen davonzustehlen, sich zu duschen und frische Kleidung anzuziehen. Schließlich hatten sie sich beide gemeinsam danebenbenommen. Philip hätte Lust gehabt, die gestrige Zweierparty in Gedanken noch einmal Revue passieren zu lassen, über frühere Exzesse zu sprechen und ihre Kater zu vergleichen.

Er füllte erneut sein Glas mit Mineralwasser und beobachtete, wie die Bläschen zur Oberfläche sprudelten. Hugh war völlig ausgewechselt, wenn er betrunken war, dachte er. Der eher etwas sauertöpfische, reservierte Typ, dem er zu Anfang begegnet war, hatte sich in einen Mann mit Sinn für Spaß und einem trockenen Humor verwandelt. Philip hätte nichts dagegen, ihn näher kennen zu lernen. Hugh, der bedeutende Astrowissenschaftler, dachte er und musste lächeln. Verdammt kindisches Benehmen. Wenn nur Chloe hätte miterleben können, wie genau er ihre Anweisungen befolgt hatte. Hatte sie ihm nicht geraten, sich zu entspannen und sich den Kopf freizuhalten? Hatte sie ihm nicht gesagt, er solle sich zurücklehnen und sich vergnügen? Genau das hatte er getan.

Er nippte erneut am Wasserglas, schloss die Augen und spürte, wie sein Magen gegen die Flüssigkeitsaufnahme revoltierte. Sein Körper wollte einfach nicht aufnehmen, was gut für ihn war. Es wäre ohnehin besser, eine Alka Seltzer aufzulösen. Doch beim Durchforsten von Gerards noblen Küchenschubladen hatte er keine finden können – und er war nicht in der Stimmung gewesen, jemanden zu fragen. Merkwürdigerweise genoss er es, mit einem dicken Schädel und tattrigen Händen hier zu sitzen und sich genauso zu fühlen, wie er es verdient hatte.

Die Villa kam ihm an diesem Nachmittag seltsam verträumt vor. Die Stille war zum Teil auf die Abwesenheit der drei jüngsten Kinder zurückzuführen – und die Abwesenheit von Amanda selbst. Irgendwie verursachte ihre Anwesenheit eine spannungsgeladene Atmosphäre. Chloe hatte sich mit Kopfschmerzen ins Schlafzimmer zurückgezogen. Sie war blass gewesen, als ob ihr übel wäre, und sie hatte sich von ihm abgewendet, als er ihr den Arm um die Schultern legen wollte. Vielleicht drückte ihr die Sache mit Gerard auf die Stimmung. Philip war sich unschlüssig, was von Sams Theorie zu halten war. Außerdem konnte er nicht einsehen, weshalb es so wichtig sein sollte. Nun waren sie eben alle hier und machten gemeinsam Urlaub. Die Villa war so groß, dass sie eventuell noch eine dritte Familie hätten unterbringen können, ohne sich dabei wirklich auf die Füße zu treten.

Philip streckte die Hand nach einer Schüssel mit Pistazien aus, die jemand auf dem Tresen stehen gelassen hatte. Beim Knacken der Nüsse empfand er trotz seiner dröhnenden Kopfschmerzen ein Gefühl der Befriedigung, ja, sogar der Zufriedenheit. Endlich konnte er abschalten. Wenn Chris Recht behalten sollte, würde bis zur nächsten Woche gar nichts geschehen. Er hatte das Gefühl, ihm sei eine Gnadenfrist von einigen Tagen eingeräumt worden.

Ob es an der beruhigenden Wirkung des Alkohols lag oder ob der erzwungene Müßiggang ihn insgesamt verlangsamt hatte, jedenfalls fühlte er sich ruhig und entspannt. Zum ersten Mal seit seiner Ankunft hatte er tatsächlich das Gefühl, im Urlaub zu sein. Sein Magen verkrampfte sich nicht ständig, seine Gedanken drehten sich nicht pausenlos um England und um die Bank und sein zukünftiges Schicksal.

Beim Suchen nach einer Schmerztablette war ihm in der Küche ein Stapel Broschüren in die Hände gefallen. Es gab alle möglichen Ausflüge und Exkursionen, die er mit den Jungs unternehmen könnte. Er nahm einen Prospekt über einen Aqua-Park zur Hand und stellte sich vor, wie er in einem riesigen Gummiring eine Rutsche hinunterschlitterte, während die Jungs ihm peinlich berührt zuschauten. Allein bei der Vorstellung musste er schmunzeln. So etwas sollten sie unternehmen. Aus dem Haus gehen, Dinge erleben, sich amüsieren.

Das Klingeln des Telefons hallte schrill durch die Marmorküche, und er zuckte zusammen. Er hatte nicht die Absicht, das Gespräch entgegenzunehmen. Nicht jetzt, wo er endlich entspannt war. Doch wurde bald klar, dass niemand sonst den Hörer abnehmen würde. Nachdem es noch ein paarmal geklingelt hatte, meldete er sich vorsichtig: »Hallo?«

»Guten Tag«, grüßte eine weibliche Stimme. »Könnte ich bitte mit Hugh Stratton sprechen?«

»Aber natürlich«, erwiderte Philip. »Ich muss ihn nur erst suchen gehen…«

»Oder könnte ich eine Nachricht hinterlassen?«

»Nun… ja gut. Ich hole nur schnell etwas zum Schreiben.« Philip sah sich in der Küche um. Auf einem Holzregal fand er einen Behälter mit handgefertigten Stiften und daneben einen Block. »Also denn«, sagte er, nachdem er den Hörer wieder zur Hand genommen hatte, »es kann losgehen.«

»Wenn Sie ihm ausrichten könnten, dass Della angerufen hat…«

»In Ordnung.« Philip notierte sich den Namen.

»…um zu sagen, dass Philip Murray in der Filiale East Roywich arbeitet.«

Philips Finger verkrampften sich. Verwirrt starrte er auf die Worte, die er eben notiert hatte: Della – Philip Murr –. War er immer noch betrunken?

»Entschuldigung«, brachte er schließlich hervor. »Ich glaube, ich habe Sie nicht ganz richtig verstanden.«

»Philip Murray, M-u-r-r-a-y, arbeitet als Filialleiter für die East Roywich Filiale der National Southern Bank.«

»Ja«, erwiderte Philip. »Verstehe.« Er rieb sich das Gesicht und bemühte sich, aus den Worten irgendeinen Sinn abzuleiten. »Könnten Sie… wer sind Sie?«

»Della James, Mister Strattons Sekretärin. Es tut mir Leid, dass ich Sie mitten im Urlaub störe. Wenn Sie bitte diese Nachricht weiterleiten und ihm ausrichten könnten, dass ich die relevanten Seiten des Empfehlungsberichtes per Fax schicken werde. Vielen Dank.«

»Warten Sie!«, rief Philip aus. »Wo genau…«

Doch sie hatte bereits aufgelegt. Er starrte auf den Hörer

in seiner Hand, dann legte er ihn langsam auf die Gabel zurück.

Wollte ihm jemand einen Streich spielen? Konnte es Sam sein, der dies besonders witzig fand? Er blickte sich in der stillen Küche um, als ob er erwartete, dass jemand kichernd hervorspringen würde. Doch alles verharrte regungslos, der Marmor glänzte ohne einen Ton von sich zu geben. Es war vollkommen ruhig.

Ein kaum wahrnehmbares Geräusch ließ ihn aufmerken. Es kam aus einem anderen Zimmer, und es klang wie …

Philip durchschoss ein Adrenalinstoß, und er eilte aus der Küche. In der Eingangshalle lauschte er erneut. Das Geräusch war in der Marmorhalle deutlicher zu hören. In dieser luxuriösen Umgebung war es ein sehr ernüchternder Ton: ein Faxgerät, das Papier schnitt.

Sein Herz begann schneller zu schlagen, als er ins Arbeitszimmer hastete. Das Faxgerät stand auf dem Schreibtisch – daneben hatten sich mehrere cremefarbene Rollen Papier gebildet. Er nahm sich die Erste, strich sie glatt und blickte ungläubig auf die Titelzeile.

Aus dem Büro von Hugh Stratton, Leiter Abteilung Unternehmensstrategie.

Und darüber standen drei ineinander verschlungene Buchstaben: PBL.

Chloe lag in dem abgedunkelten Zimmer und starrte in die kühle Dämmerung. Ihr schwirrte der Kopf, sie fröstelte und war emotional vollkommen durcheinander. Ihre Kopfschmerzen waren verflogen. Sie waren ohnehin nicht wirklich schlimm gewesen und hatten ihr lediglich als Ausrede gedient, allem zu entfliehen. Um Hugh und seinen beharrlichen Blicken zu entfliehen, um Philip und seiner liebevollen, ahnungslosen Besorgnis zu entfliehen. Sie hatte Ruhe und etwas Zeit zum Nachdenken gesucht.

Doch je mehr Zeit sie alleine verbrachte und vernünftig über alles nachzudenken versuchte, je unsicherer fühlte sie sich. Ständig hörte sie Hughs Stimme, der wie ein Heliumballon an ihren Gedanken zerrte. Wieder und wieder fühlte sie den Auftrieb jenes verbotenen, magischen Hochgefühls, spürte seinen Blick auf ihrem Gesicht und auf ihrem Körper. Und ein Stück von ihr suchte sehnsüchtig danach, diese Erregung und diesen Zauber wieder einzufangen. Die Liebe, die sie verloren hatte, wieder einzufangen.

Und darunter lag das Beben, die Romantik – und noch etwas, was viel schwerer zu ertragen war: das Eingeständnis, dass sie diesen Mann nach wie vor mochte und respektierte. Zwar registrierte sie seine Schwächen – aber sie konnte sie nachvollziehen, vermutlich sogar besser als seine eigene Frau. Hugh hatte sich nicht so sehr verändert seit der Zeit, als er als Zwanzigjähriger den Kopf auf ihre nackten Brüste gebettet und bis tief in die Nacht mit ihr geredet hatte. Sie hatte mit ihm damals eine so gute Verbindung gehabt, wie man es sich von einem anderen Menschen nur erhoffen kann. Obwohl die Zeit ihm eine Patina der Fremdheit und Reife verliehen hatte, kannte sie auch heute noch seinen wirklichen Kern. Sie verstand seine Sprache und konnte mit ihm reden. Das hatte sie nicht vergessen. Und je häufiger sie mit ihm zusammen war, umso eloquenter konnte sie sich ausdrücken.

Hugh hatte Recht, fünfzehn Jahre waren wie nichts. Sie verstanden sich so gut wie eh und je. Ihn wiedergefunden zu haben war wie ein Wunder, wie ein Märchen.

Und doch … und doch.

Das echte Leben war kein Märchen. Die Wirklichkeit

bedeutete die Einsicht, dass eine heimliche Leidenschaft eine Sache war – doch wenn man sich ihr inmitten eines Scherbenhaufens zerbrochener Familien hingab, wurde daraus eine gänzlich andere Angelegenheit. Die Wirklichkeit bedeutete die Einsicht, dass manche scheinbar perfekten Dinge den Preis nicht wert waren. Ihr Verlangen nach Hugh entsprang in nicht geringem Maße der Sehnsucht nach alten Zeiten. Er war ihr wie ein Ausweg aus den gegenwärtigen Spannungen und Problemen erschienen, zurück in die so beschwingte und goldene Vergangenheit. Sie hatte die Augen geschlossen und seinen Körper an ihrem genossen. Sie war wieder zwanzig Jahre alt gewesen und voller Hoffnung für ihr zukünftiges Leben. Einige wenige zauberhafte Stunden schien wieder alles möglich zu sein. Sie hatte sich vollkommen fallen lassen. Aber jetzt …

Chloe streckte eine Hand aus und betrachtete unvoreingenommen deren Hautbeschaffenheit. Dies waren nicht die Hände einer Zwanzigjährigen. Sie stand nicht am Anfang ihres Lebens. Sie hatte ihren Weg bereits gewählt. Es war ein Weg, mit dem sie zufrieden, ja, sogar glücklich war. Sie liebte Philip. Sie liebte ihre Söhne. Ihrer aller Leben nur wegen egoistischer Leidenschaft auseinander zu reißen brachte sie nicht über sich.

Hugh und ich haben unsere Chance gehabt, dachte sie. Wir hatten unsere Zeit, wir hatten unseren Auftritt. Heute aber gehörte das der Vergangenheit an. Andere Leute haben unterdessen ebenfalls die Bühne betreten, und jetzt müssen wir mit ihnen weitertanzen.

Sie setzte sich auf und schlug die Hände vor das Gesicht. Sie fühlte sich verletzlich und den Tränen nahe. Ihr innerer Entschluss war zwar klar, aber nicht unumstößlich. Plötzlich verspürte sie das Verlangen nach Geborgenheit, Vertrautheit und Bestätigung. Ganz besonders nach Bestätigung. Sie hatte das Bedürfnis, ihre Familie wie eine Art Bollwerk, wie schützende Sandsäcke um sich herum zu versammeln. Sie musste sich in Erinnerung rufen, an was sie festhielt – und weswegen.

Sie sprang vom Bett auf, betrachtete flüchtig ihr blasses Spiegelbild und trat auf den Korridor. Es war still, und sie erinnerte sich, dass Amanda die Kinder zu einem Tagesausflug mitgenommen hatte. Die Küche war leer, und am Pool war auch niemand. Schließlich ging sie in Richtung Feld. Sie reckte ihr Gesicht der Sonne entgegen und ließ sich die kühle Haut wärmen. Sie wünschte sich rote Wangen und dass sich die innere Unterkühlung in ein wohliges Urlaubsglück auflöste.

Als sie das Feld erreicht hatte, hörte sie ein Rascheln und Sam setzte sich mit zerzaustem Haar und gerötetem Gesicht auf. Ihm folgte Jenna, die mit ihren leuchtend roten Apfelwangen leicht abgelenkt wirkte. Chloe musterte sie wortlos und bemühte sich, sich ihren Schock nicht anmerken zu lassen. Schließlich war Sam sechzehn Jahre alt. Es war nur noch eine Frage der Zeit… wenn er es nicht gar schon vollzogen hatte. Bei der Vorstellung schwindelte ihr.

»Hallo… hallo, Mum«, stotterte Sam mit gesenktem Kopf.

»Hallo, Chloe«, grüßte auch Jenna und lächelte wie eine zufriedene Katze, die gerade Sahne geschleckt hatte.

Chloe blickte erst Sam, dann Jenna an und fragte sich, was genau sie gerade vorgehabt hatten – oder wie weit sie es bereits getrieben hatten. Sams Haare waren vollkommen durcheinander, und sein T-Shirt war mit Grashalmen übersät. Als sie ihn musterte, verzog er verdrießlich und peinlich berührt das Gesicht. Jenna trug lediglich einen äußerst knappen Bikini, dessen Oberteil fehlte. War das eine einem Kindermädchen angemessene Aufmachung, fragte sich

Chloe und war sich dabei durchaus bewusst, dass sie Amanda allmählich Besorgnis erregend ähnelte. Andererseits hatte Amanda womöglich Recht.

Ihr fiel auf, dass Jennas Hand lässig auf Sams Schenkel ruhte. Ein solch heftiges Gefühl der Feindseligkeit durchfuhr sie, dass es sie selbst verblüffte. *Hände weg von meinem Sohn,* hätte sie am liebsten gezischt. Stattdessen sagte sie betont kurz angebunden: »Sam, ich möchte etwas Wäsche erledigen. Kannst du bitte deine und Nats Wäsche zusammensuchen?«

»Gleich«, erwiderte Sam.

»Nicht gleich«, befahl Chloe, »jetzt sofort.«

»Aber Mum…«

»Kann er das nicht später erledigen?« Jenna lächelte Chloe an. »Wir haben nur etwas in der Sonne gelegen…«

»Es ist mir vollkommen gleichgültig, was ihr gerade gemacht habt.« Chloe warf Jenna einen erbosten Blick zu. »Ich möchte, dass Sam auf der Stelle mitkommt, seine Wäsche aussortiert und anschließend sein Zimmer aufräumt. Dort sieht es haarsträubend aus.«

Sie verharrte schweigend und ohne einen Zentimeter zu weichen, während Sam sich unwillig erhob und sich die Hosen abklopfte. Sie war sich wohl bewusst, dass er Jenna verzweifelte Blicke zuwarf und sich die beiden verschlüsselt zu unterhalten versuchten. Offenbar war sie in einem äußerst unpassenden Augenblick gekommen. Doch das ließ sie kalt. Sam würde sich in Geduld üben müssen.

Ich werde nicht am selben Tag erst meinen Liebhaber und dann auch noch meinen Sohn anderen Frauen überlassen, dachte sie und feixte innerlich. Sam wird in Zukunft noch genügend Gelegenheiten bekommen. Momentan gehört er mir. Jetzt brauche ich meine Familie in meiner Nähe, und genau das werde ich auch bekommen.

»Nun komm schon«, forderte sie Sam auf und beachtete sein zorniges Gesicht nicht weiter, als sie über das Feld zurückkehrten. Sam schlurfte missmutig und Steine vor sich wegkickend neben ihr her. Als sie am Haus angekommen waren und die Treppe zu ihren Zimmern hinaufstiegen, lächelte Chloe Sam versöhnlich an.

»Nachdem wir mit der Wäsche fertig sind, könnten wir ein Spiel zusammen spielen. Eines der Gesellschaftsspiele, die im Wohnzimmer herumliegen.«

»Nein danke.« Sam schmollte.

»Oder… wir könnten eine Pizza backen. Oder uns gemeinsam ein Video ansehen…«

»Ich habe keinen Hunger«, fauchte Sam. »Ich will keine blödsinnigen Spiele spielen. Du hast mir schon meinen Nachmittag versaut, ich will nicht auch noch den Rest des Tages versaut haben, okay?«

Er machte eine zackige Kehrtwendung, stakste den Flur bis zu dem Zimmer entlang, das er sich mit Nat teilte, und knallte die Tür so laut hinter sich zu, dass man es in der ganzen Villa hören konnte.

Chloe starrte ihm den Tränen nahe hinterher. Sie ließ sich auf einen mit Ornamenten verzierten Sessel fallen und versuchte die Fassung zu wahren. Doch der innere Schmerz nahm zu und drohte sich in einem Schluchzen oder einem Aufschrei Luft zu machen.

Weißt du, was ich für dich aufgebe?, hätte sie ihm am liebsten an den Kopf geworfen. Was ich überhaupt aufgebe? Den Kopf auf die Hände gestützt starrte sie den Marmorboden an. Ihr Atem keuchte in kurzen Stößen, und sie wartete darauf, dass der Schmerz abebbte.

Hugh hatte eine schattige kleine Terrasse an der abgewandten Seite des Hauses gefunden, die von allen anderen ausreichend entfernt war. Nachdem er eine Stunde lang auf Dellas Rückruf gewartet hatte, hatte er aufgegeben. Sie musste aufgehalten worden sein – oder sie tätigte eine ihrer zweistündigen Einkaufsorgien, die bei ihr unter die Rubrik »Mittagspause« fielen. Er hatte seine Badehose angezogen und war zum Schwimmbecken gelaufen. Schwimmen würde seinen Kopf wieder freimachen. Doch war er zurückgeschreckt, als er aus einiger Entfernung Chloe gesehen hatte. Jetzt saß er an einem kleinen, schmiedeeisernen Tisch, trank Wein aus einer Flasche, die er im Kühlschrank gefunden hatte, und versuchte, seine Gedanken zu besänftigen.

Er befand sich, milde ausgedrückt, in einer äußerst unangenehmen Situation. Philip Murray war Angestellter der National Southern. Er, Hugh, verbrachte mit einem Angestellten der National Southern seinen Urlaub – der wiederum nicht die geringste Ahnung hatte, wer er, Hugh, eigentlich war. Es war wie einer jener ekelhaften Witze, die sich junge Angestellte gelegentlich unter der Frage »Was würden Sie tun, wenn …« gegenseitig per E-Mail zusandten. Und hier war nun, absolut lebendig, einer jener namenlosen Filialleiter, über deren Zukunft Hugh stundenlang in Konferenzräumen diskutiert hatte. Einer jener Männer der mittleren Führungsschicht, die auf dem Personalstrukturplan durch einen Mann mit Zylinderhut symbolisiert wurden. Philip war einer dieser verfluchten Icons. Es war einfach nicht zu fassen und kam ihm fast vor, als ob eine Schachfigur zum Leben erwacht sei und mit ihm zu sprechen begonnen habe.

Warum nur hatte er nichts davon gewusst? Warum hatte es ihm niemand gesagt? Doch seit ihrer Ankunft hatten alle ganz gezielt das Thema Arbeit ausgespart. Chloes Stimme erschien ihm jetzt wie Salz auf einer Wunde. *Wir sprechen nicht über die Arbeit... In letzter Zeit hatten wir eine Menge Stress auszuhalten... Philip steht ernsthaft in Gefahr, seinen Arbeitsplatz zu verlieren...*

Hugh zuckte zusammen und trank erneut einen Schluck Wein. Arbeitslosigkeit. Das war ein Wort, dessen Benutzung seine Kollegen und er vermieden – sogar in ihrer privaten Korrespondenz. Er selbst sprach meist von »Umstrukturierung« – und wenn irgend möglich, erwähnte er nur so genannte Einheiten, also keine Menschen. Er hatte nicht die leiseste Ahnung, mit welchen Worten man Angestellten die schlechten Neuigkeiten überbrachte. Direkter Kontakt mit ihnen fiel nicht in seinen Aufgabenbereich.

Natürlich hatte er bei diversen Gelegenheiten eine ganze Reihe Angestellter der National Southern kennen gelernt. Er hatte an Besprechungen mit den leitenden Mitarbeitern teilgenommen; er war bei der riesigen Betriebsversammlung mit dabei gewesen, die unmittelbar nach der Ankündigung einberufen worden war. Er hatte sogar an einer moralstärkenden Fokusgruppe teilgenommen, bei der Angestellte detailliert darüber befragt wurden, welche Konsequenzen sie für sich persönlich von der Fusion erwarteten. Anschließend wurden ihre Antworten in ein entsprechendes Computerprogramm eingespeist.

Doch das war alles hypothetisch. Zwar waren es Menschen aus Fleisch und Blut – aber sie waren anonym und unbekannt und folglich trotzdem hypothetisch. Was dagegen hier vorging, war die Wirklichkeit. Hier ging es um Philips Leben, es ging um Chloes Leben. Und es ging um sein Leben.

Hugh trank einen Schluck Wein und stierte dabei auf sein Glas, als ob er sich dessen Form einprägen wolle. Sollte Philip seinen Arbeitsplatz tatsächlich verlieren, so viel war ihm klar, würde ihn Chloe niemals verlassen. Dessen war er sich ziemlich sicher. Das wäre ein knallhartes, unüberwindliches Hindernis. Wenn Philip arbeitslos wurde, war eine gemeinsame Zukunft gestorben. Dann hatte er keinerlei Chance.

Er umklammerte das Glas noch fester. Womöglich hatte er ohnehin keine Chance. Chloe schien ihm das heute Morgen unmissverständlich mitgeteilt zu haben. Sie hatte ihm in die Augen gesehen und behauptet, die Sache sei aus und vorbei und ein dummer Fehler gewesen. Vielleicht sollte er ihr tatsächlich glauben.

Aber das konnte er nicht, es war ihm einfach nicht möglich. Er hatte das Leuchten in ihren Augen und ihre bebenden Lippen bemerkt. All diese verräterischen Anzeichen, die ihm bestätigten, dass ihre Leidenschaft der seinen in nichts nachstand. Es war doch klar, dass sie ihn heute Morgen zurückgewiesen hatte. Natürlich hatte sie nach dem Erwachen Schuldgefühle verspürt. Doch ihre Abweisung war übereilt und aus einem Impuls heraus geschehen – alles Zeichen eines schlechten Gewissens. Das hieß nicht, dass sie nicht tief im Inneren nach wie vor starke Gefühle für ihn hatte. Sie konnte sich noch umentscheiden. Es war möglich.

Wenn aber Philip seinen Arbeitsplatz verlor, würde gar nichts mehr möglich sein. Hugh leerte sein Glas und schenkte sich nach. Er trank einen Schluck, sah auf und versteinerte. Philip kam auf ihn zu.

Hugh ermahnte sich, nicht in Panik auszubrechen. Er würde sich vollkommen normal benehmen und sich nichts anmerken lassen. Jedenfalls nicht, bevor er nicht alle Fakten zusammengetragen hatte.

Er zwang sich zu einem reumütigen Lächeln und deutete auf die Flasche.

»Ich versuche gerade, meinen Kater mit Alkohol zu kurieren. Leistest du mir Gesellschaft?«

»Eigentlich«, setzte Philip an, und das Sprechen schien ihm schwer zu fallen. »Eigentlich, Hugh, komme ich, um dir ein Fax zu bringen.«

»Ach so«, erwiderte Hugh verwirrt. »Danke …«

Er streckte die Hand aus, und Philip reichte ihm die cremefarbenen Seiten. Als er das fett gedruckte PBL-Logo des Briefkopfes entdeckte, verknotete sich sein Magen. Verflucht, dachte er. Diese *dämliche* Della … Er sah auf und genau in Philips Augen. Sein Mund wurde staubtrocken.

»Nun, Hugh«, fuhr Philip mit derselben merkwürdigen Stimme fort und lächelte verkrampft. »Welchen Zeitpunkt hattest du denn geplant, um mir diese Neuigkeiten zu unterbreiten?«

13

»Ich wusste nichts davon.« Hugh wagte gar nicht, in Philips angespanntes, wütendes Gesicht zu sehen und schluckte. »Das musst du mir glauben, ich hatte keine Ahnung.« Er überflog das Fax in seiner Hand und die von Della getippte Nachricht:

Lieber Hugh, ich hoffe, Sie haben meine Nachricht erhalten. Im Anschluss folgen die relevanten Seiten des MacKenzie-Berichts. Herzliche Grüße, Della.

Weiter stand vermerkt, der Inhalt des Schreibens sei vertraulich und lediglich demjenigen zugänglich zu machen, an den es adressiert war.

Die folgenden Seiten hatte Hugh sich zwar noch nicht durchgelesen, doch war es klar, was sie für Philip bedeuteten. Himmel noch mal, dachte Hugh, dem leicht übel wurde. Wo war Della nur mit ihren Gedanken gewesen? Egal, wer von National Southern diesen Bericht zu Gesicht bekam, es war gleichbedeutend mit einem katastrophalen Versagen in Sachen Kommunikationsmanagement der Firma. Von diesem Mann, der barfuß und in kurzen Hosen vor ihm stand, einmal ganz abgesehen. Dieser Mann, der ihm einerseits vertraut und andererseits ganz und gar unbekannt war und dessen Leben er zwar hatte umkrempeln wollen, allerdings auf vollkommen andere Art und Weise …

»Philip, ich hatte nicht die geringste Ahnung, dass du für

National Southern arbeitest«, wiederholte Hugh mit fester Stimme, denn diese Tatsache entsprach immerhin der Wahrheit. »Zumindest anfangs nicht.«

»Und was ist nun damit?« Philip machte eine unbestimmte Handbewegung in Richtung des Faxes. Jetzt sieht er ganz anders aus, dachte Hugh. Nicht mehr der liebenswürdige Mann, mit dem er fröhlich gestern Abend eine Flasche nach der anderen geleert hatte. Dieser Mann vor ihm war abgekämpft, wütend und misstrauisch und musterte Hugh ohne eine Spur von Freundlichkeit. Es war gerade so, als stünden sie sich zum allerersten Mal gegenüber.

Was in gewisser Weise sogar stimmte, dachte Hugh. Dieser ganze Unsinn, nicht über die Arbeit zu sprechen und das normale Leben außen vor zu lassen – das war doch totaler Blödsinn. Der Wirklichkeit konnte man nicht entrinnen, auch während des Urlaubs nicht. Sie lauerte überall und wartete nur darauf, einen einzuholen – ob nun per Fax oder per Telefon oder über das Fernsehen. War man unvorbereitet, verschlimmerte sich alles nur.

»Bis heute hatte ich keine Ahnung«, stellte er nun klar. »Ich bin Nat über den Weg gelaufen. Er hatte eine Mappe mit dem PBL-Logo neben sich liegen. Ich habe ihn gefragt, woher er sie hat, und er hat mir erzählt …« Hugh schüttelte den Kopf. »Ich konnte es nicht glauben. Es ist vollkommen verrückt. Wir arbeiten beide für denselben Laden …«

»National Southern und PBL sind nicht derselbe Laden«, korrigierte ihn Philip kurz angebunden. »Ihr besitzt uns. Das ist nicht dasselbe.«

Hugh schrak angesichts der abrupten Feindseligkeit zurück.

»Die Übernahme war durch und durch freundschaftlich …«

»In der Vorstandsetage vielleicht.«

Hugh schüttelte den Kopf.

»Nicht nur im Vorstand. Unser geschäftsführendes Liaisonteam hat die Zufriedenheit der Angestellten auf allen Ebenen ständig beobachtet und ist zu dem Schluss gekommen…«

»Willst du ehrlich wissen, als was viele der Angestellten euch bezeichnen?«, fragte Philip, ohne auf seinen Einwand einzugehen. »Als Arschlöcher.«

Hugh schwieg.

»Philip, ich bin auf deiner Seite«, sagte er schließlich. »Ich will doch nur…«

»Du willst doch nur so viel wie irgend möglich über mich herausfinden.« Philip stieß mit dem Finger auf das Fax. »Hattest du vor, mir hiervon Mitteilung zu machen?«

»Aber natürlich!«, rief Hugh aus. »Verflucht noch mal! Zu deinem Nutzen wollte ich herausfinden, in welche Richtung die Empfehlungen gehen. Ich wollte… dich zumindest warnen…«

»Also bitte, schieß los.« Philip deutete auf die Seiten. »Nur zu, Mister Firmenstratege. Warum liest du es dir nicht durch und findest heraus, ob die Geschichte gut ausgeht oder nicht?«

Er funkelte Hugh herausfordernd an. Seufzend wandte sich Hugh der zweiten Seite des Faxes zu, las die erste Zeile und blickte auf. »East Roywich«, fragte er, »bist du das?«

Philip sah ihn fassungslos an. »Ja«, bestätigte er. »Ja, das sind wir. Für dich ist das sicher nur ein x-beliebiger Name, wenn ich das richtig sehe.«

Hugh schwieg, hätte sich aber gerne verteidigt. Woher sollte er wissen, dass Philip in East Roywich arbeitete? Verdammt noch mal, er wusste noch nicht einmal, wo genau East Roywich lag. Eilig überflog er die Seite und blätterte weiter. Nachdem er eine unmissverständliche Aussage nach der nächsten gelesen hatte, wirkte er zunehmend besorgt. East Roywich stand nicht einmal mehr auf der Kippe, die Filiale wurde definitiv geschlossen. Und wie es aussah, sogar schon sehr bald.

»Ich habe das Fachchinesisch also nicht falsch ausgelegt?«, fragte Philip, der ihn beim Lesen beobachtete. »Ihr werdet die Filiale schließen.«

Hugh kam zur letzten Seite und blickte stumm auf den letzten Absatz. Was sollte er diesem Mann sagen? Verfluchte Tat, er war doch kein Kommunikationsexperte!

»Bei der Verschmelzung geht es darum«, sagte er ohne ihn anzuschauen, »neue Chancen zu eröffnen. Chancen für PBL – und Chancen für National Southern. Um diese Chancen so aussichtsreich wie nur möglich...«

»Ihr werdet die Filiale schließen«, schnitt ihm Philip unwirsch das Wort ab. »Ihr werdet uns ›ausdünnen‹. So nennt ihr das doch, nicht wahr?«

»Verschlanken«, korrigierte Hugh automatisch. Als er endlich den Kopf hob, musterte ihn Philip beinahe verächtlich. »O mein Gott«, murmelte Hugh und rieb sich das Gesicht. »Hör zu, Philip, es tut mir wirklich Leid. Ganz ehrlich. Dies war nicht meine Entscheidung. Es gehört noch nicht einmal in meinen Bereich...«

»Aber es wird geschehen«, sagte Philip mit blasser, angespannter Miene. »Oder handelt es sich lediglich um eine Empfehlung?«

Hugh kratzte sich am Ohr. »Falls der Vorstand diese Empfehlungen nicht aus irgendeinem Grund ignoriert, was wiederum...«

»Utopisch ist?«

»Unwahrscheinlich zumindest«, bestätigte Hugh. »Sehr unwahrscheinlich sogar.«

»Verstehe.« Philip ließ sich auf einen Stuhl sinken,

spreizte die Finger und musterte sie gedankenverloren. Dann sah er Hugh direkt in die Augen, und ein Hoffnungsschimmer huschte über sein Gesicht. »Und noch nicht einmal der Vorsitzende der Abteilung Unternehmensstrategie könnte sie überzeugen?«

Seine Stimme klang angespannt, fast ein wenig sarkastisch. Dennoch schwang ein Hauch von Optimismus mit, ein unterschwelliges Flehen, bei dem Hugh ganz elend wurde. Er wandte sich wieder dem Fax zu, studierte die Analyse eingehender und suchte nach Fakten, die man Philips Filiale zugute halten konnte und die sie auszeichneten.

Doch die gab es nicht. East Roywich war ein Vorstadtviertel auf dem sozialen Abstieg. Mitte der Neunzigerjahre hatte die Filiale ausgesprochen gut dagestanden und sogar firmenintern ein oder zwei Auszeichnungen erhalten. Seit dem Bau eines Einkaufszentrums drei Meilen weiter stadtauswärts hatte die Hauptgeschäftsstraße East Roywichs an Bedeutung verloren – und die Bilanzen der National Southern hatten diesen Trend gespiegelt. Die Kundenbasis war kleiner geworden, die Einnahmen rückläufig, und mehrere Marketinginitiativen hatten keinerlei Erfolg erzielen können. Egal, von welcher Seite man die Sache betrachtete, sie war einfach nicht zu retten.

»Es tut mir Leid«, sagte er und sah auf. »Da kann ich nichts tun. Da die Empfehlungen sich ausschließlich auf die Leistungen …«

»Die Leistungen?«, wiederholte Philip scharf.

»Ich meine damit nicht deine Leistungen«, warf Hugh hastig ein. »Natürlich spreche ich von den von der Filiale insgesamt erbrachten Leistungen …« Als er Philips Blick kreuzte, schoss ihm das Blut ins Gesicht und seine Finger umklammerten das Fax. Verflucht, jemandem die kaufmännische Wahrheit von Angesicht zu Angesicht mitzuteilen war wirklich hart. Und dann auch noch jemandem, den er persönlich kannte... »Laut diesem Bericht«, fuhr er fort, »hat die Filiale nicht die Bilanzen erbringen können, die man sich von dort erhofft...«

»Überrascht dich das etwa?«, gab Philip erhitzt zurück. »Mein Gott, ihr Typen mit euren Zahlen und euren Plänen und euren...« Er brach ab und fuhr sich mit den Fingern durch die wirren Haare. »Könnt ihr nicht nachvollziehen, wie es bei uns die vergangenen Monate über ausgesehen hat? Wir hatten nicht die geringste Kommunikation mit euch da oben. Die Angestellten waren verunsichert, die Kunden haben tagtäglich nachgefragt, ob wir nun schließen oder nicht... Unsere Filiale hatte ein Marketingprojekt geplant, das aber so lange zurückgestellt werden musste, bis klar war, wie's weitergeht. Wir haben uns monatelang nur gerade eben über Wasser halten können. Und jetzt kommt ihr und erzählt uns, dass wir wegen unserer mangelnden Leistung schließen müssen!«

»Die erste Zeit nach einem Zusammenschluss ist für alle Seiten nicht eben einfach«, bemerkte Hugh und nahm damit den Punkt auf, zu dem er etwas sagen konnte. »So viel ist klar.« Er deutete auf das Fax. »Diese Zahlen weisen jedoch ein weniger als optimales Ergebnis aus...«

»Für dich war es nicht einfach?«, unterbrach ihn Philip. Sein Gesicht war angespannt und blass, seine Lippen bebten vor Wut. »Hast du nachts wach gelegen, dir Sorgen gemacht und dir gewünscht, du würdest auch nur über eine einzige handfeste Information verfügen? Haben dich deine Kunden Tag für Tag mit Fragen gelöchert? Ist die Arbeitsmoral deiner Angestellten bis auf den Nullpunkt gesunken? Ist deine Ehe fast daran zerbrochen, dass du nicht aufhören konntest, ständig darüber nachzugrübeln, was die

Arschlöcher von PBL wohl entscheiden würden? War es so, Hugh?«

Philips Stimme durchtrennte die Luft, sie war messerscharf und sarkastisch. Hugh musterte ihn unangenehm berührt, die geschmeidigen Phrasen erstarben ihm auf den Lippen. Er hatte diesem Mann nichts zu sagen. Er kannte dessen Leben nicht, die tagtägliche Wirklichkeit, mit der dieser sich auseinander setzen musste. Zum Teufel auch, dachte er plötzlich, wusste er eigentlich überhaupt über irgendetwas wirklich Bescheid?

Herannahende Schritte unterbrachen das Schweigen, dann tauchte Jenna hinter der Hausecke auf. Sie zögerte und musterte die beiden Männer neugierig.

»Eigentlich suche ich Sam«, sagte sie. »Wissen Sie, wo er steckt?«

»Nein«, erwiderte Hugh. Philip schüttelte stumm den Kopf.

»Okay.« Jenna beäugte die beiden nochmals neugierig und verschwand wieder.

Als ihre Schritte nicht mehr zu hören waren, fixierten sich die beiden Männer wortlos.

Eigentlich sollte ich diesen Typen hassen, dachte Hugh. Logisch betrachtet. Dies war der Mann, den Chloe liebte. Dies war sein Rivale. Doch er betrachtete Philips angespanntes, besorgtes Gesicht, sein wirres Haar und vor allem seine lausbübisch freundliche Ausstrahlung – und ihm wurde klar, dass er es gar nicht konnte. Er konnte Philip nicht hassen. Als er sein Weinglas nahm und vorsichtig daran nippte, wurde ihm deutlich, dass er nicht einfach tatenlos zusehen konnte, wie der Mann seinen Arbeitsplatz verlor.

Es war nicht nur Eigeninteresse. Es war nicht nur, um seine Chancen bei Chloe zu verbessern, dass er diesen

Mann über Wasser halten wollte. Was Philip gesagt hatte, hatte ihn getroffen. Hier war ein fleißiger, anständiger Typ mit jahrelanger Erfahrung. Ein Mann, dem seine Arbeit, seine Kunden und die Zukunft seiner Firma offensichtlich sehr am Herzen lagen. Er gehörte zu jenen Angestellten, für die PBL sich eigentlich einsetzen und sie, statt sie hinauszuwerfen, befördern sollte. Dies war seine Chance.

»Ich werde jemanden anrufen«, sagte er abrupt, leerte sein Glas und sah zu Philip auf. »Den Leiter der Personalabteilung kenne ich recht gut. Mal sehen, was sich machen lässt. Komm mit.«

Nach der grellen Sonne im Freien erschien das Arbeitszimmer schummrig und düster. Hugh ging unverzüglich zum Schreibtisch, nahm den Hörer zur Hand und wählte eine Nummer.

»Ich lasse dich doch jetzt wohl lieber allein?«, fragte Philip, der unbehaglich im Türrahmen stand. Hugh schüttelte den Kopf.

»Möglicherweise möchte er mit dir sprechen. Bleib ruhig hier, für den Fall der Fälle.« Sein Gesichtsausdruck hellte sich auf. »Hallo, Christine, hier spricht Hugh Stratton. Ja, das ist richtig. Wie geht es Ihnen? Gut. Ist es wohl möglich, dass ich Tony kurz sprechen kann? Ach ja? Das ist gut.«

Während er auf die Verbindung wartete, erklärte Hugh an Philip gewandt: »Ich kenne Tony bereits eine Zeit lang. Er ist ein prima Kerl. Sehr kompetent. Wenn jemand helfen kann, dann er.«

Beide schwiegen. Philip hatte sich auf eine Sessellehne gesetzt und rang so sehr mit den Händen, dass die Knöchel weiß hervorstachen. Schließlich sprang er abrupt auf.

»Hör zu, Hugh, vergiss die Sache«, sagte er heiser. »Es

ist … es ist einfach nicht richtig. Ich möchte nicht, dass du dich für mich verwendest. Wenn die Filiale schließen muss und ich meinen Arbeitsplatz nicht aufgrund meiner eigenen Verdienste halten kann, dann soll es so sein. Das wäre mir lieber als diese … Vetternwirtschaft.«

»Das ist keine Frage der Vetternwirtschaft«, widersprach Hugh. »Glaub mir, Philip, wenn es um so etwas ginge, würde ich es nicht tun. Wirklich nicht.«

Philip schwieg, dann schnaubte er und lächelte bemüht.

»Wie fühlt man sich, wenn eines anderen Leben von einem abhängt?«, fragte er.

Hugh sah Philip stirnrunzelnd an. Sein Hals war auf einmal wie zugeschnürt und Bilder von Chloe, wie sie mit milchig weißer Haut nackt und befriedigt neben ihm auf dem zerwühlten Bett lag, tauchten vor ihm auf. Die Frau dieses Mannes, das Leben dieses Mannes … gütiger Himmel. Plötzlich begann Hughs Hand am Hörer zu schwitzen. Mehr denn je wollte er diesem Mann unter die Arme greifen. Komme, was wolle, er musste diese Angelegenheit zum Guten wenden.

»Hallo?« Tonys sonore Stimme ließ Hugh auffahren. Dankbar wandte er sich dem Hörer zu.

»Hallo, Tony, hier spricht Hugh.«

»Hugh! Was kann ich für dich tun?«

»Ich wollte nur kurz … kurz etwas Persönliches besprechen.« Hugh räusperte sich. »Ich habe mir die Empfehlungen des Mackenzie-Berichtes durchgelesen …«

»Wie wir alle«, sagte Tony. »Wie ich gehört habe, hast du dich mit Alistair bereits über die Umsetzung unterhalten. Wir sind uns alle einig, dass die Sache schnell über die Bühne gehen muss, und ich versichere dir, dass wir so effektiv wie möglich agieren werden. Wenn alles nach Plan läuft, sollte die Umstrukturierung ungefähr … lass mich kurz nachsehen ...« Tony hielt inne, und Hugh nutzte diese Pause.

»Tony, das war eigentlich nicht mein Anliegen. Ich wollte mit dir über eine ganz bestimmte Filiale der National Southern sprechen.«

»Ach so?« Tony schien überrascht. »Über welche Filiale denn?«

»Über East Roywich«, erwiderte Hugh. »Wie ich höre, soll sie geschlossen werden.«

»Lass mich schnell den Bericht holen. Christine ...« Tony legte den Hörer ab. Hugh blinzelte Philip mit erhobenen Augenbrauen zu, und dieser versuchte zu lächeln.

»Ja, okay ...«, sagte Tony. »Richtig, East Roywich. Worum geht es denn?«

»Nun«, begann Hugh zögernd und von seiner eigenen Nervosität selbst überrascht. Er nahm sich einen Bleistift und zeichnete kleine, akkurate Quadrate auf Gerards makellose grüne Schreibtischunterlage. »Ich kenne den Filialleiter dort. Er ist sehr kompetent und engagiert, die Art von Mann, die wir uns halten sollten. Ich wollte nur wissen, ob geplant ist, ihn irgendwo anders einzusetzen.«

»Verstehe«, sagte Tony nach einer kurzen Pause. »Lass mich mal nachsehen ...« Dann änderte sich seine Stimmlage. »Richtig ... In East Roywich sitzt tatsächlich ein sehr aufgeweckter Mann. Wir haben ihn gerade vertraglich verpflichtet, die zusammengelegte Filiale in South Dayton zu leiten. Chris Harris. Letzte Woche war er zu einem Vorstellungsgespräch hier. Ich habe selbst mit ihm gesprochen. Sehr beeindruckend und ernsthaft daran interessiert, mit uns weiterzuarbeiten. Sehr versiert mit Computern ...«

»Das ... das ist nicht der Mann, von dem ich spreche«, unterbrach ihn Hugh und ritzte seinen Bleistift noch tiefer in die Unterlage. »Wie steht es mit Philip Murray, dem Filialleiter?«

»Ach so.« Tony schien über die Unterbrechung leicht ungehalten zu sein. Hugh hörte, wie er eine Seite weiterblätterte und wie im Hintergrund ein zweites Telefon klingelte. »Ah, hier, Philip Murray. Also, ich habe ihn nicht persönlich kennen gelernt – doch aufgrund der Unterlagen und dem allgemeinen Eindruck erscheint er uns etwas zu alt, etwas zu eingefahren, um dem PBL-Geist zu entsprechen. Außerdem ist er natürlich höher eingestuft... rein wirtschaftlich gesehen ist es Unsinn, ihn zu behalten.«

»Dieser Eindruck mag auf dem Papier entstehen«, wandte Hugh ein. »Aber man muss auch seine Erfahrung und seinen Wissenshintergrund mit in die Waagschale werfen. Wir werden Leute brauchen, die sich mit den Abläufen bei National Southern gut auskennen...«

»Wir haben viele Leute, denen die Abläufe bei National Southern sehr wohl bekannt sind«, entgegnete Tony trocken. »Zu viele, wenn du mich fragst. Hugh, ich verstehe deine Sorge, doch in diesem Fall...«

»Komm schon, Tony!«, unterbrach ihn Hugh in einem Anflug von Panik. Er durfte in dieser Sache nicht versagen. Auf gar keinen Fall. »Es muss doch irgendwo etwas für ihn geben. Du kannst ihn nicht einfach am ausgestreckten Arm verhungern lassen!«

»Niemand verhungert hier am ausgestreckten Arm«, widersprach Tony. »Er wird eine sehr großzügige Abfindung erhalten. Eine überaus großzügige sogar. Wenn er die nicht annehmen möchte, kann er das tun, was viele National Southern Angestellte jetzt tun, nämlich sich dem PBL-Trainingsprogramm Telekommunikation anschließen.«

»Worum geht es dabei genau?«

»Um den Verkauf und das Marketing von Telekommunikationsausrüstungen«, erläuterte Tony. »Drei Wochen Training …«

Hugh fühlte, wie die Wut in ihm hochstieg.

»Nun mach mal einen Punkt, Tony!«, schnitt er ihm rüde das Wort ab. »Das ist eine krasse Beleidigung, wie du sehr wohl weißt. Hier geht es nicht um irgendeinen Kassierer. Der Mann hat Hochschulreife, er verfügt über zahlreiche Qualifikationen im Finanzwesen … seine Filiale hat Mitte der Neunzigerjahre Auszeichnungen erhalten, verdammt. Er arbeitet seit sechzehn Jahren für National Southern. Können wir ihm nichts anderes anbieten als den Verkauf von ein paar albernen Telefonapparaten? Himmel noch mal!«

Hugh atmete schwer. Am anderen Ende der Leitung entstand eine verblüffte Pause.

»Hugh«, sagte Tony schließlich, »von wo aus rufst du an?«

Hugh blickte sich in dem düsteren Arbeitszimmer um und hatte für eine Sekunde die Orientierung verloren.

»Ich … ich bin im Urlaub«, knurrte er. »In Spanien.«

»Verstehe«, sagte Tony und schwieg erneut. »Ich mache dir einen Vorschlag. Diese Angelegenheit liegt dir offenbar sehr am Herzen. Wenn du wieder zurück bist, setzen wir uns zusammen und besprechen das in aller Ruhe. Einverstanden?«

»Nein. Ich will die Sache jetzt vom Tisch haben. Ich möchte eine Antwort.«

»Ich werde Christine bitten, deiner Assistentin etwas auszuhändigen«, sagte Tony. »Das ist Della, nicht wahr?«

»Ja, aber …«

»Genieße deinen Urlaub, Hugh. Erhole dich gut, und wenn du wieder zurück bist, reden wir darüber. Versprochen.«

Die Verbindung wurde unterbrochen. Geschockt starrte Hugh auf den Hörer. Ein paar Sekunden konnte er sich nicht rühren. Dann räusperte er sich und sah Philip unglücklich an.

»Philip …« Er brach ab, es war ihm unmöglich, die Worte über die Lippen zu bringen. Es war unfassbar, dass man ihn einfach so abgewürgt hatte.

»Mach dir keine Sorgen«, bat Philip ihn. »Bitte, Hugh, denk nicht weiter darüber nach. Du hast es versucht, und das ist mehr, als die meisten getan hätten. Dafür danke ich dir von Herzen.«

»Ich werde mit ihm sprechen«, schwor Hugh. »Sobald ich zurück bin. Ich werde mich mit ihm treffen und ihm den Sachverhalt erklären …«

»Hugh … nein.« Philip hob die Hand, und Hugh kam sich etwas albern vor. »Wir wissen doch beide, dass das keinen Sinn hat. Mein Arbeitsplatz ist gestrichen und damit basta. Und weißt du was?«

Philip streckte sich und stand auf. »Mir geht es gut«, sagte er und schaute Hugh beschwichtigend an. »Zum ersten Mal seit Monaten bin ich sogar glücklich. Der erste Schock war schlimm – aber jetzt bin ich vor allen Dingen erleichtert. Immerhin weiß ich endlich Bescheid. Jetzt *weiß* ich es.« Er trat ans Fenster und blickte hinaus. »Das war es, was mich verrückt gemacht hat, nichts Genaues zu wissen. Nun aber, nachdem es beschlossene Sache ist, kann ich nichts mehr dagegen unternehmen. Jetzt wende ich mich optimistisch anderen Plänen zu.« Er nahm einen geschnitzten Holzelefant von einem der kleinen Tischchen, musterte ihn kurz und stellte ihn wieder zurück. »Wir werden es schon schaffen, Chloe und ich«, sagte er und drehte sich um. »Wir werden einen Weg finden.«

Als Hugh ihren Namen hörte, hob er abrupt den Kopf.

Er betrachtete Philip und verspürte eine plötzliche Kälte, als ihm die Auswirkungen seines Scheiterns bewusst wurden. Philips Arbeitsplatz war verloren. Ohne jeden Zweifel würde Chloe ihn unterstützen und bei ihm bleiben. Alles war aus und vorbei.

»Ihr habt noch von jemand anderem bei National Southern gesprochen?«, fragte Philip. »Jemand aus meiner Filiale?«

»Chris… Chris Harris.« Nur mit Mühe konnte Hugh seine Aufmerksamkeit wieder dem aktuellen Gespräch zuwenden. »Sie haben ihm die Leitung einer der zusammengelegten Filialen angeboten.«

»Chris?« Philip prustete. »Das würde er aber nicht annehmen!«

»Offenbar hat er das bereits. Sie haben letzte Woche mit ihm gesprochen.«

»*Letzte* Woche? Aber da war ich doch noch da. Mir gegenüber hat er seine Entscheidung mit keinem Wort erwähnt.« Philip schüttelte ungläubig den Kopf. »Es ist alles ein großes Spiel, nicht wahr? Ein ziemlich ekelhaftes Spiel. Ehrlich gesagt, finde ich es gut, dass ich nicht mehr mit von der Partie bin.«

»Das kann ich dir nachempfinden«, hörte sich Hugh sagen. Er beobachtete, wie Philip zur Tür ging. »Wirst du es Chloe sagen?«

»Aber ja, ich werde sie gleich mal suchen.«

»Wird sie… wird sie es verkraften können?«, konnte sich Hugh nicht verkneifen zu fragen.

Philip drehte sich lächelnd um, sein Gesicht voller Zuneigung. Er liebt sie, dachte Hugh, und eine heftige Eifersucht packte ihn. Er liebt sie wirklich.

»Sie wird es gut verkraften«, erwiderte Philip. »Chloe ist nicht… sie ist nicht wie andere Frauen.«

»Nein«, bekräftigte Hugh, nachdem Philip die Tür hinter sich geschlossen hatte. »Nein, das ist sie nicht.«

Chloe hockte auf einem Rasenflecken seitlich der Villa und starrte dumpf auf den Boden. Seit Sams Ausbruch hatte sie mit niemandem mehr gesprochen. Sie war sich nicht sicher, ob sie menschlichen Kontakt überhaupt würde ertragen können, zumindest nicht in der aufgewühlten Stimmung, in der sie sich befand. Sie fühlte sich zu schwach, um sich zu beherrschen oder Entscheidungen zu fällen.

Als sie aufsah und Philip auf sich zukommen sah, begann sie tief in ihrem Inneren zu beben. Philip setzte sich neben sie. Eine Weile lang sagten sie beide kein Wort.

»Nun weiß ich endlich Bescheid«, sagte Philip endlich. Eine entsetzliche Angst packte Chloe. Worüber wusste er Bescheid? Wie hatte er...

»Sie schließen die Filiale. Mein Arbeitsplatz ist gestrichen.«

Chloe starrte ihn verdutzt an. Und dann, als die Worte langsam in ihr Bewusstsein drangen und eine Bedeutung annahmen, spürte sie etwas Heißes in sich aufsteigen, etwas, das sie weder unterdrücken noch kontrollieren konnte. Tränen rannen ihr über das Gesicht und sie schluchzte auf.

»Chloe!«, rief Philip entsetzt aus. »Chloe...«

Chloe wollte antworten, brachte aber keinen Ton heraus. Sie musste erst ihren angestauten Gefühlen in Form von Tränen und Schluchzern freien Lauf lassen.

Ihr war bewusst, dass Philip sie selten so zusammenbrechen sah. Diese Situation gehörte zu jenen, die sie normalerweise wunderbar meisterte. Wie oft war sie aktiv geworden – hatte die Führung übernommen, andere ermutigt und die Familie gemeinsam durch diverse Krisen gebracht. Als Philips Vater gestorben war oder als sie sich wegen

Nats Niere Sorgen machten, war sie die Starke gewesen, diejenige, die anderen eine Stütze war. Doch dieses Mal konnte sie niemanden stützen. Ihre Kraft war versiegt, sie fühlte sich wie zerschmettert.

»Chloe…« Philip griff nach ihrer Hand. »Mach dir keine Sorgen, so schlimm wird es nicht.«

»Das weiß ich doch«, erwiderte Chloe mit tränenerstickter Stimme und wischte sich die Tränen ab. »Tut mir Leid. Natürlich wird es nicht so schlimm werden. Wir werden es schaffen, alles wird sich irgendwie finden.« Sie atmete zitternd durch und lächelte Philip an. Es war ein strahlendes, Mut machendes Lächeln, doch quollen bereits neue Tränen in ihre Augen. Ihr Lächeln erstarb. »Tut mir Leid«, wisperte sie. »Ich weiß auch nicht, was mit mir los ist. Ich habe eine… solche Angst.«

Philip legte den Arm um sie und zog sie dicht an sich heran. »Hab keine Angst, Chloe. Hab keine Angst.« Er streichelte ihr den Rücken, als ob er ein Baby beruhigen wollte. »Es ist keine Katastrophe. Ich werde etwas Neues finden. Wir werden es schaffen.«

Chloe hob ihr tränenüberströmtes Gesicht und sah ihn an, als ob sie nach etwas suchte.

»Glaubst … du … wirklich?«, fragte sie abgehackt.

»Aber natürlich tu ich das«, erwiderte Philip zuversichtlich. »Wir sind doch ein Team. Wir werden immer überleben, du und ich.«

Chloe betrachtete sein freundliches, vertrautes, gutmütiges Gesicht und schluchzte erneut auf. Philip drückte sie fest an sich. Eine Weile schwiegen sie, und Chloes Tränen durchweichten sein Hemd.

»Himmel! Das ist doch lächerlich!« Sie rückte leicht von ihm weg und rieb sich das gerötete Gesicht. »Ich weine nie. Nie!«

»Vielleicht ist genau das der Grund.« Philip betrachtete sie zärtlich. »Vielleicht müssen wir alle ab und zu mal weinen.« Sanft strich er ihr eine Haarsträhne aus dem Gesicht. »Es ist nicht leicht für dich gewesen, ich weiß. Aber jetzt...« Er holte tief Luft. »Ich kann dir gar nicht sagen, Chloe, was für eine unglaubliche Erleichterung ich empfinde. Ich bin... glücklich!«

»Glücklich?«

»Dies ist keine Katastrophe, sondern eine Chance. Eine Chance, noch einmal von vorne zu beginnen.« Philip nahm ihre Hände in seine und sah sie ernst an. »Eine Chance, noch einmal darüber nachzudenken, was... was wir wirklich erreichen wollen. Vielleicht werde ich tatsächlich eine Computerausbildung machen. Oder endlich diesen Roman schreiben... oder etwas ganz anderes machen. Vielleicht ziehen wir ins Ausland.«

»Ins Ausland?« Chloe sah ihn an und lächelte. »Bist du sicher?«

»Warum denn nicht? Alle Möglichkeiten stehen uns offen. Wir können gehen, wohin immer wir wollen.« Philips Gesicht leuchtete voller Begeisterung. »Weißt du, es ist merkwürdig, aber ich bin richtig aufgeregt. Wie viele Leute haben schon die Möglichkeit, ihr Leben noch einmal vollkommen umzukrempeln?«

Sprachlos musterte Chloe ihn. Wenn du wüsstest, dachte sie, welche Chance ich hatte, mein Leben vollkommen umzukrempeln. Allein bei der Vorstellung zuckte glühende Leidenschaft für Hugh in ihr auf. Sie schloss die Augen, bereit, sich den Tatsachen zu stellen. Doch das Gefühl klang ab, war bereits dumpfer, nicht mehr so drängend. Wie eine sich allmählich bessernde Virusinfektion.

»Nicht viele«, sagte sie schließlich. »Nicht viele erhalten eine solche Chance.«

Und dann purzelten ihr die Tränen wie ein sommerlicher Regenguss über das Gesicht. Hilflos zuckte sie die Achseln und lachte über sich selbst.

»Ich bin ein hoffnungsloser Fall«, schluchzte sie. »Beachte mich einfach nicht.« Philip streichelte ihr Gesicht.

»Wir könnten heiraten«, sagte er leise. Chloes Tränen versiegten abrupt. Ihr Gesicht begann zu kribbeln, und sie bekam kaum noch Luft.

»Heiraten?«, krächzte sie und versuchte, möglichst beiläufig zu klingen. »Warum… warum sagst du das?«

»Ich weiß, dass du es immer wolltest. Ich fand es nicht weiter wichtig. Aber da sich nun alles in unserem Leben ändern wird…« Philip berührte zärtlich ihre Lippen. »In letzter Zeit habe ich dir das Leben sehr schwer gemacht. Vielleicht möchte ich das einfach wieder gutmachen.«

»Du musst überhaupt nichts gutmachen«, erwiderte Chloe mit bebender Stimme. »Du schuldest mir nichts. Lass uns… die Dinge einfach so beibehalten, wie sie jetzt sind.«

Sie vergrub ihr Gesicht in den Händen. Philip musterte sie besorgt.

»Chloe… ist alles in Ordnung? Oder gibt es da noch ein anderes Problem?«

»Nein«, erwiderte Chloe ohne zu zögern. »Nein, mir geht es gut.« Sie hob den Kopf. »Sam war vorhin ziemlich unverschämt zu mir, mehr nicht. Das hat mich irgendwie aus der Bahn geworfen.«

Philip runzelte die Stirn. »Ich werde ihn mir vorknöpfen.«

»Nein, es ist wirklich nicht weiter wichtig.«

Wie ein Kind ließ sie sich in seine Arme fallen. Sie wollte getröstet und beschützt und umsorgt werden. Philip streichelte rhythmisch und besänftigend ihren Rücken, bis sich ihr Atem beruhigte und sie sich entspannte.

»Und weißt du«, sagte er leise, »um die Finanzen werden wir uns erst mal keine Sorgen machen müssen. Die Abfindungen sind sehr großzügig.«

»Tatsächlich?«

»Hugh meint, es handelt sich um mindestens zwei volle Jahresgehälter.«

»Hugh?« Chloe richtete sich steil auf. »Soll das heißen … dass du Hugh noch vor mir eingeweiht hast?«

»Er wusste bereits Bescheid. Er war so anständig und hat versucht, mir zu helfen, aber es ließ sich partout nichts machen.«

Chloes Gedanken überschlugen sich. Ihr Gesicht war noch immer gerötet, und Tränenspuren verunzierten ihre Wangen.

»Was … was soll das heißen, er wusste bereits Bescheid?« Sie bemühte sich, die Ruhe zu bewahren. »Philip, wovon redest du?«

Hugh saß alleine im Arbeitszimmer und stierte ins Leere. Er hatte das Gefühl, als ob ihm der Boden unter den Füßen weggezogen worden wäre. All die Stunden, die er mit seiner Arbeit verbracht hatte, seine Mühen, seine Zeit und sein Einsatz – wofür? Wenn es wirklich darauf ankam, war er genauso machtlos wie alle anderen. So machtlos wie einer jener kleinen Icons mit dem Zylinder auf dem Kopf. Lediglich ein kleines Rädchen im Getriebe, dessen Meinung außerhalb seines eng begrenzten Aufgabenbereichs nichts galt. Er hatte geglaubt, einen gewissen Einfluss ausüben zu können und ein gewisses Maß an Respekt innerhalb der Firma zu genießen. Ohne diese These jemals auf die Probe zu stellen, war er davon ausgegangen, dass sie stimmte. Doch dem war nicht so. Er besaß nicht die Spur eines Einflusses.

Er hatte das Gefühl, hintergangen worden zu sein. Der Spiegel hatte sich gedreht; nun konnte er die Dinge sehen, wie sie tatsächlich waren. Seine Karriere, sein Leben, seine Entscheidungen. Man konnte ein ganzes Leben damit verbringen, einer falschen Einschätzung nachzujagen und einer Fata Morgana hinterherzuhecheln.

Es gab so vieles in seinem Leben, was nicht stimmte. Er stützte den Kopf in die Hände und starrte auf seine Knie und das provozierende Blau seiner Badehose. Wenn er mit Chloe zusammengeblieben wäre, wie wäre das Leben mit ihr – und mit Sam und ihren eigenen Kindern – geworden? Was für ein Mensch wäre er wohl geworden? Plötzlich hatte er ein Bild vor Augen, wie er mit dem blutjungen, fröhlichen Sam im Park Fußball spielte. Wäre er ein anderer Vater geworden?

Das Telefon klingelte. Für den Bruchteil einer Sekunde fragte er sich, ob es Tony sein könnte, der es sich anders überlegt hatte, Philip einen gut dotierten Posten anbot und sich vielleicht sogar entschuldigte.

»Hallo«, meldete er sich mit hoffnungsvoll beschwingter Stimme.

»Hallo, bist du es, Hugh?«, erkundigte sich eine tiefe Baritonstimme. »Hier spricht Gerard.«

Vor Schreck brachte Hugh zunächst kein Wort heraus.

»Ich habe Neuigkeiten für dich, altes Haus. Ich bin hier in Spanien und komme euch besuchen!«

»Du bist in Spanien?« Plötzlich fielen Hugh Sams Worte wieder ein. *Und er kommt uns hier besuchen.* »Gerard, was zum Teufel machst du …«

»Mich hat plötzlich eine Laune gepackt«, dröhnte Gerard. »Ich wollte mal sehen, wie ihr alle miteinander klarkommt. Heute Abend bleibe ich noch bei Freunden in Granada, aber morgen Nachmittag werde ich bei euch aufkreuzen. Ihr werdet doch ein Plätzchen für mich freischaufeln können, nicht wahr? Ich freue mich schon so, euch alle wiederzusehen!« Hugh sah Gerard vor sich, auf dem Kopf einen altmodischen Panamahut, in der Hand ein Glas Wein und auf den Lippen ein Lächeln. »Wie kommt ihr denn miteinander klar?«, erkundigte sich Gerard unschuldig. »Es geht doch alles glatt, hoffe ich?«

»Du bist ein echter Mistkerl, Gerard.« Hugh umklammerte den Hörer noch fester.

»Wie bitte?«

»Das ist doch gar keine plötzliche Laune, habe ich Recht? Uns einen Besuch abzustatten hattest du schon die ganze Zeit geplant. Du bist ein sadistisches, armseliges ...«

»Ich bitte dich, Hugh!«, rief Gerard amüsiert aus. »Das ist wohl ein wenig übertrieben. Ich weiß, dass ich euch allen die Sache ein wenig erschwert habe, aber jeder kann sich schließlich mal irren ...«

»Es war kein Versehen. Du *wusstest* von PBL und National Southern. Du wusstest, wie es um die Dinge dort stand. Mein Gott, Gerard ...«

»Ach, Hugh, das tut mir wirklich Leid.« In Gerards Stimme schwang ein unüberhörbares Lachen mit. »Ist es wirklich so unangenehm für dich? Ich wollte natürlich nicht ...«

»Du findest das vermutlich alles sehr witzig und genießt deine kleinen Machtspielchen, die anderen Leuten das Leben ruinieren ...«

»Also wirklich, Hugh!«, gluckste Gerard. »Nun sei nicht gleich so melodramatisch. Ein kleiner Scherz tut doch keinem weh.«

»Das nennst du einen Scherz? Sich hier ... wie ein Gott aufzuspielen?«

»Ausgerechnet du musst dich darüber aufregen! Das ist

schließlich *dein* Metier!«, schoss Gerard zurück. »Mein Gott, Hugh, ist dir der Sinn für Humor abhanden gekommen? Außerdem, wer sagt eigentlich, dass meine Beweggründe nicht ganz und gar ehrenwert waren? Vielleicht hielt ich es für eine gute Sache, wenn du und Philip einander kennen lernt. Zwei Seiten derselben Münze sozusagen.«

»Und was ist mit mir und Chloe? Gehört das für dich ebenfalls in die Rubrik Humor?«

Abgesehen vom Knacken in der Leitung war es vollkommen still.

»Was ist denn mit dir und Chloe?«, säuselte Gerard.

Er schien allerdings echt ratlos zu sein. Hughs Herz schlug heftig, und seine Gedanken rasten. Was hatte Gerard vor? Spielte er schon wieder ein Spiel?«

»Hugh? Bist du noch dran?«

Bestimmt wusste Gerard Bescheid. Er *musste* es wissen. Oder doch nicht?

Hugh legte die Stirn in Falten und dachte angestrengt nach. Gerard war den restlichen Sommer über nicht mehr in der Stadt gewesen, und nach seiner Rückkehr war die Affäre bereits zu Ende. Hugh hatte sie ihm gegenüber nie erwähnt. Vielleicht hatte Chloe es auch nicht getan. Vielleicht …

Vielleicht hatte Gerard keinen blassen Schimmer. Und in diesem Fall …

Hughs Hand schwitzte. In diesem Fall hätte er um ein Haar das wichtigste und zarteste Geheimnis seines Lebens ausgerechnet an Gerard Lowe verraten. Ihm wurde flau im Magen, als er sich vorstellte, mit welchem Genuss Gerard einen solchen Informationsbrocken verschlingen würde, die versteckten Anspielungen und die Aufregung, die daraus folgen würden.

»Ja.« Verzweifelt bemühte er sich, locker zu klingen. »Ja, ich bin noch dran. Ich meine... es war für uns alle etwas unangenehm. Auch für Amanda...«

»Altes Haus, ich muss los«, unterbrach ihn Gerard. »Meine Gastgeberin ruft. Aber wir sehen uns morgen, einverstanden?«

»Einverstanden.« Unsicher und zitternd legte Hugh den Hörer zurück. Bei der Tragweite dessen, was ihm um ein Haar unterlaufen wäre, fühlte er sich wie ausgewrungen. Er war dicht an einen Abgrund geraten, bevor er gerade noch rechtzeitig zurückgewichen war.

Und plötzlich, wie bei einem Überlebenden, der sich an einer mit Gras bewachsenen Klippe festklammerte, schien sein ganzes Leben eine andere Perspektive anzunehmen. Auf einmal erschienen ihm Dinge wertvoll, die er als selbstverständlich hingenommen hatte. Seine Ehe, seine Frau, seine Kinder.

Er hatte riskiert, das alles zu verlieren. Es war weder ein theoretisches Risiko noch eine vage Möglichkeit noch eine hypothetische Vorgehensweise, die er sich auf dem Bildschirm eines Computers ausmalte. Er war ein echtes Risiko eingegangen. Er hatte mit einer anderen Frau geschlafen. Er hatte einer anderen Frau nur wenige Meter von dem Ort entfernt, an dem seine Frau schlief, die Ehe angetragen. Wenn sie aufgewacht, nach draußen geschlendert wäre und sie gesehen hätte...

Hugh schloss die Augen. Ihm war ganz flau zumute. Er hätte sie und die Kinder verlieren können. Er schenkte sich einen Whisky ein, leerte ihn in einem Zug und schenkte sich nach. Blinzelnd und mit angespannten Zügen entdeckte er durch das Fenster Philip und Chloe nebeneinander auf dem Rasen. Sie hatten die Köpfe eng zusammengesteckt und unterhielten sich wohl. Chloe schien zu weinen.

Er presste den Kopf gegen die Fensterscheibe und starrte sie an, wie ein Kind eine Schaufensterauslage. Es versetzte ihm einen Stich, als Chloe Philips Hand nahm und sich ihre Finger ineinander verschränkten. Sie blickten sich in die Augen, so wie er und Amanda sich noch nie in die Augen geblickt hatten.

Er musste verrückt gewesen sein, dachte er und ballte die Fäuste. Er musste vollkommen verrückt gewesen sein. Chloe würde ihm nie gehören. Er hatte zwar daran geglaubt und absurderweise angenommen, Sam könnte ihm der Sohn werden, den er nie gehabt hatte. Gefühle überfluteten ihn, als er sich an den kleinen Sam erinnerte, und er schüttelte heftig den Kopf, um die Vorstellung von dem fröhlichen Baby auf dem Teppich abzuschütteln. Dafür war es jetzt zu spät. Zu verdammt spät. Sieh sie dir doch an. Sieh doch, wie ihr Philip den Rücken streichelt. Und jetzt wiegt er sie in seinen Armen und streicht ihr Haar mit einer vertrauten Geste zurück. Wie viele gemeinsame Stunden und Tage und Wochen spiegelten sich in dieser Vertrautheit? Wie viele Tränen und Hoffnungen und Probleme? Mit dieser Kraft und dieser Zusammengehörigkeit würde er es niemals aufnehmen können. Chloe hatte Recht – wie immer hatte sie Recht behalten. Fünfzehn Jahre waren fünfzehn Jahre. Im Vergleich dazu war er nur ein Anfänger, ein Blindgänger sogar.

Was blieb ihm also? Hugh hauchte an das Glas und rieb es mit dem Finger vorsichtig sauber. Seine Frau und seine Familie und seine Ehe. Die Leute also, die ihm am nächsten stehen sollten, es jedoch nicht taten. Der Rahmen, der ihn umgab und reibungslos funktionierte, ihn jedoch niemals wirklich berührte, niemals sein Leben, seine Bequemlichkeit oder seine Gefühle tangierte.

Mit starrer Miene beobachtete er, wie Philip etwas sagte,

worüber Chloe lachte, und wie sie mit leuchtenden Augen zu ihm aufsah. Das habe ich verpasst, dachte er. Ich habe es verpasst, meine Frau wirklich kennen zu lernen, ebenso wie meine Kinder. Acht Jahre Familienleben – und wo habe ich die meiste Zeit davon verbracht? Im Büro. Am Telefon. Auf der Jagd nach einer Karriere, die mit einem Mal hohl erscheint. Wie habe ich mir mein Leben nur so vermasseln können?

Hugh trat von der Fensterscheibe zurück und musterte sein Spiegelbild. Noch nie zuvor hatte er sich so einsam gefühlt. Eine Weile lang stand er regungslos und starrte sich an, im Hintergrund wie ein Kinofilm Philip und Chloe. Er beruhigte sich allmählich. Und er konnte wieder klar denken.

Er würde vieles ändern. Er würde sich selbst ändern und der Mensch werden, der er sein wollte. Er würde sein Leben zurückerobern, er würde seine Kinder zurückerobern. Es war noch nicht zu spät.

Entschlossen ging er zum Schreibtisch und wählte eine Nummer.

»Hallo«, meldete er sich, sowie man ihn durchgestellt hatte. »Tony, hier spricht Hugh Stratton. Nein, es geht nicht um Philip Murray.« Wieder betrachtete er sein Spiegelbild und atmete tief durch. »Es geht um mich.«

14

Gegen sechs Uhr schlenderte Jenna in die Küche und hielt überrascht inne. Nat, Octavia und Beatrice saßen auf dem Fußboden, lutschten Schokolollies und sahen sich im an der Wand verankerten Fernseher einen Zeichentrickfilm an. Amanda saß am Marmortresen und nippte an einem Getränk, das so aussah wie… Jenna schielte ungläubig auf die Flasche. Betrank sich die dünkelhafte Amanda tatsächlich mit Wodka?

»Hattet ihr einen schönen Nachmittag?«, erkundigte sich Jenna höflich.

Sie erhielt keine Antwort.

»Amanda?« Jenna ahnte nichts Gutes.

»Katastrophal«, erwiderte Amanda, ohne aufzusehen. »Von A bis Z ein einziges Desaster. Erst waren wir endlos lange in der sengenden Hitze unterwegs – und dann war der Eselpark wegen Renovierungsarbeiten geschlossen.« Sie nahm einen großen Schluck. »Also haben wir in einem absolut *widerlichen* Café etwas gegessen und auf dem Rückweg haben sich alle drei Kinder übergeben.«

»Das darf nicht wahr sein.« Jenna schnalzte mitfühlend mit der Zunge. »Alle drei?«

»Nat hat mich immerhin rechtzeitig gewarnt, sodass ich den Wagen anhalten konnte. Amanda und Octavia waren nicht so vorausschauend. Ich musste eine Tankstelle finden, dort die Situation erklären und um einen Wasserschlauch bitten. Und dann sind wir weitergefahren, und zwar im Schneckentempo, und mussten alle zehn Minuten anhalten.« Sie sah auf. »Ehrlich gesagt habe ich schon angenehmere Tage verbracht.«

Jenna setzte sich vorsichtig Amanda gegenüber. Sie musterte ihren gesenkten Kopf, und zum ersten Mal bemerkte sie die fein eingravierten Sorgenfalten auf Amandas sonnengebräunter Stirn. Ihre perfekt gezupften Brauen wurden von einer Sorgenfalte geteilt, und sie umklammerte krampfhaft das Glas, als ob sie ein Zittern ihrer Hand unterbinden wollte.

»Amanda…«, begann Jenna behutsam. »Genießen Sie eigentlich Ihren Urlaub? Amüsieren Sie sich?«

»Ich denke schon«, erwiderte Amanda, als sei diese Vorstellung ihr vollkommen fremd. »Das Arrangement ist nicht gerade perfekt, ein wenig mehr Privatsphäre hätte nicht geschadet, aber…« Sie nippte wieder an ihrem Wodka. »Alles in allem ist es eigentlich in Ordnung. Wenn es nur nicht so verdammt heiß wäre…«

»Sie sollten einmal einen Tag ganz für sich alleine haben«, schlug Jenna vor. »Etwas unternehmen, sich gut amüsieren.«

»Vielleicht.« Amanda starrte in ihr Glas, dann sah sie mit geröteten Augen auf. »Warum fahren wir eigentlich überhaupt in den Urlaub? Warum fahren andere in den Urlaub?«

»Keine Ahnung«, erwiderte Jenna. »Um uns zu entspannen? Um… etwas mehr Zeit miteinander zu verbringen?«

Ein gequältes Lächeln huschte über Amandas Gesicht.

»Auf Hugh und mich trifft wohl beides nicht zu. Seit wir hier sind, habe ich ihn kaum gesehen. Und was Entspannung betrifft, zählen wir beide nicht gerade zu den Weltmeistern.«

»Es gibt doch noch eine ganze Reihe von anderen Dingen, die auch zählen«, sagte Jenna aufmunternd. »Zum Beispiel… also Ihre Bräune ist einfach phantastisch.« Sie machte eine bewundernde Handbewegung.

»Danke«, murmelte Amanda und trank noch einen Schluck Wodka. »Das ist sehr liebenswürdig von Ihnen.«

Amanda schwieg. Jenna musterte sie und hatte plötzlich Mitleid mit ihr.

»Ich mache Ihnen einen Vorschlag«, sagte sie. »Ich nehme Ihnen die Mädchen ab und bringe sie ins Bett. Dann können Sie ein wenig ausspannen und…«, sie zögerte, »…den Abend genießen.«

»Danke«, sagte Amanda. Offenbar strengte sie bereits das Reden an. »Danke, Jenna. Aber eigentlich hatten wir doch vereinbart, uns abends abzuwechseln…«

»Machen Sie sich deswegen keine Gedanken!«, beruhigte Jenna sie. »Ich würde auch nicht anders reagieren als Sie, wenn ich drei Kinder hätte, die sich den Nachmittag über in meinem Auto übergeben hätten. Kommt schon, Kinder. Schluss jetzt mit Fernsehen.«

Mit der Fernbedienung schaltete sie das Programm aus und nahm die beiden schwach protestierenden Mädchen an die Hand. Beim Hinausgehen bemerkte sie, wie Amanda sich noch ein Glas Wodka nachschenkte.

Kinderlärm im Flur riss Hugh aus seinen Tagträumen. Bereits seit einiger Zeit saß er im düsteren Arbeitszimmer und trank Whisky. Er hörte dem kindlichen Geplapper und dem gelegentlichen Jammern zu, das von Jennas energischen Anweisungen untermalt wurde. Die Geräusche wurden immer leiser. Entschlossen stand er auf, stellte das Glas ab und trat aus dem Zimmer.

Als er oben ankam, hörte er Jenna und die Mädchen

im Kinderschlafzimmer. Im angrenzenden Badezimmer strömte das Wasser laut in die Badewanne ein. Octavia saß vor dem Spiegel und bürstete sich mit einer wie ein Teddybär geformten Bürste das Haar, und Beatrice stand vor Jenna, die sie mit flinken Bewegungen auszog. Hugh starrte auf seine Töchter, als ob er sie zum ersten Mal sähe. Auf Octavia, die verträumt summend ihr Spiegelbild betrachtete; auf Beatrice, die das Näschen kräuselte, als Jenna ihr das T-Shirt über den Kopf zog.

Beatrice ähnelt mir aufs Haar, registrierte er unvermittelt. Sie hatte seine Mimik und seine Eigenheiten. Das hatten ihm bereits etliche Leute versichert, und er hatte höflich lächelnd genickt. Ihm selbst jedoch war das bisher noch nicht aufgefallen. Er hatte seine Kinder noch nie wirklich *angesehen.* Die letzten sechs Jahre hatte er in die falsche Richtung gespäht, den falschen Horizont angeblinzelt – jetzt erst hatte ihn jemand herumgewirbelt, ihm gezeigt, was er verpasst hatte.

»Hallo, Hugh«, grüßte ihn Jenna überrascht, während sie Beatrices T-Shirt in die Wäsche warf. »Suchen Sie etwas?«

»Ab jetzt übernehme ich«, verkündete Hugh. »Ich dachte mir, die Mädchen würden vielleicht gerne noch einmal schwimmen gehen.«

»Schwimmen gehen?«, echote Jenna. »Aber es ist doch schon fast halb sieben.«

»Ich weiß«, brummte Hugh. »Der ideale Zeitpunkt, um schwimmen zu gehen.«

»Nun gut…« Jenna zögerte. »Haben Sie das mit Amanda abgesprochen?«

»Nein, das habe ich nicht. Ich glaube nicht, dass ich Amandas Erlaubnis brauche, um mit meinen eigenen Kindern schwimmen zu gehen.«

»Nein, nein, natürlich nicht!«, beeilte sich Jenna einzulenken. »Es ist nur, dass damit die Routine…«

»Vergessen Sie die Routine!«, empfahl Hugh. »Von jetzt an gibt es eine neue Routine. Viele Dinge werden sich ändern.«

»Wirklich?«

»Aber ja«, bestätigte Hugh. »Eine ganze Reihe von Dingen.« Wieder stieg eine Art Glücksgefühl in ihm auf, und ein Lächeln huschte über sein Gesicht. »Gehen Sie, Jenna. Wenn Sie möchten, können Sie sich den restlichen Abend freinehmen.«

»Wenn Sie meinen…« Sie grinste. »Vielleicht gehe ich auch schwimmen.«

Nachdem sie das Zimmer verlassen hatte, betrachtete er seine Töchter: die feinen Haare, die makellose Haut, die grazil gewölbten Schulterblätter. Sie sahen verunsichert zu ihm auf, als ob er verrückt geworden wäre. Möglicherweise war er das auch. Tony Foxton zumindest war zweifelsfrei zu dieser Schlussfolgerung gelangt.

»Kommt schon, Mädchen«, forderte er sie auf. »Wer will schwimmen gehen? Wer will Daddy ins Becken schubsen?«

Beatrice kicherte, doch Octavia musterte ihn ernst.

»Und was ist mit unserem Bad?«, erkundigte sie sich.

»Baden könnt ihr später auch noch!«, lächelte Hugh. »Kommt schon, das wird lustig werden.«

Er blickte sich suchend nach den Badeanzügen um, wusste aber weder, wo sie aufbewahrt wurden, noch, wie sie aussahen.

»Ihr braucht keine Badeanzüge zu tragen«, entschied er. »Ihr könnt einfach nackt ins Wasser springen!« Er nahm Beatrice auf den Arm und wirbelte sie in der Luft herum, und sie kreischte vor Vergnügen.

»Komm schon, Octavia«, forderte er sie auf. »Lass uns gehen.«

»Aber Daddy ...«

»Kein Aber mehr! Komm!« Er hüpfte aus dem Zimmer, und Beatrice juchzte.

»Wartet auf mich!«, rief Octavia und stürmte hinter ihnen her. »Wartet auf mich!«

»Na, dann aber los!« Hugh wartete ab, bis sie ihn erreicht hatte, und hob sie auf den anderen Arm. Die beiden Mädchen quietschten vor Vergnügen. Dann polterte er mit ihnen die Treppe hinunter und in den Garten hinaus.

Die Luft war noch stickig, und das Wasser im Becken wärmer als zu jeder anderen Tageszeit. Als Hugh sich in das klare, blaue Wasser stürzte, fühlte er sich auf einmal erleichtert. Er tauchte wieder auf und grinste die zwei am Rand stehenden Mädchen an. Beide trugen nichts außer Schwimmkissen und ähnelten zwei kleinen Engelchen.

»Kommt schon!«, lockte er sie. »Wer springt zuerst?« Beide zögerten, dann hielt sich Octavia die Nase zu und hüpfte als Erste ins Wasser. Kurz darauf folgte Beatrice mit einem großen Platscher. Beide paddelten energisch, wie kleine Welpen, dachte Hugh, während er sie lächelnd beobachtete. Wenn Erwachsene nur die Hälfte oder auch nur ein Viertel dieser Begeisterung aufbringen könnten ...

»Wir schwimmen jetzt um die Wette«, beschloss er nach einer Weile. »Wir fangen an diesem Ende an ...«

Er schwamm zum flachen Teil des Beckens. Jenna trat in einem hochgeschlossenen Badeanzug an den Pool. Sie winkte kurz, sprang wortlos ins Becken und begann zügig zu kraulen.

Hugh drehte sich zu den Mädchen um. »Alle für das Wettschwimmen bereit? Auf die Plätze ... fertig ... los!«

Alle drei planschten geräuschvoll zum anderen Beckenrand. Inmitten des Gekreisches und der allgemeinen Aufregung brauchte Hugh eine Weile, ehe er merkte, dass er vom Beckenrand aus gerufen wurde. Er drehte sich um und wischte sich das Wasser aus den Augen. Amanda stand am Rand. Sie hielt leicht schwankend einen Drink in der Hand und blitzte ihn wütend an.

»Hugh… was zum Teufel machst du hier eigentlich?«, fragte sie, als er auf den Rand zuschwamm. »Was ist hier los?«

»Wir schwimmen«, erwiderte Hugh. »Möchtest du dich zu uns gesellen?«

»Jenna war gerade dabei, die Mädchen ins Bett zu bringen.«

»Und ich habe ihr den restlichen Abend freigegeben.«

»Wie bitte?!« Amanda hielt inne, dann presste sie die Hand gegen die Stirn, als ob sie ihre Gedanken manuell ordnen wollte. »Hugh, machst du mir absichtlich das Leben schwer? Ruinierst du mir absichtlich einen geruhsamen Abend?«

»Ich ruiniere gar nichts«, gab Hugh zurück. »Ich schwimme mit meinen Kindern. Gibt es daran irgendetwas auszusetzen?«

»Und wer wird sie danach wieder beruhigen? Wer wird sie ins Bett bringen?«

»Ich.«

»Du?« Amanda lachte auf. Es war ein unbändiges, spöttisches Lachen, bei dem Hugh zusammenzuckte. »Bitte schön, Hugh, nur zu.«

»Einverstanden. Ich möchte es gerne.« Hugh streckte die Hände nach Beatrice aus, die gerade an ihm vorbeipaddelte, und zog sie dicht zu sich heran. »Ich bekomme diese Kinder nie zu Gesicht«, sagte er mit leiser, bebender

Stimme. »Nur am Wochenende. Wenn ich nach Hause komme, sind sie schon im Bett. Und am Wochenende sind sie meist außer Haus und machen Dinge, die du für sie organisiert hast und bei denen ich nicht mit von der Partie bin. Sogar als sie noch Babys waren, habe ich mich ausgeschlossen gefühlt.«

»*Daddy!*«, jaulte Beatrice und wand sich in seinen Armen. »Ich will den Ball bekommen.«

»Dann nichts wie ab mit dir, Liebling.« Hugh ließ sie los und beobachtete, wie sie eifrig fortplatschte. Er schaute wieder Amanda an. »Ich werde für meine Kinder nicht länger ein Fremder bleiben«, sagte er. Er schwamm zu den Stufen hinüber und stieg mit entschlossenem Gesicht aus dem Becken. »Ist das klar? So wie bisher werde ich nicht mehr weitermachen.«

»Habe ich das richtig verstanden?«, fragte Amanda. »Du machst *mich* dafür verantwortlich, dass du deine Kinder nicht zu Gesicht bekommst?«

Hugh kletterte aus dem Pool und versuchte, ruhig zu bleiben. »Du tust gerade so, als ob du ein Monopol über die Kinder hättest. Du tust so, als ob ich weder von ihnen etwas verstünde noch irgendetwas beizusteuern hätte außer … außer Geld. Du hast mir nie die Gelegenheit gegeben, sie kennen zu lernen.«

»Ich habe dir dazu nie die Gelegenheit gegeben?« Amanda funkelte ihn ungläubig an. »Wie gefällt dir denn diese Gelegenheit: Heute Nachmittag hättest du mit ihnen zu diesem verdammten Eselpark fahren können. Ich habe dich gefragt, ob du mitkommen möchtest – und du hast mir erzählt, du würdest einen wichtigen Rückruf erwarten. Jetzt erkläre mir bitte einmal genau, wie ich dich ausschließe!«

Hugh sah sie verdutzt an.

»Heute Nachmittag habe ich tatsächlich auf ein Gespräch warten müssen«, sagte er schließlich. »Aber das war eine Ausnahme. Ich spreche vom ganz normalen Alltag bei uns zu Hause. Ich spreche von der Tatsache, dass jede Sekunde ihres Lebens mit irgendeiner Aktivität verplant ist – ohne dass ich mich daran beteiligen könnte ...«

»Ich muss das so straff organisieren!«, schnappte Amanda. »Wenn du glaubst, es ist ein Kinderspiel, einen Haushalt zu schmeißen, zwei Kinder zu versorgen und eine komplette Renovierung zu überwachen ...«

»Zur Hölle mit der Renovierung!«, brüllte Hugh. »Wir brauchen keine verdammte Renovierung!« Sein Blick fiel auf einen Katalog mit Stoffproben, der auf einer der Sonnenliegen lag, und er zog ihn zu sich heran. »Zur Hölle mit dieser verfluchten Renovierung!« Er riss eine Stoffprobe nach der anderen heraus und warf sie ins Wasser.

Die Kinder quietschten begeistert und schwammen auf die Stofffetzen zu, die langsam im Wasser versanken. Auf der gegenüberliegenden Seite des Pools hörte Jenna zu schwimmen auf und begann Wasser zu treten und den beiden zuzuhören.

»Du hast mich wegen der Renovierung überhaupt nicht um meine Meinung gefragt!«, wandte sich Hugh wieder an Amanda. »Du fragst mich ohnehin nie um meine Meinung. Du stolzierst einfach herum und fällst sämtliche Entscheidungen. Meine Meinung ist dabei offensichtlich vollkommen überflüssig ...«

»Ich frage dich nie, weil du nie da bist, um gefragt zu werden!«, rief Amanda erbost. »Wenn ich jedes Mal abwarten würde, bis der werte Herr bereit ist, eine Frage zu beantworten, wäre das Haus schon lange in sich zusammengefallen! Und was das Herumstolzieren betrifft ...« Mit verkniffener Miene kam sie ein paar Schritte auf ihn zu. »Du hast keine Ahnung von dem, was ich tue, Hugh. Du hast keine Ahnung, wie schwer es manchmal ist. Willst du wissen, weswegen der Tagesablauf der Kinder derart durchorganisiert ist? Willst du es wissen? Weil ich schlichtweg durchdrehen würde, wenn ich nicht wenigstens ein bisschen Ordnung in meinem Leben hätte!«

Ihr Stimme hatte sich hochgeschraubt und war sicher mühelos noch im weit entfernten Ort zu hören. Amanda hätte ihm ebenso gut eine Ohrfeige versetzen können, so entsetzt war er. Hugh hatte sie noch nie zuvor so aufgebracht erlebt. Er rubbelte sich mit einem Handtuch die Haare trocken, wobei er sie aufmerksam beobachtete. Zum ersten Mal fielen ihm ihre geröteten Augen, ihr angestrengtes Stirnrunzeln und ihre verspannten, hochgezogenen Schultern auf.

»Amanda …«, brachte er vorsichtig heraus. »Bist du unglücklich?«

»Unglücklich bin ich nicht, nein.« Amanda schüttelte den Kopf, atmete tief durch und versuchte, die richtigen Worte zu finden. »Aber das reine Vergnügen, wie du zu glauben scheinst, ist mein Leben nun auch nicht.«

»Ich habe nicht gesagt, dass es das reine Vergnügen …«

»Willst du wissen, wie das ist, den ganzen Tag zu Hause mit den Kindern zu verbringen? Ehrlich gesagt langweile ich mich manchmal. Und manchmal stinkt mir auch alles. Ich vermisse es, mein eigenes Leben zu führen. Ich vermisse meine Unabhängigkeit.« Sie fixierte das Glas in ihrer Hand, dann nippte sie daran. »Manchmal wünsche ich mir, ich könnte wieder an meinen alten Arbeitsplatz zurück.« Hugh verschlug es fast die Sprache.

»Davon hast du noch nie etwas gesagt.«

»Wenn du aus dem Büro nach Hause kommst, will ich

nicht jammern. Wir hatten eine Vereinbarung getroffen – und ich habe mich, wie ich finde, ganz daran gehalten. Du verdienst das Geld, und ich kümmere mich um die Kinder. So war es abgemacht. Und wenn das manchmal nicht leicht ist, dann ist das eben nicht zu ändern.« Amanda zuckte mit den Achseln. »Es hat keinen Sinn, wenn man beginnt, mit seinem Schicksal zu hadern.«

Beide schwiegen. Beatrice tapste klatschnass auf Hugh zu.

»Vielleicht möchte ich an dieser Vereinbarung etwas ändern«, sagte Hugh. »Vielleicht möchte ich eine ganze Reihe von Dingen verändern.« Er hüllte Beatrice samt ihren Schwimmflügeln in ein Frotteetuch und rubbelte sie sanft ab. »Ich habe lange darüber nachgedacht. Über dich … und über unser Zusammenleben …«

Er zögerte und legte sich in Gedanken seine Worte zurecht. Doch ehe er noch fortfahren konnte, rief ihn aus der Entfernung eine schrille Stimme. »Hugh?«

Er sah auf. Chloe lief mit erhitztem Gesicht auf das Schwimmbecken zu. »Hugh, ich will mit dir reden.«

Als sie näher kam, merkte er, wie aufgeregt sie war. Ihre Augen funkelten wütend, ihre feinen Haare umrahmten ihr Gesicht wie ein Heiligenschein. Noch nie hatte sie schöner, noch nie leidenschaftlicher ausgesehen, und er verspürte eine leichte Erregung, die jedoch schlagartig von Bestürzung überlagert wurde. Was hatte sie so verärgert? Was würde sie durchsickern lassen? Er hatte sich nicht so weit vorgewagt, um sich zu diesem Zeitpunkt alles vermasseln zu lassen.

»Hallo«, begrüßte er sie freundlich. »Ich schwimme gerade ein wenig mit den Mädchen.«

Mit meiner Familie, telegrafierten seine Augen. *Mit meiner Frau und meiner Familie.*

»Ach wirklich?«, erkundigte sich Chloe spöttisch. Ihr Blick wanderte abschätzig über das Becken. »Entzückend.«

»Was ist denn das Problem?«, mischte sich Amanda ein. Chloe beachtete sie nicht.

»Vermutlich kommst du dir sehr überlegen vor«, fuhr sie Hugh an. »Vermutlich hast du diese Woche in vollen Zügen genossen und bist dir selbst toll und einflussreich und wichtig vorgekommen, dass du dein Geheimnis so gut hast wahren können und nur Lügen von dir gegeben hast.«

Der Boden unter Hughs Füßen begann zu schwanken.

»Was willst du damit sagen?«, versuchte er Zeit zu gewinnen und herauszubekommen, was sie so aufgebracht hatte. Sie wollte doch nicht etwa Amanda aufklären? Doch nicht jetzt!

»Beatrice, geh noch ein bisschen schwimmen«, forderte er sie mit zugeschnürter Kehle auf und beobachtete, wie seine Tochter vergnügt auf den Beckenrand zutapste und ins Wasser hüpfte. Nur zu gern hätte er es ihr nachgetan. Die warme Abendluft bedrängte ihn wie eine dicke, erstickende Decke.

»Chloe, wovon sprichst du?« Er drehte sich zu ihr um und versuchte ihr mit seinem Blick *Sei doch bitte vorsichtig* zu signalisieren.

»Du hast uns die ganze Zeit an der Nase herumgeführt, nicht wahr?«, beschuldigte ihn Chloe.

»Wie bitte?« Er sah sie verdutzt an.

»Du wusstest es. Du wusstest, dass Philip seinen Job verlieren würde. Du wusstest, wie sehr wir uns deswegen gesorgt haben, wie verletzlich wir deswegen sind … und wie verletzlich *ich* deswegen bin …«

»Ach, das meinst du.« Hugh atmete fast erleichtert aus. »Hör zu, ich wusste nicht …«

»Du hast diese Situation ausgenutzt. Glaub bloß nicht, dass mir das nicht klar ist.«

Ihre Stimme überschlug sich, ihr Gesicht spiegelte das Gefühl, hintergangen worden zu sein. Hugh schluckte und kam sich plötzlich verlogen vor. Was glaubte sie denn? Dass er ihr eiskalt die Wahrheit vorenthalten hatte, um seine Chancen als Verführer zu erhöhen? Dass er, als sie eng umschlungen beieinander gelegen hatten, von Philips Schicksal wusste? »Nein«, sagte Hugh. »Nein, Chloe. Glaub mir, ich wusste es nicht. Bis heute nicht. Erst nach…« Er sah sie an und versuchte verzweifelt, ihr die Wahrheit zu signalisieren. »Ich hatte keine blasse Ahnung. Wir haben nie über die Arbeit gesprochen, wie du dich erinnern wirst. Keiner von uns hat das getan.«

Er trat auf sie zu, und es war ihm gleichgültig, ob Amanda die Leidenschaft in seinem Blick bemerkte. Er konnte nicht zulassen, dass Chloe so schlecht von ihm dachte. Er sah sie flehentlich an, und ein Schatten des Zweifels huschte über ihr Gesicht. Doch ihre Feindseligkeit war ungebrochen, und er spürte, dass Chloe sich nicht beruhigen und von etwas anderem überzeugen lassen wollte. Sie musste wütend sein, um zurückzuschlagen – und sie würde zurückschlagen.

»Chloe…«

»Wusste sie auch Bescheid?« Chloe machte eine Handbewegung in Richtung Amanda. »Habt ihr euch alle beide über uns totgelacht?«

»Wusste ich was?«, erkundigte sich Amanda kühl.

»Ach, dann hat Hugh vor dir also auch seine Geheimnisse.«

»Natürlich nicht.« Amanda warf Chloe einen abschätzigen Blick zu. »Hugh, wovon spricht sie überhaupt?«

»Ich spreche von Philips Job«, antwortete Chloe. Amanda sah sie verdattert an.

»Philips Job? Wo arbeitet er denn?«

»Er ist Filialleiter bei der National Southern. War Filialleiter. Bis dein großkotziger Ehemann und seine Henker aufgetaucht sind.« Chloes Augen fixierten Hugh anschuldigend, und er holte tief Luft und bemühte sich, ganz normal zu klingen. Zwei Urlaubsbekannte, ermahnte er sich. Mehr nicht.

»Chloe, ich habe alles in meiner Macht Stehende getan.«

»Aber natürlich hast du das.«

»Ich habe versucht, seine Stelle zu retten! Hat er dir das nicht erzählt?«

»Er hat mir erzählt, dass du irgendwo angerufen hast«, gab Chloe sarkastisch zurück. »Das muss dich eine *wahnsinnige* Anstrengung gekostet haben.«

»Ja, das hat es«, bestätigte Hugh schwer atmend. »Mehr als du vielleicht glaubst. Ich habe wirklich versucht zu helfen.«

»Ach ja? Dann habe ich wohl ganz vergessen, was für ein fürsorglicher Mensch du doch bist.«

»Du hast keine Ahnung, wer ich bin«, entgegnete Hugh ruhig.

»Ich weiß, wozu du fähig bist.« Ihr Blick bohrte sich in ihn. »Glaube mir, Hugh, ich weiß genau, wie herzlos du sein kannst. Wenn du etwas haben willst, dann siehst du zu, dass du es auch bekommst. Deine eigenen Interessen stehen immer an erster Stelle. Die der anderen sind dir völlig egal.«

»Und… was willst du damit sagen?« Hugh streckte die Arme aus. »Dass du glaubst, ich hätte Philip gefeuert?«

»Das solltest du uns eigentlich verraten!«, kreischte Chloe nun. »Hast du es getan?«

»Natürlich nicht!«, mischte sich Amanda besänftigend ein. »Chloe, ich verstehe, dass dich das mitnimmt…«

»Kannst du das überhaupt verstehen?« Chloe wirbelte zu ihr herum, ihre Augen funkelten bedrohlich. »Kannst du das, Amanda?«

Schweig, Amanda, dachte Hugh besorgt. *Lass sie einfach in Ruhe.* Doch Amanda nickte bestätigend.

»Natürlich kann ich das. Den Job zu verlieren ist eine schreckliche Erfahrung. Aber es hat keinen Sinn, um sich zu schlagen und einen Sündenbock zu suchen. Du darfst nicht vergessen, Chloe, dass es bei jeder Übernahme Opfer zu beklagen gibt. Das ist niemandes Schuld, so sind diese Dinge nun einmal.«

»In dieser Hinsicht bist du die Expertin, nicht wahr?«, schoss Chloe zurück.

»Nein…«, erwiderte Amanda, »…aber ich habe offenbar einen besseren Bezug zur Realität als du.«

»Zur Realität?«, spottete Chloe mit schriller Stimme. »Dass ich nicht lache, Amanda. Du hast keinen Dunst von der Wirklichkeit. Schau dich doch einmal an, mit deinen gefärbten Haaren und den künstlichen Brüsten…«

»Meine Brüste sind echt, herzlichen Dank auch«, stellte Amanda indigniert fest.

»Dann sind sie das Einzige an dir, was echt ist! Du hast nicht die leiseste Ahnung, wie die Wirklichkeit aussieht. Ein Kindermädchen kümmert sich um deine Kinder… vermutlich rührst du den lieben langen Tag keinen Finger.«

»Das stimmt nicht«, mischte sich Jenna vom gegenüberliegenden Beckenrand ein. »Das tut sie sehr wohl.«

»Ach, wie liebenswert!« Chloe wirbelte herum. »Die treu ergebene Angestellte. Wie viel hat dich das denn gekostet?«

»Gehen Sie jetzt lieber.« Jenna streckte sich nach einem Handtuch aus. »Wenn ich das mal bemerken darf, Sie geben nichts als Blödsinn von sich.«

»Chloe, reiß dich zusammen«, mahnte Hugh. »Ich weiß, dass du nicht wirklich meinst, was du sagst…«

»Tue ich das nicht?« Chloes Stimme überschlug sich. »Tue ich das nicht?«

Ihr Gesicht brannte, in ihren Augen blitzte der Hass auf – und plötzlich wurde Hugh klar, dass das eine ganz andere Wut war. Chloe hasste Amanda mit einer Intensität, die sie sich selbst vermutlich gar nicht eingestand. Die Jahrzehnte alte Verletzung brach durch die Oberfläche und wurde an ihrer ahnungslosen Rivalin ausgelassen, wie der Schweiß, der ein Fieber zum Abkühlen brachte. Hugh fühlte den Boden unter sich wanken.

»Wie steht es denn mit deiner Ehe?«, fauchte Chloe. »Wie wirklich ist die denn?«

»Chloe, das reicht jetzt!«, knurrte Hugh plötzlich aufgebracht. »Ich weiß, dass dich alles sehr belastet, aber jetzt gehst du entschieden zu weit…«

»Ist schon gut«, beruhigte ihn Amanda. »Ich komme mit der Situation klar.« Sie reckte ihr Kinn streitlustig vor. »Es fällt dir also leicht, dich über mich lustig zu machen, Chloe, ja? Witze zu reißen und zu sticheln. Falls du es vergessen haben solltest, heute Nachmittag habe ich deinen Sohn Nat zu einem Ausflug mitgenommen. Ich habe ihn herumchauffiert, ihm zu essen gegeben, ihn unterhalten – und ich habe ihm sogar den Kopf gehalten, als er sich über meine Schuhe übergeben musste.« Sie trat einen Schritt vor, und ihre Augen funkelten gefährlich. »Ich – die Frau, die angeblich nie einen Finger rührt – habe für *dich* auf *dein* Kind aufgepasst. Das habe ich getan, Chloe. Und was hast du in der Zeit gemacht?«

»Sie hat mit Ihrem Mann geschlafen«, meldete sich Jenna amüsiert von der anderen Seite des Schwimmbeckens.

Hugh spürte, wie ihm das Blut erst in den Kopf und

dann zurück in die Beine schoss. Sein Körper war versteinert, er konnte den Mund nicht öffnen, und ihm war vor Angst schwindelig.

Keiner sagte ein Wort. Abgesehen vom Plätschern des Wassers war es vollkommen still.

»War bloß ein Scherz«, brachte Chloe schließlich heraus und funkelte Jenna wütend an. »Ein Scherz.«

Jenna betrachtete die Kinder, die mit ihren Luftflügeln am Beckenrand saßen und in Handtücher eingewickelt waren. Hugh stand aufrecht und vollkommen gelähmt, Chloe war immer noch glühend rot im Gesicht und zitterte. Amanda hatte die wunderschön geschwungenen Augenbrauen zusammengezogen. Und aus der Entfernung sah sie Philip, der mit einer Weinflasche und einem Tablett mit Gläsern entspannt lächelnd auf sie zusteuerte.

»War bloß ein Scherz«, bestätigte Jenna und maß Hugh ohne zu lächeln. Dieser wiederum wurde von einem Gefühl der Scham überwältigt.

»Bloß ein Scherz?« Amanda schüttelte ungläubig den Kopf. »Jenna, tut mir Leid, aber das muss jetzt mal ein Ende haben! Ich wollte schon die ganze Woche mit Ihnen über Ihren merkwürdigen Sinn für Humor sprechen...«

Aus dem Augenwinkel heraus bemerkte Hugh, wie Chloe ihn fixierte. Aber er konnte sich ihr nicht zuwenden. Noch nicht jedenfalls. Er kam sich vor wie ein Katastrophenopfer, das überlebt hatte und sich nun sehr umsichtig bewegen musste, um nicht durch eine falsche Bewegung die ganze Rettungsaktion zunichte zu machen.

»Ich weiß, dass du es nicht so meinst«, sagte Amanda. »Und genau wie alle anderen lasse ich mir gelegentlich auch mal einen Scherz gefallen. Aber manchmal sind deine Scherze wirklich nicht komisch. Mehr noch, gelegentlich sind sie richtig verletzend.«

»Entschuldigung«, sagte Jenna ohne die Miene zu verziehen. Ihr Blick wanderte zu Chloe. »Es soll nicht wieder vorkommen. Bestimmt nicht.«

Alle schwiegen, und nur das kichernde Geflüster von Beatrice und Octavia war zu hören. Beide standen nun auf, ließen die Frotteetücher auf dem Boden liegen und hüpften zurück ins Schwimmbecken. Zur gleichen Zeit war Philip bei ihnen angekommen. Er wirkte entspannt und vollkommen ahnungslos.

»Hallo, Philip«, grüßte ihn Jenna betont freundlich.

»Hallo!« Philip blickte sich erstaunt in der Runde um. »Was ist denn hier los?«

Eine gute Frage, dachte Hugh, als alle schwiegen. Eine sehr gute Frage sogar.

»Nichts«, murmelte Chloe schließlich. »Wir haben uns nur unterhalten... und die Mädchen waren schwimmen... und so...«

»Ich dachte mir, dass wir vielleicht etwas trinken wollen«, sagte Philip. »Und auf meine neue Arbeitslosigkeit anstoßen. Es trinken doch alle ein Glas Wein?«

Als er den Wein auszuschenken begann, bewegte Hugh vorsichtig erst den einen, dann den anderen Fuß, als ob er sich nach monatelanger Versteifung endlich wieder regen konnte. Er sah, wie Chloe es ihm nachtat. Die erstarrte Gruppe um den Pool fand zurück ins normale Leben. »Es wird überhaupt nicht kühler«, stellte Philip fest und spähte in den dunkler werdenden Himmel. Dann verteilte er die Gläser. »So, jetzt wären wir so weit.«

»Es tut mir sehr Leid, was ich über deine Jobsituation erfahren habe«, sagte Amanda, als er ihr ein Glas reichte.

»Danke«, erwiderte Philip. »Das ging mir nicht anders. Aber inzwischen...« Er lächelte. »Inzwischen ist mir schon wieder recht fröhlich zumute.«

»Wirklich?«, fragte Amanda ungläubig. »Das ist aber sehr positiv.«

»Philip hat bereits alle möglichen Pläne«, erklärte Chloe. »Er wird die Kündigung so zu nutzen verstehen, dass sich das später einmal als beste Entscheidung seines Lebens erweisen wird.«

Hugh starrte in sein Glas. Sein Herz raste einerseits vor Erwartung, andererseits vor Angst. Er nahm seinen ganzen Mut zusammen und sah auf.

»Vielleicht kannst du mir ein paar Ratschläge geben«, begann er betont heiter.

»Ratschläge wofür?«, fragte Amanda.

»Ratschläge darüber, wie man die Arbeitslosigkeit zu etwas nutzt, das sich später als die beste Wendung des Lebens entpuppt.«

»Arbeitslosigkeit?« Amanda lachte auf. »Hugh, wovon redest...« Sie brach verunsichert ab. Hugh hob unschlüssig die Achseln.

»Du willst damit doch nicht sagen...«, setzte Philip an.

»...dass sie dich auch rausgeschmissen haben!«, beendete Chloe den Satz beinahe triumphierend. »Sie haben dir gekündigt, nicht wahr? Sie haben die Axt, ihre eigenen Leute fällen zu lassen.«

»Sie haben mich nicht hinausgeworfen.« Hugh blickte in die Runde. »Ich habe gekündigt.«

Alle schwiegen verdattert.

»Wie bitte?« Amanda schluckte. »Was hast du...«

»Ich habe meinen Job gekündigt.« Beim Aussprechen dieser Worte durchströmte Hugh ein Gefühl der Erleichterung. »Heute Nachmittag habe ich angerufen und ihnen gesagt, dass ich aufhöre.«

»Das ist... das ist doch wieder einer von diesen Scherzen.« Amandas misstrauischer Blick wanderte zu Jenna. »Nicht wahr?«

»Es ist kein Scherz.« Hugh atmete hörbar aus. »Amanda, wie ich dir schon gesagt habe: Ich möchte mein Leben verändern. Ich habe viel zu viel Zeit ohne die Kinder und ohne dich verbracht… Die Arbeit kam immer an vorderster Stelle, und alles andere war nur zweitrangig. Ich möchte, dass sie zukünftig nur noch den zweiten Rang belegt.«

»Ich fasse es nicht«, flüsterte Amanda und ließ sich auf einen Stuhl sinken. »Ich fasse es einfach nicht.«

»Das hast du doch nicht etwa wegen der Vorkommnisse von heute Nachmittag gemacht, oder?«, erkundigte sich Philip besorgt. »Hugh, was auch immer ich von PBL halte, du jedenfalls hast alles in deiner Macht Stehende für mich getan. Falls es also etwas damit zu tun haben sollte…«

»Zum Teil hat es etwas damit zu tun.« Hugh sah zu Philip hinüber. »Und zum Teil ist es einfach die Erkenntnis, dass mein Leben nicht wirklich dem entspricht, was ich mir wünsche.«

»Niemandes Leben ist ganz und gar so, wie man es sich wünscht!«, rief Amanda aus. »Glaubst du etwa, mein Leben ist durch und durch so, wie ich es mir wünsche? Das heißt aber noch lange nicht, dass man alles über Bord werfen muss, dass man es in den verdammten…«

»Ich werfe überhaupt nichts über Bord«, unterbrach Hugh sie. »Ich halte das fest, was mir wichtig ist, ehe ich es ganz verliere.«

»Als jemand, der selbst gerade arbeitslos geworden ist, halte ich dich für komplett verrückt«, bemerkte Philip. »Für ganz und gar durchgeknallt.« Sein Gesicht verzog sich zu einem Grinsen. »Aber wenn es das ist, was du wirklich willst… dann viel Glück.«

»Viele Kindermädchen würden in dieser Situation anbieten, ohne Lohn weiterarbeiten zu dürfen«, mischte sich Jenna fröhlich ein. »Darf ich kurz klarstellen, dass ich nicht zu ihnen gehöre?« Sie hob ihr Weinglas. »Alle Achtung, Hugh. Das muss einiges an Mut gekostet haben.«

»Und was meinst du, Chloe?«, wandte sich Hugh an Chloe. »Du hast noch gar nichts dazu gesagt.«

Chloe musterte ihn. Auf ihrem Gesicht waren immer noch Spuren der Verstimmung zu erkennen, doch dann entspannten sich ihre Züge.

»Ich finde ... dass du die richtige Entscheidung getroffen hast. Für dich. Ich hoffe, dass du damit das erreichst, was dir vorschwebt.«

»Danke«, sagte Hugh. »Das hoffe ich auch.«

»Dieser Urlaub kriegt eine besondere Dimension.« Amanda zählte auf: »Erst klappt es mit der alleinigen Unterbringung in der Villa nicht. Dann werden die Kinder krank. Dann betrinkt sich der Mann, und jetzt hat er seinen Job gekündigt.« Sie nippte an ihrem Wein. »Was wird wohl als Nächstes passieren?«

»Nichts«, antwortete Hugh. Er trat neben ihren Stuhl, stellte das Glas auf dem Boden ab und legte beide Arme um sie. »Von nun an wird alles besser, Amanda. Das verspreche ich dir.«

»Nun denn«, meinte Philip nach einer unbehaglichen Pause. »Dann trinken wir ... auf dich, Hugh.«

»Und auf dich, Philip.«

Hugh erhob sich, und die beiden Männer prosteten sich zu. Nach kurzem Zögern folgten die anderen ihrem Beispiel. Da ertönte in der Ferne ein Schrei und kurz darauf kam Sam angerannt.

»Hey!«, schrie er. »Hat jemand das Badewasser laufen lassen?«

»Als ich in der Küche war, habe ich gehört, wie Wasser

eingelassen wurde.« Philip runzelte die Stirn. »Aber ich nahm an, dass das in Ordnung…«

»Es ist alles andere als in Ordnung«, unterbrach Sam mit nur mühsam gezügelter Schadenfreude. »Ihr solltet lieber mal nachschauen. Und das möglichst schnell.«

15

Der Anblick war einmalig: Wasser plätscherte in einem steten Strom die Marmortreppe hinunter und verwandelte jede Stufe in einen kleinen Wasserfall, jede Oberfläche in eine Rutschbahn. Am Fuß der Treppe sammelte es sich auf dem Marmorboden: ein blasser, sich ständig vergrößernder See, der sich allmählich in Richtung der Eingangstür ausbreitete.

Wie vom Blitz getroffen brachte zunächst keiner ein Wort über die Lippen, nur das entfernte, strömende Wassergeräusch war zu hören. Chloe drehte sich vorwurfsvoll zu Sam um.

»Sam, der Wasserhahn ist noch offen, oder?«

»Klar.« Als Sam ihren Gesichtsausdruck sah, verteidigte er sich: »Ich weiß doch nicht, woher es kommt. Aber ich dachte, ihr wollt die Bescherung erst mal in voller Aktion sehen. Es ist ein echt hübsches Erlebnis, findet ihr nicht? Wie es so die Stufen herunter …«

»Es in voller Aktion sehen?«, krächzte Philip. »Sam, hier ist kein öffentlicher Aquapark. Dieses Haus gehört uns nicht!«

»Wo ist denn der Ursprung?«, erkundigte sich Amanda.

»Keine Ahnung«, erwiderte Sam. »Ich war noch nicht oben. Die Stufen sehen aalglatt aus.«

»Tödlich«, bestätigte Philip. »Wer auch immer hinaufgeht, muss sehr vorsichtig sein.«

»Es kann ja eigentlich nur der Badewannenhahn sein.«

Amanda kreiste das Problem ein. »Wer zum Teufel hat ihn offen gelassen? Wer wollte baden?«

»Wir wollten baden«, piepste Octavia hinter den Erwachsenen. »Aber dann sind wir schwimmen gegangen.«

»Wirklich?« Amanda runzelte die Stirn und drehte sich zu Jenna um. »Jenna, Sie waren doch wohl nicht diejenige …?«

»Mit mir hat das nichts zu tun. Hugh wollte die Kinder und das Baden übernehmen, ich sollte gehen. Also bin ich gegangen. Das Badewasser war noch am Einlaufen, aber ich nahm an …« Jenna zuckte mit den Achseln.

Unisono wandten sich die Köpfe zu Hugh um.

»Vielleicht habe ich es übersehen …«, gestand er und strich sich verlegen über das gerötete Gesicht. »Ich war so in Eile …«

»Nicht so schlimm«, beruhigte ihn Philip. »Nichts, worüber man sich den Kopf zermartern müsste. So etwas kann schon mal passieren.«

Amanda brach in schallendes Gelächter aus.

»So etwas kann schon mal passieren? Und dies ist der Mann, der eine aktivere Rolle in der Erziehung seiner Kinder spielen möchte! Hervorragend, Hugh! Ein fulminanter Anfang.«

»Es war ein Versehen!«, verteidigte sich Hugh. »Das hätte jedem …«

»Das kommt dabei raus, wenn du dir vornimmst, deine Kinder zu baden.« Amanda schüttelte sich beinahe hysterisch vor Lachen. »Was wird erst passieren, wenn du ihnen Fischstäbchen brätst?«

»Das ist nicht fair«, protestierte Hugh schwach.

»Sollen wir jedes Mal prophylaktisch die diversen Notdienste alarmieren, wenn du auf die Kinder aufpassen möchtest?«

Chloe wechselte einen Blick mit Philip und musste grinsen. Jenna prustete erheitert los.

»Entschuldigung«, gackerte sie. »Aber es ist wirklich ziemlich komisch, Hugh, das müssen Sie zugeben.«

»Mag sein«, stöhnte Hugh. »Aber eigentlich …«

Er brach ab, und alle wandten sich wieder dem Wasser zu, das mittlerweile vom Boden der Balustrade des oberen Stockwerkes heruntertröpfelte.

»Jemand muss hinaufgehen und es abstellen.« Philip zog sich die Leinenturnschuhe aus. »Ich gehe.«

»Nein, ich gehe«, widersprach Hugh. »Ich bin schließlich derjenige, der es verursacht hat.«

»Und denk daran, Hugh«, mahnte Amanda, als er sich vorsichtig über den glitschigen Boden bewegte, »dass du es abdrehen sollst. Weißt du, in welche Richtung man den Hahn abdreht, Liebling?«

Ein Glucksen stieg in Chloe auf, und sie schlug die Hand vor den Mund, um es zu unterdrücken.

»Ich komme mit.« Philip folgte Hugh behutsam über den Boden. »Nicht, weil du nicht wüsstest, wie herum man einen Wasserhahn abdreht«, fügte er grinsend hinzu. Hugh drehte sich misstrauisch zu ihm um.

Chloe machte den Fehler, Jenna anzusehen. Da war es schon passiert. Unbeherrschbar wie ein Geysir stieg ein Lachanfall in ihr auf, und sie zerplatzte schier in einem Heiterkeitsausbruch. Mit schmerzenden Bauchmuskeln und nach Luft schnappend sank sie auf den Boden. Sie hatte das Gefühl, als ob eine seit Monaten aufgestaute Spannung sich in dieser albernen Situation in Luft auflöste. Nein, es war eine seit Jahren aufgestaute Spannung. Jahrelange Verletzungen, ein jahrelang unterdrückter Schmerz – alles löste sich in ein kaum enden wollendes, sprudelndes Lachen auf.

»Meint ihr, die beiden kommen klar?« Nach Atem ringend beobachtete Jenna kichernd Hugh und Philip, wie sie vorsichtig die Treppe hinaufbalancierten.

»Sie werden es schon schaffen«, beruhigte Amanda sie, die sich die beiden johlenden Damen stirnrunzelnd betrachtet hatte. »Sie müssen doch nur das Badezimmer erreichen und den Hahn zudrehen.«

»Da bin ich mir nicht so sicher«, wandte Jenna ernst ein. »Die Handhabung eines Wasserhahns kann eine recht vertrackte Angelegenheit sein.«

»Ich schlage vor, die Feuerwehr und den Notarzt zu verständigen, falls sie binnen einer Stunde nicht wieder zurück sind«, schlug Amanda vor.

Chloe und Jenna brachen erneut in Gelächter aus, und Amanda begann zu grinsen – und prustete ebenfalls los. Chloe warf Jenna zwischen den Lachanfällen einen beziehungsvollen Blick zu, was Jenna mit einem Zwinkern beantwortete. Welches Bild mussten sie jetzt abgeben, dachte Chloe flüchtig, während sie sich vor Lachen den Bauch hielt. Drei erwachsene, sich auf dem Boden windende Frauen, die nicht aufhören konnten zu lachen. Sie bemerkte Sams verächtliche Teenagermiene, was ihr erneute Lachmunition gab.

Am anderen Ende der Halle erschien Nat, gähnend und mit einem Gameboy in der Hand.

»Achtung!«, gackerte Chloe, als er fast in den See hineingetapst wäre. Nat senkte den Blick, zog den Fuß zurück und trottete um das Wasser herum auf sie zu.

»Was ist denn hier los?«, staunte er. »Warum ist es hier so nass?«

»Nat!«, rief Chloe nun. »Warst du etwa die ganze Zeit über im Haus? Wie konntest du nur einfach dasitzen, während sich um dich herum ein Wasserfall bildet?«

»Ich habe Pokémon gespielt.« Nat kratzte sich am Kopf. »Ich habe nichts gehört.«

»Dieses verfluchte Pokémon …«, begann Chloe, hielt jedoch inne, als ein knisterndes Zischen ertönte. Das Licht erlosch, und von oben ertönte ein Fluch.

»Hugh!« Amanda hob entsetzt den Kopf. »Hugh, ist alles in Ordnung?«

Gespenstische Stille trat ein, und die drei Frauen wechselten besorgte Blicke. Dann tauchte Philips Kopf über der Balustrade auf.

»Hugh geht es gut«, beruhigte er sie. »Uns beiden geht es gut. Nicht so der Elektrik. Irgendwo hat es einen Kurzschluss gegeben, ich bin mir nur noch nicht sicher, wo. Wir sollten die Kinder aus dem Haus bringen.«

»Stimmt.« Chloe stand auf. »Nat … ihr zwei Mädchen … nichts wie raus hier.«

Alle eilten nach draußen und sahen zur Villa auf. Am späten Nachmittag lag die Auffahrt bereits im Schatten, doch es war immer noch schwül und windstill. Sie setzten sich auf die Stufen und kleinen Mauern und beobachteten gebannt das Haus, als ob sie erwarten würden, dass es zu ihnen sprechen – oder explodieren – könnte. Als sich nichts tat, begannen die beiden kleinen Mädchen erst unsicher auf der niedrigen Mauer zu balancieren, bis sie sich neben Amanda auf den Boden setzten. Nat war bereits wieder in sein Computerspiel versunken.

»Ich gehe schwimmen«, verkündete Sam schließlich. Er versetzte der Erde einen groben Tritt und fügte ohne den Blick zu heben hinzu: »Kommst du mit, Jenna?«

»Besser nicht«, erwiderte sie. »Ich bleibe lieber hier, bis wir genau wissen, wie es weitergeht.«

»Wie du willst«, maulte Sam. Beim Weggehen schnaubte er beleidigt, was auch Chloe galt.

Wenig später tauchten Philip und Hugh am Eingang auf. Beide waren pudelnass, und Hugh wischte sich die Stirn ab.

»Die gute Nachricht ist die, dass das Wasser jetzt abgestellt ist«, verkündete er.

»Sehr gut«, lobte Amanda. »Den Hahn habt ihr demnach gefunden?«

»Die schlechte Nachricht ist, dass die Klimaanlage nicht mehr funktioniert«, vollendete Philip.

»Die Klimaanlage?«, wiederholte Amanda entsetzt. »Warum funktioniert sie denn nicht?«

»Offenbar hat es dort den Kurzschluss gegeben, der teilweise auch die Beleuchtung betrifft.«

»Wie sieht es denn oben aus?«, erkundigte sich Chloe.

»Ziemlich chaotisch. Und rutschig ist es außerdem. Manche der Teppiche und ein paar herumliegende Kleidungsstücke hat's erwischt.« Philip zuckte mit den Achseln. »Es hätte schlimmer kommen können.«

»Was meint ihr, sollten wir nicht Gerard Bescheid sagen?«, fragte Amanda.

»Wir sollten ihn anrufen«, pflichtete ihr Philip bei.

»Das ist nicht nötig.« Hugh atmete tief durch. »Er wird morgen hier auftauchen.«

»Wie bitte?« Gesammelt glotzten ihn alle entgeistert an.

»Natürlich wird er das.« Chloe nickte beinahe anerkennend mit dem Kopf. »Ein wirklich perfekter Zeitpunkt.«

»Woher weißt du das?«, fragte Philip.

»Er hat vorhin angerufen und sich für morgen früh angekündigt.« Hugh zuckte mit den Achseln. »Eine plötzliche Laune, wie er sich ausdrückte.«

»Eine plötzliche Laune?«, wiederholte Chloe ungläubig. »Der ist gut.«

»Aber wo soll er denn schlafen?« Amanda runzelte die Stirn. »Er weiß doch, wie es hier aussieht.«

»Er kann schlafen wo immer er will«, versetzte Chloe schroff. »Ich jedenfalls werde nicht hier sein, um ihn artig zu begrüßen.« Sie sah Philip an. »Ich habe genug von diesem Ort. Und um ganz ehrlich zu sein, ich habe auch genug von diesem Urlaub. Wenn es nach mir ginge, sollten wir uns morgen früh auf den Heimweg machen. Vielleicht können wir die Flüge umbuchen.«

»Morgen?«, fragte Nat entsetzt. »Aber Mum, das geht nicht.«

»Ich bin deiner Meinung, Chloe.« Hugh wandte sich Amanda zu. »Was hältst du davon, wenn wir morgen schon abreisen?«

»Wir können noch nicht nach Hause!«, wehrte Amanda panisch ab. »Die Küche wird gerade umgebaut.«

»Dann fahren wir halt woandershin«, erwiderte Hugh. »Wir könnten durch Andalusien fahren oder wohin auch immer. Nur hier will ich nicht länger bleiben.« Er blickte kurz auf die eindrucksvolle Fassade der Villa, dann wandte er sich ab.

»Es war nicht der schönste aller Urlaube.« Ein bedauerndes Lächeln huschte über Philips Gesicht.

»Es war überhaupt kein Urlaub«, sagte Chloe. »Es war ein Spiel. Ein verdammtes Marionettentheater. Das hätte uns eigentlich gleich bei der Ankunft auffallen müssen. Wir hätten merken müssen, dass es sich nicht um ein Versehen gehandelt hat.« Sie schwieg, ihr Gesicht war angespannt. »Ich jedenfalls spiele nicht mehr mit. Von mir aus kann Gerard bei seiner Ankunft morgen das Haus leer vorfinden.« Sie sah Philip an. »Das meine ich ernst, Philip, ich will nicht bleiben.«

»Gut.« Philip nickte. »Wir buchen die Flüge um. Heute Nacht müssen wir allerdings noch hier schlafen. Und das heißt, dass uns ein heftiges Stück Arbeit bevorsteht.« Er fuhr sich mit der Hand durch die Haare. »Und ich bin mir nicht sicher, ob die Überschwemmung nicht noch brisantere Teile des Hauses überflutet hat, die für uns gefährlich werden könnten.«

»In einem Haus ohne Klimaanlage übernachte ich außerdem nicht«, lehnte Amanda kategorisch ab. »Wir würden ja gebraten! Hugh, wir setzen uns ins Auto und fahren solange, bis wir irgendwo ein Bett finden...«

»Ich kann jetzt nicht fahren«, unterbrach Hugh sie. »Ich habe zu viel getrunken. Und du auch.«

»Aber wir müssen!«, giftete Amanda schrill. »Ich übernachte nicht in diesem Haus! Es ist wie in einem Backofen! Kaum Luft, siedend heiß, die Kinder werden nicht eine Stunde schlafen können...« Sie schlug mit beiden Händen auf die Mauer. »Ich habe gleich gesagt, dass wir einen Club Med buchen sollten! Wusste ich es doch! Nächstes Jahr organisiere ich den Urlaub. Und zwar ohne Villen und so genannte Freunde. Keine...«

»Liebling, beruhige dich!«, bremste Hugh sie. »So schlimm wird es nicht werden, die eine Nacht noch...«

»Und ob es schlimm ist! Es ist eine Katastrophe!«

»Es gibt aber keine Alternative«, erwiderte Hugh jetzt gereizt. »Wir müssen einfach ausharren.«

»Es gibt sehr wohl eine Alternative«, schaltete Jenna sich ein. »Ich bin völlig Amandas Meinung. Auch ich würde unter keinen Umständen im Haus übernachten. Nicht in einer Nacht wie heute.«

»Wo wollen Sie denn dann übernachten?«, fragte Amanda gespannt.

»Draußen«, erwiderte Jenna, als ob das das Normalste der Welt sei. »Warm genug ist es schließlich. Ich hole mir nur noch eine Decke von oben, rolle mich darin ein... und fertig ist mein Palast.«

Alle schwiegen beeindruckt.

»Das ist *die* Idee«, pflichtete Hugh ihr begeistert bei. Ein Lächeln breitete sich auf seinem Gesicht aus, während er sich in der Runde umsah. »Wunderbar! Für uns alle.«

Bis sie genügend Bettzeug nach draußen geschleppt hatten, wurden die beiden kleinen Mädchen und Nat allmählich müde. Amanda und Chloe verfrachteten sie auf ihre Schlafplätze und sahen einander lächelnd bei ihren jeweiligen Einschlafroutinen zu.

Hugh und Philip kümmerten sich wie zwei Pfadfinder um die Schlaflager der Erwachsenen. Sam setzte sich auf seine Decke und schaute griesgrämig in die Dämmerung.

Als Jenna sich zu ihm gesellte, verzog er keine Miene.

»Na, wie steht's?«, fragte sie fröhlich.

»Ich fasse es einfach nicht, dass wir morgen schon abreisen«, erwiderte Sam ohne den Kopf zu bewegen.

»Dann hast du also doch eine tolle Zeit gehabt?«

»Darum geht es nicht.« Er zuckte mürrisch mit den Achseln.

Jenna lächelte wissend und fuhr ihm mit dem Finger erst über die Wange, dann über die Brust.

»Mach dir keine Gedanken«, sagte sie. »Die ganze Nacht liegt noch vor uns.«

Durch Sam ging ein Ruck, doch Jenna kehrte bereits wieder zu Chloe und Amanda zurück.

»Ich habe Proviant geholt«, verkündete sie und setzte ihren Rucksack ab. »Brot und Käse… und Wein aus Gerards Weinkeller. Wir könnten uns zum Essen auf die Terrasse setzen… oder wir könnten ein Picknick auf dem Rasen veranstalten.«

»Ich bin für Picknick«, entschied Chloe und schaute Amanda an, die zustimmend nickte.

»Ein Picknick also.«

Jenna breitete eine Tischdecke, die sie in weiser Voraussicht mit eingepackt hatte, auf dem Boden aus, und verteilte das Essen. Hungrig stürzten sich alle darauf, und es wurde kaum gesprochen.

Nachdem sie gegessen hatten, tranken sie Wein, unterhielten sich ein wenig und ließen sich allmählich von der Dunkelheit einhüllen. Über den Umrissen des Dachs kreisten Vögel, die sich gegen den samtblauen, dunklen Himmel abzeichneten. Es war nach wie vor windstill, warm und nun sehr still.

»Ist noch etwas Wein da?«, erkundigte sich Amanda eine Spur undeutlich, und ihr Kopf schaukelte leicht. »Mein Glas ist leer.«

»Aber klar.« Jenna reichte ihr die Flasche. »Und da es heute unsere letzte Nacht hier ist …«

Sie griff in ihre Tasche und zog zwei selbstgedrehte Joints hervor. Sams Kopf ruckte entsetzt hoch, die anderen musterten Jenna verblüfft.

»Jenna!«, empörte Amanda sich. »Ist das …«

»Genau«, erwiderte Jenna heiter. »Das können wir jetzt sicher alle gut gebrauchen.«

Sie reichte Amanda den einen Joint. Amanda schluckte.

»Schlafen die Mädchen?«

»Wie die Murmeltiere.« Jenna lugte zu ihnen hinüber.

»Also gut.« Ohne zu zögern nahm Amanda jetzt den Joint. »Da sieht man mal, was die Arbeitslosigkeit anrichtet.« Sie nickte stumpf vor sich hin. »Man tröstet sich mit Alkohol und Drogen.« Dann musterte sie Hugh mit tragischem Blick. »Wahrscheinlich werden wir noch vor Jahresende beide heroinabhängig sein, billige Hamburger verschlingen und einem Herzinfarkt erliegen.«

»Ganz so schlimm wird es sicher nicht …«, meinte Hugh.

»Nein?« Mit geschlossenen Augen zog sie am Joint, inhalierte und atmete langsam aus. Dann zog sie erneut und sah Chloe an.

»Möchtest du?«

»Äh...« Chloe versuchte ihre Verwirrung zu verbergen.

»Nimm schon, Mum«, forderte Sam sie auf. »Es wird mich nicht korrumpieren, ehrlich nicht. Und ich verpetze dich auch nicht gegenüber Nat.«

»Also dann...« Zögernd nahm Chloe den Joint und inhalierte. Hustend verzog sie das Gesicht. »Total aus der Übung.« Sie reichte den Joint an Hugh weiter, der ihn umständlich entgegennahm.

»Ich habe noch nie Drogen genommen.« Misstrauisch beäugte Hugh die Zigarette. »Eigentlich bin ich dagegen. Was, wenn das Zeug gepanscht ist?«

»Du wirst ohnehin bald zum Opium greifen.« Amanda sah von ihrem Glas auf. »Gewöhn dich schon mal dran.«

Chloe beobachtete, wie Hugh unbeholfen an dem Joint zog und eine plötzliche Welle der Zuneigung überschwemmte sie.

»Hugh«, sagte sie unvermittelt. »Was ich draußen am Pool gesagt habe, tut mir Leid.« Sie errötete leicht. »Ich war ungerecht. Ich weiß, dass du alles versucht hast, um Philips Arbeitsplatz zu retten. Und Amanda...«, sie drehte sich um, »bei dir möchte ich mich auch entschuldigen. Ich war...«, sie zögerte, »ein wenig von der Rolle.«

»Macht nichts.« Amanda wedelte mit ihrer freien Hand durch die Luft. »Macht überhaupt nichts.« Sie lächelte Chloe zu, bevor sich ihr Lächeln in ein breites Gähnen verwandelte.

Jenna warf einen Blick in die Viererrunde. »Alles in Ordnung? Alles bestens?«

»Alles bestens«, bestätigte Philip und schwenkte den

Joint vor ihrer Nase. »Eine ausgesprochen gute Idee, hier ins Freie zu ziehen.«

»Stimmt.« Entschlossen nahm Jenna Sam bei der Hand. »Sam und ich werden euch jetzt in aller Freundschaft verlassen«, verkündete sie. »Wir schlafen dort drüben.« Sie deutete in die Ferne. »Dort hinten, am anderen Ende vom Feld.«

»Gut«, sagte Philip nach einer Pause. »Das … das ist in Ordnung.«

»Ach ja, und wir werden miteinander schlafen«, fuhr Jenna ungerührt fort. »Also kommt bitte nicht auf die Idee, uns auf einen kleinen Plausch zu besuchen.«

Sam erstarrte zur Salzsäule. Chloe öffnete den Mund, um etwas zu sagen – und klappte ihn gleich wieder zu.

»War bloß ein Scherz.« Zufrieden betrachtete Jenna die entgleisten Gesichtszüge der Erwachsenen. »Oder auch nicht. Gute Nacht, alle zusammen.«

Nachdem Jenna und Sam in der Dunkelheit verschwunden waren, stand Amanda auf, um nach den Kindern zu sehen. Sie beugte sich über Octavia, gähnte erneut und ließ sich schwerfällig neben sie auf den Boden fallen. Ein paar Sekunden später kippte sie nach hinten und war eingeschlafen. Hugh stand auf, trug eine Bettdecke zu ihr hinüber und gab ihr einen zärtlichen Gutenachtkuss.

Als er zu den anderen zurückkehrte, schenkte sich Philip noch ein Glas Wein ein und trank ein paar Schlucke. Doch dann begann auch er zu gähnen.

»Ich bin wie zerschlagen«, murmelte er, während er es sich zum Schafen bequem machte.

»Entspannt.« Chloe beugte sich über ihn und küsste ihn zärtlich. »Du fühlst dich entspannt.«

Er schloss die Augen, und sie wippte zurück auf die Füße. Als sie aufsah, blickte Hugh zu ihr herüber. Er trank erst einen, dann noch einen Schluck Wein und betrachtete Philips Gesicht. Chloe spürte, wie er darauf wartete, dass Philip einschlief.

Schlagartig wurde ihr klar, dass es ihr nicht anders ging. Schweigend füllte sie erst Hughs, dann ihr eigenes Glas, nippte daran und schaute in die Sterne hinauf.

»Ich bin nicht müde«, bemerkte Hugh leise.

»Nein«, pflichtete sie bei. »Ich auch nicht.«

Sie sahen beide zu Philip hinüber, der mit geschlossenen Augen gleichmäßig atmete.

»Hugh …«, sagte Chloe leise.

»Chloe?«, murmelte Philip und runzelte die Stirn.

Chloe hielt den Atem an und beobachtete, wie sich Philips Gesicht weiter entspannte. Plötzlich erinnerte sie sich an die vielen Nächte, in denen sie darauf gewartet hatte, dass das Baby einschlief. Wie sie in der Dunkelheit des Kinderzimmers gestanden und kaum zu atmen gewagt hatte und wie sie anschließend lautlos aus dem Zimmer geschlichen war. Es war ihr jedes Mal wie eine kleine Indiskretion vorgekommen. Genau wie jetzt.

Minuten verstrichen. Ein kleines Tier scharrte irgendwo kurz über die Erde und von der Straße her hörte man weit entfernt jemanden lachen. Schließlich glaubten beide, lange genug gewartet zu haben.

»Nun.« Chloe atmete tief durch.

»Nun«, sagte auch Hugh und verlagerte sein Gewicht ein wenig, wobei ein paar vertrocknete Zweige leise knackten. »Dann fährst du morgen tatsächlich ab.«

»Ja«, bestätigte Chloe. »So kommt alles zu einem guten Ende. Siehst du das nicht auch so?«

»Doch«, bestätigte Hugh. »Es wird das Beste sein.«

Einen Moment schwiegen beide. Tausend Sätze turnten durch Chloes Kopf – und verschwanden wieder.

»Es hat keinen Sinn, noch länger zu bleiben«, bemerkte sie schließlich. »Und ich verspüre nicht die geringste Lust, Gerard zu begegnen. Du etwa?«

»Nicht sonderlich, nein.« Hugh nahm sein Weinglas, inspizierte es angestrengt und setzte es wieder ab. »Chloe, zu Gerard muss ich dir etwas sagen. Er wusste nichts von ... von uns.«

Chloes Augenbrauen zogen sich abwehrend zusammen. »Natürlich weiß er über uns Bescheid! Das war doch Sinn und Zweck dieser Übung. Deshalb hat er ...« Als Hugh mit dem Kopf schüttelte, brach sie ab.

»Wir sind immer davon ausgegangen, dass er es weiß. Aber hast du ihm jemals etwas davon erzählt? Ich jedenfalls habe es nicht getan.« Chloe betrachtete ihn stirnrunzelnd, ihre Gedanken rasten.

»Meines Erachtens habe ich das getan. Oder ...« Sie stützte den Kopf in die Hände. »Oder irre ich mich?«

»Gerard hat unseren Urlaub arrangiert, um Philip und mich in eine unangenehme Situation zu bringen«, fuhr Hugh fort. »Mehr ist da nicht. Der andere ... Faktor ... war nur ...«

»Ich bin stets davon ausgegangen, dass er Bescheid wusste«, sagte Chloe, ohne aufzusehen. »Ich habe es als selbstverständlich angenommen.«

Hugh beugte sich vor. »Chloe, ich will damit sagen, dass wir nicht manipuliert wurden. Wir sind nicht in eine Falle getappt. Wir haben getan, was wir getan haben, weil ... wir es tun mussten.« Zärtlich strich er ihr eine Haarsträhne aus der Stirn. »Wir mussten Antworten auf unsere Fragen finden.«

Chloe hob den Kopf und nickte bedächtig. Eine Minute lang saßen sie schweigend, und das gleichmäßige Atmen der Schlafenden untermalte ihre Gedanken.

»Hast du Gerard gegenüber jetzt ein positiveres Gefühl?«, fragte Hugh schließlich. »Wirst du ihm verzeihen?«

»Nein.« Chloes Züge verhärteten sich. »Ich werde ihm nie verzeihen. Es ist mir vollkommen gleichgültig, was er wusste und was seine Absichten gewesen sind. Er wollte mit unseren Leben spielen. Das reicht.«

Sie trank einen Schluck Wein, setzte das Glas ab, lehnte sich auf ihre Ellenbogen gestützt zurück und starrte in den tintenblauen Himmel. Sie war sich bewusst, dass Hugh sie beobachtete, dass sein Blick sie abtastete: sie beide ungestört in der nächtlichen Stille.

»Ich werde wohl nie aufhören, darüber nachzugrübeln«, bemerkte Hugh nach einer Weile. »Was hätte sein können, wenn wir vor all den Jahren zusammengeblieben wären. Vielleicht hätten wir diese Villa als Mann und Frau besucht. Gemeinsam mit Sam. Sam wäre dann mein Sohn gewesen.«

»Möglich.« Chloe nickte.

»Vielleicht hätten wir sechs Kinder bekommen.«

Chloe lächelte. »Sechs! Da bin ich mir nicht so sicher.«

»Aber das Schlimmste ist…« Hugh rieb sich das Gesicht. »Das Schlimmste ist, dass wir nach ein paar Jahren womöglich voneinander enttäuscht gewesen wären. Wir hätten eventuell hier missmutig in der Sonne gelegen und uns gefragt, ob es richtig gewesen war, einander zu heiraten. Und wir hätten gar nicht gemerkt, welch ein verdammtes Glück wir gehabt hätten…«

Seine Stimme war etwas lauter geworden, und hinter den Kindern bewegte sich Amanda im Schlaf. Hugh hielt inne und verharrte regungslos. Chloe sah stumm in den unendlichen, von Sternen übersäten Himmel hinauf. Beide warteten, bis Amanda sich umgedreht hatte und wieder fest eingeschlafen war.

»Es ist schon spät«, sagte Chloe leise. »Wir sollten uns

auch schlafen legen.« Hugh blickte unbeweglich vor sich hin, als ob er sie nicht gehört hätte.

»Im Laufe eines Lebens fällen wir so viele Entscheidungen«, sagte er dann. »Manche stellen sich als unwichtig heraus… und andere entpuppen sich als wesentlich. Wenn wir ihre Bedeutung doch nur gleich erkennen könnten. Wenn wir nur gleich wüssten, was wir wegwerfen…«

»Hugh, wir *haben* nach wie vor Glück«, sagte Chloe sanft. Sie setzte sich auf und musterte ihn ernst. »Wir können uns beide glücklich schätzen. Vergiss das nicht.«

»Das weiß ich.« Hugh betrachtete Amandas im Schlaf friedliches Gesicht, beugte sich zu ihr hinüber und entfernte ein Blättchen, das auf ihre Wange gefallen war. »Amanda und ich werden es schaffen. Ich liebe sie. Und unser gemeinsames Leben… es ist gut. Es wird gut sein.«

»Das hoffe ich.« Chloe nickte bekräftigend. »Das hoffe ich von ganzem Herzen.« Amanda schnaufte im Traum, drehte sich auf die andere Seite und begann leise zu schnarchen. Chloe nippte an ihrem Wein und unterdrückte ein Lächeln.

»Der Himmel allein weiß, wie viel sie heute gekippt hat«, schmunzelte auch Hugh. »Sie ist jenseits von gut und böse.«

»Philip hat sich wohl auch endlich entspannt.« Chloe betrachtete sein friedliches Gesicht, und ein Gefühl der Zärtlichkeit übermannte sie. »Heute Nacht wird er sicher besser schlafen als seit Monaten.«

»Das werden wir wohl alle«, sagte Hugh. »Verdient haben wir es uns jedenfalls.«

Beide schwiegen und Chloe gähnte. Die lautlose, sie wie eine warme, weiche Decke umhüllende Dunkelheit machte sie schläfrig. Sie gähnte erneut und lächelte Hugh entschuldigend an.

»Jetzt hat es mich auch erwischt. Bis in die Puppen aufzubleiben war noch nie meine Stärke.« Sie stellte ihr Glas ab und rieb sich die Augen. »Wir müssen morgen früh zeitig aufstehen, wenn wir wirklich alle weg sein wollen, bevor…«

»Chloe«, unterbrach Hugh sie leise. »Chloe, wir haben noch nie zusammen geschlafen.«

Verwirrt strich sie sich eine Haarsträhne hinters Ohr. Im Mondschein musterte Hugh sie ernst.

»Wir haben noch nie zusammen wirklich geschlafen«, wiederholte er nachdrücklich. »Ich möchte die ganze Nacht mit dir zusammenliegen, Chloe. Nur ein einziges Mal. Ich möchte dich in meinen Armen halten und… und spüren, wie du neben mir schläfst…« Seine Augen leuchteten. »Ich möchte erleben, wie du aussiehst, wenn du aufwachst.«

Chloe betrachtete sein glühendes Gesicht und wusste, dass sie es verbieten musste. Doch dann nickte sie.

Lautlos standen sie auf, nahmen ihre Decken und gingen zu einem Flecken ein wenig abseits von den anderen. Hugh breitete eine Steppdecke auf dem Boden aus. Einen kurzen Moment verharrten sie und sahen einander wortlos an. Schließlich umarmten sie sich und sanken gemeinsam auf den Boden. Sie kuschelten sich aneinander, wie sie es früher so oft getan hatten.

»Gute Nacht«, flüsterte Hugh und küsste sie auf die Stirn.

»Gute Nacht.« Chloe strich ihm zärtlich über die Wange und spürte das Kratzen seiner Bartstoppeln. Das Raue und das Weiche.

Mit dem Kopf auf seiner Schulterbeuge blickte sie zum Himmel empor. Sie versuchte, wach zu bleiben und jede Regung, jedes Gefühl genau festzuhalten. Das würde ihre

Erinnerung und eines Tages vielleicht ihr Trost sein. Doch schon bald konnte sie sich gegen die Müdigkeit nicht mehr wehren und ihr fielen die Augen zu.

Hugh beobachtete, wie sie allmählich in den Schlaf sank. Das Letzte, woran er sich erinnern konnte, war das Lächeln auf ihren Lippen. Er drückte Chloe fest an sich und schlief ebenfalls ein.

16

Die Vorboten der Morgendämmerung breiteten sich sanft schimmernd am Horizont aus und warfen schwache Sonnenfinger auf die Schlafenden. Chloe öffnete als Erste die Augen. Sie räkelte sich auf dem unbequemen, holprigen Boden und wurde allmählich wach. Ihr Kopf ruhte immer noch an Hughs Schulter, ihre Hand auf seiner Brust und ihr Körper war an ihn geschmiegt. Mit aller Macht kämpfte sie gegen das Erwachen an. Diese letzten Minuten wollte sie so lange wie möglich ausdehnen.

Nach einer Weile jedoch meldete sich ihr Pflichtbewusstsein. Als sie verschlafen ihre Augen öffnete, bewegte sich Hugh, blinzelte und sah sie mit schläfrig liebevollem Blick an.

»Ja«, murmelte er undeutlich. »Ich wusste es.« Dann fielen ihm die Augen zu, und er schlief wieder ein.

Chloe drehte sich von der Sonne weg und rollte auf die Seite. Regungslos lauschte sie den Zikaden und versuchte, ihre Kräfte zu sammeln. Sie öffnete die Augen und blickte in das heller werdende Blau des Himmels.

Sie fühlte sich wie gelähmt. Der Himmel war nicht länger ein verschwommener dunkler Schleier, sondern ein riesiges blaues Auge, das Hugh und sie beobachtete. Hugh und sie, wie sie unter freiem Himmel nebeneinander lagen. Plötzlich wurde Chloe unruhig, und sie schaute sich suchend um. Panik ergriff sie: Beatrice Stratton saß hellwach auf ihrer Decke und beobachtete sie neugierig.

Chloe errötete, stand auf und ging betont langsam zu ihrer nicht benutzten Decke hinüber. Sie setzte sich, lehnte sich rücklings auf die Ellenbogen und bemühte sich, einen wohligen Eindruck zu vermitteln, als ob sie schon die ganze Zeit über hier gesessen und nur kurz bei Hugh vorbeigeschaut hätte.

Dann regte sich auch Amanda.

»O Gott, mein Kopf«, stöhnte sie und rappelte sich mühsam hoch. Sie öffnete die Augen und zuckte zusammen. »Himmel, ist das schrecklich hell.«

»Guten Morgen«, sagte Chloe leise. »Wie hast du denn geschlafen?«

»Na ja, ganz gut, nehme ich an.« Amanda rieb sich über das Gesicht. »Wie viel habe ich gestern Abend getrunken?«

»Mummy?«, schaltete sich Beatrice ein.

»Was ist?« Amanda drehte den Kopf behutsam in Richtung Beatrice.

»Warum hat sie neben Daddy geschlafen?« Beatrice zeigte auf Chloe.

Amanda sah Beatrice verständnislos an.

»Weil das Haus überflutet war«, erwiderte Chloe mit klopfendem Herzen und zwang sich, Beatrice unschuldig anzulächeln. »Ich weiß, es ist etwas seltsam, dass wir hier alle zusammen schlafen… Du hast bestimmt noch nie unter freiem Himmel geschlafen, oder?«

Sie warf Amanda einen flüchtigen Blick zu, bereit, ihre Aussage zu erweitern oder sie zu ändern. Wie es gerade passte. Doch Amanda starrte auf den Boden und schien gar nicht zuzuhören. Beatrice runzelte verwirrt die Stirn.

»Aber…«

»Was willst du denn zum Frühstück essen, Beatrice?«, unterbrach Chloe sie hastig und sah sich nach einer weiteren Ablenkung um. »Schau mal, da kommt Jenna!«

»Und Sam«, stellte Beatrice fest.

»Ja«, sagte Chloe langsam. »Und Sam.«

Sie beobachtete, wie Sam über das Feld auf sie zuschlenderte und sich um ein möglichst cooles und unbekümmertes Auftreten bemühte. Doch es lag ein Strahlen auf seinem Gesicht, das er unmöglich unterdrücken konnte. Und Jenna, wie Chloe bemerkte, machte ebenfalls einen ausgesprochen zufriedenen Eindruck.

»Guten Morgen«, begrüßte sie die beiden in einem Tonfall, der zwar freundlich, aber nicht wirklich billigend klingen sollte.

»Guten Morgen, Chloe.« Jenna grinste sie breit an. »Gut geschlafen?«

»Danke, ja. Und ihr?« Sofort wünschte sie sich, die Frage nicht gestellt zu haben. Das Allerletzte, was sie jetzt hören wollte, war irgendeine leicht anzügliche, zweideutige Bemerkung. Doch Jenna verbreiterte nur ihr Grinsen, nickte und verschwand in Richtung Haus, wohin ihr Sam stumm und glücklich folgte.

»Ihr fahrt dann also bald?« Amanda presste die Finger gegen die Schläfen.

»Ich denke schon«, erwiderte Chloe. »Und ihr?«

Amanda wirkte unschlüssig. »Hugh möchte so schnell wie möglich abreisen. Ich für meinen Teil finde es eigentlich ganz in Ordnung hier, aber wir werden wohl das tun, was er möchte...« Sie öffnete endgültig die Augen und blinzelte in den leuchtend blauen Himmel. »Bilde ich es mir nur ein, oder ist es heute schon heißer als gestern?«

Ein Rascheln war zu hören und Hugh setzte sich mit verschlafenem Gesicht und wirren Haaren zerstreut auf.

»Guten Morgen, Liebling«, nuschelte er aus der Entfernung zu Amanda gewandt. Sein Blick wanderte zu Chloe. »Guten Morgen«, grüßte er beiläufig.

»Guten Morgen«, erwiderte sie. Sie sahen sich kurz in die Augen, dann stand sie auf. »Ich sollte jetzt loslegen. Es gibt noch eine Menge zu tun.«

Es war bereits später Vormittag, als sie jeden Wassertropfen aufgewischt, alles zusammengepackt und die Koffer auf den Treppenabsatz gestellt hatten. Amanda und Jenna hatten die Kinder in der Küche versammelt, um ihnen noch etwas zu trinken zu geben, während Chloe unter den Betten nach eventuell liegen gelassenen Sachen Ausschau hielt. Als ihr dabei schwindelig wurde, gab sie auf. Sie strich sich die Haare aus dem Gesicht, setzte sich aufs Bett und sah auf, als Philip hereinkam. Er hielt einen Schraubenzieher in der Hand und schien mit sich zufrieden.

»Na bitte«, meinte er. »Ich habe die Sicherung repariert.«

»Tatsächlich?«, wunderte Chloe sich.

»Die Klimaanlage jedenfalls funktioniert wieder. Ich habe eine Nachricht für die Haushaltshilfe hinterlassen, nur um auch wirklich sicherzugehen. Und für Gerard sollten wir auch eine Nachricht hinterlegen.«

»Ja«, pflichtete ihm Chloe bei, »das sollten wir.«

Philip setzte sich neben sie, und eine Weile lang schwiegen beide gedankenverloren. Dann sah Chloe auf.

»Was Gerard betrifft, hattest du Recht. Du hattest die ganze Zeit über Recht – und ich habe mich geirrt.«

»Ach, Chloe.« Philip legte einen Arm um sie und küsste sie. »Ich hatte nicht *Recht.* Ich hatte keine Ahnung, dass es so kommen würde. Ich … ich kann den Typen eben nicht ausstehen. Ich bin wohl etwas eifersüchtig.«

»Eifersüchtig?«

»Ich will dich mit niemandem teilen.«

»Nein«, erwiderte Chloe nach einer kurzen Pause. »Nein … und ich dich auch nicht.«

Sie küsste ihn und presste sich mit geschlossenen Augen leidenschaftlich an ihn. Sie machte sich wieder mit seinen Berührungen vertraut, mit dem Gefühl seiner Haut, mit seinem Geruch. Es kam ihr vor wie eine Heimkehr.

»Es scheint mir alles Ewigkeiten her«, raunte sie dicht an seinem Hals.

»Weil es Ewigkeiten her ist.« Philip lehnte sich zurück und sah sie voller Sehnsucht an. »Wie bald müssen wir fahren?«

Die Großraumlimousine war bis obenhin voll gepackt.

»Wo bleiben denn Philip und Chloe?«, fragte Amanda bereits zum dritten Mal und sah auf die Uhr. »Wenn wir bis heute Abend noch eine Unterkunft finden wollen, müssen wir allmählich los.«

In dem Moment trat Philip von Chloe gefolgt aus dem Haus. Beide wirkten leicht erhitzt.

»Entschuldigung«, sagte Chloe. »Wir sind, äh, noch etwas aufgehalten worden.« Ihr Blick streifte Hugh und sie wandte den Kopf ab.

»Schon gut«, beruhigte Amanda sie. »Wo sind denn die Mädchen abgeblieben? Sie sind doch nicht etwa schon wieder im Wasser?«

»Ich gehe sie holen«, bot Hugh an.

»Nein, ist schon gut, ich gehe …«

»Wartet noch eine Sekunde.« Chloe zog ein Blatt Papier hervor. »Ich habe Gerard eine Nachricht von uns allen geschrieben.«

Sie faltete das Blatt auseinander und las laut vor:

»Lieber Gerard. Danke für die Villa! Tut uns Leid, dass wir so frühzeitig wieder abreisen mussten. Wir hatten eine tolle Zeit hier. Adios!«

Sie sah auf.

»Und das unterschreiben wir alle.«

»Hört sich gut an«, meinte Amanda. Sie nahm das Blatt Papier, kritzelte ihren Namen darunter und ging zum Pool. Die restlichen drei sahen einander an.

»Die Nachricht ist sehr freundlich«, meinte Philip. »Wollen wir denn so freundlich erscheinen?«

»Ich finde sie überhaupt nicht freundlich. Ich glaube, dass er die Nachricht sehr wohl begreifen wird«, widersprach Hugh. Er unterschrieb ebenfalls und nach ihm Philip.

»Sehr gut.« Chloe setzte als Letzte schwungvoll ihre Unterschrift darunter. »Das hätten wir also.«

»Zurück ins normale Leben«, sagte Philip. »Ich bin gerüstet.«

»Wann geht euer Flug?«, erkundigte sich Hugh.

»Um fünf. Wir haben noch reichlich Zeit.«

»Die Tickets wurden anstandslos umgebucht?«

»Wir mussten einen kleinen Betrag draufzahlen«, informierte Philip ihn. »Das lässt sich wohl nicht vermeiden. Und was ist mit euch?«

»Wir fahren erst noch etwas in der Gegend herum.« Hugh klopfte mit der Hand auf das Auto. »Ich bin mir noch nicht ganz sicher, was ich wirklich machen möchte.«

»Wenn du wieder in England bist, ruf mich doch mal an. Dann können wir gemeinsam zur Arbeitsvermittlung gehen.« Philip lachte verlegen. »Arbeitslosigkeit verbindet.«

»In Ordnung.« Hugh lächelte. »Machen wir.«

Chloe hob den Kopf. Irgendetwas an Hughs Stimme stimmte nicht. Und an seinem Lächeln auch nicht.

»Vielleicht werden wir unseren Lebensunterhalt schon bald als Stripper verdienen!«

»Möglich.« Wieder lächelte Hugh. »Das kann gut sein.«

Was war es nur, fragte sich Chloe. Etwas an seiner Art…

»Philip«, sagte sie unvermittelt. »Kannst du diese Nachricht irgendwo gut sichtbar in die Eingangshalle legen? Und auch noch etwas Geld für die Haushaltshilfe hinterlegen?«

»Mache ich.« Philip setzte sich in Bewegung. »Wie viel, glaubst du, ist angemessen?«

»Keine Ahnung«, erwiderte Chloe. »Gib, was du denkst, dass reicht. Und sieh noch mal unter den Betten nach!«

Sie wartete, bis sich die Tür hinter Philip geschlossen hatte, dann sah sie Hugh in die Augen.

»Du hast deinen Job überhaupt nicht gekündigt, nicht wahr? Du bist gar nicht ausgestiegen.«

Hugh sah sie an, als ob sie ihm eine Ohrfeige versetzt hätte. Er schnappte nach Luft.

»Ach, Hugh«, sagte Chloe. »Was hast du getan?«

Hugh antwortete nicht, sondern fummelte mit abgewandtem Gesicht am Autospiegel herum.

»Hugh…«

»Ich habe versucht zu kündigen«, erklärte Hugh hastig. »Ich habe es echt versucht. Ich habe angerufen und dem Personaldirektor im Detail beschrieben, wie ich mich fühle. Und zwar ziemlich ausführlich. Und…«

»Und?«

»Und er meinte, ich sollte einfach mal einen Monat frei machen.«

»Einen Monat«, wiederholte Chloe. »Und du hast zugestimmt?«

Hugh schwieg. Die Sonne verbarg sich hinter einer dicken Plusterwolke. Hoch oben zerkratzte ein Flugzeug den Himmel.

»Chloe, ich möchte nicht arbeitslos sein«, sagte er schließlich. »Ich bin nicht stark. Ich bin kein Pionier, so wie du und Philip es seid. Ich besitze ganz einfach nicht… euren Mut.«

»Und wie steht es damit, dass du mehr Zeit mit deiner Familie verbringen willst?«

»Das werde ich garantiert!«, schwor Hugh. »Ich habe einen Monat frei. In dieser Zeit stelle ich die Weichen.«

»Weiß Amanda Bescheid?«

»Noch nicht. Darum geht es mir doch. Die ganze Sache wird ihr einen Schock versetzen, dann werden wir die Dinge neu ordnen und vieles ändern…«

Während er redete, hatte Chloe das Gefühl einer Wiederholung. Hugh hatte dieselbe erstarrte Mimik, die sie damals auf seinem jungen Gesicht beobachtet hatte, nachdem ihm klar geworden war, wer Sam war. Es war ein Ausdruck, den sie damals nicht hatte deuten können, den sie aber in der Zwischenzeit während zahlloser schlafloser Nächte analysiert hatte. Beschämt, sich seiner Schwäche bewusst, um Verständnis werbend – aber entschlossen, das eigene Boot nicht vom Kurs abkommen zu lassen. Der Selbsterhaltungstrieb war bei Hugh Stratton derart kräftig ausgebildet, dass nichts ihn zerstören konnte.

Sie atmete hörbar aus. Etwas in ihr hatte losgelassen.

»Solch eine Gelegenheit könntest du nie beim Schopf packen, nicht wahr?«, fragte sie rundheraus. »Diesen Sprung würdest du niemals wagen.«

Hugh trat einen Schritt auf sie zu.

»Dieses Mal hätte ich es gewagt«, behauptete er. »Wenn du Ja gesagt hättest, hätte ich den Sprung gewagt.«

Beide schwiegen. In der Villa knallte eine Tür zu, und um die Ecke waren Stimmen zu hören.

»Chloe, denk nicht schlecht von mir«, bat Hugh hastig. »Als wir uns das letzte Mal getrennt haben… hast du mich verachtet. Verachte mich dieses Mal bitte nicht.«

»Ich verachte dich nicht«, versicherte Chloe.

»Ich möchte, dass du dieses Mal besser von mir denkst als damals«, flehte er. »Glaubst du denn nicht, dass ich jetzt ein besserer Mensch bin?«

»Komm schon, Octavia!«, ertönte Amandas Stimme. Mit den protestierenden Kindern im Schlepptau kam sie auf sie zu.

»Glaubst du mir das?«, drängte Hugh. »Glaubst du es, Chloe?«

»Chloe!«, rief Amanda. »Chloe?«

Chloe warf Hugh einen hilflosen Blick zu, dann wandte sie sich um.

»Ja?«

»Hast du einen Tiegel Faktor zwölf Sonnencreme gesehen? Von Lancôme?«

»Ich… ich glaube nicht.«

»Ich weiß genau, dass ich ihn heute Morgen noch am Pool gesehen habe.« Amanda schüttelte den Kopf. »Nun, so etwas kann passieren. Und wo ist Jenna? Jenna!«

»Alles erledigt.« Philip trat aus der Haustüre.

»Prima.« Chloe nickte Hugh kurz zu, dann gingen sie beide zu ihren jeweiligen Autos.

»Wir müssen uns unbedingt einmal wiedersehen«, meinte Amanda. »Auf ein Glas Wein oder so was in der Richtung. Wenn das Haus fertig ist, laden wir euch ein. Wir könnten etwas kochen. Oder zum Brunch!«

»Vielleicht«, sagte Chloe.

»Vielleicht«, sagte Hugh.

Als sich ihre Blicke kreuzten, wussten sie beide, dass daraus nie etwas werden würde. Sie würden sich nie wiedersehen – zumindest nicht absichtlich. Eventuell zufällig. Sie stellte sich vor, wie sie in zehn Jahren versehentlich aufeinander treffen würden. Im Theater oder bei den Weihnachtseinkäufen. Älter, gesetzter, die beiden Stratton-Mädchen schmollende Teenager, Sam bereits Mitte zwanzig. Eine überraschte Begrüßung, höfliche Nachfragen, Gelächter bei der Erinnerung an diesen Urlaub – dann nur noch eine Anekdote unter vielen. Ein hastiger, verstohlener Blick zwischen Hugh und ihr. Das erneute Versprechen, sich wiederzusehen. Dann das Abtauchen in der Menge.

»Vielleicht«, wiederholte sie und sah zur Seite.

Hugh wandte sich Octavia und Beatrice zu. »Sind wir so weit? Hinein mit euch beiden.«

»Wenn Jenna sich zwischen die beiden…« Amanda musterte besorgt den Wagen. »Dann muss Beatrice als Erste…«

»Ich will neben Daddy sitzen«, unterbrach Beatrice sie. »Ich will Grimassen schneiden spielen.«

»Ich spiele mit dir Grimassen schneiden«, beruhigte Jenna sie.

»Will *Daddy!*«, nörgelte Beatrice. Über Hughs Gesicht huschte ein Ausdruck der Zufriedenheit, wie ein Windstoß über dem Meeresspiegel.

»Wir spielen Grimassenschneiden, wenn wir Rast machen«, schlug Hugh beschwingt und glücklich vor. »Das verspreche ich dir, Beatrice.« Er stieg ein und kurbelte das Fenster herunter. »Tschüs, Philip. Tschüs, Chloe.«

Neben ihm schnallte sich Amanda den Sitzgurt an. Sie beugte sich hinunter, um etwas aus ihrer Tasche auf dem Boden hervorzukramen, und Chloe trat an Hughs Fenster.

»Hugh«, sagte sie leise. »Hugh, zu deiner Frage von vorhin…«

Sie zögerte, und er sah sie mit angespannter Miene an.

»Ja«, sagte Chloe einfach. »Ja, das glaube ich.«

Ganz langsam breitete sich ein Ausdruck des Glücks auf Hughs Zügen aus. Er nickte stumm und ließ den Motor an.

Neben ihm richtete sich Amanda auf, in der Hand einen kleinen Make-up-Beutel. Sie sagte etwas an Hugh gewandt, was Chloe nicht verstehen konnte. Dann beugte sie sich über Hugh und winkte Chloe vergnügt zu, was Chloe sogleich erwiderte.

Sie verharrte regungslos, als das Auto die Auffahrt hinunterrollte und durch das Tor hinaus aus ihrem Blickfeld verschwand. Ein paar Sekunden lang starrte sie auf den Punkt, wo der Wagen eben noch gestanden hatte. Wo »Er« eben noch gewesen war. Als Philip seine Hände auf ihre Schultern legte, drehte sie sich lächelnd zu ihm um.

»Nun denn«, sagte sie. »Jetzt gibt es keinen Grund mehr, noch länger hier zu bleiben.«

»Nein«, bestätigte Philip und umarmte sie. »Nicht den geringsten.«